Marnie Schaefers

A NEW CHAPTER

My London Bookshop

MARNIE SCHAEFERS

A NEW CHAPTER

MY LONDON BOOKSHOP

Ravensburger

MIX
Papier aus verantwortungsvollen Quellen
FSC® C111262

1 3 5 4 2

Originalausgabe

Cover- und Innengestaltung unter Verwendung von Fotos von
© wacomka / Shutterstock und Nadya_Art / Shutterstock

Lektorat: Paula Winkler

Printed in Germany

ISBN 978-3-473-58578-6

www.ravensburger.de

PROLOG
DREW

Das hier ist kein Einbruch. Ich schwör's!

Solche Rechtfertigungen sind mir mittlerweile so in Fleisch und Blut übergegangen, dass ich die Worte in Gedanken unentwegt wiederhole, in der Hoffnung, möglichst unauffällig zu wirken. Doch egal, worum es geht, es funktioniert meistens nicht. Zum Glück ist hier gerade niemand, der mich beobachten und womöglich falsche Schlüsse ziehen kann, während ich mich damit abmühe, den Schlüssel in das alte Schloss der Ladentür zu bekommen und die Zugluft im Nacken hartnäckig ignoriere. Ich ruckle mehrmals am Griff, meine Finger dank der abgewetzten Handschuhe vor Kälte ungelenk und steif, und lehne mich mit meinem ganzen Gewicht gegen die Tür. Endlich klickt es – na bitte! –, und mit einem letzten verstohlenen Blick über die Schulter trete ich ein. Das laute Klingeln der Tür lässt mir das Herz in die Hose rutschen. Mist, an das Glöckchen hätte ich vorher denken müssen! Auffälliger geht es ja wohl kaum. Dafür werden meine Schritte vom Teppich gedämpft. Während sich mein Puls langsam wieder beruhigt, schaue ich mich in dem behaglichen Raum um.

Die Lichterketten, die sich entlang der überquellenden Regale schlängeln, sind ausgeschaltet, und die heruntergebrannten Kerzen auf der Ladentheke versprühen einen traurigen Eindruck. Trotzdem überkommt mich eine andächtige Ruhe.

Ein letztes Mal, nur noch dieses eine Mal.

Mit einem wehmütigen Lächeln streiche ich über eines der Regalbretter, das sich gefährlich unter den Wälzern biegt. Ich kann Lia förmlich vor mir sehen, sie dabei beobachten, wie sie durch die Buchhandlung streift. Eine Flut an Erinnerungen durchströmt mich. Ich denke daran zurück, wie uns dieses Monstrum von einem Weihnachtsbaum beim Transport in der Tube an den Rand des Wahnsinns getrieben hat. Nun steht der Baum geschmückt und herausgeputzt neben der von Justus und mir aufpolierten Sitzgruppe. Ich erinnere mich daran, wie wir uns an meinen missglückten Lebkuchen fast die Zähne ausgebissen hätten. Danach losten wir aus, wer im strömenden Regen zum Supermarkt laufen und Ersatz beschaffen würde. Ich erinnere mich an unseren Kuss unter dem Mistelzweig, den ich extra deswegen über der Tür zum Mitarbeiterbereich aufgehängt habe – obwohl Lia so niedlich protestierte. Täte es doch nicht so weh, ihren Namen auch nur zu denken. Mein Brustkorb zieht sich noch enger zusammen, als er ohnehin schon ist. Ich bezweifle, je wieder frei atmen zu können.

Wie gerne würde ich einen der Kugelschreiber nehmen, von denen Lia in einer nervösen Angewohnheit den Clip abgebrochen hat, und ihr eine Entschuldigung auf dem Notizblock neben der Kasse hinterlassen. Meine Hände würden zittern und kein einziges lesbares Wort zu Papier bringen. Sie zittern auch jetzt.

Gut, dass ich zu Fuß hergekommen und nicht gefahren bin. Tristan hätte mich umgebracht, wenn ich mir bei diesem Wetter sein Schätzchen ausgeborgt hätte. Sicher würde er mir auch aus anderen Gründen nur allzu gern den Hals umdrehen. Trotzdem ist er mein Bruder. Genau wie Nico, auf dessen Sicherheit ich mich nun konzentrieren sollte – nicht auf den Schmerz, Lia verloren zu haben. Die zwei sind die einzige Familie, die mir geblieben ist.

Als wäre der Blitz in mich gefahren, wende ich mich ab, gehe schnell zum Ausgang, bevor sich die Erinnerungen an ihre Berührungen in dieser Atmosphäre wieder viel zu real anfühlen. Fast kann ich sie über einen meiner Witze lachen hören, und der Geruch ihres Kokosshampoos hängt in der Luft. Wenn *ich* das schon kaum ertrage, wie muss Lia sich erst fühlen?

Kaum über der Schwelle, hat das Schneegestöber mich wieder. Es hält London seit gestern Mittag fest im Griff. Ich schließe ab und werfe den Schlüssel durch den Zeitungsschlitz nach drinnen. Jetzt gibt es kein Zurück mehr.

Ich sollte nicht hier draußen sein. Allein. An Heiligabend.

Ich blinzele gegen die Flocken an und ziehe die Schultern hoch. Okay, es ist nicht so, als hätte ich das nicht verdient, nach dem, was ich Lia angetan habe. Die Hände zu Fäusten geballt, stapfe ich durch den Schnee der nächsten Konfrontation entgegen. Was mich wohl erwartet? Irgendwie kommt es mir wie ein weiterer Abschied vor. Dabei habe ich früher genau das gewollt, bloß weg von hier.

Wenn ich Glück habe, bereitet Tristan all dem ein vorzeitiges Ende.

Merry Christmas to me!

KAPITEL 1
LIA

Zu spät.

Innerhalb weniger Sekunden schnellt mein Puls in die Höhe, kaum dass ich das Mädchen bemerke, welches am Kopfende des Tisches sitzt und lustlos an einem Marmeladentoast knabbert. Zu spät, um umzukehren und vorzugeben, ich hätte gar nicht in die winzige WG-Küche gewollt. Sofort breitet sich Unwohlsein in meinem Körper aus und scheint mir die Luft abzuschnüren.

Ich kann das nicht.

Die Einkaufstaschen ziehen mich zu Boden. Ich stelle sie auf den blau-weißen Fliesen neben dem Tritteimer und der Gießkanne ab. Bevor ich hineingekommen bin, hätte ich einmal an der Küche vorbeigehen und unauffällig prüfen sollen, ob jemand drinnen ist. Normalerweise sollte die WG um diese Zeit verlassen sein.

Könnte ich noch einmal wählen, würde ich schnurstracks in Dads gewebten Kokon aus Geschichten und Träumen zurückkehren, von dem aus alles machbar schien, und mich mit meinem Kopfkino begnügen. Kopfkino an, Welt aus. Leider ist es unmöglich, die Welt auszuschalten. Am allerwenigsten für mich.

Ich muss meine Einkäufe auspacken, zumindest jene, die in den Kühlschrank gehören. Trotz des dunkelhäutigen Mädchens in den silbernen Leggings und dem übergroßen Kapuzenpullover und der Traurigkeit, die es ausstrahlt. Tracey guckt mich bereits komisch an. In den letzten paar Wochen, die seit meinem überstürzten Einzug in die WG vergangen sind, bin ich meinen drei Mitbewohnerinnen nur selten begegnet. Mittlerweile haben wir Oktober. Ich hätte nicht damit gerechnet, dass mir zu diesem Zeitpunkt alles immer noch so fremd sein würde.

»Lianne?«

»Lia bitte«, korrigiere ich Tracey automatisch und klinge dabei unverhältnismäßig außer Atem. »Lia reicht vollkommen.«

»Sorry«, entschuldigt Tracey sich halbherzig und wirft ihre zu einem Zopf geflochtenen Haare über die Schulter. »Ist notiert.«

Irgendwie versetzt es mir einen Stich, dass wir bisher nicht über eine oberflächliche Bekanntschaft hinausgekommen sind. Von Ina und Penelope habe ich sogar noch weniger gesehen. Unter einem richtigen WG-Leben habe ich mir etwas anderes vorgestellt. Solche Dinge wie zusammen kochen, Serien schauen, über Gott und die Welt reden … Stattdessen habe ich es perfektioniert, alle Begegnungen zu vermeiden. Dabei möchte ich eigentlich Kontakte knüpfen. Es ist nicht so, dass ich andere Menschen ablehne. Ganz im Gegenteil. Sobald ich jemanden auch nur ansehe, versuche ich sofort, mich in ihn hineinzufühlen und herauszufinden, was ihn gerade bewegt. Irgendwann rauben mir diese intensiven Wahrnehmungen allerdings so viel Energie, dass ich mich zurückziehen und die Akkus wieder aufladen muss. Es ist wie eine Art Schutzmechanismus. Dieses Bedürfnis versteht nur leider nicht jeder, weshalb ich in der Vergangenheit oft als seltsam oder merkwürdig abgestempelt wurde. Es ärgert mich, dass mir die Angst vor einer erneuten Zurückweisung immer noch im Nacken sitzt.

»Hast du zufällig Kopfschmerztabletten, Lia?«

Sofort krame ich in meiner Tasche und drücke Tracey eine aus dem Blister in die Hand. Froh, dass ich etwas für sie tun kann. Weshalb ist sie hiergeblieben und nicht zu ihren Vorlesungen gegangen? Was hat sie? Hätte ich die Kraft dafür, würde ich ihr gern mit mehr als einer Kopfschmerztablette helfen. Sie sieht echt geschafft aus. Sobald Tracey die Tablette mit einem Schluck Wasser hinuntergespült hat, wendet sie sich wieder ihrem Handy zu. Da erst bemerke ich, dass sie mit jemandem skypt. Zuvor muss eine längere Gesprächspause geherrscht haben, und plötzlich ahne ich, was der Grund für Traceys Kopfschmerzen sein könnte.

»Also, was ist?«, kommt es aus den Handylautsprechern.

Das muss ihr Freund in New York sein, wenn ich mich nicht täusche. Ich meine, Tracey hat erwähnt, dass er dort studiert. Eigentlich möchte ich sie nicht weiter stören, aber ich hatte mich schon auf den Gemüseauflauf gefreut, den ich heute kochen wollte: Brokkoli, Zucchini, Paprika und Karotte in Sahnesauce mit Käse überbacken. Einer meiner All-time Favorites. Zumal mich das Schnibbeln des Gemüses immer beruhigt und sich während der Backzeit im Ofen gut ein paar Seiten lesen lassen. Andererseits schrillen jetzt in meinem Inneren die Alarmglocken, die mir zum sofortigen Rückzug raten: *Heute war alles etwas viel. Du brauchst eine Pause. Du bist ganz schön er-*

ledigt. Wie könnte ich das nicht sein? Nach sechs Stunden Uni, sechs Stunden Menschen, sechs Stunden fremder Gefühle.

Die Stimmung zwischen Tracey und ihrem Freund ist sichtlich angespannt. Sie hat die Arme um ihren Oberkörper geschlungen und schaut verkniffen, während er eine ungeduldig-genervte Tonlage anschlägt: »Trace, sag doch mal was!«

Endlich reiße ich mich von ihr los und besinne mich aufs Auspacken. Der Anblick des schmutzigen Geschirrs, das sich in der Spüle stapelt, der halb vollen Tasse neben der Kaffeemaschine und der Brotkrümel auf der Arbeitsplatte lässt jede Faser in mir zusätzlich verkrampfen. Mir bricht der Schweiß aus. Als reichte es nicht, dass Traceys Niedergeschlagenheit wie eine unsichtbare Glasglocke über der Küche schwebt. Meine empfindlichen Sinne lassen es sich nicht nehmen, auch die Unordnung zu registrieren.

Und jetzt braust Tracey auch noch richtig auf: »Was denn? Was soll ich dazu sagen, Charlie? Ich find's scheiße, dass wir immer wieder über das gleiche Thema reden und nie zu einer Lösung kommen!«

Ich versuche, so gut es geht wegzuhören. Musste ich ausgerechnet in einen Streit hineinplatzen? Kann Tracey den Pärchentalk nicht auf ihr Zimmer verlegen? Gleich darauf weise ich mich für diesen wenig einfühlsamen Gedanken zurecht. Die Vorstellung, was für eine Erleichterung es wäre, nach Hause zu kommen und nicht hinter jeder Ecke mit einer unangenehmen Situation rechnen zu müssen, treibt mir fast die Tränen in die Augen. Doch vor Mom werde ich mir diese Blöße nicht geben. Bei ihr könnte ich mich niemals zu Hause fühlen. Ich schlucke. *Bleib bei dir. Traceys Probleme gehen dich nichts an.*

Ich bewege mich auf den mit Postkarten und Post-its übersäten Kühlschrank zu, stopfe systematisch Milch, Joghurt, Eier und Käse in mein Fach und wiederhole die Prozedur für die ungekühlten Lebensmittel. Ich nutze die Ablenkung, um etwas Abstand von Tracey und den negativen Schwingungen zu gewinnen, und widme dem Ausräumen in bester Achtsamkeitsmanier meine volle Aufmerksamkeit. Sich jedem einzelnen Handgriff widmen und ihn bewusst ausführen, das ist der Trick. Reis, Zwiebeln, Honig … Mein Magenknurren hat sich mittlerweile verabschiedet und ist leichter Übelkeit gewichen. Nudeln, Pesto, Tütensuppe …

Im Gegensatz zu Tracey habe ich es versäumt, einen ordentlichen Neuanfang hinzulegen und einen Abstand von mindestens tausend Meilen zwischen mein früheres Leben und mich zu bringen. Nicht mal aus meiner Heimatstadt habe ich es zum Studieren herausgeschafft, lediglich auf die andere Seite der Themse. Dabei sollte man meinen, dass mir die ganzen New-Adult-Romane, die ich früher haufenweise verschlungen habe, zur Genüge vorgemacht hätten, wie so was geht.

Aus dem Augenwinkel sehe ich, wie Tracey sich abrupt erhebt. Das Schaben der Stuhlbeine über den Fliesenboden lässt mich zusammenzucken. Fast kommt mir das Olivenglas wieder entgegen, weil ich abgelenkt war und es nicht weit genug nach hinten in den Schrank geschoben habe. Reflexartig fange ich es auf. Puh! So was Peinliches hätte gerade noch gefehlt.

»Ich wünsche dir noch ’nen schönen Tag«, verabschiedet Tracey sich, ohne den Blick vom Display ihres Smartphones zu heben, bevor sie die Küche verlässt und in Richtung ihres Zimmers abbiegt. Ich bezweifle, dass sie nur ansatzweise erahnt, wie sehr mir unsere nicht mal fünfminütige Begegnung zu schaffen gemacht hat. Mechanisch leere ich die letzte Stofftasche, stütze mich dann auf der Arbeitsfläche ab und atme einmal tief durch.

Meine gesamte Schulzeit über bin ich zu Hause online unterrichtet worden. Nur einen Tag in einem vollen Klassenzimmer, der Lärm auf den Schulgängen, die anderen Kinder ... Es fiel mir nicht leicht, mit all den Eindrücken umzugehen und nicht überwältigt zu werden. Ich habe es versucht. Wieder und wieder. Doch letztendlich musste ich mir eingestehen, dass ich nun einmal zu den hochsensiblen Menschen gehöre. Zur Schule zu gehen hat mich jedes Mal schlicht überfordert und so ausgelaugt, dass meine Eltern sich schließlich etwas anderes ausgedacht haben, um mir das zu ersparen. Und trotzdem habe ich nach dem Schulabschluss entschieden, mich nicht mehr selbst ausgrenzen, sondern mittendrin sein zu wollen. Ich wollte nichts lieber, als ein neues Kapitel zu beginnen – oder eher einen zweiten Band: als eine Studentin unter vielen, inklusive Studentenbude, Studentenpartys und allem, was sonst noch dazugehört. In einem leichten Anflug von Größenwahn und Trotz. Das muss ich mir nun eingestehen.

Fertig. Mit etwas zu viel Schwung schlage ich die Schranktür zu. Das bin ich, fix und fertig. Auf einmal halte ich es hier drin keine Sekunde länger aus. Die eierschalengelben Wände scheinen auf mich zuzukommen, und das Atmen fällt mir immer schwerer. Von dem Gedanken, mir jetzt noch den Gemüseauflauf zu kochen, habe ich mich längst verabschiedet. Ist ja egal, dass ich eben erst einen Teil meiner Ersparnisse bei Tesco gelassen, die Lebensmittelkosten für so einen Wocheneinkauf deutlich unterschätzt habe und nun nicht mal was von meiner Ausbeute essen werde (von Süßigkeiten und Knabberzeug einmal abgesehen). Und je länger ich mich in der WG aufhalte, desto größere Gefahr laufe ich, noch einmal auf Tracey, Ina oder Penelope zu treffen. Inas Zickereien und Penelopes Aufgedrehtheit würden dem Tag noch die Krone aufsetzen und mir mein letztes Fünkchen Kraft rauben. Sobald es um Ordnung und Sauberkeit in der WG geht, hat Ina immer etwas zu meckern, ohne sich dabei selbst an alle Abmachungen zu halten. Inzwischen regt sie sich sogar schon über unsere Benutzungszeiten der Waschmaschine auf. Zwar hat sie ihren Frust bisher noch nicht an uns persönlich, sondern nur über unsere WhatsApp-Gruppe rausgelassen, doch ich möchte es heute nicht unbedingt darauf anlegen. Penelope dagegen sprüht dermaßen vor guter Laune und überschüssiger Energie, sodass ich mir neben ihr stets noch unzulänglicher vorkomme. Nein, Traceys schlechte Stimmung und der Stress mit ihrem Freund haben mir für heute allemal gereicht.

Dabei sollte ich mich glücklich schätzen, zu Beginn des Semesters so kurzfristig ein Zimmer gefunden zu haben. Ursprünglich hatte ich vorgehabt, vorerst weiterhin bei Dad zu wohnen, mich erst mal an die Uni zu gewöhnen und danach nach etwas Eigenem zu suchen. Aber es kam alles anders. *Oh, Dad.* Ich schließe die Augen und beiße mir auf die Unterlippe, weil der Schmerz wieder mit aller Macht über mich hereinzubrechen droht. Wie soll ich das nur aushalten?

Im nächsten Moment reiße ich meine Handtasche an mich und werfe noch schnell eine Kekspackung hinein. Ich muss hier raus! Und ich weiß auch schon, wohin ich gehen werde. Auch wenn *er* nie wieder dort sein wird, gibt es nur einen Ort, an dem ich wahrhaftig zur Ruhe kommen kann. Ich durchquere die schmale Diele und verlasse das Haus durch den Hinterausgang, um die Abkürzung durch die Bethnal Green Gardens zur gleichnamigen U-Bahn-Station zu nehmen. Ich habe es so eilig, dass ich mehrmals auf dem nassen Herbstlaub ausrutsche. Auf dem matschigen Weg durch den Park schlittere ich sogar fast in einen Mann hinein, weil dieser unvermittelt stehen bleibt und seine Spiegelreflexkamera für ein Foto zückt. Eindeutig ein Tourist! Was gibt es hier bitte zu fotografieren? Ich entschuldige mich dennoch und vergrabe mich tiefer in meiner kuscheligen Teddyjacke, die ich in einer Vintage-Höhle in Camden erstanden habe. Dankenswerterweise regnet es im Augenblick nicht, und ich nehme mir einen kurzen Moment für ein paar ruhige Atemzüge frischer Luft.

Wenn du es willst, dann versuch es, Lia. Ich bin immer für dich da. Wenn du Hilfe brauchst ... Fast kann ich seine Stimme im Rascheln der halb kahlen Zweige hören.

»Wärst du doch noch hier«, murmele ich und beschleunige meine Schritte wieder. Vor sich selbst davonzulaufen ist ziemlich schwer.

In der Bahn überrollen mich gleich sämtliche Emotionen meiner Mitfahrer, noch bevor ich mich in einem Versuch der Schadensbegrenzung mit meinen On-Ear-Kopfhörern ausstatten kann. Eine junge Frau mir gegenüber zerknüllt wiederholt ein Taschentuch in den Händen. Obwohl sie einigermaßen gefasst wirkt, kann ich ihre Tränen auf den Wangen spüren, als wären sie ebenfalls über mein Gesicht gerollt. Ein Kloß wächst in meinem Hals heran. Zwei Jungen lachen lauthals über ein Video, welches sie hörbar für alle abspielen, und strapazieren meine Nerven zusätzlich. Ein Hundebesitzer beschwert sich bei einem Geschäftsmann mit Koffer, besser aufzupassen, weil dieser fast seinen Vierbeiner umgerollt hätte. Nun rebelliert auch mein Magen. Die Fahrt zur Liverpool Street dauert nur ein paar Minuten. Dennoch muss ich mich richtig anstrengen, eine Blase um mich herum zu imaginieren und alle Reize so gut es geht abprallen zu lassen. Den Massen folgend schiebe ich mich am Ziel aus dem

Waggon der Central Line, reihe mich rechts auf der Rolltreppe ein und starre dabei strikt auf meine Füße. Vor allem wegen ihrer Größe sind Hauptbahnhöfe wie dieser herausfordernder als U-Bahn-Stationen. Bald wird es noch schlimmer sein, denn die Vorweihnachtszeit rückt unaufhaltsam näher. Ein weiterer Grund, aus dem ich London womöglich doch den Rücken hätte zukehren sollen.

In circa zehn Minuten darf ich aufatmen. Das spornt mich an. Ich schlängele mich durch die engen, kopfsteingepflasterten Gassen zwischen Spitalfields und der Brick Lane, statt der Hauptverkehrsader in Richtung der oberirdischen Bahnstrecke zu folgen. Ich liebe die alternative Szene dieses Viertels mit seiner Street Art und dem etwas rauen Charme. Originelle Stores an jeder Ecke, ganze Fabrikhallen voller Köstlichkeiten und niedliche Coffeeshops.

Als ich die dunkelgrün gestrichene Fassade mit ihrem goldenen Schriftzug und den abblätternden Stellen erblicke, merke ich, dass auf der vertrauten Strecke bereits etwas Anspannung aus meinen Schultern gewichen ist. Trotzdem bin ich so froh, endlich hier zu sein, dass ich mich nicht mal über das bockende Schloss ärgere. Mit einem Klingeln fällt die gläserne Tür hinter mir zu. Die Luft ist abgestanden und staubig. Trotzdem begrüßt mich der unverwechselbare Geruch nach bedrucktem Papier, den ich für immer mit Heimat verbinden werde. Sowohl die glatten, teilweise eingeschweißten, als auch die von Leserillen durchzogenen Buchrücken locken mich, mit den Fingern darüberzufahren. So wie ich es von klein auf gemacht habe. Niemals hätte ich damit gerechnet, dass es sich so gut anfühlen würde, wieder herzukommen. Umgeben von herzzerreißenden Lovestorys und Krimis, die einem das Blut in den Adern gefrieren lassen, inmitten von Sachliteratur, Reiseführern und Kochbüchern.

Ich kann mir keinen magischeren Ort vorstellen. Hier spüre ich keine Trauer, keine Reue, keine Wut, obwohl ich diese Gefühle zuvor Tag und Nacht mit mir herumgetragen habe und mich nicht auf den Moment, geschweige denn die Zukunft konzentrieren konnte. Ja, es tut weh, meinen Vater nicht wie sonst hinter der Ladentheke zu sehen. Und zu wissen, dass er nie wieder dort stehen, die Neuerscheinungen sortieren oder bestimmte Bücher für seine Stammkunden zurücklegen wird, ist noch schlimmer. Bereits seit zweieinhalb Monaten ist die Buchhandlung geschlossen, zweieinhalb Monate, seit Dad mit nur dreiundvierzig Jahren völlig aus dem Nichts einen Herzinfarkt erlitt. Zweieinhalb Monate war ich nicht hier.

Was immer dein Vater sich dabei gedacht hat, dir diese Buchhandlung zu vererben ... (Zitat meiner Mutter), in diesem Augenblick bin ich ihm schlichtweg dankbar und doppelt froh, dass er den Laden damals *entgegen jeder Vernunft* (wieder Mom) gekauft hat.

Ich hole die Kekspackung hervor, entschlossen, mich nun ins Hinterzimmer des *A New Chapter* zurückzuziehen und mir die kleine, wohlverdiente Aufheiterung zu gönnen. Die Tier-Kekse sind eine meiner schönsten Kindheitserinnerungen und ein bewährtes Mittel, um runterzukommen. Dazu eine Tasse Marzipantee, und schon bin ich wieder bei mir selbst. Selbstverständlich habe ich nicht vor, die Buchhandlung zu öffnen, zumindest nicht jetzt. Bald, wenn –

Das laute Röhren eines Motorrads erschreckt mich so sehr, dass mir die Packung, die ich gerade aufgerissen habe, aus den Händen fällt. Als ich herumfahre, kann ich beobachten, wie das schwarze Ungetüm am Schaufenster vorbeibrettert, nur um eine Sekunde darauf eine Vollbremsung zu vollführen, auf den Bürgersteig auszuscheren und aus meinem Blickfeld zu verschwinden. Das Motorengeräusch erstirbt. Ehe ich mich aus meiner Schockstarre lösen kann, taucht der Fahrer des Höllengefährts auf und hält geradewegs auf Dads Buchhandlung zu. Diesmal zu Fuß.

Moment. *Geschlossen* – wir haben geschlossen! Sieht er das Schild nicht? Durch das heruntergeklappte Visier des Helms kann ich rein gar nichts erkennen. Außer der gefütterten Jeansjacke, die seine breiten Schultern betont, den ausgeblichenen, einst schwarzen Hosen und den klobigen Biker-Boots. Mein Herz stockt, als es mir dämmert. O Gott, ein Überfall. Das wird ein Überfall! Und noch schlimmer ist, dass die Tür ihn nicht aufhalten wird. Die Tür, die ich nicht wieder verriegelt habe. Ich habe sie vor lauter Erleichterung, endlich angekommen zu sein, nicht abgeschlossen. Oder?

Da nimmt der Typ den Helm ab und betritt den Verkaufsraum. Er betritt den Verkaufsraum. Ich habe also nicht abgeschlossen. So viel dazu. Mir wird eiskalt. Er wirkt nicht begeistert über das, was er sieht. Kein Wunder. Es gibt auch nichts zu holen. Für einen Überfall hat er eine ziemlich schlechte Wahl getroffen. Ich bin zwar ganz vernarrt in jedes einzelne Buch hier, aber ich bezweifle, dass der Kerl den Wert meiner Kostbarkeiten zu schätzen weiß. Sein düsterer Blick bleibt an mir hängen. Viel älter als ich kann er nicht sein.

»Entschuldigung? Kann ich dir irgendwie weiterhelfen?«, erkundige ich mich, noch immer nicht davon überzeugt, dass er mich nicht dazu auffordern wird, die Kasse zu leeren. Ich meine, was ist das denn für ein Bad Boy-Auftritt? Zwar trägt er keine Lederjacke, aber das Motorrad macht das wett. Sicherlich hat er auch Tattoos. Seine etwas zu langen Haare reichen ihm knapp bis zum Kinn und erinnern mich neben ihrer Farbe vor allem der Wirbel wegen an Espressoschaum. Seine Gegenwart ist definitiv zu viel. Die Zahnräder in meinem Kopf laufen auf Hochtouren und entwerfen zig Szenarien für den Ablauf seines Besuchs, bis ich mich am Riemen reiße. Er ist ein Kunde, der das *Geschlossen*-Schild übersehen hat und dessen Anwesenheit meiner eigenen Vergesslichkeit zuzuschreiben ist. Nicht mehr und nicht weniger. Ein Augenblick des Schweigens verstreicht.

»Ich schaue mich nur um«, wehrt der Typ mich ab, als wäre ich ihm zu nahe getreten. »Fang du erst mal deine Zootiere wieder ein.«

Hitze schießt mir in die Wangen. Um die Spitzen meiner glänzenden Schnürschuhe haben sich meine Tier-Kekse auf dem dunkelroten Teppichboden verteilt. Plötzlich bin ich sogar froh, dass der Umsatz des *A New Chapter* bislang nicht für Überwachungskameras ausgereicht hat, die diesen peinlichen Moment hätten festhalten können.

»Die laufen schon nicht weg«, entgegne ich ebenso schnippisch wie der Möchtegerngangster und überrasche mich ausnahmsweise einmal selbst mit dieser – wie ich finde – gelungenen Parade. Seine Gereiztheit ist sofort auf mich übergesprungen. Mit langen, zielstrebigen Schritten schiebt sich mein »Gesprächspartner« an mir vorbei, sodass ich mehr zurückspringen als zurückweichen muss und dabei zwei Kekse zertrete. Er verschwindet im hinteren Teil des Ladens, der die Secondhand-Bücher und einige antiquarische Titel beherbergt. Meine Schlagfertigkeit verpufft genauso wirkungslos wie meine Freundlichkeit zuvor.

»Falls du doch noch Hilfe brauchst«, rufe ich fast zu zaghaft, als dass er es gehört haben kann, und versuche, wegen der herben Note seines Dufts nicht aus dem Konzept zu geraten, »sag Bescheid. Obwohl wir eigentlich geschlossen haben.«

Da steckt er den Kopf hinter einem Regal hervor, und seine Augenbrauen wandern – etwa belustigt? – in die Höhe. »Du arbeitest hier?«

Kein *Oh, sorry, das wusste ich nicht! Ich werde mich beeilen.*

»Wieso sollte ich nicht hier arbeiten?«

Der Junge zuckt die Schultern und widmet sich wieder den Büchern vor seiner Nase. Er zieht eines heraus und mustert es, blättert konzentriert durch die Seiten. Seine Wahl ist auf eine marineblau eingeschlagene Gedichtsammlung mit einem silbernen Lesebändchen gefallen, auf die ich bereits seit Monaten selbst ein Auge geworfen habe. Ich glaube ihm keine Sekunde, dass er sich tatsächlich für Emily Dickinson interessiert. Aber das erlaubt es mir, ihn unbemerkt näher unter die Lupe zu nehmen. Die hohe Stirn, die dunklen Wimpern, seine einen Spaltbreit geöffneten, schön geschwungenen Lippen, welche leicht schiefe Zähne offenbaren und ihn mir minimal sympathischer machen.

»Die Tür war nicht verschlossen, da dachte ich, es wäre auf.«

Ich brauche etwas, bis ich erkenne, dass das eine Erklärung sein soll. Oder eine Entschuldigung? Meine Finger zucken. Der Wunsch, ihn einfach rauszuschmeißen, wird übermächtig. Ich bin sicher, dass man mir meinen Unmut ansieht, aber ihn scheint das komplett kaltzulassen. Ich an seiner Stelle wäre unendlich nervös. Ich bin es für uns beide zusammen. Was ist überhaupt mit seiner miesen Laune passiert? Erst bringt er sie mit, lädt sie bei mir ab, und jetzt wirkt er auf einmal total gelassen.

»Und ich dachte, Besucher einer Buchhandlung könnten lesen. An der Tür hängt ein *Geschlossen*-Schild.« Gleich darauf möchte ich mir vor die Stirn schlagen, so wie dieses WhatsApp-Emoji. Ich kann doch nicht so mit einem Kunden reden! Nicht mal dann, wenn meine

Grenzen eingerannt sind. Das sind sie mittlerweile, nebenbei bemerkt. Eben weil ich grundsätzlich dazu neige, negative Emotionen aus Rücksicht auf andere bis zum Gehtnichtmehr zu unterdrücken. Da ist das Fass wohl voll. Warum kann er nicht einfach abhauen? Um nicht nur dumm herumzustehen und seine Reaktion abzuwarten, gehe ich in die Hocke und sammele die zertretenen Kekse auf. Sein selbstgefälliges Verhalten bringt mich genauso auf die Palme wie die Tatsache, dass ich ihn attraktiv finde. Als ich das nächste Mal aufblicke, kommt der Junge auf mich zu. Die Gedichte muss er zurückgestellt haben.

»Da hast du wohl recht. Habt ihr keine Hörbücher?«

Ich erhebe mich, klopfe mir die karierte Hose ab und werfe die Krümel in den Mülleimer hinter der Theke. Die Packung mit den restlichen Keksen stelle ich in sicherem Abstand zum Rand darauf ab.

»Nein, tut mir leid.« Mein von zu viel Input berauschtes Selbst hat nun endgültig die Führung übernommen und sorgt dafür, dass ich nicht weiter versuche, mich wie Everybody's Darling zu verhalten. In solchen Momenten wirke ich meistens schroff und abweisend, fast schon unsensibel, obwohl ja genau das Gegenteil der Fall ist. Doch nur indem ich eine weitere Mauer hochziehe und mich unnahbar gebe, kann ich mich selbst schützen.

Sein Blick brennt sich in meinen. Ich falte die Hände auf dem Tresen und halte seiner stummen Herausforderung stand. Die Theke zwischen uns verleiht mir neuen Mut und ein Gefühl von Überlegenheit. Ich vermute, er will lediglich ein bisschen mit mir spielen. Der Junge wirft einen kurzen Blick über die Schulter auf die Straße. Ha, damit hätte ich das Blickduell gewonnen! Als er sich mir wieder zuwendet, ist er wie ausgewechselt. Er lächelt sogar, leider ohne seine

Zähne zu zeigen. Na klar, er sieht nicht nur gut aus, er ist sich dessen mehr als bewusst. Seine Augen schimmern in demselben Espressoschaum-Ton wie seine Haare. »Ich fürchte, wir hatten einen schlechten Start. Ich bin Drew!«

»Lia«, entgegne ich nicht mal halb so enthusiastisch wie er, der sich nun verschwörerisch in meine Richtung beugt. Dieses Aufgebot an Charme finde ich eher zum Augenverdrehen als überzeugend. Als ob ich wie ein naives kleines Mädchen unter jedem seiner Blicke vor Verzückung dahinschmelzen würde. Dass er sich von meiner Double-Bun-Frisur und den Tier-Keksen mal nicht täuschen lässt.

»Okay, jetzt mal Spaß beiseite. Ich brauche ein Last-Minute-Geburtstagsgeschenk für meinen kleinen Bruder. Er wird zehn. Wie sieht's mit Comics aus?«

Zu Scherzen aufgelegt hat Drew bei seinem Kommen nicht ausgesehen. Zwar ist schon etwas Farbe in sein Gesicht zurückgekehrt, doch bis eben hat ihn irgendetwas bedrückt. Und ja, er hat es mit seinem Verhalten überspielt und seine wahren Gefühle hinter einer Maske aus Coolness und Gleichgültigkeit verborgen. Ich nutze die Gelegenheit, um diese Farce zu beenden. Für so was habe ich nichts übrig. Aufs Geratewohl suche ich einen eher unbekannteren *Spider-Man*-Comic heraus, den ich vor Jahren gelesen habe und der einem Zehnjährigen gefallen könnte.

Drew drückt mir einen Zehn-Pfund-Schein in die Hand und verabschiedet sich mit einer zum Gruß erhobenen Hand. Ich warte noch, bis ich das Aufheulen des Motorrads vernehme. Erst dann sperre ich hinter ihm zu. Endlich! Den wäre ich los.

KAPITEL 2

DREW

Auf manches kann man sich bei Tristan echt verlassen. Dazu zählen neben seinen Wutanfällen und seinem viel zu großen Ego, dass er sich in seiner Freizeit in Mrs van Dijks Kneipe herumtreibt, wo er mit den Jungs die halbe Nacht Karten zockt – vorausgesetzt natürlich, er befindet sich nicht in weiblicher Gesellschaft. Hätte er Damenbesuch gehabt, wäre er vermutlich nicht an sein Handy gegangen. So kriege ich immerhin eine Lesebestätigung, wenn auch keine Antwort. Ausnahmsweise bin ich froh über sein vorhersehbares Verhalten, denn so weiß ich gleich, wo ich ihn finde.

Ich stelle das Motorrad direkt vor dem Pub ab und sichere es anders als in der Hektik vorhin mit einem Panzerkettenschloss. Meine Hände zittern, weshalb ich ein bisschen länger mit der Sicherung hantiere. Ich bin total durchgeschwitzt und friere. War schon mal in besserer Verfassung. Dazu kommt die dunkle Jahreszeit, in der alles gleich doppelt so trostlos wirkt. Auch drinnen ist es schummerig und es riecht unangenehm nach fettigem Essen, Kippen und Bier. Fast kommt es mir vor wie ein Déjà-vu, als ich an der Bar nicht auf Mrs van Dijks üppige Gestalt treffe, sondern auf eines ihrer Mädels. *Charlotte*, laut ihres Namensschilds. Ich habe sie schon ein paarmal auf dem Broadway Market zwischen dem Regent's Canal und London Fields gesehen. Mein Blick wandert von dem Schild zu ihrem weißen T-Shirt, das ihre perfekte Figur unterstreicht. Trotzdem kann ich nicht verhindern, dass Lias Bild sich über Charlottes legt. Genauso hübsch, jedoch ist Lia mir gegenüber deutlich kühler und distanzierter geblieben. Mit der Buchhändlerin und ihren Zootieren ist nicht zu spaßen, so viel steht fest. Sie hat mir nicht einmal ein Lächeln geschenkt. Dazu ihre flauschigen Klamotten und die zwei Vogelnester auf ihrem Kopf, und ich bin erst recht nicht schlau aus ihrer verhaltenen Art geworden. Sie ist undurchschaubar und scheint schwer zu knacken zu sein. Und ausgerechnet *ihr* habe ich, wenn auch ohne ihr Wissen, mein komplettes Schicksal anvertraut! Immerhin meine Hände habe ich wieder unter Kontrolle. Das flaue Gefühl im Magen will sich dagegen nicht verziehen.

»Hey, na«, grüße ich Charlotte betont locker, »ist Tristan da?«

Sie unterbricht das Abwischen der Theke, schiebt ihre Hipsterbrille hoch und weist mir mit einer knappen Kopfbewegung den Weg. »Um die Ecke.«

Obwohl wir noch nie miteinander gesprochen haben, fragt sie nicht, wer ich bin oder in welcher Beziehung Tristan und ich stehen. Man kennt uns und Nico – die Carter Brüder – in Hackney. Einer Gegend, die wiederum bekannt für ihre Kriminalität ist. Auch wenn sich manche Teile mittlerweile gemacht haben, finden sich ein paar Straßen weiter noch immer heruntergekommene Sozialwohnungen und Gang-Graffiti. Manchmal frage ich mich, wie verstrahlt man als Tourist sein muss, um diese Stadt zu vergöttern und die Realität so gekonnt zu ignorieren. Das Video zu Lily Allens *LDN* hat das hervorragend auf den Punkt gebracht. Die sehen doch nur, was sie sehen wollen. Leute wie wir, die nur gerade eben über die Runden kommen und die ihre Herkunft nicht verleugnen können, stören dieses Bild. Wäre ich Stammkunde bei Harrods, sprich, ein reicher Pinkel, würde ich wahrscheinlich auch besser über London denken.

Im Vorbeigehen registriere ich außer Charlotte zwei alte Opas, die es sich in einer Nische bequem gemacht haben und genüsslich ihre Pfeife rauchen. Von hier aus kann ich die Männerrunde schon hören, noch bevor ich sie um den Tisch versammelt sehe: Benjamins hochgewachsene Gestalt ganz in Schwarz sticht mir zuerst ins Auge, dann Ted, Carlos, Alex und mein Bruder. Tristan sitzt an seinem üblichen Platz und schaut konzentriert in sein Blatt. Wie Ted und Ben ist er mittlerweile nur noch selten in der Autowerkstatt, dreht im Gegensatz zu den beiden aber nicht mal den Kopf, als ich mit einem Gruß auf mich aufmerksam mache. Letztlich sind die Jungs vor allem Tristans Freunde, ich habe eigentlich keine. Ich bin mehr so was wie ihr Anhängsel, schon immer gewesen.

»Tris«, spreche ich meinen Bruder direkt an und bemühe mich, nicht zu fordernd zu klingen und ihn somit zu reizen. Ich stehe bestimmt zwei Minuten wie bestellt und nicht abgeholt neben seinem Stuhl, bis er die Runde verliert. Das begierige Funkeln weicht aus seinen Augen.

»Was?«, zischt er in meine Richtung, als hätte ich mit meinem unangekündigten Hereinschneien seinen Lauf versaut.

Ich kann nicht anders, als das persönlich zu nehmen, denn genau dieses Gefühl vermittelt er mir mit seiner demonstrativen Gereiztheit. Ab und zu verhält er sich, als würde ihn meine bloße Existenz nerven, und er weiß genau, wie sehr er mich damit trifft. Dabei ist es manchmal schwer zu glauben, wie Tristan hinter seiner durchaus gesellschaftstauglichen Fassade wirklich tickt. Er ist eben ein guter Schauspieler.

»Drew, was machst du hier? Solltest du nicht Nico von der Schule abholen?«

»Ich muss mit dir reden«, bringe ich es gleich auf den Punkt, weil ich die Last keine Sekunde länger mit mir herumtragen kann.

»Wie bist du überhaupt hier reingekommen?«

Echt jetzt? Zorn blitzt in mir auf. Hat er mir nicht zugehört? Es ist immer dasselbe.

»Ich bin neunzehn?«, erinnere ich ihn und beiße die Zähne zusammen, um es darauf beruhen zu lassen und vor den anderen keine Szene zu machen. Im Übrigen bezweifle ich stark, dass hier jemals jemand Ausweise kontrolliert hat oder sich um den Jugendschutz schert. »Außerdem ist es noch nicht mal sechs Uhr. Können wir bitte rausgehen? Es ist dringend.«

Wie um mich extra auf die Folter zu spannen, erhebt Tristan sich, als hätte er alle Zeit der Welt, und wirft sich dann die Lederjacke über. Im Gegensatz zu meiner Kleidung ist die nagelneu. Er entschuldigt sich großspurig bei seinen Freunden und zwinkert Charlotte beim Hinausgehen zu. Innerlich schüttele ich den Kopf. Wer den wahren Tristan kennt, kann das einfach nicht für voll nehmen.

Draußen atme ich tief ein und versuche mich für das zu wappnen, was gleich kommen wird. Mein Bruder steckt sich eine Kippe an und verstaut die Packung in seiner Jackentasche. Ich habe meine neulich erst aufgebraucht und noch keinen Nachschub besorgt, würde ihn aber unter keinen Umständen fragen, ob er seine mit mir teilt. Dabei könnte mich ein bisschen Nikotin echt beruhigen. Allmählich wird Tristan dämmern, dass ich Nico nicht ohne triftigen Grund warten lassen und einen schlechten Eindruck bei seiner Betreuerin Miss Marshall riskieren würde. Es ist ihm ein Dorn im Auge, dass sich für mich alles um Nico dreht. Dabei reicht es doch, dass *er* sich nur für sich interessiert und ihm unser kleiner Bruder komplett am Arsch vorbeigeht. Egal, wie schwer es manchmal ist. Ich würde Nico niemals aufgeben. Deswegen versteht es sich von selbst, dass ich Miss Marshall angerufen und ihr meine Verspätung angekündigt habe.

»Du wolltest mir etwas sagen, *An*drew.« Tristan fährt die harten Geschütze auf. Mit verschränkten Armen lehnt er sich gegen eine Laterne. Ich atme noch einmal tief durch.

»Hör zu, ich kann das selbst kaum glauben«, beginne ich, »aber Seb…« Ich stolpere über den Namen und schlucke das, was ich eigentlich sagen wollte, noch rechtzeitig runter. Vor Aufregung habe ich viel zu laut geredet. So wie ich das sehen kann, sind wir unbeobachtet, aber ich will mein Glück trotzdem nicht herausfordern. Hätten wir doch die Zeit, uns an einen privateren Ort zurückzuziehen. »Seb ist keiner von uns.« Selbst beschönigt tut die Wahrheit weh. Ich habe ihn für meinen Freund gehalten. Er dagegen …

»Das bedeutet …?«

»Er hat uns verraten«, drücke ich mich angesichts des Knurrens in Tristans Stimme doch noch einmal klarer aus. »Vorhin in der Werkstatt, kurz bevor ich Feierabend hatte, kam ein Kunde, um sein Auto abzuholen. Seb stand gerade am Empfang und der Typ hat ihn mit *Falco* angesprochen. Seb oder Falco, oder wer auch immer er ist, hat sich total hektisch umgeschaut und dann leise auf ihn eingeredet. Die beiden kannten sich auf jeden Fall.«

Tristans Augenbrauen ziehen sich zusammen. Ein Stück die Straße runter bricht an der Kreuzung ein Hupkonzert los.

»Ich war der Einzige, der das mitbekommen hat«, nutze ich die Gunst des Augenblicks und spreche hastig weiter. »Nachdem der Typ sein Auto geholt hat und verschwunden war, habe ich Seb bei den Spinden zur Rede gestellt. Er hat versucht, sich zu rechtfertigen und so einen Mist erzählt, dass auch die anderen misstrauisch geworden sind. Logan hat Seb gedroht, endlich mit der Sprache rauszurücken, aber wir haben ihn nicht zum Reden bekommen. Und dann haben wir seine Klamotten durchsucht …«

Ich könnte schwören, dass Seb mich in dem Augenblick stumm um Hilfe gebeten hat. Was dachte er bitte, das ich tun würde? Ich hatte doch keine andere Wahl! Immerhin schien er ein schlechtes Gewissen zu haben. Ich schlucke und zwinge mich, weiterzureden. »Logan hat einen Stick gefunden. Was drauf war, wollte Seb uns wieder nicht sagen. Also haben wir nachgeschaut und …« Ich stocke wieder, aber komme nicht drum herum, Klartext zu reden. »Der Großteil war verschlüsselt, aber wir haben eine Liste mit allen Transaktionsdaten aller Aufträge der Werkstatt aus den letzten zwei Wochen gefunden.«

Tristan zieht scharf die Luft ein.

Ich rede immer schneller, meine Worte überschlagen sich fast: »Da erst hat Seb mal den Mund aufgemacht. Er meinte, wenn er in zehn Minuten nicht draußen wäre, würden seine Leute reinkommen. Ich wusste nicht, was ich tun sollte. Also habe ich mir den Stick geschnappt und bin abgehauen. Ich hatte keinen blassen Schimmer, ob ich verfolgt werde, ob Seb nur geblufft hat, ob die anderen ihn weiter festgehalten haben. Ich bin einfach gefahren, so schnell ich konnte.«

Ja, ich habe die Nerven verloren, und so wie es aussieht, passiert Tristan gerade dasselbe. Er stößt sich von der Laterne ab und kommt langsam auf mich zu. Sein Pokerface kann mich nicht täuschen, in ihm brodelt es. Kein Wunder bei meinem unverständlichen und zusammenhanglosen Gestammel – und meiner Dummheit.

»Was hast du mit dem Stick gemacht?« Tristan klingt viel zu gelassen, um es zu sein.

»Ich konnte nur noch daran denken, ihn irgendwie loszuwerden. Als ich in der Ferne dann auch noch die Bullen gehört habe, bin ich fast ausgetickt. Ich bin rechts rangefahren und in den ersten Laden rein, den ich sehen konnte. Der Stick ist jetzt in so einer Buchhandlung in Shoreditch versteckt«, beende ich mein Geständnis und wappne mich für die Explosion.

»Mal langsam, damit ich das richtig verstehe.« Tristan läuft auf dem Bürgersteig auf und ab. »Willst du mir ernsthaft verklickern, dass du unsinnigerweise durch die Gegend gefahren bist, um die Beweise zu *verstecken*, anstatt sie auf der Stelle zu vernichten? Wieso hast du den Inhalt des Sticks nicht einfach gelöscht?«

»Ich weiß es nicht!«, beteuere ich und merke dabei, wie ich mich automatisch kleinmache. Wie jämmerlich. »Ich habe keine Ahnung, was da bei mir abgegangen ist. Ich war überfordert und verzweifelt. Vielleicht hätte man den Inhalt ja auch wiederherstellen können?«

Ich fahre auf dem Absatz herum und raufe mir die Haare. Scheiße, Seb. Wie konnte er uns das antun? Alles gelogen. Scheiße. Scheiße. Scheiße!

»Hol ihn wieder.« Tristans Stimme ist noch immer ruhig und dennoch trifft mich seine Aufforderung wie eine Pistolenkugel in den Rücken.

Ich drehe mich wieder zu ihm um. »Was?«

»Den Stick. Wenn er in die falschen Hände gerät, bin ich dran.«

Ich – nicht wir. Dabei sind wir es alle.

»Sofort?«

»Die Tage, du Idiot!« In einem Reflex zucke ich bei der Schärfe in Tristans Stimme zurück. »Du willst doch keine schlafenden Hunde wecken.«

»Nein, natürlich nicht«, beeile ich mich, ihm zu versichern. Damit fällt der Wochenendausflug mit Nico in den Zoo wohl ins Wasser. Schon die letzten Monate hatte ich Geld dafür zurückgelegt. Nur war ich bisher zu eingespannt, um mir einen ganzen Tag für ihn zu nehmen. Die Arbeit auf dem Bau brauche ich trotz der körperlichen Anstrengung und der schlechten Bezahlung für mich selbst und um zwischendurch mal aufzuatmen. Wenn es nach Tristan ginge, sollte ich die Bauarbeiten an den Nagel hängen und mich voll der Karriere widmen, die er für mich ausgesucht hat: an Autos herumschrauben. So nennt er es zumindest. Die Stunden in der Werkstatt erdrücken mich fast, und als Tristans Laufbursche ständig unter seinen Fittichen zu stehen, ist nicht gerade besser. So oder so habe ich wenig zeitlichen Spielraum und kann es mir nicht leisten, etwas anderes als meinen Ausflug mit Nico abzublasen. Wenn Tristan davon wüsste, wäre er sicherlich schadenfroh.

»Gut.« Stirnrunzelnd beäugt dieser das glühende Ende seiner Zigarette, schnippt sie weg und tritt sie aus. »Ich verlasse mich auf dich.«

Damit bin ich entlassen. Zwar fühle ich mich immer noch etwas wacklig auf den Beinen, doch habe ich nun etwas zu tun und einen groben Plan. Einfach machen – sowieso hilfreich, um den Kopf freizubekommen oder Gedanken, die darin herumspuken, in die hinterste Ecke zu drängen.

Ich steige wieder auf das Bike und sehe zu, dass ich Nico in Stoke Newington einsammle. Er geht nicht gern zur Schule, deswegen tut es mir umso mehr leid, dass er heute noch länger bleiben musste. Und dass ich ihm den Zoobesuch streichen werde. Dafür wird sich nach dem ersten Schock alles regeln, sobald ich mir Sebs Stick wiedergeholt habe. Mit ein bisschen Glück muss ich die Buchhändlerin von heute nicht mal treffen und jemand anderes ist im Laden. Die restliche Fahrt über versuche ich mir das erfolgreich einzureden.

Miss Marshall und Nico warten in der Eingangshalle des Schulgebäudes auf mich. Die anderen Kinder wurden längst abgeholt. Der schwarz-gelb gestreifte Schal verdeckt Nicos halbes Gesicht, und die dicken Daunen seiner Jacke, die er über der Schuluniform trägt, plustern seine winzige Gestalt ein bisschen auf.

»Hey, Kumpel!«, strahle ich ihn an und lächele dann deutlich zurückhaltender in Richtung der Betreuerin. »Entschuldigen Sie die Verspätung. Die Reparatur eines Wagens hat länger gedauert und Tristan …«

»… ist ein viel beschäftigter Mensch«, beendet Miss Marshall meinen Satz, als teilten wir einen Insiderwitz. Gewissermaßen stimmt das. Dabei ist die Frau vierzig oder so, und ein solch eingespielter Umgang miteinander wirkt irgendwie fehl am Platz. Ich verbringe viel zu viel Zeit damit, mich ihr von meiner besten Seite zu präsentieren. Sie soll schließlich keine Dummheiten anstellen und die Behörden einschalten, in der Befürchtung, Tristan und ich kümmerten uns nicht gut genug um Nico. Nächstes Jahr kommt er in die Secondary School, und ich glaube, seine Betreuerin und ich sind gleichermaßen besorgt um ihn.

»Ja«, bestätige ich vage, weil ich nicht sicher bin, ob sie amüsiert oder argwöhnisch ist, und lege Nico eine Hand auf die Schulter. »Komm, Miss Marshall möchte auch nach Hause.«

Nico lässt sich ohne Protest von mir zum Ausgang dirigieren. Etwas anderes habe ich nicht erwartet. Er ist so ruhig, so umsichtig, so klug und könnte keiner Seele was zuleide tun. Da hält Miss Marshall mich am Arm zurück. Ich versteife mich unter ihrer Berührung. Manchmal, so wie jetzt, betrachtet sie mich, als wäre auch ich noch ein halbes Kind. Insbesondere seit Tristan sich hier gar nicht mehr blicken lässt, sondern immer mich vorschickt.

»Andrew. Nicholas braucht Hilfe. Seine Klassenkameraden …«

Sie muss nicht weitersprechen, damit ich mir das Szenario ausmalen kann.

Sind dann nicht vielmehr die anderen Kids das Problem?, möchte ich Miss Marshall am liebsten anfahren. Nur weil Nico nicht spricht?! Ich linse zu ihm hinüber. Seine Augen verraten mir alles, was ich wissen muss, um das Gespräch an dieser Stelle nicht fortzuführen. Natürlich leidet er unter der Situation. Nicht nur unter seinen Mitschülern, die die Sache keinesfalls erleichtern, sondern auch unter Tris, der ihn nicht selten geradezu demütigt. Die Knöchel von Nicos Hand, mit der er seinen geliebten hölzernen Zauberstab umklammert, werden weiß. Natürlich kein Original, ich habe ihm das Ding geschnitzt.

Ich räuspere mich. »Er gibt jeden Tag sein Bestes, sehen Sie das denn nicht?«

Miss Marshall hebt die schmalen Augenbrauen und gibt mich frei. Gut so. Sonst hätte ich mich losgerissen und das wäre weniger gut angekommen. Zu gerne hätte ich noch so was hinzugefügt wie: *Klar heißt das nicht, dass er keine Hilfe braucht*. Das ist ja auch nichts Schlimmes oder bedeutet Schwäche.

Doch da verabschiedet Nicos Betreuerin sich schon mit einem letzten mitfühlenden Lächeln von mir. »Auf Wiedersehen, Andrew.«

So zielstrebig wie Nico, kaum dass wir aus der Schule treten, auf das Motorrad zuhält, komme ich nur joggend hinterher.

»Du weißt, dass ich immer für dich da bin, wenn dich etwas belastet«, erinnere ich ihn, bevor er sich den Beifahrerhelm überstülpt. Der Blick, den ich für dieses Angebot ernte, lässt mich den Teenager erahnen, zu dem er in den nächsten Jahren heranwachsen wird. Ich zerwuschele ihm das blonde Haar und bekomme eine weitere Grimasse zu sehen. Die scheint charakteristisch für uns Carter-Jungs zu sein. Mir wird warm und gleichzeitig schwer ums Herz. Ich bringe es nicht über mich, ihm von dem geplatzten Zoobesuch zu erzählen und überrasche ihn stattdessen mit dem Comic, den ich Lia abgekauft habe. Ich werde Shannon bestechen müssen, damit sie mit ihm hingeht. Es wird eh mal wieder Zeit. Auch wenn ich nicht dabei bin, sitzt Nico wenigstens nicht allein zu Hause rum.

Praktischerweise treffen wir unsere Nachbarin direkt vor dem Wohnkomplex in Woodberry Down. Sie wohnt nur ein Stockwerk über uns, und anders als Miss Marshall ist Shannon keine vierzig, sondern gerade mal einundzwanzig Jahre alt und ausgesprochen sexy. Ihre traditionell gehaltene Zimmermädchenkluft tut dem Ganzen keinen Abbruch. Aufgrund der Tatsache, dass sie auch noch meine Sandkastenfreundin ist, sollte ich so was wahrscheinlich nicht denken. Das hat uns jedoch nicht davon abgehalten, vor ein paar Monaten das erste Mal miteinander in die Kiste zu steigen und stellte auch seitdem keinen Hinderungsgrund dar.

Wir nehmen gemeinsam die Stufen des schäbigen Treppenhauses. Der Aufzug wurde immer noch nicht instand gesetzt. Als ich Shannon anbiete, ihr beim Tragen der Einkäufe unter die Arme zu greifen, lacht sie mich nur aus. »Ich bitte dich, Drew! Der Kavalier steht dir nun wirklich nicht.«

Während ich gekränkt tue, erkundigt sie sich bei Nico: »Wie läuft's? Bist du mit deinem Aufsatz für Englisch schon fertig?«

Kein gutes Thema, bedeutet ihr seine Handbewegung. Auf unserer Etage angelangt, halte ich Shannon kurz am Arm zurück, bevor sie schon wieder einfach so nach oben verschwinden kann. Das sähe ihr ähnlich. Sie mag es, mich zappeln zu lassen oder Anspielungen gekonnt zu übergehen. Wahrscheinlich, weil sie weiß, dass ich voll darauf anspringe. »Sehen wir uns später?«

Mit einem schelmischen Grinsen mustert sie mich von oben bis unten, erbarmt sich schließlich und nickt.

Es ist nach eins in der Nacht, als ich die Bettdecke zurückschlage. Dennoch vergewissere ich mich, dass Nico auf der anderen Seite des Zimmers tief und fest schläft, bevor ich die Balkontür öffne und von außen leise wieder verschließe. Nicht umsonst habe ich ihm zum Einschlafen eine heiße Milch mit Honig zubereitet. Aufgrund der Tatsache, dass das mit Shannon und mir nichts Ernstes und schon gar nichts Offizielles ist, halten wir uns eher bedeckt. Um ehrlich zu sein, macht es die Geheimhaltung sogar noch reizvoller.

Ist das eisig draußen! Wie Nadelstiche auf der Haut. Hastig klettere ich die Strickleiter hoch, die Shannon heruntergelassen hat, und blicke dabei weder in den Abgrund noch genieße ich die Aussicht über das Naturschutzgebiet der Woodberry Wetlands. Auf ihrem Balkon angelangt, klopfe ich gegen die Scheibe, durch die ich in dem dunklen Raum nichts erkenne. In T-Shirt und Boxershorts friere ich mir den Arsch ab und vollführe die seltsamsten Bewegungen, um mich warm zu halten. Ist sie etwa eingeschlafen? Nein, ist sie nicht. Endlich lässt sie mich herein, und ich atme unwillkürlich auf.

»Da bist du ja«, lächelt Shannon an meinen Lippen, als ich sie küsse. Unsere Zungen finden sich. Es wird ein fiebriger Kuss, der davon zeugt, dass wir uns lange voneinander ferngehalten haben. Ich spüre ihre Hände an Schultern und Bauch, die über meinen Oberkörper fahren, sich in mein Shirt krallen und es mir schließlich über den Kopf ziehen. Sie schmiegt sich eng an mich und gibt ein leises Seufzen von sich. Ich fasse in ihr seidiges rotes Haar und lasse meine Hände unter ihr Top gleiten, hebe sie hoch und trage sie zum Bett.

Zeit, zu vergessen.

KAPITEL 3
LIA

Ich fürchte, meine Vermeidungsstrategie verselbstständigt sich. Schon am nächsten Tag fahre ich von Mile End nach der Uni nicht zur WG, sondern direkt nach Shoreditch zur Buchhandlung. Zum Glück muss ich heute nicht einkaufen. Weshalb also in der Wohnung vorbeischauen? Schon die Vorstellung, Tracey nach unserem unangenehmen Aufeinandertreffen erneut gegenüberzutreten mit dem Gefühl, dass ich ihr nicht richtig helfen konnte, lässt mich schaudern. Diesmal schließe ich unerwartete Kundschaft von vornherein aus. Wie gestern und auch den Tag davor, an dem ich ebenfalls im *A New Chapter* gelandet bin.

Mit meinem Costa Coffee und dem Notebook richte ich mich im Mitarbeiterbereich ein. Während es hochfährt, krame ich in meiner Tasche nach Federmäppchen und Collegeblock. Alles könnte so normal sein, aber ein Teil von mir möchte dennoch schreien. Ich komme einfach nicht zur Ruhe, fühle mich so einsam. Könnte ich nur auf

Tracey oder meine Kommilitonen zugehen, ohne sofort all das zu fühlen, was immer sie fühlen! Diese Menge an Emotionen um mich herum bin ich nicht gewohnt. Der Impuls, darauf wie ein Spiegelbild zu reagieren, nicht anders zu können, laugt mich völlig aus. Selbst wenn ich alleine bin, spiele ich Situationen und Begegnungen gedanklich erneut durch und frage mich, an welcher Stelle ich mich anders, besser hätte verhalten können.

Ich stehe auf und gehe zum Fenster. Der Hinterhof liegt verlassen da. Was täte ich nicht dafür, damit Dad, die Nase in einem Buch vergraben, in diesem Augenblick in den Raum geschlendert käme? So vertieft in den Text, dass er mich nicht einmal wahrnehmen würde. Vielleicht würde ich zum Tisch zurückgehen, eine Seite aus dem Collegeblock reißen und eine Papierkugel nach ihm werfen. Er sähe reichlich verdattert aus der Wäsche, und ich könnte mir das Grinsen nicht verkneifen.

Zum Glück verlangt gleich darauf etwas anderes nach meiner Aufmerksamkeit, bevor der Schmerz der Erinnerung an Dad mich zu überwältigen droht. Ich stelle fest, dass ich einen Video-Anruf bei Skype verpasst habe. Kendra!

Einen Augenblick schließe ich die Augen, besinne mich auf meinen Atem und spüre ihm nach, dem Heben und Senken meiner Brust. Dann rufe ich meine beste Freundin zurück. Wenn es jemand versteht, mich aufzuheitern, dann ist es Kendra. Wie ich ist sie online unterrichtet worden, wo wir uns in einer Internet-Lerngruppe kennengelernt haben. Und genau wie ich ist sie ebenso literaturvernarrt. Spätestens seit wir gemeinsam einen Sommer in Whitby an der Küste verbracht haben, auf den Spuren von *Dracula*, unseres gemeinsamen Lieblingsklassikers, sind wir unzertrennlich. So unzertrennlich, wie man es bei einer Fernfreundschaft nur sein kann, denn Kendra lebt in Glasgow.

»Lia!«, grinst sie mich an, sobald die Verbindung aufgebaut wurde. Meine wunderbare beste Freundin, die, nebenbei bemerkt, nicht hochsensibel ist. Es gibt auch andere Gründe, keine gewöhnliche Schule zu besuchen. Mrs und Mr Williams, Kendras Eltern, halten sich und ihre Familie zum Beispiel für etwas Besseres. Keine Schule war gut genug, jeder einzelne Mitschüler bloß eine zusätzliche Ablenkung. »Ich bin so froh, dass wir uns endlich einmal erwischen!«

»Und ich erst!« Automatisch muss ich lächeln.

»Wie geht es dir? Vermisst du ihn immer noch so sehr? Wie ist es an der Queen Mary? Erzähl!«

»Es läuft nicht ganz so, wie ich es mir erhofft habe«, gebe ich zu und berichte Kendra kurzerhand, wie es mir seit unserem letzten Gespräch ergangen ist. Kendra war nach Dads Tod so gut wie möglich für mich da und ist direkt für ein paar Tage zu mir gekommen. Natürlich konnte sie nicht ewig bleiben, und schon bald trennte uns die Entfernung wieder. Sehr zu meiner Enttäuschung und entgegen unserer zwischenzeitlichen Pläne wollte sie dann doch nicht von Glasgow nach London zum Studieren ziehen. Ein bisschen traurig bin ich deshalb immer noch, dafür umso dankbarer, dass es das Internet gibt.

Als ich ende, ist mein Kaffee kalt, weil ich mir keinen Punkt und kein Komma erlaubt habe, um zwischendrin an dem Pappbecher zu nippen. Die meisten Leute, die mich kennen, würden sich wundern, wie viel ich reden kann, denn ich gehöre eindeutig zu der introvertierten Sorte Mensch. Aber vor allem bei sehr vertrauten und wichtigen Personen in meinem Leben komme auch ich aus mir heraus.

»Oh weh«, fasst Kendra meine Situation anschließend treffend zusammen.

Ich bohre mir die Fingernägel in die Handflächen. Ihre besorgte Miene kann ich Kendra nicht verübeln. Wie gerne hätte ich mit ihr über die ersten witzigen WG-Anekdoten gelacht, mich über irre Professoren beklagt oder ihr von süßen Typen in meinen Seminaren vorgeschwärmt. So wie sie jetzt beginnt, mir von einem Flirt bei der Semester-Opening-Party zu erzählen: »Er hat tatsächlich zurückgelächelt! Und dann ist er zu mir rübergekommen und hat gefragt, ob er mich auf einen Drink einladen darf.«

Ich nicke nur halbherzig, denn im Gegensatz zu ihr hatte ich bislang absolut keinen Kopf für Schwärmereien. Ich war voll damit beschäftigt, mich auf den Lernstoff zu konzentrieren und mich nicht von dem ganzen Drumherum ablenken zu lassen. Immerhin, das Lernen an sich bereitet mir keinerlei Schwierigkeiten. Ich bin schon immer gut »in der Schule« gewesen. Prima Noten sind zwar schön, aber gehören eindeutig nicht zu einem aufregenden After-School-Leben.

»Wirst du das *A New Chapter* wieder eröffnen?« Kendras vorsichtiger Tonfall bestätigt mich in meiner Annahme, wie niedergeschlagen ich wirke. Ich will das so nicht mehr. Ich muss etwas verändern. Ungeahnte Entschlossenheit durchströmt mich und verdrängt die Angst für einen Moment.

»Ja.« Jetzt, wo ich es ausspreche, wird mir klar, dass ich die Entscheidung bereits getroffen habe. Auch wenn es nicht leicht wird, die Buchhandlung über Wasser zu halten, denn sie kämpft schon länger um ihr Überleben. »Ich werde morgen eine Anzeige aufgeben und nach einer Aushilfe für den Laden suchen.« Dann kann ich mich hier nicht mehr verbarrikadieren. Ich werde mir selbst ein Schnippchen und gleichzeitig zwei Fliegen mit einer Klappe schlagen.

Als hätte meine beste Freundin diesen unausgesprochenen Teil auch gehört, nickt sie mir einmal mehr aufmunternd zu. »Lass dich nicht unterkriegen. Ich finde es echt krass, wie du das alles schaffst.«

In Anbetracht der Umstände hat Kendra wohl recht. Ich sollte nicht so hart mit mir sein und alles auf meine Weise und in eigenem Tempo angehen. Mein optimales Erregungsniveau ist einfach schneller erreicht als bei anderen. Das ist eine Tatsache.

Keine vierundzwanzig Stunden später, es ist Freitagnachmittag, stehe ich jedoch vor dem schwarzen Brett des Universitätsgebäudes mit einem Zettel in der Hand und sehe meine Zuversicht schwinden. Ich weiß, dass das Schreiben zu meinen Talenten zählt. Nur sobald ich mein Gesuch aufhänge, bedeutet dies, meinen Zufluchtsort bald nicht mehr für mich allein zu haben. Ich schlucke gegen die Trockenheit in meiner Kehle. Erst ein Räuspern schräg hinter mir sorgt dafür, dass ich den Aushang hastig an eine freie Stelle hefte und von der Tafel zurücktrete.

»Tut mir leid! Ich wollte dir nicht die Sicht versperren«, entschuldige ich mich für meine Gedankenlosigkeit.

Zu meiner Erleichterung wirkt der junge Mann, wahrscheinlich ein Student, nicht verärgert. »Ach Quatsch, alles gut.« Die Hände in die Hüften gestemmt liest er meine Notiz. Apropos … Er ist süß mit seiner runden Brille, den Hosenträgern und der Fliege. Anders als bei einem Hipster-Outfit sind seine Klamotten nicht modern, sondern echt altmodisch. Er trägt sie jedoch so souverän, dass man ihm seinen Kleidungsstil sofort abkauft. Was sonst albern oder streberhaft hätte erscheinen können, verleiht ihm einen edlen, irgendwie aristokratischen Look. »Kann man sich auch bei dir persönlich bewerben, Lianne Jones?«

Mir bleibt der letzte Rest Spucke weg. Ist das ein Flirtversuch?

»Du interessierst dich für den Job?«, stelle ich klar, um zurück auf sicheres Terrain zu gelangen. Was soll ich von dieser Anspielung halten? Unter der Anzeige stehen immerhin meine Kontaktdaten. Womöglich sorgen Kendras Jungsgeschichten von gestern dafür, dass ich die Situation überinterpretiere.

Plötzlich wandern meine Gedanken zu der Begegnung mit dem Motorradfahrer vor ein paar Tagen. Wie hieß er noch gleich? Drew. Hat *er* etwa mit mir geflirtet, als er sich so verschwörerisch über den Verkaufstresen gelehnt hat? Mir wird heiß. Warum denke ich ausgerechnet jetzt an so einen Player? Ich lese zwar hin und wieder Bad-Boy-Geschichten, habe sogar schon selbst welche geschrieben. Aber im realen Leben würde ich mich niemals in solche Typen verlieben.

Mein Gegenüber nickt eifrig, wobei seine Brille leicht verrutscht. »Ein Nebenjob in einer Buchhandlung hört sich für mich sehr viel verlockender als Kellnern an.« Obwohl ihm so eine Livree durchaus gestanden hätte. Zu den schwarzen Haaren, die er in einem Undercut trägt, und seiner goldschimmernden Haut.

»Justus Gão«, stellt er sich mir vor. »Ich bin einundzwanzig Jahre alt, studiere Astrophysik im fünften Semester und würde mich sehr freuen, wenn du mich einstellst. Ich lese zwar vor allem wissenschaftliche Texte und Sachbücher, aber bin immer für eine Horizonterweiterung zu haben. Meinen Stundenplan kann ich dir gern zuschicken, aber grundsätzlich bin ich sehr flexibel …«

Ich komme kaum hinterher. Habe ich in Justus die gesuchte Aushilfe etwa so schnell gefunden?

»Gut. Das klingt doch schon mal gut!«, unterbreche ich seinen Redestrom und hoffe, angemessen erfreut und nicht überfordert wegen seines Eifers zu klingen. Es geht doch! Ich finde mich überzeugend. Zumindest so lange, bis mein nicht vorhandenes Improvisationstalent doch noch zum Vorschein kommt. »Schreib mir noch mal bei WhatsApp, dann setze ich dich auf die Bewerberliste. Ich muss leider los! Wir hören voneinander. Tschüss!«

Damit mache ich auf dem Absatz kehrt, weiche entgegenkommenden Studenten aus und schlüpfe zur Tür hinaus. Nicht dass ich normalerweise mit irgendwem geredet oder mich von jemandem verabschiedet hätte, wenn es nicht unvermeidlich ist. Ich werde erst langsamer, als ich die viel befahrene Kreuzung waghalsig überquert und die Underground Station erreicht habe. Für rote Ampeln fehlt mir die Ruhe. Was für ein Abgang. Mein Herz schlägt immer noch viel zu schnell. *Welche Bewerberliste, Lia?* Und wieso zum Teufel habe ich Justus nicht direkt zugesagt? Er war freundlich und total motiviert und hat mich damit überrumpelt. Bleibt nur, dem Bedürfnis, mich sofort in die Buchhandlung zu verkriechen, nicht erneut nachzugeben.

Lass dich nicht unterkriegen, hallt Kendras Stimme in meinen Ohren wider. *Zeit für einen zweiten Band, erinnerst du dich?*

Ich zwinge mich, nach Bethnal Green zu fahren und eine mögliche Konfrontation in der WG nicht weiter hinauszuzögern. Obwohl es noch nicht mal Angst ist, sondern eher Unsicherheit. Zumindest halte ich Tracey und Penelope sogar für nett und glaube nicht, dass sie mich vor den Kopf stoßen würden, sollte ich Anschluss suchen.

Ich muss ja nicht lange mit ihnen reden, sondern kann es ganz langsam angehen lassen. Die Möglichkeit, mich zurückzuziehen, habe ich auf jeden Fall. Doch mich auf Dauer rarmachen und wegducken will ich nicht länger. Leben beginnt erst außerhalb der Komfortzone, so heißt es doch. In der Theorie ist mir das alles klar. Meinem Bauch gefällt das trotzdem nicht. Egal. Augen zu und durch.

Vorsichtig strecke ich den Kopf in die Diele, die ruhig und leer daliegt. Der Regenbogenteppich ist neu und verleiht dem Flur eine heimelige Atmosphäre. Das Licht in der Küche ist ausgeschaltet, dafür vernehme ich Stimmen aus dem Wohnzimmer. Um in mein Zimmer zu gelangen, muss ich an der offenen Tür vorbei. Sollten meine Mitbewohnerinnen auf der Couch sitzen, werden sie mich zwangsläufig sehen. *Das wird.*

Ich setze einen Fuß vor den anderen und spähe in das Zimmer hinein. Tracey sitzt an einem und Ina (ausgerechnet!) am anderen Ende des Sofas, ihre eisblonden Haare zu einem Dutt aufgetürmt. Sie hält jene gepunktete Tasse in den Händen, die ich sonst regelmäßig verwaist neben der Kaffeemaschine vorfinde. Tracey blickt von dem Zettelchaos auf ihren überschlagenen Beinen auf. Anscheinend trägt sie Ina zu Übungszwecken ein Referat vor. Vielleicht ist diese doch gar nicht so fies wie ich dachte, nur manchmal etwas ruppig.

»Hallo«, sage ich, genauso, wie ich es mir nur Sekunden zuvor ausgemalt habe. Das Blut rauscht mir in den Ohren.

»Hey«, kommt es eigentlich ziemlich nett von den Mädels zurück.

Als ich meine Zimmertür hinter mir zuziehe und mich meinem Spiegelbild gegenüberfinde, registriere ich, dass ich lächele. Ein kleiner Schritt in die richtige Richtung.

Ich knipse die Lichterkette an, welche den Spiegel umrahmt, und wage mich sogar noch einmal raus, um mir einen Marzipantee aus der Küche zu holen. Davon bestärkt, stelle ich meine Anzeige auf einige Job-Websites. Ich werde Dad nicht enttäuschen und den bestmöglichen Kandidaten für die Stelle finden. Schließlich möchte ich sein Heiligstes nicht in die Hände einer x-beliebigen Person legen.

Samstagvormittag begebe ich mich mit neuem Elan zum *A New Chapter*. Auf dem Weg sage ich mir meine morgendlichen Affirmationen, also positive Motivationssprüche, mehrmals auf. Außerdem vergegenwärtige ich mir drei Dinge, für die ich dankbar bin, und nehme mir drei weitere Ziele vor, um den anstehenden Tag zu einem guten zu machen. Diese Routine habe ich zuletzt leider etwas schleifen lassen und merke jetzt erst wieder, wie wichtig sie für mein inneres Gleichgewicht ist.

Heute steht auf dem Plan, etwas Ordnung im Buchladen zu schaffen und mich um Liegengebliebenes zu kümmern. Unterhalb des altmodischen *Offen/Geschlossen*-Schilds befestige ich ein weiteres Exemplar meines Aushilfsgesuchs. Sollte ein Fußgänger nicht so blind sein wie Drew, kann er es dort im Vorbeigehen unmöglich übersehen.

Um die Mittagszeit setze ich mich in ein etwas weniger überlaufenes Café. Die fußläufig erreichbaren Märkte mit ihrem ausgefallenen Angebot an Essen, Antiquitäten und Mode, das Touristen geradezu anzieht, umgehe ich lieber. Dabei sind die veganen Dumplings auf dem Old Spitalfields Market göttlich. Bei einem Matcha Latte versuche ich wie des Öfteren in letzter Zeit ein paar Worte zu Papier zu bringen. Während ich mit dem Clip am Ende meines Kugelschreibers spiele, verfluche ich meine kreative Flaute. Oft kann es sehr inspirierend sein, die Leute einfach nur zu beobachten. Für diesen Zweck ist mein hochsensibler Blickwinkel gar nicht mal schlecht. Denn wenn ich mich bewusst öffne und sämtliche Eindrücke in meiner Umgebung zulasse, beginnt ein ganz besonderer Zauber. Es können bloße Momentaufnahmen, Gesprächsfetzen oder Gesichtsausdrücke sein, die eine bunte Bilderflut in mir lostreten. Ich male mir aus, was hinter diesem oder jenem Menschen stecken könnte, fühle mich ein und spinne intuitiv Fäden, die sich nach und nach zu etwas Wunderbarem zusammenfügen. Für diesen kreativen Flow ist meine Feinfühligkeit ein Geschenk. Wie sehr sehne ich mich genau nach diesem Rausch, danach, mal wieder so richtig vom Schreibfieber mitgerissen zu werden.

Ich lasse die Reste meines Getränks im Glas kreisen. Nach meinem Geschmack war zu lang nichts davon zu spüren. In mir herrscht ein einziges Kuddelmuddel. Es gibt so viel, um das ich mich kümmern, woran ich mich gewöhnen muss, was ich zu bewältigen habe. Die Buchhandlung, die Uni, das WG-Leben und Dad ... Immer wieder Dad. Wie soll ich da tagträumen und die Gedanken schweifen lassen können? Mein Kopf ist voll bis obenhin mit Ängsten und Sorgen.

Komm schon! Du kannst das alles schaffen.

Im Grunde schreibe ich aus Spaß. Es gibt nichts Schöneres, als meine Gedanken und Gefühle und die Liebe zu Geschichten mit meiner Leserschaft zu teilen. Der finanzielle Gewinn, der für mich als Indie-Autorin, ohne einen Verlag im Rücken, dabei herausspringt, war bisher eher ein nettes Taschengeld. Nichts im Vergleich dazu, mich an einen Sandstrand auf Hawaii zu schreiben (wie in *Endless Love*) oder meinen Love-Interest für sein Surf-Talent anzuhimmeln, mit der Protagonistin Vero sämtliche Höhen und Tiefen zu durchleben, in die Sasha sie stürzt. Ich habe es geliebt, aus Veros Sicht zu schreiben, die mir in vielerlei Hinsicht gar nicht unähnlich ist, oder mich in *Wild Love* richtig auszutoben. Nun aber bräuchte ich dringend einen neuen Roman, welcher mich im Optimalfall davor bewahrt, meine Mutter um finanzielle Unterstützung bitten zu müssen. Mehr als ein paar Sätze schaffe ich trotzdem nicht. Die Seite will sich einfach nicht füllen. Ich streiche den letzten Gedanken durch und widerstehe dem Drang, sie in winzige Schnipsel zu zerreißen. *Vergiss den Wordcount.* Die Qualität zählt. Trotzdem muss etwas Besseres als dieses sinnlose Geschwafel her. Aber was?

Als ich kurz darauf gefrustet zur Buchhandlung zurückkehre, passiert es. Nichts, womit ich jemals gerechnet hätte. Ich traue meinen Augen kaum. An der dunkelgrünen Fassade lehnt niemand geringeres als Drew, die Hände in den Hosentaschen vergraben.

Keine Verwechslung. Er ist es. Schockschwerenot!

KAPITEL 4
LIA

Er sieht unsagbar cool aus, wogegen in mir augenblicklich alles in Aufruhr gerät. Automatisch verlangsame ich meinen Schritt. Sobald Drew mich erkennt, stößt er sich von der Hauswand ab und wartet, bis ich auf Hörweite herangekommen bin.

»Ich dachte schon, es wäre wieder geschlossen.« Er zwinkert mir zu.

Was tust du hier?!, wäre es mir beinahe entfahren. Ich sortiere mich schleunigst, obwohl ich mich komplett überfallen fühle, und beschließe, nicht auf sein Zwinkern einzugehen, indem ich die Arme vor der Brust verschränke. »Ich muss erst mal eine Aushilfe finden, bevor ich den Laden offiziell wieder eröffnen kann. Neben dem Studium habe ich leider nicht die Zeit, um regelmäßig hier zu sein.« Aus Drews Blick sind eine Menge Fragen abzulesen, deswegen ergänze ich kurzerhand: »Mein Vater ist kürzlich gestorben und hat mir die Buchhandlung hinterlassen.«

Drew reagiert leidlich betroffen. Er verzieht das Gesicht, als ob er auf etwas Saures gebissen hätte. »Das tut mir leid. Deswegen die Anzeige.«

»Du kannst ja doch lesen.« Plötzlich bin ich es, die sich übertrieben locker gibt. Ich brauche sein Mitleid nicht. Ich brauche überhaupt kein Mitleid, egal von wem.

Seine Mundwinkel zucken. »Du hast ja doch Humor.«

Natürlich habe ich Humor! Ich lache nur nicht über jeden Quatsch.

»Lässt du mich trotzdem rein?«, fragt er mich. »Ich brauche Nachschub. Nico hat den Comic quasi inhaliert. Du weißt schon, mein kleiner Bruder.«

Ich knirsche unhörbar mit den Zähnen. Drew scheint sehr bemüht, unser erstes Aufeinandertreffen wettzumachen. Zumindest sind heute weit und breit keine Gewitterwolken, die ihn letztes Mal wie einen unsichtbaren Schleier umgeben haben, zu spüren. Ich bringe es nicht über mich, ihn abzuweisen, daher nicke ich knapp und öffne nach mehreren Anläufen mit dem Schloss die Ladentür.

»Nach dir«, bitte ich ihn.

Trotz seiner Anwesenheit atme ich den Geruch nach Papier und Leder tief ein. Er beruhigt mich sofort und erinnert mich an den großen Wert, den der Laden für mich hat. Mit vielen Büchern, egal welcher Art, verbinde ich Emotionen und besondere Momente, die mir niemand mehr nehmen kann. In dieser Atmosphäre fühle ich mich geborgen und zu Hause.

Drew jedoch gleicht in seinem Aufzug an diesem Ort, an dem die Zeit förmlich stehen geblieben ist, einem Fremdkörper. Er ist genauso gekleidet wie am Montag, nur ohne Motorradhelm, und scheint heute zu Fuß unterwegs zu sein. Die Wirbel seiner Espressoschaum-

Haare sind noch wilder. Eher hätte er vor einem der zahllosen Shoreditcher Graffitis für ein urbanes Fotoshooting posieren sollen, statt in einer Buchhandlung zu stöbern. Drews Blick wandert einmal mehr über die antike Einrichtung, die ich so liebe. Wie seltsam, mit ihm zusammen das *A New Chapter* zu betreten, als wären wir zusammen hergekommen. Wie seltsam, dass wir uns überhaupt noch einmal begegnen.

Ich trete neben ihn zwischen die Regalreihen, die sich unter dem Gewicht der Wälzer zunehmend biegen. Am besten, ich verhalte mich ganz natürlich. Er ist mein Kunde, ich die Verkäuferin. Ich muss nur meine Rolle spielen, dann verschwindet er bestimmt gleich wieder. *Sieh es als Übung.*

»Soll es noch mal Spiderman sein?«, erkundige ich mich nach seinen Wünschen.

Drew blinzelt. Dann: »Ja, bitte. Sorry, ich war in Gedanken. Ich würde mich aber erst noch etwas umsehen.«

»Ja, klar.« Verlegen, dass ich das nicht in Erwägung gezogen habe, lasse ich ihm seinen Freiraum und begebe mich zur Ladentheke, ertappe mich beim Grübeln, worum sich Drews Gedanken möglicherweise gedreht haben könnten. Ohne Umschweife schlägt er erneut den Weg zu Emily Dickinson ein. Poesie? Wirklich?

Ich bin so neugierig, dass ich ihm am liebsten folgen würde, aber ich muss mich ja nicht unbedingt beim Beobachten erwischen lassen. Auf der Suche nach etwas, womit ich meine Hände beschäftigen kann, fällt mein Blick auf den USB-Stick, über den ich heute früh beim Aufräumen gestolpert bin. Kurz davor hatte ich noch die Regale entstaubt, und da lag er plötzlich mitten im Gang. Ich stecke ihn in einen der Ports des PC unter der Theke und warte, bis er vom Computer erkannt wird. Genauso eine Ablenkung brauche ich jetzt.

Auf dem Stick befindet sich ein einziger namenloser Ordner, der mehrere Dateien in einem mir fremden Format enthält. Als ich versuche, eine dieser Dateien zu öffnen, werde ich nach einer Zugriffsberechtigung gefragt. Oha! Befände ich mich in einem Thriller, könnte das den Beginn meiner Rolle in der Geschichte markieren. Ein bisschen muss ich über diese Vorstellung grinsen. Ich lese zu viel, eindeutig. Weiter unten in dem Ordner finde ich drei jpeg-Dateien, von denen ich ebenfalls eine zu öffnen versuche. Das Schmunzeln vergeht mir, als eine Liste mit Automodellen, Geldsummen und osteuropäischen Länderkürzeln aufploppt. Mir wird mulmig zumute. Bevor ich das Dokument genauer unter die Lupe nehmen kann, macht Drew mit einem Räuspern auf sich aufmerksam. Er ist aus dem hinteren Teil des Ladens hervorgekommen und steht nun seitlich an der Theke. Viel zu hastig schließe ich das Fenster und frage mich, ob er was auf dem Bildschirm erkannt hat. Dabei habe ich damit ja gar nichts am Hut! Wahrscheinlich ist in meinem Autorengehirn die Fantasie etwas mit mir durchgegangen. Was genau glaube ich denn, was das da auf dem Stick ist?

»Nichts gefunden?«, überspiele ich das Gefühl, bei etwas Verbotenem ertappt worden zu sein.

»Nope.«

Ob Drew sein Interesse an Lyrik peinlich ist und er deshalb nichts kauft?

Er schwenkt in Richtung Comic-Ständer, und ich beeile mich, ihm zu folgen.

Während ich die Auswahl nach einem passenden Comic für Drews

Bruder durchsuche, lasse ich so manche Geschichten der Hefte vor meinem geistigen Auge Revue passieren. Selbstverständlich habe ich nicht jeden Comic gelesen, aber einige sind dabei, deren Helden und ihre Abenteuer und Kämpfe mir noch lebhaft in Erinnerung geblieben sind. Drew neigt kaum merklich den Kopf. Ich kann seine Präsenz förmlich spüren – und ihn riechen. Eine herbe Note und ein Hauch Motoröl, der sich daruntermischt. Warum muss er so nah bei mir stehen?

»Du hast also noch niemanden für die Stelle gefunden? Extramoney schadet nie.«

Mein Blick schnellt in die Höhe. »Nein«, gebe ich zu und zügele mich, ihn unverhohlen anzustarren. Als Buchhändler kann ich mir diesen Kerl beim besten Willen nicht vorstellen. »Ich sammele erst mal Bewerbungen, bevor ich mich entscheide.« Sollte er belesen sein, wäre nun der Augenblick, mich von seinen hoffentlich nicht vorhandenen Qualitäten zu überzeugen.

»Ich bin zwar nicht so die Leseratte …«

Gott sei Dank!

»… aber ich kann mit anpacken.«

Das glaube ich ihm aufs Wort. Wie von selbst begutachte ich seine beachtliche Statur und male mir aus, was Jacke und Pullover alles vor mir verbergen könnten. Ich zupfe an meiner schwarzen Choker-Kette in Spitzenoptik. Meine Hoffnung, ich bekäme so etwas besser Luft, erfüllt sich nicht. Mein Schweigen sorgt dafür, dass Drew ergänzt: »Und ich kann ganz gut mit Menschen umgehen, denke ich.«

Sehen wir der Tatsache mal ins Gesicht: Nie und nimmer würde ich es aushalten, ihn – und sei es nur für seine Einarbeitung – mehrere Stunden am Stück um mich herum zu haben. Drew scheint so von sich überzeugt zu sein, dass er nicht mal merkt, wie sehr er mich aus dem Konzept bringt. Neben ihm komme ich mir gleich doppelt so zartbesaitet vor wie sonst.

»Ich setze dich auf die Liste«, lüge ich, ziehe den nächstbesten Spiderman-Comic hervor und halte ihn ihm unter die Nase. »Wie wäre es damit?«

Im Stillen liest er den Klappentext, wobei sich seine Lippen leicht bewegen und seine Stirn vor Konzentration Falten schlägt. Irgendwie niedlich. Dennoch bemerke ich, dass er enttäuscht ist, weil ich ihn nicht gleich eingestellt habe. Sofort regt sich mein schlechtes Gewissen, dabei schulde ich ihm rein gar nichts. Drew entscheidet sich für den Comic und ich kassiere schnell ab. Danach stehen wir einander kurz unschlüssig gegenüber.

»Joa, also dann.« Er tippt sich an die Stirn und durchbricht damit den merkwürdigen Moment. »Ich schätze, man sieht sich.«

»Ja«, raune ich, erst als die Tür klirrend hinter Drew ins Schloss gefallen ist, meine jedoch: *Bitte nicht.*

Ich bin ein bisschen hysterisch. Was war das? Auf jeden Fall war es superpeinlich, wie sehr ich mich von ihm habe verwirren lassen! Ich mache drei Kreuze, wenn Drew nie wieder hier auftaucht. Ein Teil von mir hofft insgeheim, dass er es dennoch tut.

KAPITEL 5

DREW

Jemand erschieße mich. Der Bücherwurm hat den Stick. Ausgerechnet *sie* hat ihn gefunden! Wie hat sie ihn zwischen den altersschwachen Buchrücken überhaupt bemerken können? Zuerst dachte ich noch, *ich* hätte den Stick übersehen oder doch zwischen zwei andere alte Schinken gesteckt. Dabei war es relativ leicht, sich zumindest Charles Dickens zu merken: Dickens und Dickinson. Nachdem ich gerade so lang voller Unglauben auf die leere Stelle gestarrt habe, werde ich auch Emily nicht mehr vergessen.

Erst in sicherem Abstand zum Laden erlaube ich es mir, laut zu fluchen, ignoriere die pikierten Blicke und gerümpften Nasen, die ich dafür ernte. Na und? Ich habe definitiv größere Sorgen, als mich um gute Manieren zu scheren. Die Situation ist schließlich noch nicht verzwickt genug: Wenn du erfahren darfst, dass dein einziger Freund ein Scheißverräter ist und dir jemand anderes seine sichergestellten Beweise vor der Nase wegschnappt. Wenn diese Lia den Inhalt wenigstens nicht geöffnet hätte … Andererseits sollte ich froh sein, das überhaupt mitbekommen zu haben. Ich schiebe die Hände in die Hosentaschen, damit man nicht sieht, wie sehr sie beben.

Es hätte so leicht sein können. Reingehen, den Stick holen oder fragen, ob einer gefunden wurde, und schnell wieder raus. So jedoch konnte ich mich nicht mehr als der Besitzer zu erkennen geben. Mal abgesehen davon, dass ich mich in Schockstarre befand, sobald ich den Stick in Lias PC erkannt hatte. Das mit der Aushilfsstelle war auch noch so eine Schnapsidee. Als ob sie mir das Interesse an dem Job ernsthaft abkaufen würde! Nur was blieb mir denn anderes übrig?

Oh Mann, irgendjemand muss mich echt hassen. Tristan beispielsweise. Er wird Freudensprünge machen, wenn er erfährt, dass ich auf ganzer Linie gescheitert bin. Zum zweiten Mal. Was, wenn die Kleine zur Polizei rennt? Alles, was ich tun kann, ist hoffen und beten und eine Gelegenheit abwarten, um irgendwie doch noch an den verdammten Stick ranzukommen.

Ich bin so in Aufregung, dass ich fast eine entgegenkommende Passantin umniete. Sie ruft mir eine Beleidigung hinterher, doch ich achte nicht weiter darauf.

Ich werde einfach abwarten. Es wird sich eine Gelegenheit ergeben. Bis dahin darf ich nur nicht durchdrehen.

KAPITEL 6

LIA

Die nächste Zeit lässt Drew sich immer wieder dann blicken, wenn ich es am allerwenigsten gebrauchen kann – *erwarte* stimmt nicht. Spätestens nach seinem dritten Besuch befürchte ich jede Sekunde, dass er erneut vor der Buchhandlung herumlungern wird und bin bereits in der Uni zum Zerbersten angespannt. Gut, er lungert nicht wirklich dort herum und kauft letztendlich immer etwas. Meist einen Comic für diesen Nico, seinen angeblichen kleinen Bruder. Aber es will sich mir einfach nicht erschließen, was er von mir *will?* Comics gibt es auch woanders. Zumal ich offiziell immer noch nicht geöffnet habe und nur im Laden bin, um eben darauf hinzuarbeiten und alle nötigen Vorbereitungen zu treffen. Ich muss ihn irgendwie loswerden, sollte ihn gar nicht erst reinlassen. Könnte ich nur Nein sagen und ihm klarmachen, dass ich sein Verhalten schon etwas penetrant finde. Doch auch wenn er nicht viel kauft, ist Drew aktuell die einzige Einnahmequelle des *A New Chapter* …

Unterdessen trudeln nach und nach weitere Bewerbungen für die Aushilfsstelle in meinem Messenger ein. Es sind ein paar vielversprechende dabei. Manche Interessenten kenne ich sogar aus meinem Studiengang, Vergleichende Literaturwissenschaft, von der Queen Mary University. Allerdings habe ich kaum die Nerven, alles zu lesen geschweige denn zu beantworten. Dabei denke ich auch immer wieder an Justus, der keine Zeit verloren hat, mich gleich vor dem Schwarzen Brett in der Uni anzusprechen. Ich würde ihn ja nehmen, wären da nicht diese Zweifel. War er nicht doch *zu* nett, *zu* motiviert, als dass er lediglich Interesse an dem Job haben könnte? Sollte ich mein erstes Gefühl, er könnte an mir interessiert sein, einfach ignorieren?

Es reicht mir schon, über Drews Absichten spekulieren zu müssen. Die unfreiwilligen Nachmittage mit ihm in der Buchhandlung sorgen dafür, dass ich nie zur Ruhe komme, sondern ständig unter Strom stehe. Wenn möglich tue ich bei diesen Gelegenheiten so, als ob ich beschäftigter wäre, als ich es bin, um mich nicht mehr als nötig mit ihm unterhalten zu müssen. Er ist zwar nicht unfreundlich, sondern lediglich fremd. Trotzdem. Beinahe hätte ich sogar begonnen, die WG der Buchhandlung vorzuziehen. Aus der Notwendigkeit heraus, den Laden auf Vordermann zu bringen, kann ich mir das jedoch nicht erlauben.

Das einzig Gute ist, dass die Aufregung um Drew mich etwas von den Gruppenarbeiten in meinen Kursen ablenkt, die sich plötzlich häufen und es erfordern, mehr aus mir herauszukommen. Oft fällt es mir schwer, meine Meinung unbefangen zu äußern, um anderen Menschen nicht auf die Füße zu treten.

Gerade in solchen Situationen sage ich lieber nichts, obwohl ich mich ja eigentlich gern einbringen möchte. Es ist ein ständiger Drahtseilakt.

Mal abgesehen davon, dass ich mich sowieso in einer verfahrenen Situation befinde, ist die Trauer um meinen Dad noch immer allgegenwärtig. Da darf man auch mal schlecht drauf sein, ohne gleich als Sensibelchen abgestempelt zu werden, oder nicht? Drew hat das mittlerweile auch schon mitbekommen und versucht mich mit seiner guten Laune und ein paar Neckereien aufzuheitern. Obwohl ich ihn nicht darum gebeten habe, gewöhne ich mich langsam an ihn. Mir bleibt ja gar nichts anderes übrig.

So beobachte ich ihn auch jetzt von meinem Platz hinter der Ladentheke aus. Wir kennen uns zwar gerade mal etwas über zwei Wochen, aber es kommt mir länger vor, so oft, wie wir uns zwischenzeitlich gesehen haben. Das merke ich vor allem daran, dass ich lockerer in seiner Gegenwart werde. Und ja, doch, ich mag es, wie er sich vor mir absichtlich zum Affen macht. Wie aufs Stichwort schnippt Drew in diesem Moment seine zusammengeknüllte Serviette in meinen leeren Kaffeebecher neben der Kasse.

»YES!« Triumphierend dreht er mit ausgestreckten Armen eine Ehrenrunde durch den Verkaufsraum, als hätte er mit seinem Treffer das entscheidende Tor bei der Fußballweltmeisterschaft geschossen. Ich schmunzele in mich hinein, wie schon zuvor, als er mir den Kaffeebecher – Überraschung! – vorbeigebracht hat, damit ich mal eine Pause einlege.

Als Drew wieder bei mir ankommt, bedenkt er mich mit einem Kopfschütteln. »Sei doch nicht immer so schüchtern. Du hast ja nicht mal gejubelt.«

Ich weiß, dass er nur Spaß macht. Trotzdem versteife ich mich, denn nicht selten gehen seine Witze auf Kosten meiner Schwachpunkte. Schließlich fasse ich mir ein Herz, weil es fast wieder komisch ist, wie hoffnungslos er mit seiner Einschätzung von mir danebenliegt. »Drew, ich glaube, du verwechselst Introvertiertheit mit Schüchternheit.«

Er hebt die Augenbrauen und lässt sich in einen knarzenden Sessel der kleinen Sitzgruppe fallen. Ich versuche, mich davon nicht aus dem Konzept bringen zu lassen. Straffe mich. »Wenn jemand schüchtern ist, hat er Angst, mit Leuten zu reden, weil diese ihn ablehnen könnten. Wenn man aber introvertiert ist, dann ist man grundsätzlich ruhiger und zurückhaltender. Nicht aus Angst, das ist dann einfach Teil der Persönlichkeit.«

Statt verlegen zu sein, weil er mir zu nahe getreten sein könnte, nickt Drew mir daraufhin lediglich zu. Was denkt er? Ist das ein *Verstanden*, oder habe ich es übertrieben?

Weil ich seinem Blick ausweiche und stattdessen den Sessel in Augenschein nehme, fällt mir auf, wie durchgesessen das Polster ist. Inklusive offener Naht. Den muss ich austauschen! Früher hat Dad mir in ebendiesem Sessel öfter vorgelesen, ich auf seinem Schoß, und das aufgeschlagene Buch auf seinen Knien. Sofort wird mir so elend zumute, dass ich die Gegenwart kurz ausblende. Ich stelle mir vor, ich könnte uns dort sehen, meinen Vater und mich, und seiner tiefen, ruhigen Stimme lauschen.

Ich bin mehr als dankbar, als Drew seine Sprache wiederfindet und das Bild vor meinen Augen wieder verblasst. »Und was bist du? Schüchtern oder introvertiert?« Er funkelt mich frech an. Der Typ ist unverbesserlich.

»Eine Mischung aus beidem«, räume ich ein, nicht ohne Frustration. »Meistens kann man das eine vom anderen nicht klar unterscheiden.« Dass ich dazu eine hochsensible Person bin, behalte ich für mich. Mehr Angriffsfläche möchte ich ihm ungern bieten. Ich bin erleichtert, dass ihm mein schwacher Moment entgangen zu sein scheint. Es ist ironischerweise Mom geschuldet, dass ich mich überhaupt so gut mit solchen Themen auskenne. Früher dachte sie, man könnte und müsste diesen »schwachen« Teil von mir verändern. Sie überhäufte mich bei jeder der zum Glück eher seltenen Gelegenheiten (sprich Geburts- oder sonstige Feiertage) mit Selbsthilfebüchern und Ratgebern, da Bücher ja der einzige Weg seien, um zu mir durchzudringen. Das hat sie mir schon immer vorgeworfen.

»Also wenn du ein Intro bist«, eine hinreißende Falte bildet sich auf Drews Stirn und verankert mich wieder im Hier und Jetzt, »dann bin ich ein Extro?«

»Joa«, mache ich überrascht und merke erst, nachdem der Laut meinen Mund verlassen hat, dass ich damit seinen Slang übernommen habe. Drew und ich hängen definitiv zu oft miteinander ab.

Es muss eine Fügung des Schicksals sein, dass sich am nächsten Tag beim Mittagessen in der Mensa jemand anderes zu mir gesellt. Ich habe herausgefunden, dass mir das Essen inmitten einer solchen Masse aus umherschwirrenden Gefühlen sowie diversen anderen Geräuschen und Gerüchen leichter fällt, wenn ich gar nicht erst versuche, alle Eindrücke in mich aufzunehmen. Deswegen bemerke ich den jungen Mann in dem blütenweißen Hemd samt Hosenträgern erst, als er mir gegenüber sein Tablett abstellt und unerwartet elegant auf einen Stuhl gleitet. Hastig ziehe ich mir die Kopfhörer von den Ohren und blinzele das Bild weg, welches mir zeigt, wie Drew sich an seiner Stelle auf den Stuhl hätte fallen lassen.

»Justus«, platze ich heraus. Ich verfluche die Kopfhörerkabel, die sich in meinen langen Haaren verfangen haben und aus denen undeutlich *Stolen* von Dashboard Confessional hallt, ehe ich die Musik ganz ausschalte.

Justus strahlt, wobei die großen runden Brillengläser seine Wangen berühren. »Du erinnerst dich an mich.«

Meinem ausgesprochen zuverlässigen Gedächtnis, was Namen und Gesichter betrifft, sei Dank. »Klar«, gebe ich zurück.

»Lianne.« Seltsamerweise stört es mich nicht, so von ihm genannt zu werden, denn außer Mom nennt mich niemand so. Es passt zu seinem Gentleman-Gehabe und generell superhöflichen Auftreten. »Hast du mittlerweile jemanden eingestellt?«

Ich habe befürchtet, dass es darauf hinauslaufen würde. »Nein, noch nicht«, gestehe ich und schaue etwas betreten auf meinen Teller. So langsam hätte ich mich mal entscheiden können. Ich kann Justus schlecht von meinem Drew-Problem erzählen, was er mit mir macht, wie abgelenkt und aufgescheucht ich seinetwegen bin. Auch weil es total lächerlich klingt. Obwohl Justus mir ein guter Zuhörer und ziemlich verständnisvoll zu sein scheint.

»Ich habe aber bereits meine Favoriten bestimmt«, vertröste ich ihn. »Du bist gut im Rennen.«

»Das freut mich zu hören!« Wie vor Erleichterung legt Justus sich eine Hand an die Brust. Ups, womöglich habe ich mich da etwas zu weit aus dem Fenster gelehnt. Ich wollte ihm keine falschen Hoffnungen machen.

»Gibt es eigentlich noch irgendetwas, das du über mich wissen möchtest?«, hakt er nach. »Mir ist aufgefallen, dass ich dir gar keinen Lebenslauf zugeschickt habe.«

Ich winke hastig ab. »Schon gut.« Als Justus keine Anstalten macht, wieder aufzustehen oder sonst irgendetwas hinzuzufügen, ergänze ich noch: »Wirklich.«

Da seufzt er und lehnt sich auf seinem Stuhl zurück. »Du musst mich für ziemlich seltsam halten. Aber das bin ich gewohnt.« Er deutet vielsagend an sich hinunter. »Stört es dich, wenn wir zusammen essen?«

Ich schüttele den Kopf, ein klein bisschen ertappt. »Ich halte dich nicht für seltsam.« Das ist es ja gar nicht. Die Frage lautet: Steht er auf mich oder tut er es nicht? Denn scheinbar hat er sogar nach mir Ausschau gehalten, um mich noch mal persönlich darauf anzusprechen, wie es mit dem Bewerbungsprozedere vorangeht.

Es folgt ein amüsiertes Lächeln. »Ich müsste mich ja auch nicht so anziehen, aber mir gefällt's total. Die Dandy-Stilikonen des Viktorianischen Zeitalters haben es mir echt angetan. Originell und ästhetisch à la Oscar Wilde. Aber natürlich weiß ich auch sein literarisches Schaffen zu schätzen«, ergänzt Justus mit einem Augenzwinkern. Er ist schon ein bisschen skurril, aber verkörpert das so authentisch, dass ich diese Erklärung nicht als Einschleimen empfinde. Das muss man erst mal schaffen. Auch wenn das nicht unbedingt dazu beigetragen hat, ihn besser einschätzen zu können.

Etwas sprachlos sehe ich zu, wie er sich über die Spaghetti hermacht. Es ist mir völlig schleierhaft, wie es ihm gelingt, seine schicke Kleidung frei von Saucenflecken zu halten. Wahrscheinlich braucht er dafür seine gesamte Konzentration. Offenbar ist es ihm egal, dass wir kaum reden, denn so kann ich mich bedenkenlos meinen eigenen

Spaghetti widmen. Im Gegensatz zu Drew füllt Justus die Stille nicht, was einerseits angenehm, andererseits sehr ungewohnt für mich ist.

»Da bist du ja endlich! Ich musste fast eine Stunde auf dich warten!«, begrüßt mich Ersterer am darauffolgenden Sonntag unter dem nicht vorhandenen Vordach der Buchhandlung. Drew ist vollkommen durchnässt vom Regen – so ohne Schirm – und hüpft bibbernd von einem Bein aufs andere. Der Hoodie hat ihn trotz Kapuze und Kappe nicht vor dem Wolkenbruch bewahrt. Seine ausgelatschten Turnschuhe quietschen bei jedem kleinen Sprung. In so mieser Stimmung habe ich ihn seit unserer ersten Begegnung nicht mehr erlebt.

Seine Laune trifft mich so unvorbereitet, dass er mich auf der Stelle damit ansteckt. In mir brodelt es. »Du hast Glück, dass ich überhaupt gekommen bin. Bis eben war ich noch zu Hause und habe an einer Homepage für das *A New Chapter* gesessen.«

Ist es etwa meine Schuld, dass er andauernd unangekündigt hier auftauchen muss? Hat er – insbesondere bei diesem Mistwetter – nichts Besseres zu tun, als hier auf mich zu warten? Ich bin zwar relativ häufig in der Buchhandlung, obwohl diese noch geschlossen hat, müsste es aber inzwischen nicht mehr sein, für das, was an Erledigungen noch übrig ist. Und das habe ich Drew auch gesagt.

Was er nicht weiß: Erst gestern habe ich spontan, heimlich, still und leise das Schild an der Ladentür zum ersten Mal auf *Geöffnet* gedreht. Nur für ein paar Stunden, aber dennoch. Um mich langsam darauf einzustellen, wie es von nun an ohne Dad sein wird, wie es sich anfühlt, tatsächlich in seine Fußstapfen zu treten und einmal mehr akzeptieren zu müssen, dass er für immer fort ist. Ich bin froh, während meines ersten richtigen Kundengesprächs von Drew verschont worden zu sein, denn er hätte schließlich jederzeit auftauchen können. Die Unterhaltung mit der alten Dame und ihren Corgis verlieh mir genug Auftrieb, um mein Abendbrot später nicht mit aufs Zimmer zu nehmen, sondern mich an den Küchentisch zu setzen. Und das, obwohl Penelope kochte, irrsinnigerweise schon Weihnachtsmusik aufgelegt hatte und dazu tanzte, während ich sie unbehaglich beobachtete.

Wäre Drew bei der Sache mit den Corgis dabei gewesen, hätte er im Anschluss sicher einen blöden Kommentar abgegeben. Sicher einen beherzten, gut gemeinten Kommentar, trotzdem …

Wortlos nehme ich ihm nun die Kappe und den triefenden Pulli ab und lege beides über die Heizung zum Trocknen. Dabei würdige ich sein graues T-Shirt, das vor Nässe besonders eng anliegt, nur eines flüchtigen Blicks. Mit beiden Händen streicht er sich das ungewohnt glatte Haar aus dem Gesicht, wobei sein Bizeps ausgezeichnet zur Geltung kommt. Er kickt sich die Schuhe von den Füßen. Die Socken folgen. Er wird doch nicht …?

»Die Anzeige ist ja verschwunden«, bemerkt er plötzlich. Höre ich da etwa einen anklagenden Unterton in seiner Stimme?

»Richtig.« Ich habe sie, nachdem ich mich mit Kendra beraten habe, abgehängt, damit er nicht so leicht an meine Handynummer kommt. Vorausgesetzt, er hat sie nicht sowieso längst gespeichert. Nicht dass Drew sich bedrohlich oder ernsthaft aufdringlich verhalten würde, von seinen ständigen Besuchen einmal abgesehen. So oder so will ich lieber auf Nummer sicher gehen.

»Ich habe meine Wahl getroffen«, eröffne ich ihm. Nun muss ich Justus tatsächlich nehmen, um Drew auf die Schnelle eine Aushilfe zu präsentieren und mit meiner Notlüge nicht aufzufliegen. Es würde zu lange dauern, weitere Kandidaten zu sichten und sie persönlich kennenzulernen. Außerdem glaube ich wirklich, dass der Astrophysiker mit dem altmodischen Klamottenstil für die Stelle geeignet ist. Und wie sagt man so schön? Don't judge a book by its cover.

»Verstehe.« Drew lächelt schmal. T-Shirt und Hose hat er glücklicherweise anbehalten.

»Brauchst du einen neuen Comic?«, greife ich nach diesem holprigen Einstieg unser übliches Gesprächsmuster auf. Da durchfährt es mich siedend heiß: Wird Drew so lange bleiben, bis er getrocknet ist? Heute ist ein unifreier Tag, deshalb habe ich keine Unterlagen dabei, mit denen ich mich beschäftigen muss. Wieso bin ich noch gleich hergekommen? Ach ja, weil mich das Herumbasteln an dieser Homepage langsam, aber sicher in den Wahnsinn getrieben hat.

»Oder soll ich dir erst mal einen Tee machen?«, schiebe ich noch holpriger hinterher.

Drews Augen blitzen auf und Ärger und Trübsal verfliegen. Er entscheidet sich für den Tee. »Schwarz bitte und ohne Milch.«

Ich eile ins Hinterzimmer und nehme zwei Tassen und zwei Beutel – Marzipan und Earl Grey – aus dem hölzernen Hängeschrank über dem Waschbecken. Mir wird schon etwas einfallen, um die Zeit totzuschlagen. Auf einmal legt sich eine Hand, Drews Hand, auf meine Schulter, und mir fährt der Schreck bis in die Knochen. Von dort aus strahlt die Berührung in meinen ganzen Körper. Seine barfüßigen Schritte wurden anscheinend vom Wasserkocher übertönt, weshalb ich das nicht habe kommen sehen. Er wird mich noch umbringen.

»Sorry, ich wollte dich nicht erschrecken«, beeilt er sich, mir zu versichern. »Ich dachte nur gerade«, schiebt er wie als Erklärung dafür, dass er mir gefolgt ist, hinterher, »eigentlich megageil! Du solltest jedem deiner Kunden eine Tasse Tee anbieten.«

Ich stutze. Das klingt nach einer ziemlich coolen Idee! »Meinst du?«

»Ich als Premiumkunde habe mir die kleine Aufmerksamkeit natürlich jederzeit verdient. Zur Neukundengewinnung wäre das aber sicher auch nicht schlecht.«

»Drew!«, weise ich ihn in so vertrauter Manier zurecht, dass ich prompt selbst darüber staune.

»Gib's zu. Ich bin ein Genie.«

»Nie im Leben, du aufgeblasener ...«

»Na!«, unterbricht er mich. Auf einmal lehne ich mit dem Rücken an der Küchenzeile, und er ragt nun direkt vor mir auf. Viel größer, als er mir bisher vorgekommen ist. »Sag nichts, was du später bereuen könntest.«

»Wie was? Dass du ein selbstherrlicher ...«

»Wenn schon herrlich.«

Ich schnaube. »Dir ist klar, dass das nicht dasselbe ist?«

»Schon gut, Besserwisserin!« Abrupt gibt er den Weg für mich frei und übernimmt es, die Tassen mit dem kochenden Wasser aufzufüllen. Anschließend trägt er sie zum Tisch, der im Mitarbeiterbereich steht.

Ich versuche mich zu fangen. Mein Herz pocht fast so schnell wie bei einer Panikattacke, dabei bin ich nicht in Panik. Das ist eindeutig die gute Art von Nervosität. Aus irgendeinem Grund fällt mir dazu ein, wie Feyre von Rhysand in *Das Reich der sieben Höfe* das Lesen und Schreiben beigebracht bekommt und dabei die unmöglichsten Schmeicheleien über ihn niederschreiben und vorlesen muss.

Die Reihe von Sarah J. Maas ist eine meiner liebsten High-Fantasy-Geschichten und Rhys ein unwiderstehlicher Love Interest, mit dem man Drew durchaus vergleichen kann. Ich muss zugeben, dass er mich trotz seiner Arroganz und des unverschämten Auftretens auch in seinen Bann zieht. Ich finde es seit jeher spannend, mich für meine Storys in die unterschiedlichsten Figuren hineinzuversetzen. Der Reiz des Fremdartigen. Natürlich habe ich mich schon längst gefragt, was wohl bei Drew dahintersteckt.

»Hast du heute noch was vor?«, frage ich ihn und setze mich ebenfalls an den Tisch. Ich hoffe, dass er nicht merkt, wie sehr mich unser Schlagabtausch aufgeputscht hat und wie viel Überwindung es mich kostet, diesen Schritt auf ihn zuzugehen. Tatsächlich ist das die erste persönliche Frage, die ich Drew stelle. Hiermit lasse ich ihn ein und versuche nicht mehr, gegen seine Anwesenheit anzukämpfen. Er ist nun einmal hier.

»Nichts Großartiges.« Drew zuckt mit den Schultern. »Ich muss Nico später bei einer Mitschülerin einsammeln. Ein Projekt für den Sachunterricht. Ansonsten werde ich mich mal dem Haushalt widmen, was die Woche halt so liegen geblieben ist. Tristan rührt da keinen Finger.«

»Tristan?« Der Name ist mir neu. Bislang ist die Buchhandlung eine Art Blase gewesen. Ich habe so gut wie keinen Schimmer, was Drew vor oder nach seinen Besuchen hier treibt und wie sein Leben aussieht. Im selben Augenblick merke ich, *wie* gern ich mehr darüber erfahren möchte.

»Mein Bruder. Er ist sechs Jahre älter als ich.«

»Ihr seid also zu dritt«, stelle ich fest, in der Hoffnung, dass er weiter ausholen wird.

Über den dampfenden Tee hinweg wirft er mir einen prüfenden Blick zu. Wahrscheinlich ist er über mein plötzliches Interesse genauso verwundert wie ich und erst mal auf der Hut. »Genau.«

»Gehst du auch zur Uni?« Kein allzu eleganter Themenwechsel, aber egal. Ich weiß ja noch nicht mal, wie alt genau Drew eigentlich ist.

Er nippt an seiner Tasse und schneidet eine Grimasse. Ob das Getränk zum Trinken noch zu heiß ist oder wegen meiner Frage, ist schwer zu sagen. »Nach dem Schulabschluss letztes Jahr habe ich zu jobben begonnen. Auf dem Bau und in einer Autowerkstatt, um Tristan ein bisschen unter die Arme zu greifen. Er ist inzwischen Wachmann in der Galerie *Valerie*. Als unsere Eltern gestorben sind, hat er angefangen, für uns zu sorgen. Damals war ich zwölf und Nico drei.«

Das wirft auf einmal ein ganz neues Licht auf meinen ersten und einzigen Stammkunden. Ich stelle mir Drew als tragischen Helden vor, der sich als hingebungsvoller Beschützer für seine Familie mächtig ins Zeug legt und seine eigenen Träume zurückstellt. Nur ist das hier real.

Ich räuspere mich. »Entschuldige, das wusste ich nicht.«

»Woher auch?« Der Anflug von Bedauern verschwindet aus seinem Gesicht und wechselt zu leichter Belustigung. »Okay, hier die Basics: Andrew Carter, neunzehn Jahre alt, Waise und Sandwichkind, geboren und aufgewachsen im Norden Londons in Woodberry Down. Was noch?«

Ich lächele verstehend und bohre nicht weiter nach, ergänze jedoch im Stillen: redet nicht gern über seine Gefühle. Darum macht Drew einen großen Bogen, als gewännen diese ungeahnte Macht, sobald er ihnen Raum gewährt. Bloß nicht wie ein Schwächling dastehen. Nichtsdestotrotz kommt genug bei mir an.

»Und du so?«, gibt Drew schließlich zurück, checkt aber in derselben Sekunde sein Smartphone. »Was studierst du eigentlich?«

»Literaturwissenschaft.«

Er scheitert daran, das Schnauben zu unterdrücken.

»Und ich schreibe eigene Geschichten«, setze ich, ein bisschen beleidigt, fast herausfordernd obendrauf.

»Das passt ja.« Klingt nicht, als ob er viel davon hält. Wieso ist er noch gleich hier, wenn er Büchern so gar nichts abgewinnen kann? Er schiebt sein Handy zurück in die hintere Hosentasche, erhebt sich und wirft mir ein halbherziges »Sorry, ich muss los« hin.

»Okay«, mache ich überrascht und folge ihm zum Ausgang. Er hat nicht mal seinen Tee ausgetrunken! Ob Nico Drew schon geschrieben hat, dass er ihn abholen soll? Nein, ich denke, es war ihm wirklich zu viel und das Gespräch ist ihm zu persönlich geworden. Er schnappt sich seine halb trockenen Klamotten von der Heizung, wirft sie schnell über und weg ist er. Ich bin enttäuschter über Drews überstürzten Aufbruch, als ich mir eingestehen will.

KAPITEL 7

DREW

Ich habe mir nicht groß etwas dabei gedacht, als Lia sagte, sie hätte eine Aushilfe gefunden. Schließlich bedeutet mir der Job nichts. Ehrlich gesagt kann ich mir so einiges vorstellen, was ich lieber täte, als die Hirngespinste irgendwelcher Verblendeten oder Schwindler für bares Geld zu verkaufen. Das sind die meisten Autoren in meinen Augen. Egal, was sie schreiben, sie beschönigen die Realität. Die Anstellung wäre schlicht praktisch gewesen, um einen einleuchtenden Grund für meine regelmäßigen Besuche zu haben und mich ungestörter im Laden umsehen zu können. Lia am Freitag nach meinem überstürzten Aufbruch aus der Buchhandlung in Begleitung dieses Clowns hinter der Verkaufstheke zu sehen, erwischt mich allerdings eiskalt.

Meine Finger verkrampfen sich um die Tüte mit den Zoo-Keksen, für die ich extra mehrere Supermärkte durchforstet habe. Ob ich die irgendwo verstecken kann? Gar nicht reinzugehen wäre allerdings echt lächerlich, wo Lia und der Fremde mich mit Sicherheit bereits bemerkt haben. Wie ich unschlüssig vor dem Schaufenster verharre und die Lage checke. Wieso stehe ich vor Lia ständig wie ein Trottel da? Weshalb kümmert mich das?

Aus irgendeinem Grund bin ich davon ausgegangen, sie hätte bestimmt ein nettes Mädchen gefunden, das genauso buchbegeistert ist wie sie. Vielleicht eine Uni-Freundin. Sie studiert Literatur, das wäre naheliegend gewesen. Jemanden, gegen den ich von vornherein chancenlos gewesen wäre und der auch davon träumt, über Nacht in der British Library eingesperrt zu werden. Wie in *Nachts im Museum*, nur mit lebendigen Büchern. Aber der da?

Tristans Ansage von heute früh – »Lass dir gefälligst was einfallen!« – sitzt mir noch im Ohr. Deshalb richte ich mich zu meiner vollen Größe auf, trete ein und nehme den Laden in Besitz, als gehörte er mir. Genau das soll meine Haltung ausdrücken. Nur keine falsche Bescheidenheit. Dass wir das gleich zu Beginn klarstellen.

»Da haben sich ja zwei gefunden!« Meine Stimme ist zu laut für die Größe der Buchhandlung. Egal. Besser zu laut als zu leise. Lias Augen weiten sich vor Unglauben. Ihre Lippen öffnen sich, als wollte sie mir ein lautloses *Was zum Teufel ist in dich gefahren?* an den Kopf werfen.

Aber es geht hier um den Stick, um die Sicherheit meiner Familie! Jede Ecke, die ich im Laden bisher durchsuchen konnte, habe ich erfolglos auseinandergenommen. Beim letzten Mal, während Lia uns einen Tee gemacht hat, reichte ein kurzer Blick aus, um festzustellen, dass der Stick nicht mehr auf der Ladentheke lag und genauso wenig zufällig in die Schublade darunter gewandert war. Er ist *weg*. Was hat Lia mit dem Stick gemacht? Deshalb die Kekse. Als kleiner Anreiz, um ihr Vertrauen zu gewinnen, damit sie mich vielleicht auch mal alleine in der Buchhandlung lässt. So dachte ich zumindest.

Ich nehme den Fremden genauer unter die Lupe. Zu Leinenhose und Weste fehlt ihm nur noch das Monokel. Lias flauschiger rosa Pullover und das weiße Seidenband um ihren Hals wirken gegen diesen altmodischen Aufzug ausnahmsweise fast normal. Mir ist sofort klar, dass ich dem Typen, der original so in einem der zahlreichen Londoner Museen als Wachsfigur stehen könnte, nicht das Wasser reichen kann.

»Justus«, sagt dieser schlicht und streckt mir wie der perfekte Gentleman die Hand entgegen. »Es freut mich, deine Bekanntschaft zu machen.«

Gott, wie redet der denn? Ich schlage ein, fester, als es nötig gewesen wäre. »Drew.«

Justus zuckt nicht mit der Wimper.

»Drew«, wiederholt Lia meinen Namen mit Nachdruck, und ich lockere meinen Griff, ziehe meine Hand schließlich zurück. »Justus wird ab jetzt öfter hier sein.«

Das habe ich befürchtet. Hätte er nicht einfach irgendein Kunde sein können, so wie ich?

»Was denn?«, wehre ich mit erhobenen Händen ab.

Der Blick, den Lia mir zuwirft, spricht Bände. *Das weißt du ganz genau.* Wow! Wir sind richtig gut darin geworden, vertraute Gesten auszutauschen, denen andere nicht folgen können. Es erfüllt mich mit einem Mindestmaß an Genugtuung, dass Justus neugierig zwischen ihr und mir hin und her schaut. *Gar nicht kindisch, Alter.*

»Wo waren wir?« Lia spielt an den Spitzen ihres Pferdeschwanzes und schenkt Justus ein entschuldigendes Lächeln.

Wie hart musste ich mir dieses Lächeln erarbeiten?

»Ich gehe dann mal besser«, kapituliere ich.

Wenn Lia ohnehin mit Justus beschäftigt ist, kann ich es mir schenken, hier meine Zeit zu vergeuden, und Shannon und Nico voneinander erlösen. Egal, wie sehr die beiden sich mögen, so häufig wie in der letzten Zeit hocken sie sonst nicht aufeinander. Shannon hat sicher Besseres zu tun als Babysitten, auch wenn sie direkt über uns wohnt. Ich fühle mich nicht gut dabei, als würde ich sie ausnutzen. Genauso wie nach Tristans Pfeife zu tanzen, ist es immer noch meine Aufgabe, mich um Nico zu kümmern. Was soll ich eigentlich noch hier?

»Das musst du nicht! Gehen, meine ich.«

Kurz bin ich unsicher, ob Lia entsetzt ist, weil ich mich Justus gegenüber so feindselig verhalte oder weil sie wirklich will, dass ich noch bleibe. Ich schätze, es ist Ersteres. Mir ist von Anfang an klar gewesen, dass sie mich nicht gerne um sich hat. Ich gebe nur widerwillig zu, wie beschissen ich das finde. Wo ich mich am Anfang wie ein kompletter Creep gefühlt habe, der Stunden vor einer Buchhandlung herumlungert, sind die Besuche mittlerweile Gewohnheit, und ich gebe mir die größte Mühe, Lia zum Lachen zu bringen.

»Nein, passt schon. Ich werde woanders gebraucht. Ach ja, bevor ich es vergesse …« Mit einer leichten Verbeugung übergebe ich ihr die Zoo-Kekse. »Um deine Verluste auszugleichen.«

»Oh, äh, danke.« Farbe erblüht auf Lias Wangen. Das kaschiert auch ihr südländischer Teint nicht. Sie ist so perplex, dass sie die Packung widerstandslos an sich nimmt. Innerlich klopfe ich mir auf die Schulter. Irgendetwas scheine ich jedoch aufs Neue falsch gemacht zu haben, wie mir ihr darauffolgendes Räuspern bedeutet. Ich hebe die Augenbrauen. Meint sie etwa die Verbeugung? Die hatte gar nichts mit Justus zu tun! Ich wollte ihn und seinen Look nicht ins Lächerliche ziehen. Da ich nicht hundertprozentig sicher bin, ob Lia tatsächlich darauf angespielt hat, verkneife ich mir jeden weiteren Kommentar. Bei ihr weiß ich nie, ob ich richtigliege. Sie dagegen scheint immer ganz genau zu wissen, was gerade in mir vorgeht, selbst wenn ich es mit Aktionen wie der hier gerade zu verstecken versuche. Als hätte sie feine Antennen, die sie ausfährt, um zwischen den Zeilen zu lesen. Jedenfalls sollte ich meinen Auftritt hier schnellstmöglich zu Ende bringen. Ich wende mich zum Gehen.

»Warte! Möchtest du heute keinen neuen Comic?«

Und zu allem Überfluss wird Justus nun glauben, dass ich ein spätpubertärer Spinner bin, der Kinderbücher liest. Großartig!

»Nee, lass mal. Danke.«

Wahrscheinlich hält er mich eher für einen Proleten.

»Tschau, tschau«, verabschiede ich mich, womit ich meiner Pannenshow die Krone aufsetze und die Bühne endgültig verlasse. Was bitte war das? Dabei kenne ich die Antwort.

Ich habe bloß einen lässigen Eindruck hinterlassen wollen und bin grandios gescheitert. Nach der Nummer hier kann ich Lia nie wieder unter die Augen treten. Dabei ist mir klar, dass daran kein Weg vorbeiführt. Wieder einmal kann ich der Buchhandlung gar nicht schnell genug den Rücken zukehren.

Tristan ist wie immer gnadenlos und macht keinen Hehl aus seinem Ärger, als ich ihn ein paar Stunden später beim Abendessen auf seine Nachfrage hin erneut vertrösten muss, statt ihm den Stick auf dem Silbertablett zu servieren. Da hilft auch das Take-away-Essen vom Chinesen nicht. Was für eine Geldverschwendung. Bei seiner wutverzerrten Grimasse bleibt mir das Hähnchen im Hals stecken, und Nico rührt die Styropor-Verpackungen gar nicht erst an, denn er spürt die Spannung zwischen uns genau.

Tristan senkt seine Gabel und fuchtelt mit den Zinken in meine Richtung. »Darf ich dich daran erinnern, wie ich mir für uns den Arsch aufreiße? Was ich für Nico und dich aufgegeben habe? Und wie dankt ihr es mir? Ich verlange ja wirklich nicht viel als Gegenleistung.«

Ich schlucke angestrengt. »Ich weiß.«

Tristan wird lauter. »Dann check ich nicht, wo das Problem ist und warum das so lange dauert. Du weißt, was du zu tun hast.«

Ich werde immer leiser. »Ja.«

»Wieso tust du es dann nicht?«, schnauzt er mich an.

Ich zwinge mich, der Situation standzuhalten. »Das werde ich. Versprochen.«

Trotzdem beschließe ich Samstagmorgen, mir am Wochenende eine Verschnaufpause zu gönnen und bemühe mich den ganzen Tag tatkräftig darum, meine Sorgen zu ignorieren. Über so was habe ich eh nur mit Seb reden können. Genau wie über meine Zukunftspläne für Nico und mich. Er hat mich darin bestärkt, dass ich es aus unserem Elend herausschaffen würde. War das ebenfalls gelogen?

Tristan hat Dienst in der Kunstgalerie und leiht mir trotz Groll wegen meiner dummen Reaktion mit dem Stick komischerweise mal wieder sein Motorrad. Soll das eine Art Motivation für mich sein? Zum Glück sehe ich ihn nur kurz vor seiner Schicht, um mir die Schlüssel geben zu lassen. In der Wachmannuniform kommt er mir wie immer etwas verkleidet vor.

Nico und ich verbringen einen Großteil des Sonntags im Natural

History Museum. Vorrangig, weil der Eintritt frei ist. Natürlich sind wir nicht zum ersten Mal dort. Während Nico sich brennend für die Dinosaurier interessiert (das war bei unserem letzten Besuch noch nicht so), schlendere ich weniger enthusiastisch hinter ihm her. Auch wenn sie echt gut gemacht ist, catcht mich die umfangreiche Ausstellung zu Natur und Geschichte nicht wirklich.

Lia und ihr Loverboy piesacken mich in Gedanken ununterbrochen. Falls sich da etwas zwischen ihr und Justus entwickeln sollte, muss ich das unbedingt wissen. Meine Strategie beruht zu einem nicht zu unterschätzenden Anteil darauf, Lia dezent, doch unmissverständlich schöne Augen zu machen. Weil das das Einzige ist, was ich – Prinz Charming – auf die Reihe kriege. Womit könnte ich sonst schon punkten? Auf diese Weise gelingt es mir auch, in Shannons Gunst zu stehen und sie immer wieder zu überreden, auf Nico aufzupassen. Echt armselig. Wäre ich wenigstens ein echter Prinz, hätte mir das einiges erleichtert.

Ab Mittag wird es schließlich voller und voller. Während ich mir noch den Kopf zerbreche, merke ich nicht, dass Nicos Stimmung angesichts der Menschenmassen deutlich kippt. Je unruhiger er wird, desto genervter werde ich. Manchmal kann ich für solche Situationen dann doch kein Verständnis aufbringen. Wir sind extra für ihn hergefahren – und jetzt stellt er sich so an? Dass er nicht redet, erschwert die ganze Sache noch zusätzlich. Schließlich stehen wir an der Schlange vor der Rolltreppe zu den Earth Galleries, die durch eine gigantische Nachbildung der Erde hindurchführt. Nico wird immer zappeliger. So langsam kann ich mich nicht mehr zusammenreißen.

»Willst du mich eigentlich auf den Arm nehmen?«, stauche ich ihn zusammen, als er vor einer Traube Erwachsener zurückweicht und unseren Platz aufgibt. Dabei trete ich auf ihn zu, und ehe ich die Angst in seinem Blick erkennen kann, dreht er sich um und rennt davon. Es geht so schnell! Klein und flink wie er ist, windet Nico sich zwischen einer fünfköpfigen indischen Familie hindurch. Sein blonder Schopf taucht einfach in der Menge unter.

»Fuck!«, entfährt es mir. Das war ganz allein mein Fehler. Die Wut schlägt um in Panik. Ich habe Nico verloren! Ich hätte besser auf ihn eingehen sollen! Ich kenne ihn doch. Tristan hätte sich nicht bescheuerter verhalten können als ich gerade. So jemand wie er, der seinen eigenen Frust an anderen auslässt, wollte ich nie sein. Das hilft mir jetzt auch nicht mehr, ich muss Nico suchen!

Ich brauche viel zu lange, um mich zu sammeln. Doch dann benutze ich mein Gehirn und schaue zuerst bei den nächsten Toiletten nach, denn da würde ich ihn am ehesten vermuten. Ich gehe auf die Knie und robbe auf den Fliesen auf und ab, um irgendwie zu erkennen, ob er wirklich hier ist. Als ich seine dunkelblauen Turnschuhe mit dem Blitz drauf hinter einer Tür ausmache, atme ich tief durch. Tatsächlich hat mein Bruder sich in eine der Kabinen verbarrikadiert. Ich klopfe und schlage einen versöhnlichen Tonfall an. »Hey Kumpel, kannst du bitte aufmachen? Das eben tut mir wirklich leid!«

Glücklicherweise reagiert er sofort auf meine Stimme, schließt die Tür auf und kommt raus. Halleluja! Sämtliche schiefe Blicke der Gaffer um uns herum bedenke ich mit einem grimmigen Funkeln. Anders als Justus neulich sind sie verunsichert, und daher traut sich keiner, den Mund aufzumachen. Manchmal hat es durchaus Vorteile, die Erscheinung für so etwas zu haben.

»Wollen wir lieber nach Hause?«, möchte ich von Nico wissen, der nach wie vor kalkweiß im Gesicht ist, und überspiele meine Reue nicht. Trotzdem gebe ich mir Mühe, ihn nicht wie ein Kleinkind zu behandeln. Jeder kann ja sehen, dass er aus dem Alter raus ist. Es ist ihm sichtlich unangenehm, so viel Aufmerksamkeit verursacht zu haben, und ich hasse es, dass er sich die Schuld dafür gibt. So ist Nico. Er nickt nur, kaum merklich.

»Alles klar.« Ich schiebe ihn nach draußen und schirme ihn dabei etwas vor den Blicken ab. Manche Menschen sind echt zu sensationsgeil. Es versteht sich von selbst, dass wir uns danach direkt auf den Weg machen.

Als wir daheim angekommen sind, schlage ich Nico vor, noch ein Brettspiel zu spielen, um den Vorfall im Museum zu vergessen, doch er lehnt ab und zieht sich lieber mit einem Comic zurück. Derart tatenlos regt sich in mir das Bedürfnis, beim *A New Chapter* vorbeizufahren. Zwar haben wir Sonntag, aber Lia könnte trotzdem dort sein. Oder ist sie bei Justus? Oder er bei ihr? *Denk einfach nicht darüber nach.*

Bis Nico im Bett ist, lenke ich mich daher mit ein paar Folgen *Stranger Things* ab. Später am Abend klettere ich dann die Strickleiter hoch und verbringe die Nacht mit Shannon, die mich mit offenen Armen empfängt. Bei all dem Stress habe ich ein bisschen Zuneigung dringend gebraucht.

An den zwei darauffolgenden Tagen finde ich nicht Lia, sondern Justus in der Buchhandlung vor. Die offizielle Wiedereröffnung scheine ich verpasst zu haben, denn das Schild an der Ladentür hängt nun auf *Geöffnet*. Ich glaube zwar nicht, dass es eine Einweihungsparty gegeben hat, aber falls ja, wäre ich doch gerne dabei gewesen. Geht Lia mir etwa absichtlich aus dem Weg? Das passt mir gar nicht in den Kram.

Sei nicht so ein Witzbold, Drew. Mir ist, als könnte ich ihre Stimme in meinem Kopf hören. *Wie hätte ich dich denn einladen sollen?*

Stimmt. Sie hat ja meine Handynummer gar nicht.

Am Montag, als ich Justus das erste Mal allein im Laden sehe, gehe ich gar nicht erst rein, doch Dienstag lege ich es drauf an. In seinen altmodischen Klamotten verschmilzt er förmlich mit der Umgebung und der Eindruck, mit Betreten der Buchhandlung in ein früheres Jahrhundert gestolpert zu sein, drängt sich mir auf. Unsere Begrüßung gestaltet sich unterkühlt. Er hält mich äußerst höflich, aber bestimmt auf Distanz. Wenn ich nur wüsste, was Lia ihm über mich verraten hat …

Obwohl ich fast nicht glaube, dass sich der Stick noch im Laden befindet, unternehme ich einen – wie ich hoffe unauffälligen – Vorstoß in Richtung Fundsachen. »Sag mal, ich scheine meine Handschuhe verlegt zu haben. Kannst du vielleicht mal nachgucken, ob sie hier gelandet sind?«

Doch Justus schaut lediglich in die Schublade unter der Ladentheke, die ich bereits inspiziert habe.

Als ich es am Donnerstag noch einmal versuchen will, sehe ich schon von Weitem, dass Lia gerade den Laden abschließt. Damit sie mich nicht sieht, verstecke ich mich instinktiv hinter einem Auto und beobachte, wie sie den Weg in Richtung Liverpool Street einschlägt. Ich brauche nicht lange, um eine Entscheidung zu fällen. Ich ziehe mir die Kapuze tiefer ins Gesicht und hefte mich an ihre Fersen. Die Absätze ihrer Schuhe auf dem Kopfsteinpflaster übertönen meine

Schritte. Es sind auch noch ein paar andere Leute unterwegs, deswegen wähne ich mich in der Hoffnung, erst mal unentdeckt zu bleiben.

Ich schaffe es bis zum Bahnhof, ohne von ihr bemerkt zu werden. Ich realisiere, dass ich den Augenblick, um sie anzusprechen, längst verpasst habe. Wenn sie mich jetzt erwischt, müsste ich zugeben, sie *verfolgt* zu haben. Andererseits hat sie den USB-Stick eventuell mit nach Hause genommen, und wenn ich wüsste, wo sie wohnt … könnte ich was?

Eigentlich müsste es nun leichter sein, an ihr dranzubleiben, bei all den Menschen in der Halle. Stattdessen verliere ich sie immer wieder aus dem Blick, weil ich meinen Sicherheitsabstand nicht aufgeben möchte.

Bei dem Gedanken an heute Morgen verfluche ich Tristan mit Inbrunst, denn hätte er mich nicht schon wieder so unter Druck gesetzt, würde ich das hier jetzt nicht tun. Ich saß total verschlafen am Küchentisch und schlürfte den ekligen Instantkaffee, als mein Bruder in den Raum gerauscht kam und mich direkt ins Visier nahm.

»Drew. Ich habe gerade einen Anruf bekommen, nach dem ich unmöglich weiter pennen konnte. Ich hoffe doch sehr, du hast mir endlich einmal gute Neuigkeiten mitzuteilen.«

In dem Moment, in dem ich verneinte, sprang Nico geistesgegenwärtig auf, noch bevor Tristan Teller, Tassen und Gläser mit einer einzigen Armbewegung zu Boden fegen konnte. Ich wich Richtung Kühlschrank zurück, bis ich mit dem Rücken dagegen stieß, um ihm Raum zum Toben zu geben.

»Was soll der Scheiß?«, brüllte er.

Ich senkte die Hände, die ich reflexartig hochgerissen hatte, und beschwor mein Herz, zu seinem normalen Takt zurückzufinden. Er würde nicht auf *uns* losgehen. Stattdessen beschränkte Tristan sich darauf, als Nächstes dem Putzeimer einen Tritt zu verpassen, sodass dieser quer durchs Zimmer flog.

Er schüttelte ungläubig den Kopf. »Du weißt genau, was auf dem Spiel steht! So schwer kann das doch nicht sein. Der Stick wird sich ja wohl nicht in Luft aufgelöst haben!«

»Es tut mir leid«, presste ich hervor, statt lauter zu werden. Das führte zu nichts, außer ihn zu provozieren. Alles schon probiert.

»Es tut dir leid?«

Ich nickte heftig.

Tristan schnaubte. »Fick dich, Drew! Reiß dich einfach zusammen und tu, was nötig ist.«

Das Ende der Rolltreppe holt mich in die Realität zurück. Gerade noch rechtzeitig, denn es dauert einige Sekunden, bis ich Lia wiederfinde. Ich hechte an einer Mitarbeiterin in Warnweste vorbei, welche mit einer Verkehrskelle das Aus- und Einsteigen zur Hauptverkehrszeit koordiniert, und quetsche mich in die viel zu volle Bahn. Kurz argwöhne ich, dass sie mir das Ding über den Schädel ziehen wird, weil der nächste Zug schließlich in wenigen Minuten kommt, aber da gleitet die Tür schon piepend hinter mir zu. Mein Brustkorb hebt und senkt sich schnell. Lia befindet sich am anderen Ende des Abteils. Habe ich ein Schwein, dass ich trotzdem nicht verpasse, als sie die Bahn bereits eine Station später wieder verlässt.

Auf dem Weg durch den Park rechne ich fest damit, aufzufliegen, denn hier sind diesmal keine Passanten unterwegs. Doch Lia ist so versunken in ihrer eigenen Welt, dass … Nein, erkenne ich, sie weint. Sie *weint*! Schluchzt leise vor sich hin, die Arme um den Oberkörper geschlungen und den Kopf gesenkt. Sie ist sonst immer so verschlossen, dabei tobt bei genauerem Hinsehen ein Sturm in ihr. Ich werde Zeuge, wie er sich Bahn bricht. Ihre Schultern beben. Ob sie wegen ihres Vaters weint? Ich kenne diesen Schmerz aus eigener Erfahrung und weiß daher auch, dass er nie wirklich vergeht.

In mir regt sich das dringende Bedürfnis, ihr hier und jetzt zu gestehen, was mich wirklich in ihre Buchhandlung führt. Ich will sie ja gar nicht auf den Arm nehmen und ihr womöglich weiteren Kummer bereiten. Doch das Risiko, das ich auf mich nehmen würde … All die Erklärungen, die ich ihr nicht liefern kann … Sie ist nicht dumm und ein ehrlicher Mensch. Sie würde uns nicht decken, wenn es hart auf hart kommt.

Lia ringt mit sich selbst. Sie versucht mühsam, sich zu fassen und spricht sich leise Mut zu. Offensichtlich möchte sie weder von ihren Mitbewohnerinnen noch von irgendeiner anderen Person so verletzlich gesehen werden. Genauso habe ich mich gefühlt, als sie mir neulich im Hinterzimmer des *A New Chapter* einen forschenden Augenaufschlag schenkte und mich dazu bewegen wollte, ihr mehr über mich zu verraten. Es kostete mich eine gewaltige Portion Selbstbeherrschung, um ihrem Blick standzuhalten. Wie bei ihrem Vortrag über Introvertiertheit und Schüchternheit hat sie plötzlich so selbstsicher gewirkt. Einerseits verunsicherte sie mich damit, andererseits hätte ich gerne länger hingesehen und die helleren Sprenkel in Lias schokoladenbrauner Iris gezählt.

Wir haben mehr gemeinsam, als man annehmen sollte. Sie ist wie ich ein Stehaufmännchen. Es fließt in unseren Adern, sich nicht unterkriegen zu lassen. Wie in *In My Blood* von Shawn Mendes. Shannon ist ein ziemlicher Fan, deshalb kenne ich den Song in- und auswendig. Irgendetwas sagt mir, dass auch Lias selbst geschriebene Geschichten nicht nur an der Oberfläche kratzen, und kurz bereue ich, nicht weiter danach gefragt, sondern diese als belanglos und langweilig abgestempelt zu haben.

Vor einem unscheinbaren Haus in einer unscheinbaren Straße in Tower Hamlets, unweit des Parks, wischt Lia sich ein letztes Mal über die Wangen. Sie kramt ihre Schlüssel hervor und sperrt auf. Ich notiere mir Straßennamen und Hausnummer in meinem Handy und beschließe, dass es richtig war, sie nicht anzusprechen. Ich will mir gar nicht ausmalen, was Tristan in meiner Situation getan hätte. So im dunklen, verlassenen Park hätte man sich Lia doch mal vorknöpfen können … So weit kommt es noch!

Dafür schiebt sich jetzt eine andere Idee, die ich in letzter Zeit schon öfter hatte, an die Oberfläche. Ich beschließe, es zu wagen. Das ist die einzige Möglichkeit, die mir noch bleibt. Ich werde den Bücherwurm für diesen unrühmlichen Tango mit Justus um Verzeihung bitten – und sie nach einem Date fragen.

KAPITEL 8
LIA

Das Türglöckchen erklingt. In dem Bemühen, so schnell wie möglich hinter dem Regal mit den Bestsellern hervorzukommen, stolpere ich beinahe über eine der wiederverwendbaren Plastikwannen. Sie ist noch bis zur Hälfte mit neu eingetroffenen Büchern gefüllt, die als Nächstes verräumt werden sollen.

»Huch! Vorsicht«, entfährt es Justus, der automatisch einen Schritt auf mich zugemacht hat – wie um mich aufzufangen.

»Alles in Ordnung!« Ich versuche, mir meine Verlegenheit nicht anmerken zu lassen und lege die Bücher auf meinen Armen kurzerhand auf dem Regalbrett vor mir ab. *Bleibt!*, befehle ich ihnen stumm, als sich der kleine Stapel gefährlich zum Abgrund hin neigt. Sie gehorchen. *Brav.*

Zu meiner Ernüchterung handelt es sich bei den eingetretenen Kunden nicht um Drew. Seit seinem unterirdischen Kennenlernen mit Justus habe ich ihn schon nicht mehr gesehen. Rasch erneuere ich mein erblasstes Lächeln und schenke es den jungen Frauen, die gerade in eine intensive Unterhaltung vertieft sind. Touristen? Ich verstehe kein Wort. Ist das Deutsch? Dennoch begrüße ich sie freundlich. Statt mich wieder hinter das Regal zurückzuziehen, schlendere ich zur Verkaufstheke und übe mich von dort aus unauffällig im Beobachten. So wie ich das eigentlich immer handhabe, wenn ich auf fremde Menschen treffe.

Beide tragen sie bunte Regenjacken, was nicht verwunderlich ist, da es schon den ganzen Tag immer mal wieder vor sich hin nieselt. Die mit den karamellfarbenen Haaren scheint dem Redefluss der anderen, der Blonden mit dem Babybauch, nicht mehr ganz folgen zu können. Und doch ist ihre enge Freundschaft dermaßen spürbar, dass ich etwas melancholisch werde. Gerade heute könnte ich eine Freundin an meiner Seite gebrauchen. Ich brauche eine. So unbedingt.

»Lianne?« Justus hat aufgehört, die Regale zu entstauben, ist zu mir getreten und betrachtet mich besorgt. »Ist alles in Ordnung bei dir?«

Eigentlich will ich mich durch die heutige gemeinsame, wenn auch verkürzte Schicht nur noch mal davon überzeugen, dass ich ihn zu Recht eingestellt habe. Weil er tatsächlich gute Arbeit leistet, nicht nur aus einer Drew-gemachten Notwendigkeit heraus. Andererseits ist es auch an der Zeit, mich ihm langsam mal anzuvertrauen und ihn als Mitarbeiter über die finanzielle Situation des *A New Chapter* aufzuklären. Die beiden Frauen sind mittlerweile im hinteren Teil des Ladens verschwunden.

»Meine Mutter hat mich nachher zum Abendessen zu sich eingeladen«, teile ich Justus schließlich in gedämpfter Stimmlage mit. Auch wenn er natürlich nicht erahnen kann, was das für eine Bedeutung für mich hat. Sie hat mich eingeladen. Zu sich und Mike, ihrem langjährigen Lebensgefährten von Immobilienmakler, der ihr zu diesem Traumhäuschen in Greenwich verholfen hat. »Ich will da nicht hin, aber ich schaffe das alles nicht mehr alleine.«

Ich begegne Justus' Blick und merke schon, dass ich deutlicher werden muss. »Es steht nicht so gut um die Buchhandlung.«

Er nickt. »Verstehe.«

Irgendwie verwundert es mich, dass er keine Anstalten unternimmt, sich zu beschweren oder mir direkt kündigt. Er wollte bestimmt einen sicheren Job, so scharf wie er auf die Anstellung gewesen ist. Und er macht sich wirklich hervorragend. Er ist pünktlich, total gewissenhaft und kommt außerdem super mit den Kunden zurecht.

»Tut mir leid, dass ich dir das nicht gleich gesagt habe!«

Justus wirft einen Blick über die Schulter. Es sieht nicht so aus, als würden die jungen Frauen eine Beratung wünschen. Dann vertraut *er* sich *mir* an: »Ich bin nicht zwingend auf festes Einkommen angewiesen. Mein Vater arbeitet für die chinesische Botschaft, deswegen sind wir finanziell ganz gut aufgestellt. Ich will meinen Eltern lediglich etwas zurückgeben, weil sie mir meinen Traum ermöglicht haben. Als wir vor ein paar Jahren wegen dem Job meines Vaters nach London gekommen sind, stand für mich sofort fest, dass ich zum Studieren hierbleiben wollte. Nach einigem Hin und Her haben es mir meine Eltern tatsächlich erlaubt. Auch wenn sie dann weiter nach Budapest mussten, bin ich ihnen immer noch sehr dankbar. Und offensichtlich mag ich Bücher auch ganz gern. Und zwar die echten, aus Papier.«

Letzteres unterstreicht er mit einem Zwinkern.

Ich weiß nicht, was ich sagen soll. »Justus, das sollte nicht heißen, dass ich dich nicht bezahle. Ich kläre das schon.«

Auch wenn ich Mike nicht sehen will, den ich schon unter gewöhnlichen Umständen schwer ertragen kann. Vor allem nicht jetzt, da Dad nicht mehr lebt. Wie soll ich Mike und Mom aushalten, ohne ihn unentwegt vor mir zu sehen? Die ersten zwei Monate nach seinem Tod, die ich unter dem Dach meiner Mutter verbracht habe, waren einfach schrecklich. Doch damit, länger um unsere Unstimmigkeiten herumzutänzeln, ist auch niemandem geholfen.

Justus legt mir flüchtig eine Hand auf die Schulter. »Ich wollte damit nur sagen, dass du dich um mich nicht zu sorgen brauchst. Nur jetzt muss ich los. Das Tutorium. Kann ich dich allein lassen?«

Stimmt! Die Zeit habe ich völlig aus dem Blick verloren. Ich räuspere mich und ringe mit einem Lächeln. »Das ist … beruhigend. Klar, kein Problem. Danke.«

Damit begibt Justus sich ins Hinterzimmer, um seine Tasche zu holen und ist genauso fix zur Tür hinaus, wie er mir zumindest einen Teil meiner Sorgen genommen hat. Einen Moment blicke ich ihm merkwürdig bewegt über diese Entwicklung nach und schiebe die wieder aufkeimenden Zweifel, er sei in Wahrheit vor allem meinetwegen hier, vehement beiseite. Ich beschließe, seinen Worten Glauben zu schenken. Vielleicht ist es einfach seine Art, nett und hilfsbereit zu sein.

»Das hier bitte.«

Da erst fällt mir auf, dass eine der Kundinnen vor dem Verkaufstresen steht und Band 5 der *Die Flüsse von London*-Reihe um Police Constable und Zauberlehrling Peter Grant vor mir abgelegt hat. Sie hat jetzt ins Englische gewechselt. Ich zögere, meinen ersten Gedanken spontan auszusprechen. Online traue ich mich durchaus, so was zu sagen. Auf meinem Instagram-Account teile ich meine Liebe und

Begeisterung für Bücher nur zu gerne. Und ich kann es mir nicht nehmen lassen, diesen Titel im Besonderen zu hypen. Ich nehme all meinen Mut zusammen. »Ich liebe diese Geschichte!«

Die junge Frau steigt zu meiner Erleichterung total darauf ein. Es ist die Schwangere. »Hast du schon alle Bände gelesen?«

»Verschlungen.« Möglicherweise gehe ich doch als Buchhändlerin auf. In Echtzeit macht es gleich noch mehr Spaß, mit Gleichgesinnten über seine Herzensbücher zu schwärmen und zu fachsimpeln.

»Ich bin so gespannt, was mit Les…«

»Keine Spoiler, Tara!«, fährt uns ihre Freundin dazwischen. »Ich bin erst bei Band 2.«

Tara und ich nicken uns zu. Wir sind uns einig. Spoiler sind echt Mist! Sie scheint jedoch allgemein gerne zu plaudern, ungeachtet der Tatsache, dass wir uns gar nicht kennen oder sie nicht in ihrer Muttersprache redet. »Ich find's halt noch genialer, weil mein Verlobter Polizist ist.«

»Ja«, bestätigt die andere und ergänzt: »Und er wird nicht begeistert sein, wenn wir uns noch mehr verspäten.«

Tara verdreht die Augen. »Schon gut, ich komme ja!«

Ich schmunzle. Ach, was würde ich darum geben, wenn Kendra und ich auch so eine Freundschaft führen könnten. Die Unterhaltung mit Justus hat mir zwar ein klein wenig Trost gespendet, aber das auf dem Sofa neulich in der WG hätten sie und ich sein sollen, nicht Ina und Tracey. Ich denke an die Screenshots, die meine beste Freundin mir von ihrem Chatverlauf mit so einem Typen, Glen heißt er, geschickt hat. Ihre Wege haben sich auf einer Erstsemesterparty gekreuzt. Die Funken in den Nachrichten waren nicht zu überlesen. Kendra wird nie nach London ziehen.

Nur einen Moment, nachdem die zwei Mädels gegangen sind und ich mich wieder an die Arbeit begeben will, klingelt das Glöckchen erneut. Auf einen Schlag wird mir ganz anders, und ich muss mich am Tresen festhalten.

»Ich habe nicht damit gerechnet, dass du dich noch mal blicken lässt«, konfrontiere ich Drew – bevor er überhaupt etwas sagen kann. Habe ich vorhin noch gehofft, dass er vorbeikommt, merke ich nun, wie sauer ich bin. Die Geschosse fliegen aus meinem Mund auf ihn zu und treffen ihr Ziel. Versenkt. Sein Sunnyboy-Lächeln, bei dem man seine schiefen Zähne nicht sieht, löst sich in Luft auf.

Ausnahmsweise habe ich einen richtigen Grund, um wütend auf ihn zu sein, denn wie er sich Justus gegenüber aufgeführt hat, habe ich nicht vergessen. Das ändert nur nichts daran, dass die Buchhandlung in den letzten Tagen so leer und still ohne ihn war. Als reichte es nicht, dass er meine Mauern erklimmt.

»Ich war zwischendurch auch hier«, korrigiert Drew mich zögerlich. Hat da jemand ein schlechtes Gewissen? »Nur scheinen wir uns verpasst zu haben. Hat Justus dir das nicht erzählt?«

»Ihm war wohl nicht danach«, bemerke ich. »Du hast echt ein Händchen für katastrophale erste Auftritte. Hat dir das schon mal jemand gesagt?«

»Scharfsinnig beobachtet, Sherlock«, gibt Drew trocken zurück.

»Spar dir die Ironie! Das war echt –«

»Unter aller Sau. Hab's verstanden.«

Ich stoße den Schwall angehaltener Luft aus und richte meinen Haarreifen, dessen Schleife sich im Muster meiner Bluse wiederfindet.

»Ich werde mich bei ihm entschuldigen, sobald ich ihn das nächste

Mal sehe«, betont Drew. »Aber du verdienst auch eine Entschuldigung. Ich wollte dich nicht blamieren.«

»Okay.«

»Okay?«

»Okay«, bestätige ich. »Entschuldigung angenommen.« Vielleicht lernt er ja wirklich was daraus.

Drews Augen weiten sich. »Elsa, bist du es?«

Ich horche auf. »Hast du mich gerade ernsthaft mit der Eiskönigin aus diesem Disneyfilm verglichen?!« In gespielter Entrüstung schüttele ich den Kopf und seufze übertrieben laut, kann mir das Schmunzeln aber nur schwer verkneifen. Drew weicht daraufhin einen Schritt zurück und guckt wie ein begossener Pudel. Bei diesem Schmollmund kann ich ihm unmöglich länger böse sein.

»Weißt du was?«

Ich verdrehe die Augen. Jetzt wird er sich gleich wieder aufspielen.

»Ich bringe das alles in Ordnung. Lässt du es mich in Ordnung bringen?«

Ich hebe eine Braue.

»Gehen wir essen! Heute Abend. Du und ich. Ich lade dich ein.«

Spricht er von einem Date? Drew hat mich nach einem Date gefragt! Ich hatte noch nie ein Date.

»Das musst du nicht«, krächze ich, weil es mir fast die Sprache verschlägt. »Heute kann ich sowieso nicht. Ich bin gleich mit meiner Mutter verabredet.« Hilfe suchend zucken meine Augen zur Uhr an meinem Handgelenk. Es ist schon ziemlich spät.

»Okay, das ist schade. Wann musst du denn los?«

Ich traue mich nicht, den Blick zu heben. Ich bilde mir ein, so etwas wie Enttäuschung bei Drew zu spüren. Aber was, wenn er in Wahrheit erleichtert ist und von vornherein mit einer Absage gerechnet hat?

Unsinn, Lia!, würde Kendra mich schelten, wüsste sie um meine Zweifel. *Wer kann schon behaupten, mit achtzehn drei Romane geschrieben und veröffentlicht zu haben? Mach dich nicht kleiner als du bist!*

Ich nehme mein Smartphone zur Hand und öffne die Citymapper-App, weil ich mich im Augenblick nicht entsinne, um wie viel Uhr ich in die Bahn steigen muss. Zu meinem Entsetzen steht dort eine von Transport for London veröffentlichte Meldung über einen Terrorverdacht. Die Strecke, die ich nehmen will, liegt lahm. Aktuell ist es unmöglich, mit der U-Bahn beziehungsweise der Docklands Light Railway nach Greenwich zu fahren. Ein Taxi ist zu teuer. Voraussichtlich dauert es eine Weile, bis Entwarnung gegeben wird.

»Es fährt nichts mehr«, murmele ich. »Terrorgefahr.«

Normalerweise würde ich mich darüber freuen, müsste ich nicht unbedingt mit meiner Mutter sprechen. Meine drei Romane halten mich und die Buchhandlung nicht mehr lange über Wasser. Die Zeit, sich dies einzugestehen, ist gekommen. Da Mom immer sehr beschäftigt ist und sich nur selten Zeit für mich nehmen kann, ist heute eine der wenigen Gelegenheiten, sie persönlich zu erwischen. So ist das wahrscheinlich, wenn man die Karriereleiter in einer der weltgrößten Banken erklimmt. Ich hoffe so sehr, dass sie dazu bereit ist, mich zu unterstützen. Wenn der Druck erst mal nachlässt, möglichst schnell ein neues Manuskript fertigzustellen, kann ich mich hoffentlich wieder entfalten und die Wörter fließen wie von selbst.

»Ich könnte dich bringen«, schlägt Drew leichthin vor.

Mein Kopf ruckt hoch. »Wirklich?« Da erst registriere ich den Motorradhelm, der unter seinem Arm klemmt.

»Sicher.«

Nichts an ihm deutet darauf hin, dass ihm das etwas ausmachen würde. Er wartet auf meine Antwort und blickt mich offen an. Ich soll also hinter Drew auf ein Motorrad steigen – und das in London! Diese Vorstellung bringt mein Blut fast noch stärker in Wallungen als seine Frage nach dem Date. Es ist nett von ihm, mir das anzubieten. Für seine Verhältnisse fast zu nett. Was ist da los?

»Ich habe heute sowieso nichts mehr vor.«

Ich beiße mir auf die Unterlippe.

»Solltest du an meinen Fahrkünsten zweifeln«, er hebt die Brauen, »ich fahre andauernd und nehme auch meinen kleinen Bruder öfter mit.«

Ich erröte. »Die wollte ich nicht infrage stellen.«

Es wäre töricht, sein Angebot auszuschlagen, denn ich kann eine Mitfahrgelegenheit gebrauchen. Auch wenn es Drew ist.

»Gut, aber danach sind wir quitt«, höre ich mich sagen und schiebe den Gedanken, dass mein letztes Stündlein geschlagen hat, vehement beiseite.

Ein paar Minuten später brechen wir auf.

»Lieber sind wir zu früh dran als zu spät«, lautet Drews Fazit, nachdem ich ihm gesagt habe, wo meine Mutter wohnt. »Bei dem Verkehr kann man nie wissen.«

Meine Hände beben, als ich den Schlüssel im Schloss des *A New Chapter* drehe und aus dem Augenwinkel das schwarze Ungetüm am Straßenrand mustere. So eine Höllenmaschine sollte nicht existieren. Dazu ist die Fahrbahn nass und rutschig. Der Kloß in meinem Hals wächst. Ich werde mir den Muskelkater meines Lebens holen, so verkrampft wie ich jetzt schon bin. Ganz zu schweigen davon, wie nah wir einander kommen werden.

»Die Homepage ist übrigens toll geworden«, merkt Drew unvermittelt an.

»Du hast danach gesucht?« Sein Ablenkungsmanöver funktioniert, und für eine Sekunde vergesse ich, was mir bevorsteht. Wie aufmerksam!

»Klar. Ich war neugierig, nachdem du sie letztens erwähnt hast.«

Ich mustere ihn von der Seite. »Danke schön!« Es freut mich ungemein, dass Drew das Ergebnis gefällt. Den zahlreichen YouTube-Tutorials sei Dank. Nach mehreren Anläufen und langen Nächten Bastelarbeit habe ich anscheinend doch eine einigermaßen passable Website aus dem Hut gezaubert. Für meinen Internetauftritt als Autorin will ich mich demnächst wieder dransetzen.

»Dabei ist mir aufgefallen«, ergänzt Drew, »dass man das *ANC* nicht bei Maps findet. Das solltest du unbedingt ändern. Ich kann dir zeigen, wie es geht. Ist eigentlich ganz leicht.«

»Das …«, stammele ich. »Das wäre super!« Was ist mit Drew passiert? Rede ich mit seinem freundlichen Doppelgänger? Bisher ist er bei allem, was den Laden und Bücher im Allgemeinen betrifft, ziemlich zurückhaltend gewesen. Außer als er sich mir als Aushilfe anbot. Was mich zur Frage aller Fragen zurückbringt: Wieso kommt er dann immer wieder her?

»Ich möchte noch eine Facebook-Seite und einen Instagram-Account erstellen«, lasse ich ihn wissen. Plötzlich merke ich, wie viel Spaß es macht, diese Pläne mit ihm zu teilen. Mit Justus ist es nicht dasselbe. Er ist zwar eindeutig büchervernarrt, aber nun mal eher der in sich gekehrte Typ. Wenn Drew dagegen etwas packt, sprudelt er quasi über vor Begeisterung, sodass es nahezu ansteckend wirkt.

»Cool! Hast du auch einen persönlichen Account?«

Das ist erneut eine Frage, die ich nicht erwartet habe. Über kurz oder lang kann ich meinen Instagram-Account sowieso nicht vor Drew geheim halten. Er ist öffentlich und unter meinem richtigen Namen zu finden.

»Ja, ich bin bei Bookstagram aktiv«, nuschle ich daher. »Das ist die Buchnerd-Nische auf Instagram.« Es ist nicht so, dass ich mich für meine Schreiberei oder meine Bücherliebe schäme. Im Gegenteil. Deshalb nutze ich auch kein Pseudonym.

»Bookstagram?«, wiederholt Drew.

Das *So was gibt's?* steht ihm quer über die Stirn geschrieben. Die meisten sind eher auf privaten Profilen, Promi-, Reise-, Fitness- und Lifestyleaccounts unterwegs. Unsere Community – lauter Menschen, die so ticken wie ich, bei denen ich mich völlig normal fühle – ist dagegen kleiner und etwas spezieller.

»Du findest mich unter *liannejones_schreibtundliest*«, schiebe ich mutiger hinterher. »Ich führe eine Art Mischung aus Autoren- und Buchblog-Account.«

Selbstverständlich guckt Drew augenblicklich nach und abonniert mich. Seine Augen werden groß. »Irre! Du hast über dreitausend Follower! Muss man dich kennen?«

»Also erkannt hat mich bis jetzt noch nie jemand.« Ich winde mich vor Verlegenheit. Die meisten meiner Abonnenten habe ich im Netz gesammelt. Nicht wie Drew, den ich zuerst im echten Leben kennengelernt habe. So rum habe ich das ehrlich gesagt noch nie erlebt. Kendra ist schon von Anfang an dabei, das ist was anderes.

Er überfliegt meine Bio. »Herzlichen Glückwunsch, Lia. Du hast es geschafft.«

»Was habe ich geschafft?« Ich hätte nie damit gerechnet, dass Drew so beeindruckt reagiert.

Er wirkt so begeistert, dass es mir beinahe doch peinlich ist. Ich hätte gedacht, er zuckt mit den Schultern und das war's oder er hielte mich endgültig für einen komischen Kauz. Die Welt der Bücher, meine Welt, hat für ihn schließlich keinerlei Bedeutung.

»Du hast mich davon überzeugt, ein Buch lesen zu wollen.«

Nicht dass ich das bisher versucht hätte. Er nickt, wie um die Feierlichkeit dieses Moments zu unterstreichen. »*Dein* Buch beziehungsweise deine Büch*er*«, präzisiert er. »Ich fass es nicht, dass du eine berühmte Schriftstellerin bist, und das für dich behalten hast!«

Jetzt klappt mir der Mund auf, und meine Stimme wird maximal schrill. »Du willst sie lesen?«

Wie oft hat Drew mich innerhalb der letzten Minuten überrascht? Kann er nicht einfach, wie beim ersten Mal, als ich meine Schreiberei erwähnt habe, darüber hinweggehen?

»Logisch«, bekräftigt er. »Es macht ja einen Unterschied, ob ich die Autorin höchstpersönlich kenne, oder das Buch von irgendeinem Fremden lese. So ist es schon ganz spannend. Ich dachte bisher, du schreibst eher für dich. Im stillen Kämmerlein.«

Im Geiste gehe ich meine Werke durch. Meine Geschichten haben immer etwas Tiefschürfendes, das meinen Lesern etwas mitgeben soll. Das ändert nur nichts daran, dass sie vordergründig Lovestorys sind. Kitschige, wie man anmerken muss.

»Ich glaube ehrlich gesagt nicht, dass das das Richtige für dich ist«, stelle ich fest.

Dad hat das Bücherschreiben immer als Kunst betrachtet, nicht als Möglichkeit, mich anhand meiner Texte zu analysieren. Deshalb war es mir nie unangenehm, wenn er sie las. Und auch Kendra ist sich über den Unterschied zwischen Story und Autor im Klaren, Autobiografien einmal ausgenommen. Ich weiß nicht, ob man das auch von Drew behaupten kann.

»Das werden wir ja sehen.«

Oh Gott. Oh Gott.

»Du weißt aber schon, dass meine Geschichten fiktiv sind?«, schiebe ich noch hinterher und klammere mich an den letzten Strohhalm, der mir noch bleibt.

»Trotzdem steckt ja was von dir in ihnen«, erwidert Drew.

Dachte ich, die Motorradfahrt würde schlimm werden? Die Motorradfahrt! Die hätte ich beinahe vergessen.

Drew hält mir einen zweiten Helm hin. »Bist du bereit? Wir sollten los.«

Ich warte, bis er aufgesessen ist und mir signalisiert, es ihm gleichzutun, indem er hinter sich auf den freien Sitzplatz klopft. Noch im Stand klammere ich mich so an Drew fest, dass er wahrscheinlich kaum noch Luft bekommt. Das kann ja heiter werden.

»Atmen, Lia«, erinnert er mich, bevor er zuerst das Visier meines Helms herunterklappt und dann sein eigenes. Ächzend und knurrend erwacht das Motorrad zum Leben.

KAPITEL 9

LIA

Ich nehme alles zurück, was ich vorhin über Drews Fahrkünste gedacht habe, denn er weiß wirklich, was er tut. Langsam, sehr langsam, beginne ich ihm zu vertrauen. Dabei fokussiere ich mich besonders auf meine Atmung, denn normalerweise würde ich mich nie freiwillig in solche Situationen begeben. Meine Umgebung rast so schnell, gar schemenhaft an uns vorbei und der Fahrtwind reißt an meiner Kleidung. Es ist schweinekalt. Ich würde gern behaupten, dass ich mich so lebendig fühle wie noch nie – so hätte ich dieses Ereignis in einem meiner Bücher wohl beschrieben –, doch dies wäre genau wie die Romantik gelogen. In Wahrheit konzentriere ich mich fast die komplette Fahrt über auf einen Punkt auf Drews Rücken, um nicht von den Eindrücken überflutet zu werden. Als der sich weiter nach vorn über den Lenker beugt und mich dazu auffordert, mich festzuhalten, kann ich bereits erahnen, was er vorhat, denn wir halten mit offenen Armen auf zwei Doppeldeckerbusse zu. Beschleunigen.

Ich werde noch enger an ihn gepresst und fange an, Stoßgebete gen Himmel zu schicken. Die Seiten der Busse scheinen von links und rechts immer näher zu kommen und uns zerquetschen zu wollen. Die Sekunden, in denen ich damit rechne, jeden Augenblick zermalmt zu werden, dehnen sich zu einer Unendlichkeit aus. Ich halte den Atem an. Doch dann schießen wir wieder zwischen den Fahrzeugen hervor.

Wäre der Helm nicht gewesen beziehungsweise dessen Visier, das ich mich nicht traue hochzuschieben, hätte ich Drew einiges zu dieser Aktion zu sagen gehabt. Er hat sie ja nicht mehr alle!

Als ich endlich wieder festen Boden unter den Füßen habe, sind meine Knie puddingweich. Ich bin durchgefroren und nervlich so ein Wrack, dass ich aus reiner Erschöpfung davon absehe, mich bei Drew wegen unseres riskanten Manövers zu beschweren.

Er steigt ebenfalls ab. »Da wären wir, M'lady.«

Moms Haus liegt nahe dem Zentrum von Greenwich. Der historische Stadtteil mit seinem dörflich-idyllischen Flair ist vor allem bekannt für den Nullmeridian, die Cutty Sark, ein altes Segelschiff aus dem neunzehnten Jahrhundert, und ein Museum zur britischen Marinegeschichte. Für mich nicht sonderlich interessant, denn ich bin zum Teil mit alldem hier aufgewachsen. Drew dagegen ist im Erkundungsmodus und kann seiner Blicke nach zu urteilen noch nicht häufig in Greenwich gewesen sein. Zu guter Letzt betrachtet er das strohgedeckte Cottage, welches meiner Mutter gehört.

»Schön«, ist alles, was er dazu sagt.

Sonst nichts? Er hält doch etwas zurück!

»Findest du?«

»Na ja«, er gestikuliert ein bisschen hilflos, wie auf der Suche nach den richtigen Worten. »Ich bin nur etwas verwundert, dass du nicht hier wohnst. Und dein Struggle mit der Buchhandlung …«

Natürlich muss auch er inzwischen mitbekommen haben, dass es finanziell schlecht aussieht, obwohl es nie direkt zur Sprache kam. Von einer Minute auf die andere hat sich Drews Blick auf mich verändert. Dass ich Autorin bin, findet er cool, die Lebensverhältnisse meiner Mutter weniger. Etwa weil sie mich in seinen Augen zu etwas Besserem machen?

»Ich bin nicht hier, sondern bei meinem Vater aufgewachsen«, wiegele ich schnell ab. »Meine Eltern haben sich scheiden lassen, als ich klein war. Mom und ich hatten nie ein enges Verhältnis.«

Ich gebe Drew keine Gelegenheit zu einer Erwiderung und stelle fest, dass ich mich genauso zugeknöpft verhalte wie er, wenn es um persönliche Angelegenheiten geht. Ich deute über die Schulter zum Haus. »Danke dir fürs Fahren! Ich sollte besser reingehen. Ich bin spät dran.«

Drew leistet keinen Widerspruch. »Klar! Gern geschehen.«

Weil wir uns noch nie außerhalb der Buchhandlung getroffen und somit auch nicht mit mehr als einem unpersönlichen »Tschüss« voneinander verabschiedet haben, beschließe ich, es dabei zu belassen. Ich öffne das Vorgartentörchen, rufe »Bis dann!« über die Schulter und haste auf die gelbe Haustür zu.

Noch bevor Mom mir öffnet, höre ich Drew davonbrausen und mein schlechtes Gewissen anklopfen. Vermutlich hätte ich etwas Netteres sagen und ihn nicht einfach so abspeisen sollen. Schließlich ist er mein Retter in der Not.

Als die Tür aufgeht, erlischt das Lächeln, das sich auf meine Lippen verirrt hat.

»Da bist du ja.« Mom runzelt die Stirn und streicht über ihren perfekt sitzenden beigen Bleistiftrock.

Ich finde es seit jeher befremdlich, dass sie sich nicht nur für die Arbeit, sondern auch zu Hause so auftakelt, ganz egal ob Gäste kommen oder nicht. Allerdings geht es ihr nicht anders mit meinem Styling. Seit ich mir zu meinem sechzehnten Geburtstag Lack-Schnürstiefel mit Gänseblümchen drauf gewünscht habe, hält sie mich für so was wie einen modischen Totalausfall.

Wahrscheinlich hätte ich inzwischen gegen ihre kühle Art gefeit sein sollen, wenn nicht immun. Tatsache ist, sie trifft mich trotzdem jedes Mal aufs Neue. »Die Bahn, die ich nehmen wollte, ist ausgefallen.«

Meine Mutter seufzt, als könnte ich etwas dafür. »Na, dann komm mal rein, das Essen wartet schon«, betont sie und hilft mir aus der Jacke. Ich ziehe meine Budapester aus und stelle sie in das Schuhregal neben Moms Pumps, bevor ich ihr über die persischen Läufer geradeaus in den Wohnbereich folge.

Es ist merkwürdig, nach der fast durchgängigen Funkstille, die seit meinem Auszug zwischen uns herrschte, wieder hier zu sein – obwohl ich diejenige bin, die Moms Anrufe ignoriert hat. Nach ihrer Reaktion auf Dads Testament, welches wir Mitte August mit einem Anwalt durchgegangen sind, gerieten wir heftig aneinander. Sie wollte die Buchhandlung dem Erdboden gleichmachen und sah endlich ihre Chance, das *ANC*, das ihr schon immer ein Dorn im Auge gewesen ist, für immer aus ihrem und auch aus meinem Leben zu streichen. Dieser Ort habe schon ihrem Ex-Mann irgendwelche Flausen in den Kopf gesetzt, womit es sich für sie von selbst verstand, dass ich den Laden nicht übernehmen würde, so wie Dad es sich gewünscht hat. Dass ich gegen ihren Willen aufbegehren würde, war für sie unvorstellbar. Doch ich wehrte mich heftig. Und hier stehen wir nun.

Über das gesamte Wohnzimmer des Cottage sind Grünpflanzen verteilt und es ist mollig warm. Herbstlich-bunte Blättergirlanden, Kastanientiere und ein paar Zierkürbisse setzen saisonal abgestimmte Akzente. Nun fällt mein Blick auch auf Mike, der gerade am Kamin herumwerkelt und noch ein paar Holzscheite nachlegt. Das Feuer taut mich im Nu auf. Nur so lange, bis der Freund meiner Mutter sich zu mir umdreht und sein Vorzeige-Ersatzdaddy-Lächeln inmitten seines getrimmten Vollbarts aufblitzt. Ich habe dieses Lächeln von klein auf nicht ausstehen können. Für mich hat und wird er nie an Dad heranreichen können, egal wie lange Mom und er schon zusammen sind. Er ist ihr Lebensgefährte, mehr nicht.

»Hi, Lia! Wie geht's? Wie ist die WG?«

Die WG, die Mike mir mithilfe seiner Kontakte vermittelt hat.

Ich will ihm das nicht schuldig sein.

»Super«, behaupte ich und beschwöre ihn lautlos, nicht weiter nachzuhaken.

Mit Schrecken verfolge ich, wie er auf mich zukommt, meine Hand in seine Pranke nimmt und mich durchschüttelt. »Ich bin stolz auf dich!«

Das Schlimme ist, ich kann Mike nicht unterstellen, er würde sich nicht bemühen. Nach außen hin ist er ein guter Stiefvater, der sich immer nach meinem Wohlbefinden erkundigt. Es ist eher so, dass seine Freundlichkeit sehr oberflächlich ist und nicht besonders authentisch wirkt. Vielleicht liegt es aber auch daran, dass er selbst keine leiblichen Kinder hat und ihm deswegen der Umgang mit mir schwerfällt.

Ich verziehe das Gesicht, was man durchaus als Lächeln interpretieren kann.

Mom entschuldigt sich, um das Essen aus ihrer Landhausstil-Küche zu holen, und Mike und ich steuern auf den gläsernen Esstisch zu. Die Atmosphäre ist milde gesagt verkrampft. Am liebsten würde ich direkt wieder gehen. *Wie lange bin ich schon hier? Fünf Minuten?*

Bevor Mike mich doch noch ausquetschen kann und mir komplett der Appetit vergeht, ziehe ich mein Handy hervor und gehe auf Instagram. Wenn ich nichts runterbekomme, erweicht Mom das sicherlich nicht! Außerdem sollte es Mike beschwichtigen, wenn ich wie jeder normale Teenager an meinem Smartphone klebe. Ich war ewig nicht online. Hätte ich nicht mit Drew darüber geredet, wäre ich vermutlich noch länger darum herumgeschlichen. Ich könnte meiner Community aus Buchliebhabern mal mitteilen, wo ich so lange gesteckt habe. Irgendwie fehlt mir der Austausch ja schon, aber in den letzten Monaten waren andere Dinge einfach wichtiger. Ich rufe Drews Profil auf und folge ihm zurück, ohne darüber nachzudenken. Bevor ich mir seine Bilder genauer ansehen kann, kommt Mom schon mit einer Schüssel Bulgursalat zurück. Ich probiere einen Löffel und merke, wie lange es her ist, dass ich eine richtige »selbst« gekochte Mahlzeit zu mir genommen habe. Trotz der Umstände nehme ich mir vor, das Essen so gut es geht zu genießen.

»Der Salat schmeckt fantastisch. Was ist da alles drin? Ich würde den super gern mal nachkochen.« Ein unverfänglicher Einstieg für ein Gespräch.

Mom guckt etwas überrascht über mein Kompliment, fängt sich jedoch schnell wieder: »Natürlich Bulgur, dann Paprikaschoten, Petersilie, Zwiebeln, Tomatenmark und etwas Sonnenblumenöl.«

Weil es so gut schmeckt und ich den mühsam aufrechterhaltenen Frieden nur schweren Herzens brechen will, muss ich mehrmals dazu ansetzen, mein Anliegen zur Sprache zu bringen. Lieber nehme ich noch einmal nach oder trinke einen Schluck Multivitaminsaft. Mom und Mike bestreiten das Gespräch auch ganz gut allein.

Manchmal frage ich mich, weshalb sie mich überhaupt einladen, denn sie versuchen erst gar nicht, mich in die Unterhaltung einzubeziehen. Sie schwelgen in Erinnerungen an ein Konzert in der Royal Albert Hall, welches sie letzte Woche besucht haben. Normalerweise wäre ich zufrieden damit, meine Zeit hier (schweigend) abzusitzen, aber heute ... Je länger ich warte, desto schwerer wird es, meinen Mut zusammenzunehmen.

Wir sind beim Nachtisch angelangt, in Orangenlikör eingelegte Mandarinen, dazu Vanilleeis mit Sahne, als meine Mutter mir zuvorkommt. »Hast du dich mittlerweile von der Buchhandlung verabschiedet? Mike kann dir bei allem Weiteren behilflich sein.«

Welch großzügiges Aufgebot an Mitgefühl. So etwas wie Skrupel oder Schamgefühl gehen ihr anscheinend völlig ab.

Sofort schießen mir Tränen in die Augen und meine Fassade, die ich über die letzten Wochen mit größter Anstrengung aufrechterhalten habe, fällt gnadenlos in sich zusammen. Manchmal konnte ich mir sogar selbst etwas vormachen, mir einreden, dass es schon gar nicht mehr so wehtut und die Zeit wirklich alle Wunden heilt ... Eine einzige Lüge.

Wie können dreieinhalb Monate ausreichen, um mein früheres Leben hinter mir zu lassen? Dad fehlt mir. Jede beschissene Sekunde an jedem beschissenen Tag.

»Ich weiß, es ist hart, Lianne. Aber es wird Zeit, dass wir uns darum kümmern.« Die Ansprache meiner Mutter ist gut vorbereitet. Nichtsdestotrotz triefen ihr Ungeduld und Abneigung – auf das *A New Chapter*, auf meinen Vater – aus jeder Pore.

Mich kriegt sie nicht um den Finger gewickelt.

»*Stellina*, hast du gehört?«

Erst recht nicht mit ihrem Spitznamen für mich, was auf Italienisch so viel wie *Sternchen* bedeutet. Für mich ist das ein weiterer Schlag, weil sie es mangels ihrer Fürsorge verpasst hat, mir ihre eigene Muttersprache beizubringen. Bis auf einige Unternehmungen, die sich eher wie obligatorische Pflichtveranstaltungen angefühlt haben, und ihr Geld habe ich nie viel von ihr gesehen. Beide haben wir ein Spiel gespielt, von dem wir genau wussten, was für ein Theater es war. Bei diesen Gelegenheiten taten wir immer wieder so, als verbände uns etwas anderes als nur ein paar Gene. Immerhin eines haben wir gemeinsam: Wir sind trotz aller unausgesprochenen Probleme und den Unstimmigkeiten unfähig zu akzeptieren, dass da sonst nichts ist.

Ich würde gerne etwas in der Richtung sagen, wäre meine Kehle nicht wie zugeschnürt. Das Schluchzen sitzt dort fest und verhindert, dass ich normal Luft holen kann. Mir ist bewusst, dass Weinen meine Überzeugungskraft schmälert, aber ich kann nun mal nicht anders. Hauptsache, ich stehe für Dad ein. Und für mich.

Während Mom meine Tränen gekonnt ignoriert und Mike peinlich berührt in seinen Mandarinen herumstochert, ringe ich um Fassung.

»Ich werde die Buchhandlung weiterführen.«

»Wie bitte?« Ich bin sicher, Mom hat mich trotz der Schluchzer verstanden.

»Ich habe nicht vor, das *A New Chapter* aufzugeben.«

»Das ist Wahnsinn«, springt Mike ein.

Ich hätte selbst nicht erwartet, dass mir ihr Unglaube zusätzliche Entschlossenheit verleihen würde. Meine Tränen lassen etwas nach.

»Aber ich könnte eure Hilfe gebrauchen«, schließe ich dann sowohl Mom als auch Mike mit ein und vollführe dabei eine Geste, die die geschmackvolle und teure Einrichtung des Raumes erfasst. »Ihr könntet mich bei den Studiengebühren unterstützen. Mit der Wohnung und dem Laden ist es doch etwas viel, und meine Rücklagen von den Büchern reichen bald nicht mehr aus.« Schnell füge ich hinzu, weil mir bewusst ist, wie das gerade herüberkommen muss: »Es tut mir leid, dass ich mich euch gegenüber so undankbar verhalten und mich seit dem Auszug fast gar nicht zurückgemeldet habe. Ich war nur so überfordert mit der Uni und der neuen Wohnsituation und musste mich erst mal an alles gewöhnen.«

Obwohl wir nach unserem Streit vor der Anwaltskanzlei einstimmig beschlossen hatten, es wäre besser für alle Beteiligten, erst einmal etwas Abstand voneinander zu bekommen, war es dumm von mir, nicht von allein wieder auf die beiden zuzugehen.

Mom nippt an ihrem Weißweinglas. Sie scheint sich von dem Schreck erholt zu haben, während ich mir mit meiner Serviette notdürftig die zerlaufene Wimperntusche abtupfe. »Selbstverständlich übernehme ich die Studiengebühren. Ich habe dir schließlich auch die Schule bezahlt und, möchte ich meinen, oft genug gesagt, wie froh ich bin, dass du jetzt ein Studium angehst. Eben darum solltest du dich nicht in irgendetwas verrennen und dich von deiner Trauer leiten lassen.«

Ich, die Emotionale.

»Lianne, ich unterstütze dich, wo es nur geht. Aber nicht dabei, deine Zukunft zu ruinieren.«

Ich lasse die Serviette sinken. »Was soll das heißen?«

»Du solltest dich auf etwas Vernünftiges konzentrieren. Deine Schreiberei schadet ja niemandem. Aber das *A New Chapter* ... Dein Vater war ein unbelehrbarer Idealist, der sich sein eigenes Grab geschaufelt hat. Christopher hat sich am Ende mit dem ganzen Stress übernommen.«

Manchmal kann ich kaum glauben, dass Carla Benedetti Dad mal geliebt haben soll oder er sie. Christopher und Carla, Carla und Christopher – verliebt? Wie kann sie ihm die Schuld für seinen Herzinfarkt geben, statt auch nur ein Fünkchen Anteilnahme zu zeigen?

Und sie legt noch einmal nach: »Ich gebe dir Geld. Dafür erwarte ich, dass du die Buchhandlung schließt.«

Ich ziehe scharf die Luft ein. Wie kann sie mich, ihre eigene Tochter, auf diese Weise *bestechen*? Wie kann diese Frau mein Fleisch und Blut sein? Sie sollte wissen, was mir das *A New Chapter* bedeutet.

Ich bin sprachlos, balle die Fäuste im Schoß, knete die Stoffserviette. »Warum tust du mir das an?«

Moms Züge sind dagegen völlig unbeweglich, wie in Stein gemeißelt. »Ich möchte nur dein Bestes.«

Ich lache auf. »Hast du Dad wirklich so sehr gehasst?«

Ein Zucken in ihrer Wange. Na, sieh mal einer an. »Lianne, ich hasse deinen Vater nicht und habe ihn auch nie gehasst.«

Ich schlage mir die Hände vors Gesicht. »Wieso bist du dann so?«

»Lianne!« Eine unmissverständliche Zurechtweisung. »Reiß dich endlich mal zusammen. Du kannst nicht ewig in deiner Fantasiewelt versinken und dich dem echten Leben nicht stellen. Man bekommt nicht immer, was man will. Dein Vater hat dich viel zu lange verhätschelt.«

Ich halte das echt nicht aus. Ich halte *sie* nicht aus. Ich wollte mich zusammenreißen und eine gute Miene zur Schau tragen, ehrlich. Aber das … Als ob ausgerechnet ich nichts von der Realität wüsste, ist Salz in meinen Wunden.

An dieser Stelle mischt Mike sich abermals ein. »Hör auf zu weinen, Darling, und denk noch mal darüber nach.«

Ich habe gar nicht bemerkt, dass wieder Tränen über meine Wangen laufen. Ich bin einfach nur wütend. So wütend. Auf Mom. Auf Mike. Auf mich.

Wäre Dad hier, würde er mich in Schutz nehmen und mir versichern, dass ich vollkommen in Ordnung bin, genauso wie ich bin, und dass ich das Richtige tue, weil es von Herzen kommt. Egal, wie hart der Weg auch sein mag. Ich versuche ja bereits, besser mit meinen Emotionen umzugehen, mir und anderen Menschen gegenüber. Doch Mom würde offenbar wollen, dass ich sie gar nicht erst zeige.

Mit Schwung stehe ich auf und stoße dabei versehentlich den samtbezogenen Stuhl um. »Ich gehe.«

Daraufhin ernte ich ein abschätziges Kopfschütteln von meiner Mutter. »Schön. Renn nur wieder weg.«

Betont langsam lese ich nach meinem abrupten Aufspringen meine Handtasche vom Boden auf, um ihr die Möglichkeit zu geben, sich doch noch zu entschuldigen. Nichts. Ihre manikürte Hand legt sich auf Mikes, der offenbar aufstehen wollte, um mich aufzuhalten.

»Einen schönen Abend noch«, verabschiede ich mich brüsk.

Vor dem Haus setze ich mich auf die Bordsteinkante, weil mir zu übel ist, um direkt zur nächsten Bahnstation der Docklands Light

Railway zu gehen. Das ist ja super gelaufen! Schnurstracks zieht die Kälte der Steine durch meine Hose. Aus reiner Gewohnheit schaue ich die Verbindung nach Bethnal Green nach und werde mit derselben Meldung konfrontiert wie zuvor. Nachdem ich mich aufgerafft habe, versuche ich wider besseren Wissens dennoch mein Glück und gehe im Stechschritt zur Cutty Sark Station. Ich friere erbärmlich. Es ist nicht mein Tag, zweifellos. Und natürlich liegen die Züge nach wie vor still.

Ich möchte heulen, doch ironischerweise kommen keine Tränen mehr. Und zum zweiten Mal heute bleibt mir nur eine Möglichkeit. Kurzerhand öffne ich Instagram und schicke Drew eine private Nachricht: *Bist du da?*

Die Nervosität, die mich normalerweise umbringen müsste, bleibt aus. Mein Kopf brummt, und ich fühle mich derart erschöpft und leer, dass mir alles egal ist.

Keine Minute später schreibt er mir zurück. *Was gibt's?*

Er hat geantwortet! Drew ist tatsächlich da.

Mit bebenden Fingern tippe ich: *Würdest du mich vielleicht abholen? Die U-Bahn ist immer noch gesperrt …*

Ich warte. Halte die Luft an.

Bin in 40 min bei dir. Halte durch :)

Gott sei Dank.

Moment, vierzig Minuten? Verdammt, ich hätte ihn nicht fragen sollen! Ich weiß doch, dass er aus dem Norden Londons kommt. Hätte ich noch die Energie, mich über meine Rücksichtslosigkeit zu ärgern … Unsinn, das führt nirgendwohin!

Ich gebe Drew Bescheid, dass ich mich in den Pub gegenüber der St Alfege Church setzen werde. Dort starre ich, nachdem ich mir einen warmen Kakao bestellt habe, einfach vor mich hin – und auf die Santafiguren im Schaufenster, die ziemlich grotesk mit den Hintern wackeln und mich sogar kurz ablenken. Ist es schon bald wieder so weit und Weihnachten steht vor der Tür?

Meine Gedanken wandern zurück zu dem Besuch bei meiner Mutter. Was mache ich jetzt nur mit der Buchhandlung? Morgen, morgen sieht die Welt bestimmt wieder anders aus und dann werde ich mich damit befassen. Ich werde eine Lösung finden. Vielleicht.

Als Drew mit einem Schwall Nachtluft in das Lokal geschneit kommt, und mit ihm das unverkennbare Odeur der Themse, wäre ich ihm am liebsten um den Hals gefallen. Ich kann den Ausdruck in seinen Augen nicht einordnen. Sie finden mich, und ich weiche aus. Wortlos schleiche ich neben ihm her, obwohl er eine Erklärung verdient, wo er diese Umstände auf sich genommen hat. Schließlich sind wir nicht mal befreundet. Oder doch?

Bei seinem Motorrad angelangt, platze ich hervor: »Es tut mir leid! Du hättest nicht kommen müssen. Ich wusste nur nicht, was ich tun soll. Kann ich das irgendwie wiedergutmachen?«

Drew bedeutet mir mit einer Handbewegung zu schweigen. »Gar kein Problem. Wirklich. Mach dir keinen Kopf.«

Ich nicke, noch nicht gänzlich überzeugt.

Er fährt fort, und ein verhaltenes Grinsen schleicht sich in sein Gesicht: »Du könntest allerdings mit mir ausgehen. Darüber würde ich mich immer noch freuen.«

Ausgehen – Drew hat es *ausgehen* genannt! Damit ist es eindeutig.

»Okay«, hauche ich ungläubig, zu erschöpft, um weiter darüber nachzudenken. Doch irgendwie freue ich mich auch.

»Natürlich nur, wenn du willst«, fügt er wegen meiner lakonischen Reaktion hinzu.

»Ich will.«

»Du willst.«

»Ja«, beharre ich und wünschte, ich könnte dem, was ich gerade empfinde, Ausdruck verleihen. Einerseits schwebe ich förmlich auf Wolke sieben und bin andererseits so dermaßen durch den Wind, dass ich den Weltuntergang mit offenen Armen empfangen würde.

Das bemerkt auch Drew. »Cool.« Die Falte zwischen seinen Brauen vertieft sich. »Aber nun lass mich dich erst mal nach Hause bringen.«

Ich entsinne mich nicht, ihm meine Adresse genannt zu haben. Andererseits kann ich mich allgemein kaum an die Fahrt erinnern, von daher sollte ich darauf nichts geben. Nichtsdestotrotz finde ich mich auf einmal vor dem Mehrfamilienhaus wieder, in welchem ich wohne.

»Danke«, flüstere ich noch mal. Diesmal umarme ich ihn zum Abschied, kurz und fest.

»Ich warte noch, bis du drinnen bist«, erwidert Drew und kratzt sich leicht verlegen im Nacken.

Als ich gleich darauf ins Bett falle, habe ich noch seinen Geruch in der Nase. Eine Mischung aus der Frische seines Deos und dieser undefinierbaren herben Note.

KAPITEL 10
DREW

Sie hat Ja gesagt!

Ein Adrenalinstoß durchfährt mich, von dem ich nicht weiß, wie ich ihm am besten Luft machen kann. Ich hätte erst draußen aufs Handy gucken sollen. Zwar hatte Lia gestern bereits eingewilligt, sich mit mir zu treffen, doch sie wirkte nicht gerade zurechnungsfähig, weswegen ich heute Morgen lieber noch mal per Instagram nachgehakt habe. Kein Druck, ich wollte sie ja in nichts reinquatschen oder ihre Verfassung ausnutzen. Ich lasse mich auf die Holzbank zwischen den Spinden fallen und lese ihre Nachricht wieder und wieder.

»Gute Neuigkeiten?« Logan späht hinter seiner Spindtür hervor und wackelt vielsagend mit den Augenbrauen.

Sofort drehen sich zwei weitere Köpfe nach mir um.

»Halt die Klappe«, grummle ich und verfluche den Umstand, dass mich Lias Zusage noch in der Werkstatt erreicht hat.

»Das heißt wohl ja.«

»Ich meine es ernst, Mann«, gebe ich zurück, jedoch nicht ohne ein Heben meiner Mundwinkel.

Logan pfeift anerkennend.

Es erstaunt mich, dass Lia nach wie vor bereit ist, etwas mit mir zu unternehmen, obwohl es ihr jetzt besser geht. Als sie mir gestern schrieb und fragte, ob ich sie abholen könne, hatten Shannon und ich noch nicht mal den ersten Film geschafft. Diese war nicht begeistert, dass unser Filmeabend damit ins Wasser fiel und strafte mich mit Missachtung à la *Pass mal auf, Bürschchen, ich lasse mich ganz sicher nicht wie Nummer zwei behandeln!* Dabei stand für mich außer Frage, dass ich dem Bücherwurm abermals zur Hilfe eilen würde. Ich musste!

Um weiteren Kommentaren zu entgehen, sammle ich schließlich fix mein restliches Zeug zusammen, verabschiede mich von den Kollegen und tippe im Hinausgehen meine Antwort an Lia: *Perfekt! Was wollen wir machen?*

Schon allein wegen Tristan hätte ich sie nicht hängen lassen können. So habe ich es Shannon auch gesagt. Zwar habe ich ihr die Sache mit dem Stick nur grob erklärt, aber sie weiß über die Machenschaften meines Bruders und unsere Verwicklungen Bescheid. So besitzergreifend wie gestern war sie allerdings noch nie. Zumal wir kein Pärchen sind, nie eines waren oder sein werden. Ich dachte, Shannon kommt damit klar, und bis jetzt war es sehr entspannt und unkompliziert zwischen uns. Dabei muss man auch bedenken, dass ich ihr bisher keinen Grund zur Eifersucht geliefert habe.

Die Tür zum Mitarbeiterausgang fällt hinter mir zu. Jedes Mal, wenn ich es wie jetzt aus der Werkstatt schaffe, ohne dass so was wie mit Seb passiert, möchte ich vor Erleichterung auflachen. Ich muss mir mit Nachdruck einbläuen, dass das nicht wieder vorkommen wird und niemandem damit geholfen ist, wenn ich paranoid werde. Im Kopf noch woanders, trete ich voll in eine Pfütze. Fluchend stampfe ich mir den Schlamm von den Füßen und stecke mir eine Zigarette an.

Mich wundert nur, dass Lia nicht Justus um Hilfe gebeten hat. Es war wirklich total krass, wie fertig sie gewesen ist. Was ist bei ihrer Mutter bloß passiert? Ich habe mich nicht getraut nachzuhaken, so verletzt wie sie ohnehin schon wirkte.

Lia und ich werden uns treffen. Ich bin noch nie »offiziell« mit jemandem ausgegangen. Es wäre gelogen, würde ich behaupten, ich sei nicht nervös.

KAPITEL 11

LIA

Wie konnte ich diesen Abend jemals für eine gute Idee halten? Eines steht fest: Ich muss ziemlich verzweifelt gewesen sein, um tatsächlich zuzusagen – und danach konnte ich selbstredend nicht mehr zurückrudern. Wie fies wäre das? Und habe ich es nicht auch ein winziges bisschen gewollt?

Zum wiederholten Mal zupfe ich das dunkelrote Cordkleid zurecht und ziehe, wie um zu unterstreichen, dass das klamottentechnisch nun wirklich reichen muss, den Reißverschluss meiner Jacke darüber zu.

Ich seufze. Statt über die Date-Tauglichkeit meines Outfits zu grübeln, würde ich jetzt lieber eingekuschelt mit einem Buch und Tee auf der Couch sitzen. Schließlich ist diese Verabredung gar kein Date, allenfalls ein »Ich schulde es dir«-Treffen. Und überhaupt: Wenn wir Pech haben, sehen wir bei der Nebelsuppe sowieso nichts von dem Feuerwerk.

Ein weiterer Blick in den von einer Lichterkette umrahmten Spiegel. Soll ich die Haare nicht doch lieber zusammenbinden?

Herr im Himmel! Ich streiche sie nach vorn.

Ein Feuerwerk klingt für mich übrigens immer noch besser, als dass Drew und ich uns bei einem Dinner nichts zu sagen hätten. Die Bonfire Night, die traditionell immer am fünften November stattfindet, bietet sich da an und erscheint mir wie ein Kompromiss, für den ich sogar den ohrenbetäubenden Lärm und die Menschenmassen in Kauf nehme. Hauptsache, er und ich sind nicht allein.

Ich checke mein Smartphone. Ich habe ihn gebeten, mir zu schreiben, sobald er da ist, damit die Klingel keine meiner Mitbewohnerinnen auf den Plan ruft. Diese Begegnung wäre bestimmt peinlich geworden. So richtig aufgetaut bin ich immer noch nicht, und das haben Tracey, Ina und Penelope sicher längst bemerkt. Ich frage mich, was die drei heute treiben. Seit unserer recht netten Begrüßung neulich haben wir uns leider wieder kaum gesehen, weshalb meine Angst erneut gewachsen ist. Ein »Hallo« allein führt schließlich nicht dazu, dass man Freundschaften schließt. Vermutlich werden sie nie ganz nachvollziehen können, dass mir der persönliche Kontakt etwas schwerer fällt, was ich ihnen auf keinen Fall verübele. Vielleicht hätte ich Tracey zum Beispiel mal anbieten sollen, ihr als Ortskundige die Stadt zu zeigen.

Noch keine Nachricht von Drew. Ich hätte sein Angebot, mich nach Greenwich zu fahren, nicht annehmen oder ihn zumindest danach nicht noch mal anschreiben dürfen, nur weil das Treffen mit meiner Mutter unmöglich war.

Was mich echt gefreut hat, ist Justus' Nachfrage per WhatsApp gewesen, wie das Abendessen lief. Meine Zweifel, ihm gegenüber ehrlich zu sein, schob ich in Erinnerung an seine Worte in der Buchhandlung – »Um mich brauchst du dich nicht zu sorgen« – beiseite. Was würde es mir auch bringen, die Lage zu beschönigen? Ich brauche jemanden, auf den ich zählen kann. Auf meine Antwort hin bekam ich jede Menge trauriger und wütender Smileys zurück.

Pling!

Ich schließe Justus' und meinen Chat, um die neue Nachricht zu lesen.

M'lady, Chauffeur und Kutsche stehen nun für Sie bereit.

Drew!

Das Prickeln in meinen Wangen breitet sich stromwellenartig über meinen ganzen Körper aus, und meine Mundwinkel wandern in die Höhe. Pünktlich, auf die Minute! Wahrscheinlich war er früher da und hat extra gewartet, um mich zu beeindrucken. Dabei habe ich bis vor einer Stunde noch überlegt, das Treffen unter einem Vorwand abzusagen, zu verschieben und darauf zu hoffen, es würde sich schlussendlich verlaufen.

Ein Date, mit *mir*, im Ernst? Dieser Teil in mir, der voller Selbstzweifel ist und (offenbar) eine Schwäche für Teenie-Highschool-Dramen hat, hält es mir immer wieder vor: Drew, der lässige Player, würde doch eher Tracey aka den Cheerleader-Typ wählen. Zugegeben, ich habe keinen Schimmer, ob Tracey auf der Schule bei den Cheerleadern war, aber ich könnte es mir gut vorstellen. Außerdem ist sie Amerikanerin. Ich schüttele den Kopf. Und genau wegen solch wirrer Gedankengänge bringe ich zurzeit keinen Satz zu Papier.

Mit einem letzten Blick in den Spiegel verlasse ich die Wohnung. Die Hand auf dem Lauf des Geländers gehe ich die Treppen hinunter und komme mir dabei tatsächlich ein bisschen vor wie eine Prinzessin. Nur ohne Ballkleid.

Draußen vor dem Haus wartet natürlich nicht mein Prinz auf mich, sondern Andrew Carter, die Lippen zu einem dieses für ihn typischen Lächelns verzogen, welches ich nach wie vor etwas arrogant finde. Cool wie immer sitzt er auf seinem Motorrad, den Helm auf den Knien, einen zweiten unter dem Arm – und in einem dunkelblauen Dufflecoat anstelle der Jeansjacke. Fast könnte man meinen, er hätte sich wie ich schick gemacht, würde mein Gehirn nicht automatisch den bekannten roten Hut ergänzen und seiner wohl gewollten Eleganz einen leichten Knacks verpassen.

»Du weißt schon, dass du gerade eine gewisse Ähnlichkeit mit der Kinderbuchfigur Paddington Bär hast?« Mein Erstaunen ist nicht gespielt.

Wie nicht anders zu erwarten, starrt Drew mich bei dieser Begrüßung an, als sei ich verrückt geworden. »*Ich* soll Ähnlichkeit mit einem sprechenden Bären haben? Sagt ausgerechnet die Frau in der Teddyjacke. Ich habe mich schon länger gefragt, was das für eine Macke ist und wer so grässliche Jacken trägt.«

Hat er nicht gesagt.

»Was?«, entfährt es mir in gespielter Entrüstung. »Dass du viel mehr wie ein Bär aussiehst als ich, ist doch offensichtlich. Dein Mantel, ein dunkelblauer Dufflecoat – genauso einen trägt Paddington auch. Nur hat er dazu noch einen roten Hut auf.« Bestimmter korrigiere ich ihn: »Und ich habe keine Macke!«

Es reicht, dass meine Mitbewohnerinnen mich für den Grinch halten, so mies gelaunt und abweisend wie ich wahrscheinlich meistens wirke. Zur Sicherheit schaue ich schnell die Straße rauf und runter und hinter mich in den Hauseingang, aber von den Mädels ist nichts zu sehen. Keine von ihnen ist zufällig genau jetzt auf die Idee gekommen, den Müll runterzubringen. Überhaupt ist es ungewöhnlich ruhig. Niemand in Sicht. Unwillkürlich stelle ich mir vor, die Ruhe für später auf der Tower Bridge aufzubewahren, unserem Aussichtspunkt für das Feuerwerk.

»Entschuldige. Ich vergaß, dass du nicht nur eine Schwäche für Bären hast.«

Ich verkneife mir jeden weiteren Kommentar, nehme Drew den Beifahrerhelm ab und stülpe ihn über, ohne auf meine Frisur zu achten. »Fahren wir!« Als ich Anstalten mache, hinter ihm auf das Bike zu steigen, bremst Drew mich aus und hält mich an den Oberarmen zurück. Die Maschine schwankt, und er muss einen Ausfallschritt machen, damit sie mir nicht entgegenkommt und mich unter ihr begräbt. Das war knapp! Mein Herz klopft wie wild. Drews Griff ist sicher und fest.

»Nicht so hastig, Teddy.«

Plötzlich umfassen seine Hände mein Gesicht, meinen Nacken, gleiten unter den Schal und prüfen fast zärtlich den Sitz meines Helms. Die Berührung geht mir durch und durch. Er muss seine Handschuhe ausgezogen haben, um die Nachricht zu tippen. Die Hitze, die er ausstrahlt, ist überwältigend. Hätte mein Herz nicht ohnehin gehämmert, was das Zeug hält, würde es sich spätestens jetzt überschlagen.

Viel zu schnell ist der Moment vorbei, und es an mir, mich hinter Drew zu schwingen und mir darüber den Kopf zu zerbrechen, was da eben geschehen ist. Mein Puls könnte sich auch langsam wieder beruhigen. Natürlich tut er das nicht und legt eher noch einen Gang zu, sobald ich meine Arme um Drews Oberkörper schlinge. Dabei ist meine Angst vor der röhrenden Maschine unter uns inzwischen nur noch halb so groß wie vor unserer ersten gemeinsamen Spritztour vor ein paar Tagen.

»Tut mir leid, dass wir Halloween verpasst haben.«

»Hä?« Ich verstehe nicht, was er meint.

»Wir hätten ein tolles Bären-Paar abgegeben.«

Ohne meine Antwort abzuwarten, startet Drew den Motor, und wir schießen durch die heraufziehende Nacht. Ich schaffe es nur noch, das Visier herunterzuklappen und den Satz, den mein Magen vollführt, zu ignorieren. Das nenne ich mal einen rasanten Start. Bleibt nur die Frage: ein Start wovon?

Wir sausen durchs East End, Stepney und Whitechapel, durch den Rotherhithe Tunnel unter der Themse hindurch, am Southwark Park vorbei, bis nach Bermondsey. Nach Hause. Nicht ohne Hintergedanken habe ich die Southwark Fireworks vorgeschlagen, zu denen Dad und ich früher immer gegangen sind. Allein schon wegen der Temperatur finde ich es völlig gerechtfertigt, mich (ohne Scham) enger an Drew zu schmiegen. Der Fahrtwind ist, wenn überhaupt möglich, noch beißender, als ich ihn in Erinnerung hatte. Schnell habe ich genug von den grellen Scheinwerfern der anderen Fahrzeuge, den verstopften Straßen und den Fußgängern, welche unsere Weiterfahrt hinauszögern. Ich kneife die Augen zusammen. Die Geräuschkulisse aus Hupen, Flüchen und Gesprächsfetzen und einem Gefühl der summenden Geschäftigkeit kann ich leider nicht ausblenden. Dabei hätte ich den Ton zu gern auf stumm geschaltet. Bei jeder Kurve halte ich die Luft an, doch waghalsigere Manöver erspart Drew mir diesmal. Für das letzte Stück öffne ich die Augen und lotse ihn, mit einem

Arm gestikulierend, in eine Gasse hinein. Zum hundertsten Mal versichere ich ihm, dass man hier parken darf und das Motorrad ganz sicher nicht abgeschleppt wird. Sein Bruder kann also gar keinen Tobsuchtsanfall kriegen. Aber erst, als ich Drew verrate, dass ich in dieser Gegend aufgewachsen bin, vertraut er mir und meinem Geheimtipp endlich.

»Ach, cool. Hier kommst du also her?« Nachdem wir abgestiegen sind, wendet er sich mir zu, während ich zu Boden blicke.

»Ja«, sage ich nur und belasse es dabei.

Seine Augenbrauen wandern in die Höhe, doch er hakt nicht weiter nach, lässt es darauf beruhen und stiefelt voran. Er scheint zu versuchen, die bisherigen Informationen, die er über meine Eltern und mein Leben hat, zu einem großen Bild zusammenzufügen. Zu verstehen, was zwischen Mom und mir vorgefallen ist und weshalb ich neulich bei fast neun Millionen Einwohnern in dieser gigantischen Stadt ausgerechnet auf *ihn,* die Hilfe eines quasi Fremden, angewiesen war.

»Lia?« Drew ist stehen geblieben und guckt mich fragend an.

Womöglich habe ich ihm Unrecht getan und ihn vorschnell als einen dieser Typen ohne Einfühlungsvermögen, der nichts ernst nehmen kann, abgestempelt.

»Bin schon da!« Hastig schließe ich zu ihm auf und rücke meine Handtasche über der Schulter zurecht.

Wir schlendern zwischen den umgebauten Lagerhallen und Backsteingebäuden, welche an vergangene Zeiten und die harte geleistete Arbeit erinnern, unter stählernen Überführungen hindurch, nebeneinanderher in Richtung Fluss.

»Es ist Jahre her, dass Tristan mal mit Nico und mir bei einem

Feuerwerk war. Alexandra Palace, wenn ich mich richtig erinnere.«
Die Straßenlaternen spenden nur wenig Licht, sodass Teile von Drews markanten Zügen im Schatten liegen und ich seine Mimik nicht richtig deuten kann.

Du solltest etwas sagen! Es nennt sich Small Talk, Lia. Das macht man so.

Genau deswegen hatte ich unsere Zeit zu zweit auf ein Minimum reduzieren wollen, weil ich nicht weiß, was ich antworten soll. Es ist schon mal gut, dass wir uns während der zwanzigminütigen Fahrt nicht unterhalten konnten, doch anders als im Laden kann ich heute keine Alibi-Beschäftigung vorschieben, wegen der ich keine Zeit für ein längeres Gespräch mit ihm habe.

»Was meinst du? Lichtet sich der Nebel oder ist das reine Wunschvorstellung?«, bemerkt Drew.

»Nein, tatsächlich«, wundere ich mich. »Scheint, als hätten wir Glück.«

Vor allem überrascht mich, dass Drew meine Schweigsamkeit nicht in die Flucht schlägt. Er wirkt, als mache es ihm gar nichts aus, den größeren Teil der Konversation zu übernehmen.

Als hätte ich es heraufbeschworen, endet unser Glück, sobald wir die Tower Bridge erreichen. Majestätisch ragen die beiden neugotischen Türme vor uns auf. Schon von Weitem kann ich die unzähligen Menschen sehen, die sich auf der Brücke tummeln, um wie wir von dort aus das Spektakel zu beobachten. Auch sie sind winterlich angezogen, eingepackt in dicke Jacken, Mützen und Schals. Atemwölkchen schweben vor den Gesichtern.

Es war damit zu rechnen, dass es voll werden wird, aber die Realität schlägt die Horrorvorstellungen in meinem Kopf trotzdem um Längen. Sofort melden sich meine Fluchtinstinkte.

»Verdammt.« Damit spricht Drew mir aus der Seele. »Wir hätten früher losfahren müssen.«

Und ich die Uni schwänzen sollen. Das hätte mir auch gleich zwei dieser lästigen Gruppenarbeiten erspart. Bis zu einem gewissen Maß kann die Gesellschaft von Menschen, insbesondere wenn ich nicht mit ihnen reden muss oder sie mir nahestehen, angenehm für mich sein. Es ist nicht so, als ob ich nicht gerne Zeit mit anderen verbringe. Es wird erst dann anstrengend, wenn ich über einen zu langen Zeitraum mit zu vielen Reizen auf einmal beschallt werde. Mit meinem Vater zum Beispiel habe ich mir den Jahrmarkt als Vor-Feuerwerks-Unterhaltungsprogramm im Southwark Park nur selten entgehen lassen. Er hat verstanden, wenn meine Grenzen erreicht waren. Dieses Jahr habe ich solche Veranstaltungen bewusst vermieden. Diese abgespeckte Version des fünften Novembers sollte trotz aller Umstände funktionieren. So der Plan.

Ich bleibe stehen, ehe wir die viel befahrene A100 passieren, um auf die andere Straßenseite zu gelangen. Als die Ampel auf Grün umspringt, und sich alle anderen um uns herum in freudiger Erwartung und gut gelaunt ins Gespräch vertieft in Bewegung setzen, rühre ich mich nicht von der Stelle. Meine Atmung beschleunigt sich.

»Möchtest du lieber gehen?« Die Brückenbeleuchtung spiegelt sich in Drews Augen und verstärkt die Intensität seines Blicks. Irgendetwas hat sich seit Greenwich zwischen uns verändert. Aber ich kann gar nicht genau sagen, was es ist, denn danach haben wir uns noch nicht wieder gegenübergestanden, nur miteinander geschrieben. Vielleicht ist es an der Zeit, mich ihm zu öffnen und zu erzählen, was mich die ganze Zeit bedrückt und warum ich mich so einsam fühle. Vielleicht würde er mir im Gegenzug mehr über sich verraten.

Ich zwinge mich, den Kopf zu schütteln.

Ich sollte mich zumindest bemühen, keine schlechte Stimmung zu verbreiten.

»Bist du sicher?«, hakt Drew noch einmal nach.

Da erkenne ich, was sich verändert hat. Er hat Angst, etwas falsch zu machen! Kann das sein? Angst, die er sonst hinter einem ironischen Spruch oder einem Lächeln verbirgt. Zwar hat er in Greenwich wie selbstverständlich die Zügel in die Hand genommen, weil ich nur noch ein Häufchen Elend war, aber es hat ihm zu denken gegeben. Dafür könnte ich Mom und Mike für unsere Auseinandersetzung fast schon dankbar sein. Das wiederum lässt auch Drews anfängliche Stichelei Justus gegenüber in einem anderen Licht erscheinen. Mein Herz klopft schneller.

»Ich bin sicher«, bekräftige ich mit unerwartet fester Stimme, weil das im Augenblick das Einzige ist, dessen ich mir sicher bin.

Ich weiß, dass mich dieser Abend viel Kraft kosten wird, und das ist okay. Ich habe schließlich keine Angst vor der Menschenmenge an sich und bekomme dafür eine weitere unvergessliche Erinnerung. Mit Drew, der wegen Justus und mir verunsichert war und sich nicht an meiner Sensibilität stört. Der mich auf ein Date eingeladen hat und jetzt tatsächlich seine etwas schiefen Zähne zeigt und mein Lächeln erwidert. Er *grinst* mich tatsächlich an.

Ganz vielleicht könnte heute alles anders sein, nur für ein paar Stunden. Als könnten wir vor der Zeit und unseren eigentlichen Leben ausreißen, bevor der Albtraum weitergeht, in dem ich seit Dads Tod gefangen bin. *To the Moon & Back* wie in dem Song von Savage Garden – und Drew ist mein Pilot. Ich ertappe mich dabei, wie ich in den Himmel schaue und vergeblich nach den Sternen suche, welche trotz der vorbeiziehenden Wolken vom Smog und den Lichtern der City verdeckt werden.

»Dann komm.« Drews ausgestreckte Hand ist eine ehrliche Einladung. Wie von selbst ergreife ich sie und denke nicht weiter über mögliche Stolpersteine, die mich heute erwischen könnten, nach. Handschuhe sind mit Abstand die blödeste Erfindung seit es Small Talk gibt. Gemeinsam arbeiten wir uns zur Mitte der Zugbrücke vor und schließen uns der Menge an. Wie ein Summen breitet sich die Aufregung der anderen in mir aus und vermischt sich mit meiner eigenen. Die ist jedoch größtenteils unseren verschränkten Fingern, statt dem bevorstehenden Feuerwerk geschuldet.

»Hier?« Drew wirft einen fragenden Blick über die Schulter.

Es ist nicht so, als hätten wir groß eine Wahl. Ich könnte mich gerade mal um die eigene Achse drehen. Mein Ellbogen streift den des Mädchens neben mir. Ich nicke, denn jedes Wort hätte ihm sofort verraten, wie ich mich gerade fühle. Mein Blickfeld besteht überwiegend aus den Rücken unserer Vorderleute, das Geländer der Brücke ist lediglich zu erahnen, genau wie die andere Uferseite, auf der sich der Tower of London und die St Katharine Docks befinden. Seit wann die Menschen in der ersten Reihe wohl dort stehen und warten? Wenigstens friere ich nicht mehr.

»Shit, Lia.« Drew lässt mich los (halt, stopp!) und fährt sich durch die Haare. Ist. Das. Heiß. »Ich hätte jemanden finden müssen, der Nico aus der Schule abholt. Dann hätten wir es weiter nach vorne geschafft, und du könntest auch was sehen.«

»Alles gut«, beschwichtige ich ihn, obwohl ich nicht gedacht hätte, dass Nico der Grund ist, aus dem wir uns nicht früher treffen konnten. Hatte Drew nicht gesagt, man bräuchte ihn auf dem Bau? Und sollte Nico mit seinen zehn Jahren nicht alt genug sein, um alleine nach Hause zu gehen? Später werde ich mal nachhaken. Falls es ein Später geben sollte. Seit wann gehe ich davon aus, wünsche es mir sogar, dass Drew ein fester Teil meines Lebens wird beziehungsweise bleibt?

»Ist es nicht«, widerspricht Drew. »Ich wollte, dass das heute was Besonderes wird. Verstehst du?«

Ich kann es kaum fassen. Ein verunsicherter Drew toppt den Mr Cool um Längen. Ich schmelze dahin.

»Das ist es doch.« Ich wippe ein bisschen vor und zurück, um mich von dieser Feststellung abzulenken. »Wann beginnt das Feuerwerk?«

Drew zieht sein Handy aus der hinteren Hosentasche und entsperrt das zersprungene Display. »In sechzehn Minuten.« Dabei fällt ihm eine gewellte Strähne in die Stirn, und ich kann mich gerade noch beherrschen, sie ihm nicht aus dem Gesicht zu streichen. Leider sieht es auch nicht so aus, als wollte er erneut meine Hand nehmen.

Du kannst meine Hand nehmen, wenn du möchtest, denn ich möchte deine auch halten. Los, nimm sie! JETZT!

Leider versagt meine Telepathie-Fähigkeit. Stattdessen sprechen wir über anstehende Weihnachtseinkäufe, den neuen Sci-Fi-Blockbuster mit Sue Marley, das wieder eröffnete Stadion im Upton Park, über Belanglosigkeit nach Belanglosigkeit, doch macht mir das nur halb so viel aus wie sonst. Solange ich Drew dabei ansehen kann, könnten wir von mir aus stundenlang über Fußball oder auch Autos plaudern, obwohl ich davon nicht viel verstehe. Wir sind so in unser Gespräch versunken, dass wir beim ersten Knall gleichzeitig zusammenfahren. Ich kaschiere den Schreck mit einem Lachen, sobald ich verstanden habe, dass das eine abgefeuerte Rakete gewesen sein muss. Drew fällt mit ein.

Kurz darauf beginnt die Musik, welche wir von unserer Position aus nur undeutlich hören können. Die zeitgleich einsetzende Show überzieht den Nachthimmel mit den herrlichsten Kunstwerken und taucht die Schwärze in rote, grüne, gelbe, blaue und weiße Farben. Die Lautstärke hält sich angenehmerweise in Grenzen, obwohl die Atmosphäre atemberaubend ist. Ich versuche gar nicht erst, mich der Begeisterung der Menschen zu verschließen, sondern lasse mich mitreißen, atme eine volle Ladung dieser übersprudelnden Positivität ein. Handys werden gezückt, Fotos geschossen, Videoaufnahmen gemacht, Arme um Schultern gelegt und Küsse vergeben. Gefühlt küssen sich plötzlich alle umstehenden Menschen, außer …

»Siehst du genug?«

Ich reiße meinen Blick von dem knutschenden Pärchen vor uns los. Oh je, meine Gedanken dürften nicht schwer zu erraten sein! Mehr als ein »Äh« bringe ich nicht hervor.

Drews Gesicht wird vom Licht des Feuerwerks angestrahlt. Diese Lippen. Er wird doch nicht dasselbe gedacht haben wie ich? »Pass mal auf, ich habe eine Idee!«

»Was?« Oh nein, das kann auf jeden Fall nichts Gutes bedeuten. So ähnlich hat er unseren Motorradstunt zwischen den roten Doppeldeckerbussen hindurch eingeläutet. Bevor ich protestieren kann, tritt Drew hinter mich und hebt mich hoch. Auf einmal ist sein Anflug von Schüchternheit wie weggeblasen. So kenne ich ihn.

»Nein, nein, nein!« Meine Stimme schraubt sich in die Höhe und ich versuche mehr schlecht als recht, auf den Boden zurückzugelangen. Höher kriegt er mich sowieso nicht gestemmt, so sehr strampele ich mit den Beinen. Wie unglaublich unangenehm, mein Kopf leuchtet garantiert wie eine Glühbirne. Ich wette, jetzt sind alle Blicke auf uns gerichtet.

Er setzt mich kurz ab und haucht »Sch, sch, sch« in mein Ohr. Gott sei Dank!

Doch ich freue mich zu früh, denn kaum hat mein Widerstand nachgelassen, lande ich auf seinen Schultern und rudere mit den Armen. Es ist mir unbegreiflich, wie er das nun wieder geschafft hat. Da richtet Drew sich zu seiner vollen Größe auf und auf einmal überblicke ich den Fluss. Peinlich berührt lächele ich auf die Leute neben uns hinab, welche sich glücklicherweise wieder dem Feuerwerk zuwenden und das Getuschel einstellen.

Einfach höflich winken und sich nichts anmerken lassen! Am besten so wie die Queen höchstpersönlich.

»Und was habe ich gesagt?«, ruft Drew zu mir hoch.

Okay! Ich gebe zu, die Aussicht ist phänomenaler als phänomenal, sodass ich nicht aufhören kann, wie ein Honigkuchenpferd zu grinsen. Ein Glück, dass Drew das nicht sehen kann. Meine Gefühle fahren Achterbahn. Auf so eine Nähe zu ihm, weder auf die körperliche noch die emotionale, war ich nicht vorbereitet. Sämtliche Härchen stellen sich mir auf.

»Alles klar da oben?«, fragt er, weil ich nicht geantwortet habe.

»Ja«, flüstere ich.

Das restliche Feuerwerk vergeht wie im Flug, und irgendwann setzt Drew mich wieder ab. Möglicherweise bilde ich es mir nur ein, aber danach registriere ich eine unsichtbare Verbindung zwischen uns, die so leicht nicht wieder zu kappen sein wird. Als sich die Zuschauer zu zerstreuen beginnen, reicht nur ein kurzer Blickwechsel, auf den hin wir beschließen, dass es das für uns heute noch nicht war.

Auf einmal spüre ich ein vertrautes Ziehen in meinem Bauch.

Die freudige Erwartung.

Den Drang, Luftsprünge machen zu wollen.

In mir regt sich der Wunsch, diesen Moment auf Papier festzuhalten. Ist das möglich? Ich wusste schon gar nicht mehr, wie sich dieser Drang anfühlt, der uns Autoren antreibt, Geschichten in Form zu gießen, nächtelang, koffeingedopt, aber glücklich. Plötzlich bin ich dermaßen aufgekratzt, bloß weil ich das, was da zwischen uns ist, unbedingt in Worte fassen möchte.

Drew hat den Funken in mir neu entfacht.

KAPITEL 12
DREW

Kann dieser Abend bitte niemals enden?

Nach dem Ende der Show spazieren wir am Fluss entlang an der City Hall vorbei in Richtung HMS Belfast, einem britischen Kriegsschiff, das zum Imperial War Museum gehört und zur Besichtigung auf der Themse liegt.

»Nur kein Restaurant«, bittet Lia mich. »Das Getümmel war erst mal genug für mich.«

Trotz des ungemütlichen Wetters widerspreche ich ihr nicht. Gerade setzt feiner Nieselregen ein und verschleiert wie der Nebel zuvor die Lichter der Stadt am anderen Ufer. Unser Weg führt uns an den Weihnachtsmarktbuden von Christmas by the River vorbei, die zwar schon aufgebaut, aber noch nicht geöffnet sind.

»Du willst erst mal 'n bisschen introverten, mh?«, stichele ich.

»Das Wort gibt es nicht«, weist Lia mich zurecht und funkelt mich gleichzeitig belustigt an. Langsam habe ich den Dreh raus, sie ein bisschen aus ihrem Schneckenhaus zu locken. »Wenn schon introvertieren.«

Wir huschen von einem schmalen Vordach zum nächsten, um etwas weniger nass zu werden. Die Aufsteller werben mit Glühwein, Cider, heißer Schokolade und was hier nicht noch ab nächster Woche ausgeschenkt wird. Eigentlich ziemlich verlockend.

»Sorry!« Ich lege mir eine Hand auf die Brust. »Ich habe total vergessen, dass ich es mit der Grammatikpolizei höchstpersönlich zu tun habe. Bei meinem Vokabular rollen sich bei dir bestimmt alle fünf Sekunden die Zehennägel auf.«

Lia zögert nicht lang, bevor sie auf meinen Sarkasmus anspringt. Das gefällt mir. »Endlich verstehst du mich!«

»Gewöhnlich halte ich ja nicht viel von Schreiberlingen«, bremse ich sie jedoch sofort wieder aus und fluche, als mich ein fetter Regentropfen genau in den Nacken trifft.

Sie schließt hastig zu mir auf. »Und ich dachte, dass du zur Abwechslung mal einen Scherz auf deine Kosten machst.«

»So kann man sich täuschen.«

Lia verschlägt es kurz die Sprache, und ich muss unwillkürlich grinsen, so zwanglos, wie ich es sonst nur in Nicos Gegenwart tue. Dabei bin ich durchaus bereit, mich von ihren Büchern vom Gegenteil überzeugen zu lassen. Auch wenn sie immer noch nicht begeistert davon scheint, dass ich ihre Geschichten tatsächlich lesen will. Ob aus Scham oder falscher Bescheidenheit hätte sie sich mit Sicherheit geweigert, mir einen ihrer Romane zu bestellen. Um mir diese Diskussion zu ersparen, habe ich mir ihre Bücher also klammheimlich in einer Filiale von Waterstones besorgt. Die Titel ihrer Werke hat mir praktischerweise ihr Instagram-Profil verraten. Vielleicht schafft Lia es ja, dass ich nicht über jeden zweiten Satz den Kopf schüttele oder bereits auf Seite vier das Interesse an der Story verliere. So wie bei sämtlichen Büchern, die ich in der Schule lesen musste. No offense, aber so was wie Kafkas Kakerlaken-Geschichte oder Shakespeares schwülstiges Gelaber geht gar nicht.

Glücklicherweise erreichen wir die überdachte Passage der Hay's Galleria genau dann, als der Nieselregen in einen Schauer übergeht und flüchten hinein. Das ehemalige Warenhaus war früher Teil des Londoner Hafens und ist heute ein kleines Einkaufszentrum. Hier drinnen sieht es sogar ganz nett aus. Vor der bronzenen Skulptur eines Schiffs, die sich im Zentrum des Atriums befindet, verlangsamen wir unsere Schritte. Der Kontrast zu dem Feuerwerk vorhin könnte kaum größer sein, so still wie es hier ist. Weit und breit ist kein Mensch zu sehen, was es – so ganz allein mit Lia – nicht weniger aufregend macht.

Sie legt den Kopf in den Nacken und betrachtet die gläserne Decke und die Rundbögen. »Jedes Mal, wenn ich hier bin, muss ich an Italien denken. In Mailand gibt es eine ganz ähnliche Galleria.«

Italien also. Ich habe schon vermutet, dass Lia südländische Wurzeln hat, bin jedoch nicht sicher, ob ich sie jetzt darauf ansprechen soll oder ob sie vielleicht nur vor sich hin geredet hat. Bevor ich nachhaken kann, ergänzt sie: »Ich war leider noch nie dort.«

»In Mailand?« Ich trete neben sie, fahre mir durch die feuchten Haare und lese den Namen der Skulptur: *The Navigators*. Dann wende ich mich um und sehe Lia an.

Sie begegnet meinem Blick nur flüchtig und setzt sich dann auf den Rand des Brunnens, in dem das Schiff steht. »Nicht nur das, ich war allgemein noch nie in Italien. Meine Mutter stammt zwar aus

Florenz, aber sie hat keinerlei Kontakt mehr zu ihrer Familie. Das meiste, was ich über das Land weiß, habe ich aus dem Internet oder Reiseführern.«

Die Hände in den Hosentaschen vergraben, bleibe ich in ein paar Schritten Abstand zu ihr stehen. Ich bin nicht sicher, was ich ihr antworten soll. »Du kommst sicher trotzdem mal hin.«

Ein Schulterzucken. Dann legt sie auf einmal los: »Mom und Dad haben sich über Freunde kennengelernt, als meine Mutter für ein Auslandssemester in London war. Dad hat mir mal erzählt, dass sie sich sofort zueinander hingezogen gefühlt haben, vor allem, weil sie so gegensätzlich waren. Sie haben ein paar wilde, leidenschaftliche Nächte miteinander verbracht, und am Ende standen sie mit einem ungewollten Baby da.«

Wieso erzählt sie mir das? Ich hätte nicht gedacht, dass ich scheinbar eine solche Vertrauensperson für sie bin. Vielleicht sogar, *weil* wir uns eigentlich fremd sind und aus verschiedenen Welten kommen?

»Du«, errate ich mit einem fahlen Beigeschmack im Mund. »Du warst das ungewollte Baby.«

Lia nickt knapp. »Mom und Dad haben beschlossen, mich zu behalten, haben geheiratet und sind gemeinsam in eine Wohnung nach Hammersmith gezogen. Sie waren noch so jung und mussten plötzlich eine Ehe führen und ein Kind erziehen. Dass das nicht die besten Voraussetzungen waren, haben sie auch irgendwann gemerkt. Als sie sich dann scheiden ließen, war ich vier.«

»Das tut mir leid«, murmele ich und würde am liebsten noch hinterherschieben: *Du musst mir das nicht erzählen, wenn du nicht willst.*

Das alles klingt so, als würde sie sich für irgendetwas rechtfertigen wollen. Wofür? Wegen der ganzen Sache, die in Greenwich passiert ist? Ein anderer Grund fällt mir nicht ein. Zumal sie mich nicht genervt hat oder mir sonst wie zur Last gefallen ist.

»Na ja.« Sie schaut zu mir auf, als würde sie darauf warten, dass ich mich ebenfalls setze.

Mir ist gar nicht aufgefallen, dass ich immer noch stehe. So richtig hat mir noch nie jemand sein Herz ausgeschüttet, deswegen trete ich etwas unbehaglich von einem Bein auf das andere. Ich hoffe, Lia erwartet nicht von mir, dass ich nachziehe und auch etwas Seelenstriptease betreibe. Wobei das ja nicht das schlechteste sein muss. Mich Seb anzuvertrauen tat eigentlich ziemlich gut. Hätte er sich nicht als Arschloch entpuppt … So wie ich Lia einschätze, kann ich mir jedenfalls was darauf einbilden, dass sie mit mir über diese Dinge spricht.

»Es war eigentlich von vornherein klar, dass ich bei meinem Dad bleiben würde. Wir beide waren uns viel ähnlicher, und Mom wusste nie wirklich richtig mit mir umzugehen. Vielleicht war sie sogar froh, mich los zu sein. Aber nun, nach Dads Herzinfarkt, müssen wir uns irgendwie miteinander arrangieren.«

Lia unterbricht sich. Um sie zum Weiterreden zu ermutigen, gehe ich jetzt die paar Schritte auf sie zu und lasse mich langsam neben ihr nieder. Ein flüchtiges Lächeln huscht über ihr Gesicht.

»Als ich letztens bei Mom zum Essen war, haben wir uns über Dads Testament gestritten. Aus irgendeinem Grund verabscheut sie das *A New Chapter* und möchte unbedingt, dass es geschlossen wird. Sie hat mich vor ein Ultimatum gestellt: Entweder ich schließe den Laden und sie unterstützt mich finanziell bei meinem Studium oder ich führe das *ANC* weiter und kriege keinen Pence zu sehen.«

Oha!

»Wie beschissen.« Ich begreife nicht, was mit Lias Mutter nicht stimmt. Es ist nicht zu übersehen, wie wichtig Lia die Buchhandlung ist! »Lass dich nicht unterkriegen. Du wirst schon einen anderen Weg finden.« Dazu kann ich ihr geringes Selbstwertgefühl, das mir aus jedem Satz ihrer Erzählung entgegengesprungen ist, einfach nicht nicht kommentieren. »Außerdem gibt es durchaus Menschen, die dich gerne an der Backe hätten.«

Sie verdreht die Augen. Nichts anderes hätte ich an ihrer Stelle getan. Ich hasse es, wenn man mir gut zuredet. »Du bist natürlich freudestrahlend mitten in der Nacht aufgesprungen, um wie viele Minuten nach Greenwich zu gurken …?«

Wusste ich doch, dass das noch an ihr nagt!

»Bin ich«, würge ich sie ab. »Gib nicht zu viel auf meine dummen Witze. Ich würde mich nie ernsthaft über dich lustig machen. Ich mag dich. Das weißt du, oder?«

»Ja! Ich meine, nein. Ja.« Auf einmal versagt Lia die Stimme. »Meinst du das ernst?«

Bereut sie es, so offen zu mir gewesen zu sein? Sie fährt sich mit der Zungenspitze über die Lippen und betrachtet verlegen das bronzene Schiff. Wir sind uns so nah. Gerade mal zwei Handbreit sitzen wir noch voneinander entfernt. Unsere Oberschenkel berühren sich fast. Der Impuls, sie zu küssen, überkommt mich derart aus dem Nichts, dass ich ihm beinahe, ohne darüber nachzudenken, nachgebe. Am liebsten würde ich ihr die Sorgen von der Stirn küssen. Von den Wangen. Und den Lippen. Aber so einfach ist das nicht. Geschweige denn angebracht, weil ich mich ja eigentlich nur mit ihr getroffen habe, um womöglich doch irgendwie an den Stick zu kommen. Ach ja. Wo ich wieder bei meiner größten Sorge wäre.

Lias erwartungsvoll hochgezogene Augenbrauen verursachen ein Stechen in meiner Brust. »Drew?«

Meine Kiefer mahlen. »Ja. Ich habe dir gerne geholfen.«

Damit stehe ich abrupt wieder auf und stoße mich vom Brunnenrand ab. Ich muss dringend einen klaren Kopf bekommen!

»Ich gehe mal schauen, ob der Regen nachgelassen hat«, entschuldige ich mich bei Lia und tatsächlich, das hat er. Trotzdem atme ich vor der Hay's Galleria ein paarmal tief durch, ehe ich ihr über die Schulter zurufe: »Die Luft ist rein!«

Wir nehmen denselben Weg zurück und überbrücken diesen mit einem albernen Spiel: Personenraten. Die Idee ist natürlich auf meinem Mist gewachsen, denn ich brauche unbedingt eine Ablenkung. Bis wir wieder bei meinem Motorrad sind, habe ich Lia fast zum Verzweifeln gebracht. Sie kommt einfach nicht drauf, welche Persönlichkeit ich mir für sie ausgedacht habe. Dabei müsste Dumbledore doch vor allem für sie nicht so schwer zu erraten sein!

Auf der Heimfahrt, nachdem ich Lia zu Hause abgesetzt habe, wird mir bewusst, dass ich zum ersten Mal seit Wochen zumindest für ein paar Stunden nicht an die ganze Scheiße, in der wir stecken, gedacht habe. Ausnahmsweise habe ich mir weder das Hirn darüber zermartert, wie ich Nicos Schulsachen bezahlen soll noch mich von Tristans Erwartungen verrückt machen lassen. Ich trete das Gaspedal etwas weiter durch, als die Höchstgeschwindigkeit es hier erlaubt, aber auf den Straßen ist momentan eh wenig los und ich brauche diesen Adrenalinkick gerade. Ich weiß verflucht noch mal nicht, wie ich Tris verklickern soll, dass ich nicht im Umfeld der Werkstatt arbeiten möchte, ohne noch mehr kaputtzumachen.

Ich finde einen Stellplatz nahe dem Wohnblock und mache mich mit einem zunehmend beklemmenden Gefühl an den Aufstieg in den achten Stock. Die Lampen im Treppenhaus flackern, und die altbekannte Sehnsucht überkommt mich. Ich sehne mich zurück in die Zeit, als Mom nachmittags noch zu Hause auf uns gewartet und die Wohnung nach Tulpen und frisch gebackenem Kuchen gerochen hat. Klar, wir haben auch damals schon hier in Woodberry Down gelebt, aber immer das Beste aus der Situation gemacht. Wir hatten uns und hielten zusammen, da war alles andere nicht so schlimm. Selbst nach Dads Tod war Mom immer für uns da. Bis zu jenem Tag, dem einen Tag … Bis dahin bin ich immer gern nach Hause gekommen.

Mit Lia Zeit zu verbringen, hat sich ein kleines bisschen wie zu Hause sein angefühlt. Wie etwas, das ich für immer verloren geglaubt habe.

Ich erreiche die Wohnungstür, stecke den Schlüssel ins Schloss. Es brennt kein Licht und es sind auch keine Geräusche zu hören. Keine Tulpen. Kein Kuchen. Mom ist fort. Ich bin allein.

Plötzlich will ich mir nur noch meine Decke über den Kopf ziehen und diese Einsamkeit nicht mehr spüren. Doch als ich aus dem Bad komme und Nico sehe, friedlich schlummernd auf seiner Zimmerseite, weitet sich mein Brustkorb wieder. Ich versuche mich an einem wackligen Lächeln. Ich habe immer noch ihn.

Zwei Stunden später liege ich allerdings immer noch wach und meine Gedanken fahren Karussell. Sie wandern wiederholt zu Lia, unserem gemeinsamen Abend und der unverkennbaren Chemie zwischen uns zurück. Falsche Hoffnungen in ihr zu wecken ist einfach nicht fair. Ich darf nicht weiter gehen als unbedingt notwendig und das Wesentliche nicht aus den Augen verlieren. Das Wohlergehen meiner Brüder hängt davon ab.

Dass das gar nicht so leicht ist, wird mir spätestens klar, als ich im Licht meiner Handy-Taschenlampe durch Lias Debütroman *True Love* blättere. Gleich bei ihrem Autorenfoto bleibe ich hängen.

Lia ist schon hübsch, was mir tatsächlich nicht auf den ersten Blick aufgefallen ist. Fest steht, unscheinbar ist sie mit ihren abgefahrenen Klamotten und ihrer Figur nicht. Dazu noch die langen, glänzenden schwarzen Haare, die Schokoladen-Augen und diese vollen Lippen …

Mein Gedächtnis füttert das Bild zusätzlich mit Leben. Lias Lächeln im Schatten der Tower Bridge, ihr überraschtes Auflachen, als das Feuerwerk unsere Unterhaltung unterbrochen hat, ihre Hand in meiner und ihre Arme, die sich beim Motorradfahren um mich schlingen und in eine Wolke aus Kokosshampoo hüllen.

Fuck! Reiß dich zusammen!

Ich beginne zu lesen.

KAPITEL 13

LIA

Laute Stimmen reißen mich aus dem Schlaf.

Auf der Stelle sitze ich aufrecht im Bett, taste nach dem Schalter meiner Nachttischlampe und schaue mich mit rasendem Herzen und in die Decke gekrallten Fingern in meinem Zimmer um. Auch wenn ich weiß, dass ich eigentlich allein sein müsste, weil ich meine Zimmertür jeden Abend vor dem Zubettgehen verriegele. Meine Schultern sinken langsam herab. Der Wecker klingelt erst in über einer Stunde.

Nachdem ich den Schlaf allmählich abgeschüttelt habe, erkenne ich, dass es sich bei der Stimme um Traceys von nebenan handelt. Zwar verstehe ich kein Wort, doch Wut und Verzweiflung kann ich zweifelsohne heraushören. Jetzt schraubt sie sich noch ein, zwei Oktaven weiter in die Höhe. Ein Wunder, dass das überhaupt möglich ist. »Ich will das alles nicht mehr, Charlie. Wie oft soll ich dir das noch sagen?«

Charlie, Traceys Freund. Oh, oh, da kracht es gerade gewaltig. Ist es in New York nicht mitten in der Nacht? Quasi wie hier. Ich drehe mich um und versuche weiterzuschlafen, doch selbstverständlich kriege ich das nicht hin. Ich wühle in meiner Nachttischschublade herum, finde jedoch keine Ohrstöpsel und presse mir stattdessen das Kissen auf die Ohren. Das ist nur so ungemütlich, dass ich schließlich auf dem Rücken liegen bleibe, die Arme hinter dem Kopf verschränkt. Nicht nur die Lautstärke hält mich wach. Ich mache mir vor allem Sorgen um Tracey und frage mich, ob es ihr einigermaßen gut geht. Worüber streiten sie und Charlie? Was ist passiert, das sie so zur Weißglut treibt? Als ich in ihr Skype-Gespräch in der Küche geplatzt bin, habe ich sofort gemerkt, dass zwischen den beiden etwas nicht in Ordnung ist.

Es ist erstaunlich, dass Ina noch nicht aus ihrem Zimmer gestürmt ist, um sich bei Tracey über den Lärm zu beschweren. Wahrscheinlich ist sie nicht daheim. Wer weiß, ob sie gestern Abend auch ein Date hatte. Ob sie geküsst wurde?

Wahrscheinlich sollte ich froh sein, dass Drew und ich uns nicht geküsst haben. Gar mehr als das in Erwägung zu ziehen, was vielleicht in einer Übernachtung resultiert hätte, verwandelt meinen Kopf in eine Tomate. Ich bin ohnehin bereits zu aufgewühlt zum Einschlafen gewesen und habe stundenlang wach gelegen, in Verzückung über sein Grinsen und das Geständnis, dass er mich tatsächlich mag. Bis mir klar wurde, was das zu bedeuten hat: Ich mag es, von ihm gemocht zu werden. Ich mag ihn auch.

Bis gestern hätte ich vehement abgestritten, für ihn zu schwärmen, aber nun … Dass ich mich Drew am Brunnen anvertraut habe, ist ein weiteres Zeichen dafür. Dieses neue, intensive Band zwischen uns hat mir nicht nur Mut verliehen, sondern mich auch verletzlich gemacht, aber das war es wert. Wenn ich nicht aufpasse, komme ich aus dem Schwärmen gar nicht mehr heraus und ende so wie meine Eltern – oder Tracey und Charlie. Verknalltheit kann immer in Enttäuschung umschlagen. Sobald Emotionen im Spiel sind, wird jedes Wort auf die Goldwaage gelegt, jede Situation birgt auf einmal eine hohe Explosionsgefahr.

Drüben ist mittlerweile Stille eingekehrt, die jedoch von Traceys an- und abschwellendem Weinen durchbrochen wird. Ihre Schluchzer ziehen mir mein eigenes Herz zusammen. Ohne länger zu überlegen, schwinge ich die Beine aus dem Bett und schlüpfe in meine Faultierpantoffeln. Ich öffne die Tür, marschiere durch den Flur zu Traceys Zimmer und klopfe an die Tür. Wenn sie mich lässt, werde ich für sie da sein und helfen, wo ich kann. Es gar nicht erst zu versuchen, kommt für mich dieses Mal nicht infrage. Was genau ist geschehen? Ich klopfe noch mal und das Wimmern stoppt.

Erst nach einer gefühlten Ewigkeit öffnet Tracey mir. Ihre Augenlider sind geschwollen und ihr Pyjama zerknittert. Oh Mann, es muss ihr wirklich schrecklich gehen. »Du bist ja noch da. Entschuldige, ich wollte dich nicht wecken.«

»Schon gut«, beschwichtige ich sie. »Kann ich irgendetwas für dich tun?«

»Was?«

»Willst du vielleicht reden?«

Tracey ist sichtlich überrumpelt. Ob das an mir oder daran liegt, dass sie Hilfe angeboten bekommt, kann ich nicht mit Sicherheit festmachen.

»Ich glaube … Ich glaube, ich könnte vielleicht eine Umarmung gebrauchen«, haucht sie da, senkt kurz den Blick. »Also, natürlich nur, wenn das nicht zu seltsam ist. Mein Freund und ich ... na ja, es ist sehr kompliziert. Wir haben uns getrennt, aber es gibt zu viel, was uns noch verbindet und –«

Ich breite intuitiv die Arme aus, sodass Tracey, die von einem neuerlichen Weinkrampf überfallen wird, sich hineinfallen lassen kann. Sie drückt mich so fest an sich, dass mir kurzzeitig die Luft wegbleibt. Deutlicher könnte sie mir nicht machen, wie dringend sie diese Umarmung nötig hat. Ich halte Tracey lange fest und hoffe, dass sich mein Gefühl auch in dieser Hinsicht als korrekt erweist.

Bevor sie sich schließlich von mir löst, schnieft sie ein kraftloses »Danke« in mein Ohr.

»Gerne. Immer wieder«, erwidere ich in einem Tonfall, der impliziert, dass wir hiermit einen Pakt schließen. Auf Tracey zuzugehen war eigentlich gar nicht schlimm, obwohl ich es mir auf irrationale Weise immer so ausgemalt habe. Das könnte ich doch öfter schaffen, oder?

»Tut mir leid, dass ich immer so unnahbar wirke«, platze ich hervor und sehe, wie sich Zweifel auf Traceys Gesicht schleichen. »Eigentlich bin ich gar nicht so. Ich meine ... Wollen wir zusammen einen Tee trinken und eine Serie oder einen Film schauen?«

Wow, da ist aber jemand mutig!

Quälend langsam heben sich ihre Mundwinkel zu einem Lächeln und mir fällt ein Stein vom Herzen. »Das hört sich gut an.«

Statt uns noch einmal hinzulegen, machen wir es uns also im Wohnzimmer gemütlich. Für mich gibt es wie gewöhnlich Marzipantee und für Tracey Ingwer. Sie beschließt, heute nicht zu ihren Vorlesungen zu gehen. Bis ich zur Uni aufbrechen muss, schmeißen wir Netflix an und gucken *The End of the Fucking World*.

Trotz der maximal vier Stunden Schlaf schwebe ich förmlich durch den Freitag. Niemals hätte ich nach dem Essen bei meiner Mom damit gerechnet, dass ich nur wenige Tage darauf regelrecht beflügelt sein könnte – Drew und Tracey sei Dank. Die heutigen Veranstaltungen vergehen deswegen wie im Flug. Und beim Lunch in der Uni-Cafeteria erwartet mich eine weitere positive Überraschung, denn Justus winkt mich zu sich und seinen Freunden an den Tisch. Zuerst übersehe ich ihn beinahe, weil ich mit so was nicht rechne, aber als ich ihn erkenne – in Hemd und Jackett, als sei er einem Historiendrama entstiegen –, durchfährt mich eine Mischung aus Freude und ... Nervosität? Weil er mich zu sich winkt? Bis auf die paar Mal, die wir zu Beginn seiner Anstellung gemeinsam im *A New Chapter* waren und unser eines gemeinsames Mittagessen, sind wir eigentlich selten am selben Ort. Justus übernimmt nämlich, wenn möglich, die Buchhandlung, während ich Vorlesungen und Seminare habe, und umgekehrt. Das klappt zwar nicht immer, sodass wir ein bisschen unregelmäßige Öffnungszeiten haben, aber oft genug. Bei ihm am Tisch sitzen ein Mädchen mit rosa Haaren und ein schmächtiger Typ. Genau wie Justus mit seinen einundzwanzig Jahren scheinen die beiden etwas älter als ich zu sein.

»Hey«, begrüße ich eben jenen, sobald ich in Hörweite bin.

»Lianne«, erwidert Justus meinen Gruß. »Wenn man vom Teufel spricht. Setz dich doch.«

»Ihr habt über mich gesprochen?« Auch wenn ich mich sofort wie auf dem Präsentierteller fühle, stelle ich mein Tablett ab, ziehe mir einen Stuhl heran und nehme Platz.

Justus gestikuliert zwischen seinen Freunden und mir hin und her. »Lianne, das sind Amber und Nathan.« Von ihr ernte ich ein offenes

Lächeln, von ihm ein Brummen. »Amber, Nathan, das ist Lianne. Ihr gehört das *A New Chapter*.«

Ich nicke wie zur Bestätigung, weil ich nicht ganz weiß, was ich sonst tun soll.

Amber wendet sich mir zu. »Justus hat gerade erzählt, dass du deinen Kundenkreis erweitern willst.«

»Ja, so könnte man das sagen.« Sofort gebe ich mir einen Ruck, als ich merke, wie zaghaft und entmutigt das herauskommt. Nur weil ich mir eine kurze gedankliche Auszeit genommen habe, hat sich dieses Problem nicht in Luft aufgelöst. Nun da ich von Mom keine Hilfe erwarten kann …

»Deine Mutter weigert sich weiterhin, dir Geld zu geben?«, liest Justus meinen Gesichtsausdruck. Eine nach der anderen sammelt er die Gurkenscheiben von seinem Burger.

»Ich fürchte, das ist ihr letztes Wort«, hole auch ich mich ein Stück weit auf den Boden der Tatsachen zurück. »Sie hat sich, seitdem ich bei ihr zum Abendessen war und sie um Unterstützung gebeten habe, nicht mehr bei mir gemeldet. Sie will nicht, dass ich die Buchhandlung weiterführe. Darauf, dass sie ihre Meinung noch mal ändert, kann ich wahrscheinlich lange warten.«

»Wer hat denn etwas gegen Buchhandlungen?«, wundert Amber sich. Und so arglos ihre Frage auch ist, genau das frage ich mich insgeheim schon seit Jahren. Natürlich hat Moms Abneigung etwas mit Dad und der gemeinsamen Zeit mit ihm zu tun und nicht mit der Buchhandlung an sich. Wäre sie nicht so unfassbar abgebrüht und kalt, könnte ich beinahe glauben, meine Mutter meinte es tatsächlich gut mit mir. Nur sind ihr kompromissloses Verhalten und ihr Erpressungsversuch nicht der richtige Weg. Hilflos zucke ich mit den Schultern.

Amber stützt das Kinn in die Hände und wiegt den Kopf hin und her. »Ich studiere Linguistik. Es finden sich sicher ein paar interessierte Kommilitonen, die dir gerne mal einen Besuch abstatten wollen. Wir können ja einfach mal ein bisschen über das *A New Chapter* schwärmen, nicht wahr, Nathan?«

Dieser grummelt zustimmend mit vollem Mund, dabei sieht er gar nicht aus, als könnte er so tiefe Töne von sich geben.

»Und uns natürlich selbst mal einen Eindruck verschaffen.«

Amber meint das ernst, dass sie mir Unterstützung anbietet! Und dabei kennt sie mich noch nicht mal richtig. Wärme breitet sich in meiner Magengegend aus. Auf einmal tritt selbst der Trubel der Mensa in den Hintergrund – oder ich gewöhne mich langsam daran. Jedenfalls komme ich mir nicht mehr deplatziert, sondern aufgenommen vor.

Ich suche nach Worten. »Wow. Danke. Das ist ja lieb.«

»Na klar«, erwidert Amber augenzwinkernd.

Justus schluckt einen Bissen Burger hinunter, bevor er redet. Das sind seine guten Gentleman-Manieren. »Amber hat vollkommen recht. Was bleibt uns übrig, als sämtliche Möglichkeiten zu nutzen? Wir können es zumindest versuchen, statt direkt die Flinte ins Korn zu werfen.«

Es rührt mich, dass Justus so an der Buchhandlung zu hängen scheint. Der Funken Magie des *A New Chapter* ist auf ihn übergesprungen. Das gibt mir zumindest ein kleines Stück Hoffnung, dass das nicht nur bei ihm so ist.

Bloß, wie lange kann ich noch kämpfen?, schleicht sich die Angst unnachgiebig in meinen Kopf und nistet sich dort ein. *Was ist, wenn das hier alles umsonst ist?*

»Das hat Drew auch gesagt«, gebe ich zu.

»Und was denkst du?«, hakt Justus im selben Moment nach, in dem Amber wissen möchte: »Wer ist Drew?«

»Eine Art Stammkunde«, erläutere ich und hätte fast über diese Beschreibung aufgelacht.

»Lianne?« Justus lässt nicht locker. »Ich muss gleich pünktlich los in mein nächstes Seminar, aber wir können morgen Nachmittag noch mal gemeinsam brainstormen, wenn du magst. Eine Art Kriegsrat zur Rettung des Ladens abhalten. Ich bin ja eh dort.«

Eventuell brauche ich genau diesen Tritt in den Hintern. Jemanden, der mich weder schont noch tatenlos herumsitzen lässt. Drew würde freudestrahlend darauf einsteigen. Dieser Kerl verpasst schließlich keine Gelegenheit, mich aus meiner Komfortzone zu locken.

Unvermittelt fühle ich mich in eine meiner Lieblingsszenen aus *Der Herr der Ringe* versetzt. Meine Hände ballen sich unter dem Tisch zu Fäusten, bevor ich in die Rolle des Totenkönigs schlüpfe und mit neuer Entschlossenheit verkünde: »Na schön. Wir kämpfen.«

An diesem Abend läute ich das Wochenende seit gefühlten Ewigkeiten mal wieder mit einer Schreibsession ein. Wie könnte man eine Freitagnacht besser verbringen? Eine Kuscheldecke um die Schultern sitze ich mit angewinkelten Knien in gemütlichen Klamotten in meinem WG-Zimmer am Schreibtisch, vor mir das Notebook, und bin bereit, in die Tasten zu hauen. Um perfekt in eine stimmungsvolle Schreibatmosphäre abtauchen zu können, habe ich sogar ein paar Kerzen entzündet. Und was sich in der Bonfire Night angekündigt hat, wird nun zur Gewissheit: Der Knoten ist geplatzt.

Während ich für den Einstieg meine bisherigen Notizen zu Kylie und Brad durchgehe und meinen Marzipantee schlürfe, fügt sich auf einmal alles ineinander. Ich blättere durch mein Notizbuch und schiebe Post-its hin und her, spiele mit dem Clip eines Kugelschreibers, um besser nachdenken zu können. Wo vorher nur mit Biegen und Brechen eine halbwegs sinnvolle Storyline zu erkennen war, bin ich langsam, aber sicher nun doch überzeugt, dass aus meinem Konzept noch was werden könnte. Das bedeutet zwar, dass ich einiges umändern und stellenweise noch mal von vorne beginnen muss, doch es wird sich bestimmt lohnen. Allzu weit bin ich bisher eh nicht gekommen. Endlich, endlich fühlt sich die Geschichte so an, wie sie sich anfühlen sollte.

Fast schon überschwänglich tippe ich die ersten Sätze, sobald ich mich neu sortiert habe. Von der Gewissheit erfüllt, dass ich auf dem richtigen Weg bin, verabschiede ich mich vollständig in mein Paralleluniversum. Nach und nach verblasst meine Umgebung und gemeinsam mit Kylie betrete ich Brads Buchladen …

Meine Hausaufgaben für die Uni inklusive Vorbereitungen für eine Gruppenarbeit, zu der auch eine PowerPoint-Präsentation gehört, habe ich bereits nachmittags im *A New Chapter* erledigt. In *Macbeth*, so sage ich mir, werde ich später im Bett noch ein paar Seiten lesen. Das müsste reichen.

Im Endeffekt wird daraus nur nichts, weil ich die halbe Nacht durchschreibe. Doch das ist mir egal, Hauptsache, ich bin wieder im Rennen. *Ich bin zurück,* verkünde ich auch meinen Followern auf Instagram, welche mich mit einer Vielzahl an lieben Nachrichten wieder aufnehmen und sich ihren Kommentaren nach zu urteilen ehrlich darüber freuen, von mir zu hören. Trotz des klassisch gehaltenen Fotos mit Laptop, Notizbuch und Kaffeetasse und meiner langen Bookstagram-Pause. Eine Leserin – Priya, die öfter meine Posts liked und kommentiert und mit der ich auch schon Direkt-Nachrichten hin und her geschrieben habe – möchte sogar wissen, wann denn mit meinem neuen Buch zu rechnen ist und beteuert, dass sie es kaum noch erwarten kann, von Kylie und Brad zu lesen. Ich gehe auf vor Freude, und ein Kribbeln breitet sich in meinem Bauch aus. Ja, ich habe dieses Gefühl vermisst.

Als ich am nächsten Morgen noch im Halbschlaf ins Bad torkeln will, stolpere ich Tracey vor die Füße.

»Hey, hast du Lust, gleich mit mir frühstücken zu gehen? Als kleines Dankeschön fürs Trösten«, schlägt sie vor.

Eigentlich ist mein Plan, noch etwas weiterzuschlafen. Außerdem brauche ich normalerweise Zeit für meine Morgenroutine, um richtig in die Gänge zu kommen. Nach dem gestrigen Mittagessen in der Uni-Cafeteria und dieser produktiven Nacht bin ich allerdings so happy, dass ich mir nur Minuten später meine Teddyjacke und die Handtasche schnappe, obwohl ich ja nachmittags schon wieder mit Justus verabredet bin.

Während wir in einem niedlichen Café in Cambridge Heath auf unser Frühstück warten, erhalte ich eine Nachricht von Drew: *Du hast wieder geschrieben? Das trifft sich gut! Ich werde bald Nachschub brauchen :)*

Anscheinend hat er meinen Instagram-Post gelesen.

»Was ist los?« Traceys Fuß stupst gegen meinen, das Funkeln in ihren Augen unverkennbar. Wir sitzen nebeneinander auf einer mit Fake-Schaffell gepolsterten Holzbank. Hinten in einer Ecke, wo –

ausgerechnet an einem Samstag – weniger Trubel herrscht. »Du bist knallrot im Gesicht.«

Danke, das war direkt. Ich wette, ich werde noch röter.

»Nur ein Freund von mir.«

Tracey schnaubt amüsiert. »Ein guter Freund?«

Verdammt.

Aber verständlich, dass sie die falschen Schlüsse zieht.

»Er liest gerade ein Buch von mir. Das ist mir einfach ein bisschen peinlich«, rechtfertige ich mich.

Wieso tut Drew mir das überhaupt an?

»Ein Buch. Von dir.« Traceys Augenbrauen wandern in die Höhe. »Sekunde. Du meinst, ein Buch, das du geschrieben hast?«

Ich möchte mich ohrfeigen für meine Unbedachtheit. Normalerweise erzähle ich nicht so gern von meinen Büchern, aus Angst, prahlerisch zu wirken.

»Ja«, bestätige ich widerwillig.

»So ein richtiges Buch, das man im Laden kaufen kann?«

»Ja …«

Tracey klappt ihren Mund wieder zu, der ihr offen stehen geblieben ist. Sie sieht mich ernst an. »Wie cool ist das bitte! Worüber schreibst du?«

»Nichts Großartiges. Liebesromane«, schwäche ich schnell ab und beeile mich, einen Schluck meines Kaffees zu nehmen.

»Romane«, wiederholt meine Mitbewohnerin. »Wie viele hast du denn schon geschrieben?«

»Drei.«

»Drei?!«

»Hey«, Ich wedele mit der Hand, damit Tracey leiser spricht, bevor sämtliche Café-Besucher auf uns aufmerksam werden. »Mach nicht so eine Riesensache daraus.«

Zum Glück kommt in diesem Moment unser Essen.

»Und du stell dein Licht nicht so unter den Scheffel.«

Ohne auf Traceys Bemerkung einzugehen, schneide ich mein Brötchen auf und bestreiche eine Hälfte mit Orangenmarmelade.

»Schreibst du unter einem Pseudonym?«

Ich schüttele den Kopf.

Meine Mitbewohnerin tippt auf dem Display ihres Handys herum. »Lianne Jones, muss man dir alles aus der Nase ziehen?«

»Woher weißt du …?«

»Dein Nachname steht an unserer Klingel.«

»Ach ja, stimmt.« Ich hüstele. »Tracey. Es ist schon schlimm genug, dass Drew meine Bücher scheinbar wirklich liest.«

Sie nimmt auch das lediglich zur Kenntnis, ohne das Handy beiseitezulegen. »Drew. Soso.«

»Tra–«

»Einmal *True Love* – ist bestellt!«

Ich starre sie vollkommen entgeistert an.

»Das ist doch das erste Buch der Reihe, oder habe ich das auf die Schnelle falsch gesehen?«

Ich bin etwas sprachlos, aber bringe schließlich ein Räuspern zustande. »Ich weiß nicht, ob ich lieber dir oder mir den Hals umdrehen möchte.«

Das bringt Tracey so ungeniert zum Lachen, dass sie sich an ihrem Kaffee verschluckt und einen Hustenanfall bekommt. Na wunderbar! Ich spare es mir, alle Blicke zu zählen, die sich auf uns gerichtet haben. »Tut mir leid, das wollte ich auch wieder nicht!«, sage ich verlegen.

»Ach, Lia!« Tracey hustet ein letztes Mal, wischt sich mit spitzen Fingern die Tränen aus den Augenwinkeln und zieht mich in eine halbe Umarmung. »Du bist echt 'ne Nummer. Ich sehe schon, das wird lustig mit dir.«

»Da bin ich mir noch nicht so sicher«, erwidere ich, halb ernst, halb im Spaß. »Wenn du das nächste Mal eines meiner Werke oder überhaupt ein Buch bestellen willst, solltest du das zumindest nicht im Internet machen. Mir gehört nämlich auch eine Buchhandlung.«

Und so breite ich den Tod meines Vaters, das Fiasko mit dem *A New Chapter* und das Ultimatum meiner Mom vor Tracey aus. Was habe ich zu verlieren? Im besten Fall freunden wir uns wirklich an. Dabei fällt mir auf, dass ich Kendra noch gar nicht auf den neuesten Stand gebracht habe, weil ich zu beschäftigt gewesen bin. Sie wusste zwar von Moms Einladung, hat danach aber nicht mehr nachgehakt, wie es war. Ob sie es über Glen vergessen hat?

Tracey folgt meinem Monolog voller Mitgefühl und Neugier bis zum Ende. Danach drückt sie sanft meinen Arm, ohne weiter Fragen zu stellen oder ihre Meinung zum Besten zu geben. »Wenn du nichts dagegen hast, würde ich gerne mitkommen. Zu eurem Meeting.«

Ich hätte mein Treffen mit Justus zwar nicht als *Meeting* bezeichnet, aber es klingt zumindest sehr professionell. Nicht schlecht!

»Ich studiere ja Management. Möglicherweise kann ich helfen. Immerhin habe ich schon zwei Semester an der Columbia hinter mir.«

Die Erinnerung daran, dass Tracey lediglich für ein Jahr in London bleiben will und danach zurück nach New York gehen wird, erschreckt mich angesichts von Kendras mangelndem Interesse ungeahnt heftig. Es sieht ihr gar nicht ähnlich, sich nur so sporadisch zu melden.

Ich raffe mich zu einem umso offeneren Lächeln für meine Mitbewohnerin auf. »Da sage ich nicht Nein.«

Nun, da auch Tracey dabei sein wird, käme es mir seltsam vor, Drew nicht ebenfalls einzuladen. Ich antworte ihm auf seine Nachricht: *Du bist unmöglich! Hast du heute um vier schon was vor?*

Er meldet sich sofort zurück. *Vermisst du mich etwa?*

Ich kontere: *Und was ist mit dir?*

Erwischt! :)

Prompt trocknet mein Mund aus und das Herz hüpft mir in der Brust. Ich würde das gerne glauben, kann es jedoch nicht für voll nehmen. Ich bemerke, dass Tracey mir über die Schulter schaut, obwohl sie vorgibt, beherzt ihr Rührei zu kauen.

Also kommst du? Es geht ums ANC. Wir wollen einen Schlachtplan austüfteln, beseitige ich jedes Vielleicht. Weshalb tue ich das?

Bin dabei.

Okay, wir treffen uns dort.

Tracey räuspert sich vielsagend. »Nur ein Freund. Aha.«

KAPITEL 14
LIA

Tracey und ich erreichen das *A New Chapter* fast zeitgleich mit Drew. Er fährt mit dem Motorrad vor, als wir in die Straße biegen, und wirbelt eine bunte Mischung aus Herbstlaub auf. Augenblicklich beginnt mein Herz wieder zu rasen, dabei gibt es Wichtigeres, das meine Aufmerksamkeit braucht. Ich muss meine Gedanken gleich beisammenhaben!

Wir warten, bis er die Maschine abgestellt hat, dann mache ich meine beiden Freunde miteinander bekannt – oder versuche es, hätte Drew nicht sofort die Initiative ergriffen und sich Tracey von allein vorgestellt. Sehr höflich, sehr zuvorkommend. Den schiefen Blick, den ich mir nicht verkneifen kann, erwidert er mit einem Grinsen: *Sieh mal, ich kann auch anders!* Mein Kopfschütteln bekommt er nicht mehr mit, weil er bereits durch die Glastür geschlüpft ist. Wird er je aufhören, mich aufzuziehen?

Drinnen begrüße ich Justus, dem ich unseren Team-Zuwachs als

»unerwartete Unterstützung« erkläre. Zum Glück überwindet er das Überraschungsmoment schnell.

»Dann hole ich am besten noch ein paar Stühle von hinten«, schlussfolgert er und hat kurz darauf die kleine Sitzecke um den Beistelltisch im Verkaufsraum um ein paar Plätze erweitert.

Tracey sieht sich interessiert in der Buchhandlung um, und ich versuche, diesen Ort durch ihre Augen zu betrachten: Der erste Blick beim Betreten des Ladens fällt automatisch auf einen Kronleuchter, der den Raum in ein warmes Licht taucht. Ringsherum befinden sich die Regale aus dunklem Holz, gut gefüllt mit Büchern aller Art. Auf die Verkaufstheke war mein Vater immer besonders stolz. Ebenfalls aus dunklem Holz gefertigt, besitzt sie eine Vitrinenfront. Das Glas ist zum Ladeninneren hin gebogen und präsentiert einige wirklich alte, in Leder gebundene Klassiker. Zusammen mit den Holzvertäfelungen hinter der Theke hat das Ambiente etwas vom England Ende des neunzehnten Jahrhunderts. Lediglich die technischen Geräte passen nicht so richtig ins Gesamtbild. Tracey geht vor der Vitrine in die Hocke. Ihre Augen verraten mir, dass sie echt beeindruckt ist.

Eigentlich hätte ich das Meeting lieber im Mitarbeiterbereich abgehalten, doch ein anderer Termin ließ sich auf die Schnelle nicht finden, und die Buchhandlung dafür zu schließen kommt nicht infrage. Nicht an einem Samstag im Weihnachtsgeschäft, wo wir in der Regel den Hauptumsatz des Jahres machen und der wichtig für das Bestehen jeder Buchhandlung ist.

Da Justus sich dazu bereit erklärt, Protokoll zu führen, drücke ich ihm ein Klemmbrett und einen Kugelschreiber in die Hand. Drew rückt die Stühle noch mal zurecht, wobei er einen direkt neben mich stellt und mit einer theatralischen Geste so tut, als befreie er die

Sitzfläche von jeglichem Staub. Anschließend verbeugt er sich und bedeutet mir, mich zu setzen. Ich quittiere seine Bemühungen mit einem Schnauben und lasse mich auf den Stuhl sinken, halte mich jedoch jederzeit für Kundschaft bereit.

»Danke, dass ihr alle hier seid«, ergreife ich vorsichtig das Wort, sobald alle sitzen. Den erwartungsvollen Gesichtern der anderen nach zu urteilen, scheinen sie sich viel von dem Treffen zu versprechen. Ich schlucke und sage mir, dass ich hier offen reden kann, ohne Angst vor Verurteilung oder Ablehnung zu haben. Die drei wären schließlich nicht hier, wenn sie nicht hinter mir stünden. »Da sind wir nun. Wir wollen die Buchhandlung aufpäppeln. Wie stellen wir das am klügsten an?« Eine einfache Frage, viele mögliche Antworten.

Traceys Blick kommt nach einer weiteren Rundumsicht auf mir zum Ruhen. Sie faltet die Hände und legt sie auf ihren übereinandergeschlagenen Beinen ab. »Zusammengefasst könnte man sagen, wir müssen den Leuten was bieten, sie erreichen und langfristig an uns binden.«

»Das klingt etwas besitzergreifend«, amüsiert Drew sich.

»Nichts anderes haben wir vor«, stellt Tracey ohne falsche Bescheidenheit klar. »Marketing ist alles, und unsere Strategie entscheidend. Woran habt ihr denn bisher so gedacht?«

»Ganz klar, Weihnachtsdeko.« Wieder Drew. Dabei wusste er heute Morgen noch nicht mal, dass er hieran beteiligt sein würde. Es ist gut, dass ich ihn ins Boot geholt habe. Jemand, der freiheraus sagt, was er denkt, kann beim Brainstormen eine echte Hilfe sein. »Ihr habt doch sicher auch noch welche, oder, Lia?«

»Ja, Sekunde!« Ich springe auf und verschwinde sogleich im Hinterzimmer, um wenig später mit einem großen Karton zurückzukehren. Ich puste den Staub vom Deckel und stelle ihn anschließend zwischen uns. Drew, Tracey und Justus beugen sich gleichzeitig vor. Während ich mich durch das Sammelsurium der letzten Jahre wühle, mache ich eine Bestandsaufnahme der Sachen, die noch zu gebrauchen sind.

»Also, wir haben vier ziemlich lange Lichterketten und einen dreidimensionalen Papierstern. Der hing früher in der Vorweihnachtszeit immer draußen im Eingangsbereich.«

Es folgen ein paar elfenbeinfarbene Kerzen in unterschiedlichen Größen, etwas Lametta und Christbaumkugeln.

»Und«, kündige ich mein persönliches Highlight an, indem ich das Wort in die Länge ziehe, »dann hätten wir noch dieses Schmuckstück hier. Einen versilberten Kerzenleuchter.« In der dunklen Jahreszeit hat er den Tresen immer so schön zum Funkeln gebracht.

»Das ist schon mal ein Anfang«, fasst Drew meinen Fund zusammen. »Ich denke aber, wir sollten noch etwas frischen Wind reinbringen und irgendwas Peppiges besorgen. Schließlich sind wir hier in London! Hier lässt sich doch jedes Jahr jeder was Neues einfallen. Am besten wir gucken uns mal in der Stadt um, was im Moment so angesagt ist. Schreib das auf, Alter.«

Justus, der ohnehin schon dabei ist, unsere Überlegungen sorgfältig festzuhalten, wird ein bisschen rot. Etwa wegen der Anrede? Er beendet die Notiz, rückt seine Brille gerade und räuspert sich. »Das hätten wir.«

So eingeschüchtert kannte ich ihn bisher gar nicht. Vielleicht liegt es an Tracey, die er gerade erst kennengelernt hat, und die ziemlich extrovertiert ist. Andererseits hat er sich von Drew auch nicht unterbuttern lassen.

Tracey lächelt. »Damit jemand unsere Deko bewundert, müssen wir nur erst mal Kunden herlocken.«

»Ich wollte auf jeden Fall noch auf meinem Instagram-Account Werbung machen«, erinnere ich mich. Obwohl ich eigentlich keine Ahnung davon habe, gehe ich davon aus, dass das unter Marketing fällt. »Vielleicht kann ich das *A New Chapter* dort öfter mal einfließen lassen, das ist womöglich doch leichter, als direkt einen neuen Account extra für die Buchhandlung zu erstellen. Außerdem könnte man Anzeigen schalten.«

Justus, der nun wieder etwas souveräner auftritt, ergänzt: »Mit der Mund-zu-Mund-Propaganda haben wir auch schon begonnen.«

Tracey zeigt uns einen erhobenen Daumen.

Drew hat sich auf seinem Stuhl zurückgelehnt und reibt sich das Kinn. »Was ist mit Werbeplakaten?«

»Besser Flyer«, gibt Tracey zu bedenken. »Die könnten wir in Cafés und Geschäften auslegen.«

»Oder Zeitungsanzeigen?« Justus hält im Schreiben inne.

»Gut, das ist gut«, lobt sie uns darauf alle gleichermaßen. »Nur nicht zu schüchtern! Immer raus mit den Ideen.«

Ihre Euphorie ist ansteckend. Deutlich weniger verhalten führe ich deswegen an: »Ich weiß noch nicht konkret, was wir da machen können, aber wie wäre es mit irgendwelchen coolen Aktionen oder Events. Falls wir das zeitlich hinkriegen.«

»Unbedingt! Das werden wir.«

»Wenn du das sagst, Coach«, neckt Drew Tracey. »Bin nur ich das oder hat gerade noch jemand dieses Amerikanischer-Teenie-Film-Feeling?«

Justus hebt kaum merklich die Hand, ehe er weiterschreibt, und ich glaube es selbst kaum, doch obwohl mir hiervor erst gegraut hat, macht es plötzlich richtig Spaß. Es gibt doch etwas, das ich tun kann, um die Dinge in die Hand zu nehmen. Ich muss eben nicht alles geschehen oder über mich ergehen lassen. Ob es reicht, ist wieder eine andere Frage, aber dann habe ich es immerhin probiert. Wie Justus schon sagte: nicht kampflos aufgeben. Ich bin ihm für den Rückhalt unglaublich dankbar.

Tracey beugt sich zu ihm hinüber, um mitzulesen. »Was ist mit der bestehenden Kundschaft der Buchhandlung?«

»Gibt es«, brüstet Drew sich.

Ich steige darauf ein und mache eine ausladende Geste in seine Richtung. »Der lebende Beweis.« Werde dann allerdings ernst. »Einige Kunden sind uns während der Auszeit leider verloren gegangen. Schon vor Dads Tod sind immer weniger Leute gekommen. Aber so nach und nach finden zumindest die alteingesessenen Stammkunden ihren Weg wieder hierher zurück.«

Jedes Mal, wenn ich einen von ihnen erwische, freue ich mich umso mehr, weil sie Dad selbst über seinen Tod hinaus treu bleiben. Sie waren nicht nur Kunden, sondern seine Freunde, und er hat ihnen etwas bedeutet. Zu hören, welche Geschichten sie über ihn erzählen, lässt ihn mir jedes Mal kurzzeitig wieder ganz nah erscheinen.

Erst neulich kam Mr Lewis vorbei und fragte mich sehr zaghaft, ob ich ihm – so wie er es mit Dad gehalten hatte – ebenfalls ein paar Zeitschriften zu den verschiedensten wissenschaftlichen Themen für den Antiquariatsbereich abnehme.

»Selbstverständlich!«, beruhigte ich den alten Herrn, den ich auch schon lange kenne. »Ich fürchte nur, ich persönlich kann nicht so viel damit anfangen wie mein Vater.«

Mr Lewis hat verständnisvoll abgewunken und sich einmal über die Augen gewischt. Dad und er hatten häufig gemeinsam durch die Hefte geblättert und vor sich hin schwadroniert. Vielleicht könnte sich Justus dafür interessieren. Ich muss ihm die Ausgaben mal zeigen.

Dieser macht gerade einen Vorschlag, der mich wieder in die Gegenwart zurückholt. »Was haltet ihr von einer Art Belohnung für Treue?«

Diesmal bin ich es, die ihn anlächelt. »Klingt super! Da fällt uns bestimmt etwas ein …«

KAPITEL 15
DREW

Wir sprechen noch einmal alle Punkte durch und überlegen uns konkreter, wann und wie wir unsere Pläne angehen wollen, wer wofür zuständig und was noch offen ist. Es fasziniert mich, was Lia während der Besprechung für eine Veränderung durchläuft. Erst wirkte sie angespannt und mutlos, bis sie mit jedem neuen Einfall zuversichtlicher und selbstbewusster wurde. Das mitzuerleben, baut mich in meiner allgemeinen Misere selbst ein bisschen auf, zumal ich mich dabei erwische, nicht nur mit ihr, sondern auch mit dem Laden mitzufiebern, obwohl mir das alles ja schnuppe sein könnte. Zweimal werden wir unterbrochen, weil Kunden den Laden betreten. Erst ist es eine junge Businessfrau in Blazer und Rock, danach ein Touristen-Pärchen um die fünfzig. Dass alle etwas kaufen, hebt die Stimmung zusätzlich.

Nachdem wir das Meeting offiziell für beendet erklären, weil Tracey losmuss, nehme ich Lia beiseite. »Jetzt, wo ich deine Mitbewohnerin kenne, checke ich noch weniger, was du gegen sie hast. Sie ist doch cool.«

»Ich habe nichts und hatte nie was gegen Tracey!«, geht sie, wie ich es mir erhofft habe, augenblicklich hoch. Kann es etwas Schöneres geben, als sie zu ärgern? Sie schielt unruhig in Richtung Toilette, wohin Justus sich eben verzogen hat.

»Wieso wolltest du dann in der Bonfire Night nicht, dass ich bei dir klingle, wenn ich da bin, sondern lieber schreibe – um bloß deine Mitbewohnerinnen nicht auf dich aufmerksam zu machen?«

»Dreeeew!«, erwidert sie warnend.

Ich gebe klein bei und hebe kapitulierend beide Hände. »Okay, okay. Schon gut! Ich weiß ja, dass du schüchtern bist.«

»Mach mich nicht so fertig«, beschwert sie sich, aber ich kann trotzdem den Hauch eines Lächelns auf ihrem Gesicht erkennen.

»Immer wieder gerne!«, erwidere ich freudestrahlend.

Als Justus von der Toilette kommt, weichen wir gleichzeitig voneinander zurück. Erst da erkenne ich, wie nah beieinander wir zuvor gestanden haben. Nur um ihre Reaktion auszutesten, hätte ich an einer losen Strähne von Lias Vogelnest zupfen können, von dem sie heute zumindest nur eins auf dem Kopf trägt.

»Lasst euch von mir nicht stören.« Total gelassen sammelt Justus sein Zeug zusammen. Bevor er geht, lässt er einen hölzernen Knobelwürfel in die Jackentasche seines Anoraks gleiten. »Für die Bahnfahrt«, erläutert er angesichts meines Blicks. Ich wäre nicht mal fähig, so ein Ding zu lösen, wenn mein Leben davon abhinge. So was kann Spaß machen? Justus hebt zum Abschied die Hand, bevor die Tür hinter ihm ins Schloss fällt.

Als ich mich Lia wieder zuwende, ist sie – etwa absichtlich oder bilde ich mir das nur ein? – wieder näher an mich herangerückt. Ich könnte jetzt wirklich meine Hand nach ihr ausstrecken. Ich hebe sie langsam und … lasse sie wieder sinken. Frustriert angesichts meiner Feigheit beiße ich mir auf die Unterlippe. Nun, da wir nur noch zu zweit sind und Lia so langsam die Wirkung eines Magneten auf mich entwickelt, wäre wohl der Zeitpunkt da, mich auch aus dem Staub zu machen. Dabei möchte ich noch gar nicht gehen, obwohl ich es dringend tun sollte.

Einfach mal alles stehen und liegen lassen ist eigentlich nichts, was ich mir erlauben kann. Ich hatte schlichtweg Glück, dass ich nicht auf der Arbeit war, als mich ihre Nachricht erreichte, und Shannon spontan Nico übernehmen konnte.

Ich räuspere mich und trete einen Schritt von Lia zurück, wie um mich zu sammeln und meinen Augenblick der Schwäche zu überspielen. »Wie lange machst du heute noch?«

Sie zuckt mit den Schultern. »Schon ein paar Stunden. Kommt ganz darauf an, wie es läuft.«

Ich möchte nicht, dass Lias Unsicherheit erneut die Oberhand gewinnt, deshalb verdrehe ich die Augen, um sie noch mal aufzuziehen. »Was ist das für eine Frage? Gut natürlich.«

Sie ist schon auf dem halben Weg zur Verkaufstheke, als sie sich noch mal umdreht und lächelt. »Natürlich.«

KAPITEL 16
LIA

Wie immer nach dem fünften November geht es mit Riesenschritten auf Weihnachten zu. Plötzlich kann man kaum noch an einem Schaufenster vorbeigehen, in dem nicht mindestens zwei üppig geschmückte Tannenbäume stehen. Bislang fand ich das Brimborium, welches jeder Laden um die Weihnachtszeit herum veranstaltet, eher unterhaltsam. Ganz im Gegensatz zu den kaufwütigen Menschen, die in die Innenstadt einfallen und sämtliche Geschäfte leer räumen, als stünde die Welt vor einer Apokalypse. Was die Deko angeht, liegt die Messlatte verdammt hoch, sieht man sich die Konkurrenz der großen Modeketten oder Kaufhäuser wie Liberty und John Lewis an. Es geht los bei gigantischen Geschenken und Lametta-Explosionen, reicht über Lebkuchen-Nachbildungen typischer Londoner Sehenswürdigkeiten (inklusive filigraner Zuckerverzierungen) bis hin zu vergoldeten Kunstobjekten, die Motive wie einen Rentierschlitten samt Santa darstellen.

Drew und ich haben heute die Oxford Street als Inspirationsquelle auserkoren. Diese Aktion ist unter anderem Teil des Rettungsplans für die Buchhandlung. Natürlich werde ich es nicht übertreiben, die Dekoration soll ja zum Laden passen, doch Tracey und Justus waren der Ansicht, dass das *A New Chapter* nicht untergehen dürfte und wir unser Budget bestmöglich ausschöpfen sollten. Ein gutes Gefühl, an Dads letzten Notgroschen gehen zu müssen, habe ich trotzdem nicht.

Als wir aus der Bond Street Station nach draußen treten, ist die Weihnachtsbeleuchtung bereits eingeschaltet. Die lila, gelb und bläulich strahlenden Kugeln, welche die Einkaufsmeile überspannen, scheinen andächtig in der Luft zu schweben und bilden einen Gegensatz zu dem Chaos am Boden. Wir bummeln an den Geschäften entlang und biegen am Oxford Circus auf die Regent Street ab. Anstelle der Kugeln hängen hier Lichtengel mit meterlangen Schleiern, die der Straße mit ihren altehrwürdigen Gebäuden noch mal eine Portion Extravaganz verleihen. *Einmal das volle Programm, bitte. Danke!* Wäre Drew nicht dabei, hätte ich es wahrscheinlich nicht geschafft, mich auf unsere Aufgabe zu konzentrieren, sondern wäre im Strom der Passanten davongetragen und mitgerissen worden. Anders als auf seinem Motorrad rauscht nicht alles an uns vorbei, sondern wir sind mitten in der geschäftigen Atmosphäre voller Stress und Vorfreude. Der normale Wahnsinn Londons – überwältigend. Ich weiß nun wieder, warum ich in den letzten paar Jahren während der Vorweihnachtszeit stets einen großen Bogen um diese Gegend gemacht habe.

Ich erschnuppere den Duft gebrannter Mandeln. Im Vorbeigehen registriere ich den dazugehörigen Verkäufer mit seinem Rollwägelchen, die Hände in den Taschen seiner viel zu dünnen Jacke vergraben. Er friert sichtlich und wirkt nicht allzu glücklich, zumal nur wenige Menschen stehen bleiben, sondern lediglich von einer Edelboutique des West Ends in eine noch exklusivere hetzen. Und sei es nur zum Schauen. Eine Windbö lässt den Schirm, der über dem Wagen aufgespannt ist, zusammenklappen, und der Mann kämpft fluchend mit dem Mechanismus. Sofort spüre ich, wie ich Mitleid mit ihm bekomme.

»Möchtest du welche?«, fragt Drew, der meinem Blick gefolgt ist. Ich kann ihn über das Hintergrundrauschen aus Unterhaltungen und Verkehrslärm kaum verstehen. Der karierte Schal, den er bis zur Nasenspitze hochgezogen hat, macht es nicht besser.

»Oh danke, ja gerne«, stammele ich, ehrlich berührt über seine Aufmerksamkeit. Die Möglichkeit, den Mandelverkäufer etwas zu unterstützen, erfüllt mich zusätzlich mit Wärme. Dennoch ziehe ich mir die Mütze tiefer über die Ohren. Es ist heute aber auch frisch! Ich schlängele mich hinter Drew zwischen den vorbeieilenden Menschen hindurch zu dem Mandelwagen vor.

»Eine große Portion bitte«, bestellt er, bevor ich protestieren kann. Als er meine Gedanken errät, zwinkert er mir schelmisch zu und lässt mich innerlich aufseufzen. Wie soll ich da nicht ins Schwärmen geraten? Ist er sich darüber im Klaren, was er für eine Wirkung auf mich hat?

Das Gesicht des Verkäufers erhellt sich. Er bedankt sich freundlich und händigt Drew eine große Tüte aus. Prompt stibitzt der eine Mandel, bevor er die Verpackung an mich weitergibt und bezahlt. Im Weitergehen erklärt er: »Ich kann ja auch immer mal mit reingreifen.«

»Aha!«, entrüste ich mich gespielt schockiert. »Du hast das genau geplant.«

»Aber sicher. Du kennst mich doch.«

Kopfschüttelnd schiebe ich mir nun selbst eine Mandel in den Mund und schließe die Augen, um den Geschmack der süßlichen Karamellglasur, die den harten, herberen Kern umschließt, in vollen Zügen zu genießen. Danach langen wir abwechselnd zu und knuspern gemeinsam vor uns hin.

»Lass uns bei Hamleys reingehen«, schlage ich schließlich vor, als wir nicht mehr weit von dem weltbekannten Spielzeugladen entfernt sind. Ob Drew wie ich einige signifikante Kindheitserinnerungen mit diesem Ort verbindet? Früher, als ich noch keinen blassen Schimmer hatte, was für eine Wirkung diese bunte, funkelnde Welt auf mich hat, war er für mich das Paradies auf Erden. Es gab so viel zu sehen, dass meine Eltern mich regelrecht aus dem Geschäft tragen mussten. Ich bin mir ziemlich sicher, dass ich nicht das einzige Kind gewesen bin, das am liebsten einmal die kompletten Regale der sieben Etagen leer geräumt und sich alles geschnappt hätte, was das Herz begehrt. Nach diesen Besuchen wuchs mein Wunschzettel an den Weihnachtsmann immer ins Unermessliche. Auf dem Nachhauseweg bin ich im Bus oft auf Dads Schoß vor Erschöpfung eingeschlummert, während Mom mir federleicht übers Haar strich. Das waren die Momente, in denen ich mich rundum geborgen gefühlt habe.

Im Schutz der Markisen, welche an der Ladenfront angebracht sind, werden wir von zwei Mitarbeitern in Weihnachtswichtel-Kostümen begrüßt. Rote Westen, grüne Hosen, gestreifte Socken und Schnallenschuhe. Die spitzen Ohren nicht zu vergessen!

»Wir verkleiden uns ganz sicher nicht. Denk gar nicht erst dran«, zische ich Drew im Hineingehen zu, bevor er überhaupt den Mund aufmachen kann.

»Wenn du das sagst.« Ich höre das Grinsen aus seiner Stimme heraus, ohne mich nach ihm umzudrehen.

»Das sage ich«, beharre ich.

»Okidoki, Boss.«

Ich schenke es mir, die Augen zu verdrehen.

Vor den Rolltreppen saust ein ferngesteuerter Modellhubschrauber so knapp an meinem Kopf vorbei, dass ich vor Schreck einen Schritt zurückspringe.

»Na hoppla!«, macht Drew, ehe er mich mit seinen Armen halb umfasst. Augenblicklich umhüllt mich sein leichter Geruch nach Motoröl, der mir mittlerweile schon so vertraut ist.

»Oh, Entschuldigung!«, ruft eine Frau und nimmt ihrem etwa siebenjährigen Sohn die Steuerungskonsole aus der Hand.

Drew und ich winken gleichzeitig ab. Etwas, das ich an Hamleys selbst als Erwachsene unglaublich toll finde, ist, dass die Spielzeuge oftmals vorgeführt werden oder man sie sogar selbst ausprobieren kann. Trotzdem würde ich es lieber vorziehen, keine Haare zu verlieren. Nachdem ich ihm versichert habe, dass mir nichts fehlt, gibt Drew mich wieder frei. Ich erwische mich dabei, wie ich den Augenblick kaum merklich hinauszögere. Obwohl er höchstens Sekunden dauert, reicht er aus, um mich in den siebten Himmel zu katapultieren. Das Ganzkörperkribbeln macht mich flatterig und erschwert es mir, einen klaren Gedanken zu fassen. Es ist ja nichts passiert. Nur weshalb rast mein Herz dann schon wieder so?

Wir treiben ein wenig ziellos dahin, stöbern durch Stofftiere, Gesellschaftsspiele, Lego sowie zahlreiche Merchandise-Artikel, die mich als kleines Fangirl nach wie vor anziehen.

Drew kann da nur die Hände über dem Kopf zusammenschlagen. »Bisher hatte ich die Hoffnung, Nico würde irgendwann aus dieser Phase rauswachsen. Aber wenn ich dich jetzt so sehe … Er steht mindestens so krass auf dieses ganze Zeug wie du. Nur kann ich es mir nicht leisten, ihm damit eine Freude zu machen«, seufzt er.

»Ich stehe nicht auf dieses ›ganze Zeug‹«, widerspreche ich, stelle den Smaug-Funko Pop zurück an seinen Platz und beschließe, Drews letzte Bemerkung nicht zu kommentieren. Es reicht, dass meine Probleme dieser Art zuletzt so oft Thema waren, und außerdem glaube ich nicht, dass er eine Reaktion von mir erwartet. »Es gibt schließlich Unterschiede zwischen *Star Wars*, *Marvel* und *Game of Thrones*.«

»Schon gut, schon gut. Ich sehe schon, du würdest dich blendend mit Nico verstehen!«

»Wieso auch nicht?«, gebe ich zurück.

Es folgt sein typisches Augenbrauenwackeln. »Ja, nicht wahr?«

War das etwa eine ernst gemeinte Andeutung und Drew möchte mich wirklich seinem Bruder vorstellen? Allein bei dem Gedanken daran kehrt das Kribbeln wieder zurück. Wir laufen weiter und passieren ein großzügiges Aufgebot an Tannenzweigen, Schleifen und Christbaumkugeln, das die freien Stellen im Laden schmückt. Es riecht nach Zimt, Gewürzen und Orange.

Gerade als wir vor dem Christmas Shop, der eigens zu dieser Jahreszeit eingerichtet wurde, entlangschlendern, erwischt es mich eiskalt. Die Bilder vor meinen Augen scheinen auf einmal undeutlich und vage zu werden. Es ist, als hätte sich eine unsichtbare Wand zwischen mir und dem, was um mich herum geschieht, aufgebaut. Ich kann überhaupt nichts mehr aufnehmen. Gleichzeitig dröhnen mir die überdrehten Kinderstimmen und das Gedudel aus den Lautsprechern unter der Decke in den Ohren. Ich bleibe stehen, weil mir schwindelig geworden ist. Es wird schleunigst Zeit, aus Hamleys zu verschwinden. Ich hätte den Moment kommen sehen und davor schon entsprechend reagieren sollen. Wie so oft habe ich mich jedoch überschätzt und mir keine Verschnaufpause gegönnt. Ich muss mich enorm anstrengen, um meiner anschwellenden Panik nicht nachzugeben und einfach rauszurennen. Wie soll ich das Drew nur erklären? Ein stechender Kopfschmerz pocht in meinen Schläfen.

Er ist inzwischen auch stehen geblieben und mustert mich mit undurchdringlicher Miene von der Seite. Als ahnte er, was los ist, hakt er mich bei sich unter und lotst mich wortlos zum Ausgang. Er verhält sich genauso umsichtig wie schon auf der Tower Bridge. Endlich sind wir draußen, *draußen*, und gehen etwas abseits des Trubels, wo es zumindest halbwegs abgeschottet ist.

»Lia, geht's dir gut?« Die Sorge in seiner Stimme ist deutlich herauszuhören.

Ich sage nichts, stütze mich auf den Knien ab und beuge mich nach vorn, muss mich kurz abwenden, um einen Moment Abstand von allem zu bekommen, bevor es mich komplett überwältigt. Wäre ich nur achtsamer gewesen! Mir Vorwürfe zu machen, bringt jetzt auch nichts mehr, deswegen konzentriere ich mich auf das Hier und Jetzt. Ich atme dreimal tief und langsam durch und versuche, mit dem Ausatmen meinen Kopf von allen negativen Gedanken und Gefühlen zu befreien. Danach geht es mir …

»Besser«, antworte ich Drew, sobald ich mir zutraue, auch so zu klingen. Ich richte mich vorsichtig auf und straffe die Schultern. »Wollen wir weiter zur Carnaby Street?«

Er zögert. »Bist du sicher, dass wir unseren Stadtbummel nicht abbrechen sollen?«, fragt er vorsichtig.

Nun, da er schon zum zweiten Mal so wirkt, als wüsste er genau, was ich in dem Moment brauche, bin ich sicher, dass Drew inzwischen ahnt, womit ich zu kämpfen habe. Er scheint schon öfter in solchen Situationen gewesen zu sein. Kennt er womöglich jemanden, dem es genauso geht wie mir? Ich möchte nur vermeiden, dass er mich aufgrund meiner Hochsensibilität nicht mehr mag. Laut meiner Mutter beispielsweise sei es ja so anstrengend und schwer nachvollziehbar, wieso ich nicht einfach normal ticken könne.

»Ein bisschen halte ich bestimmt noch durch«, fahre ich meinem übereifrigen Denkapparat dazwischen und gehe, um das zu unterstreichen, einfach los.

»Okay.« Drew wirkt nicht überzeugt, aber folgt mir ohne ein weiteres Wort.

Die Carnaby Street, eine weitere recht populäre Einkaufsstraße Londons, und ihre modernere, neonartige Beleuchtung befinden sich gleich um die Ecke. Während wir laufen, verputze ich die restlichen Mandeln in Rekordgeschwindigkeit, weil mir die immer gleiche Handlung – in die Tüte greifen, kauen, schmecken, runterschlucken – dabei hilft, wieder ruhiger zu werden. Dennoch bin ich nicht so recht bei der Sache und versuche mich hauptsächlich auf mich zu konzentrieren, auch wenn ich mir Drew gegenüber egoistisch vorkomme. Unsere letzte Station ist der Weihnachtsmarkt am Leicester Square, der ebenfalls keinen Steinwurf weit entfernt liegt. Danach sind wir zwar fertig mit unserer Tour, aber gekauft haben wir nichts.

Unter dem Lichterkettenzelt auf dem Platz spricht Drew aus, was ich mich nicht zu sagen traue: »Ganz schön viel Input, was?«

»Ich glaube auch, das müssen wir erst mal sacken lassen«, gebe ich ihm recht.

»Nach Hause?«, schlägt er vor.

Diesmal nicke ich nur.

Soho verabschiedet uns mit einem leuchtenden *So Ho Ho*. An der Leicester Square Station steigen wir zusammen in die Piccadilly Line Richtung Cockfosters. In Holborn, zwei Haltestellen weiter, muss ich schon wieder umsteigen. Einerseits bin ich froh, bald erst mal durchatmen zu dürfen, andererseits möchte ich mich noch nicht von Drew verabschieden. Vor ein paar Wochen noch wären diese gemeinsamen Stunden unvorstellbar gewesen. Ist es nicht merkwürdig, wie die Dinge manchmal kommen? Die kurze gemeinsame Fahrt verbringen wir schweigend, auch wenn einige unausgesprochene Dinge in der Luft liegen. Als die Bahn an meiner Station hält, umarmen wir uns kurz und freundschaftlich.

Nach diesem anstrengenden Ausflug gönne ich mir einen Tag Pause, an dem ich mein WG-Zimmer nur dann verlasse, wenn es unbedingt notwendig ist. Ich nutze die Zeit zum Energietanken und zum Schreiben und genieße, dass sich Letzteres wieder nach purer Entspannung anfühlt und nicht wie ein zusätzliches To-do, welches das Fass zum Überlaufen bringt. Kann ich schreiben, geht mir das ganze Leben viel leichter von der Hand. Es ist wie ein vorzeitiges Weihnachtswunder. Die Geschichte um Kylie und Brad entwickelt sich im Nu zu meinem neuen Happy Place, auch wenn dieser Ort nur in meiner Fantasie existiert. Na und? Nur die Rückkehr in die Realität fällt mir in solchen Schreibphasen etwas schwerer, doch selbst davon werde ich heute verschont. Und ich ahne, woran das liegt. Auch wenn ich es nicht mal vor mir selbst zugeben kann.

Am nächsten Morgen gehe ich beim Frühstück in der Küche die Einkaufsliste für die Deko durch, die ich nach Drews und meinem Inspirations-Trip in ein Notizbuch gekritzelt habe. Tracey gesellt sich zu mir und schaut mir neugierig über die Schulter. »Uh, was sehen meine müden Augen da? Zeig mal her.«

»Na gut.« Derart überrascht lasse ich sie meine Notizen lesen und beginne wie immer, wenn ich nachdenke oder nervös bin, mit dem Clip meines Kulis zu spielen, bis er abbricht. *Super hingekriegt!*

Tracey nickt zufrieden vor sich hin. »Ja, damit lässt sich arbeiten.« Sie luchst mir den Kugelschreiber ab und beginnt, den Punkten auf meiner Liste Geschäfte zuzuordnen und sie danach zu sortieren. Dann hält sie plötzlich inne. »Das ist okay, oder? Ich dachte, ich als selbst ernannte Shopping Queen könnte dir hierbei helfen. Wir können gleich auch zusammen losziehen und das Zeug besorgen, wenn du magst. Und danach gucken wir einfach, wie weit wir mit dem Dekorieren noch kommen?«

Spätestens jetzt bin ich geradezu überrumpelt von ihrer Hilfe. Auf eine positive Art und Weise. Schnell bekräftige ich meine Begeisterung: »Ja, ja, natürlich! Drew und ich haben uns ja erst mal nur umgesehen und noch nichts gekauft.«

»Gut.« Tracey grinst.

Unerwartete Vorfreude darüber, mit ihr unterwegs zu sein und das *A New Chapter* gemeinsam herzurichten, lässt die Angst davor, mich erneut ins Getümmel stürzen zu müssen, schrumpfen. Immerhin haben wir nun einen konkreten Plan und wissen genau, wo wir was bekommen.

Zweieinhalb Stunden später stiefeln wir auch schon, jede mit mehreren Einkaufstüten beladen, durch den Schnee, der über Nacht gefallen ist. Wir haben ein paar zusätzliche Stumpenkerzen und Lichterketten, einen Adventskranz und einen Mistelzweig (auf Drews ausdrücklichen Wunsch hin), Tannenzapfen und Nüsse, weiße Pappe, um Schneeflocken daraus zu basteln, Räucherstäbchen und Kunstschnee im Gepäck. Dazu kommen mehrere Rollen Packpapier, um Bücher hübscher und nachhaltiger als in einer Plastiktüte zu verpacken. Eine spontane Idee von Tracey, als sie in einem Geschäft das Papier, welches mit Fliegenpilzen bedruckt ist, entdeckt hat. Für den Tannenbaumschmuck werden wir auf Dads Bestand zurückgreifen und für die musikalische Untermalung noch eine Playlist erstellen. Damit fehlt jetzt nur noch der Tannenbaum selbst.

»Dir ist schon klar, dass diese paar Zentimeter kaum als Schnee zu bezeichnen sind?«, kichert Tracey vor sich hin. Belustigt beobachtet sie mich dabei, wie ich aus Angst, jeden Moment auszurutschen, ständig auf meine Stiefel schaue.

»In New York vielleicht nicht …«

»Ja, aber hier rasten alle total aus! Ihr Engländer seid so cute. Ein Wunder, dass die öffentlichen Verkehrsmittel noch keine weißen Fahnen geschwenkt haben.«

Ich strecke Tracey die Zunge raus, dabei trifft sie den Nagel auf den Kopf. Ich hoffe sehr, dass das so bleibt, denn ohne Auto (oder Motorrad) bin ich aufgeschmissen.

»Charlie hat mir geschrieben. Bei ihm liegen über zwanzig Zentimeter«, bemerkt sie beiläufig.

Ich blinzele. »Also habt ihr wieder Kontakt? Oder immer noch?«

Wie gewöhnlich wird meine neue Freundin still, sobald es um ihren Ex-Freund geht, und der Schmerz über die Trennung ist ihr immer noch deutlich anzumerken. »Er meldet sich zwar immer wieder bei mir, aber für mich ist es vorbei. Endgültig.«

Ich nicke verständnisvoll und lenke unser beider Gedanken wieder auf unser Vorhaben. »Womit wollen wir gleich anfangen?«

Im *A New Chapter* angekommen, laden wir unsere Ausbeute erst einmal ab und wärmen uns bei einer Tasse Tee auf. Ich drehe das Schild auf *Geöffnet*. Danach widmen wir uns den Lichterketten, mit denen wir sowohl die Regale als auch das Schaufenster schmücken wollen. Diese erst mal zu entwirren ist gar nicht so leicht, was Tracey fast an den Rand des Wahnsinns treibt. Ich muss es mir echt verkneifen, über ihren düsteren Gesichtsausdruck zu lachen, und hole schon mal einen Schemel aus dem Mitarbeiterbereich, um auch das obere Ende der Bücherregale zu erreichen.

»Weiter nach links«, weist Tracey mich wenig später an, und ich halte die Lichterkette an die entsprechende Stelle.

»Hast du's gleich?«, flehe ich beinahe, als mein Nacken ein geräuschvolles Knacken von sich gibt. Sie dagegen klebt in aller Ruhe die Kabel weiter fest. Das ist bestimmt ihre Rache für mein schlecht unterdrücktes Lachen.

»So, das hätten wir!« Endlich tritt sie zurück, knipst den Schalter an und klatscht zufrieden in die Hände.

Ich seufze auf und geselle mich zu Tracey, um unser Werk zu betrachten. Die Buchrücken erstrahlen in einem sanften, gelben Licht, was die gemütliche Atmosphäre, die der Buchladen seit jeher ausstrahlt, noch um ein Vielfaches verstärkt. Obwohl sich noch gar nicht viel verändert hat, sieht es bereits so schön aus, dass ich den neuen Anblick am liebsten stundenlang bewundert und in mich aufgesogen hätte.

»Ich reiße dich nur ungern aus deiner Verzückung«, bemerkt Tracey schmunzelnd, »aber es warten noch ein paar mehr Regale und das Schaufenster.«

Das Türglöckchen erklingt, bevor ich etwas erwidern kann. Zwei Mädchen und ein Junge betreten den Laden. Sie sehen etwas jünger als ich aus und kommen mir vage bekannt vor, aber ich kann nicht einordnen, woher.

»Lianne Jones?«, spricht der Junge mich an.

»Ja«, sage ich und lächele automatisch, weil die drei so unsicher wirken.

Das Mädchen mit dem Bob kriegt kugelrunde Augen. »Du bist es!«

»Wir haben deinen Post gelesen«, fügt das andere Mädchen hinzu und lächelt zurückhaltend, wodurch ihre Zahnspange zum Vorschein kommt. »Den, in dem du erwähnst, dass du die Buchhandlung deines Vaters übernommen hast.«

Trotz der üblichen Likes und meiner Bildunterschrift, in der ich betont habe, dass ich mich freue, wenn jemand mal vorbeischaut, habe ich nicht damit gerechnet, dass dieser Fall tatsächlich eintreten könnte. Wenn ich meine Bücher bewerbe, werden sie gekauft, aber hier sprechen wir von einem Besuch, der mit einer persönlichen Begegnung verknüpft ist. Das kam mir schon beim Schreiben der Caption nicht nur beängstigend, sondern wohl schlicht zu unwirklich vor. Deshalb hakte ich die Aktion unter *Einen Versuch ist es wert* ab, obwohl ich sogar den Standort der Buchhandlung auf Google Maps mit in den Post gepackt hatte, was dank Drew nun auch möglich ist. Denn auch das gehört immerhin zu unserem Plan, auf Instagram Werbung zu machen. Doch nun da es tatsächlich klappt, ist da mehr als nur ein bisschen Herzrasen.

Wow. Wow. *Wow!*

KAPITEL 17
LIA

»Schön, dass ihr da seid«, hauche ich überwältigt, als ich meine Sprache endlich wiederfinde.

»Na klar!« Eines der Mädchen, das ich jetzt erkenne, kommt ein Stück näher. Es ist Priya, mit der ich schon öfter geschrieben habe und die erst letztens den Post zu meinem Schreibfortschritt kommentiert hat.

Die Situation ist nicht ganz greifbar für mich, deswegen bin ich froh, dass Tracey an meiner Seite ist. Vor allem, als mir einfällt, dass ich heute auch noch den schwarzen Rollkragenpullover von gestern trage. Möglicherweise lenken die glitzerigen Tupfer ja von den Fusseln ab. Wobei mein goldener Nagellack ebenfalls schon bessere Tage gesehen hat.

Priya kramt in ihrer Handtasche und hält mir ein zerlesenes Taschenbuch hin, das mit seinen zahlreichen Eselsohren schon bessere Tage gesehen hat. Zu meinem Erstaunen handelt es sich dabei um

True Love, meinen Debütroman. »Ich freue mich so, dich mal im Real Life zu sehen! Signierst du mir das?«

Traceys dezentes Räuspern hilft mir, mich zu besinnen. Um ein Autogramm hat mich noch nie jemand gebeten! Wie in Trance nehme ich Priya das Buch ab und gehe zur Kasse, neben der meine Kugelschreiber liegen. Die paar Bücher, die ich für Kendra und meinen Vater signiert habe, sind ewig her und zählen irgendwie nicht. Trotz meiner Nervosität fällt mir auf Anhieb eine passende Widmung ein, und glücklicherweise gelingt es mir, mich nicht zu verschreiben: *Für Priya. Weil Bücher verbinden. Ich bin froh, dass sie uns zusammengeführt haben und wir uns nun endlich persönlich kennenlernen dürfen. Danke für deine Unterstützung! Alles Liebe, Lia*

Als ich ihr das Buch zurückgebe, strahlt Priya heller als die Lichterkette am Bücherregal und bringt mein inneres Glücksgefäß damit fast zum Überlaufen. »Danke, danke, danke! Ich weiß gar nicht, was ich sagen soll …«

Das Mädchen mit der Zahnspange schiebt sich nach vorne und wedelt mit meinem dritten Roman. »Signierst du mir meins auch?«

»Aber klar, sehr gerne.«

»Für Reese, bitte.« Ihre Ausgabe von *Endless Love* ist zwar nur halb so mitgenommen wie Priyas, aber eindeutig gelesen, was mir mein »Profiblick« (Zitat Drew) verrät.

Der Junge, Victor, lässt sich ein weiteres Exemplar von *True Love* signieren, um es an die Follower seines Blogs *word_after_word* zu verlosen. Im Anschluss plaudern wir – sogar ich! – bei einem Tee und Tier-Keksen über die Buchcommunity, das Schreiben, heiß ersehnte Neuerscheinungen und den aktuellen Hype um einen New-Adult-Roman, in dem Diversität ziemlich großgeschrieben wird. Die einen mögen die Story, die anderen finden es übertrieben. Ich bin bisher nicht dazu gekommen, ihn zu lesen, kann es nach unserem Gespräch aber kaum noch erwarten. Nach dem Tee schauen Priya, Reese und Victor sich ausgiebig im *A New Chapter* um und verabschieden sich erst, nachdem jeder von ihnen mindestens drei Bücher gekauft hat. Sie versprechen, bald wiederzukommen und den Laden weiterzuempfehlen. Während ich kassiere, schlägt Tracey die Bücher in das Packpapier ein, welches wir vorhin erst besorgt haben. Als die drei durch die Tür verschwunden sind, tritt für einen Moment Stille ein.

»Mein Buch ist gestern geliefert worden«, durchbricht Tracey schließlich das Schweigen. »Du weißt, was du zu Hause zu tun hast?«

»Es wäre mir eine Ehre«, entgegne ich mit einem Augenzwinkern. Auf einmal freue ich mich darüber, dass sie genau wie Drew meine Romane lesen will und fürchte mich nicht länger davor. Wieso überhaupt? Meine Bücher können nicht jeden Geschmack treffen, und das ist auch in Ordnung so. Denn Priya und Reese sind der lebendige Beweis, dass es Menschen gibt, die echte Fans meiner Bücher sind. Online auf Rezensionen zu stoßen, welche meine Storys in den Himmel loben, ist nach wie vor ein unglaubliches Gefühl. Aber das live mitzuerleben, hat noch mal eine ganz andere Tragweite. Wenn Drew dabei gewesen wäre, hätte er sich sein Exemplar bestimmt auch sofort signieren lassen, allein schon, um mich damit aufzuziehen. Bisher konnte ich noch nicht den Mut aufbringen, ihn zu fragen, ob er überhaupt drangeblieben ist.

»Wollen wir weiter dekorieren?«, schlägt Tracey vor.

Gesagt, getan. Am Ende des Tages hängen alle Lichterketten. Kerzen, Tannenzapfen und Nüsse sind ebenfalls über den Laden verteilt, der Adventskranz steht neben dem Kerzenleuchter auf der Verkaufstheke, und die Fensterbänke sind mit Kunstschnee bedeckt. Es fehlen nur noch die Schneeflocken an der Scheibe. Der Geruch eines Räucherstäbchens komplettiert das Bild.

»Zufrieden?« Tracey hält mir die Hand zum Einschlagen hin.

»Und wie«, erwidere ich und gebe ihr ein High five.

Anfang der dritten Novemberwoche kommt Justus auf eine weitere Idee. »Ich habe nachgedacht«, empfängt er mich, als ich den Laden betrete, um ihn von seiner Schicht abzulösen. Ich bekomme gerade noch mit, wie er eine Mutter und ihre zwei Söhne verabschiedet und ihnen viel Freude beim Lesen wünscht. »Du schreibst doch.« Mittlerweile ist das kein Geheimnis mehr. »Wie wäre es, wenn wir jedem Kunden bei einem Einkauf umsonst ein, zwei kurze Gedichte mitgeben? Würdest du das hinkriegen? Ich glaube übrigens, heute könnten wir einen neuen Besucherrekord aufstellen«, fügt er ein wenig stolz hinzu.

»Das … das wäre ja super«, gerate ich angesichts dieser unverhofft guten Neuigkeiten kurz ins Stocken und überlege dann: »Das mit den Gedichten kann ich gern versuchen.« Obwohl ich mich bislang nicht im lyrischen Bereich bewegt habe. Vor gar nicht allzu langer Zeit hätte ich mir das niemals zugetraut und gleich panisch den Kopf geschüttelt. »Erwarte nur nicht zu viel von mir.«

»Das tue ich nicht.« Justus hängt sich einen Riemen seiner ledernen Aktentasche über die Schulter und bleibt, anstatt an mir vorbeizugehen, in der Mitte des Raumes stehen. Die Ärmel seines gestärkten weißen Hemds sind hochgekrempelt. Seine Haut schimmert warm im Schein der zusätzlichen Lichter, und eine Strähne seines längeren Haars hängt ihm in die Stirn. Er sieht mich an, als hätte er etwas auf dem Herzen. Aus einer bösen Vorahnung weiche ich unwillkürlich ein Stück zurück. Wird das etwa …? Unsinn! Wir sind Freunde, nicht mehr. Justus will nichts von mir. Wo kommt dieser Gedanke auf einmal wieder her?

»*True Love* hat mich ehrlich überzeugt. Obwohl ich so was sonst nicht lese. Rezension folgt.«

Augenblicklich wird mir leichter ums Herz. Da zeigt sich auf jeden Fall, dass er anders als Drew oder Tracey regelmäßig die Nase zwischen zwei Buchdeckel steckt. Justus ist schneller als die beiden, und das, obwohl Englisch ja nicht mal seine Muttersprache ist. Allerdings hat er wegen seines Botschafter-Vaters und der ständigen Umzüge in fremde Länder auch früh Englisch gelernt.

»Danke!«, freue ich mich. Es ist echtes Glück, das mich durchströmt.

»Nicht dafür.« Justus hakt die Daumen unter seine Hosenträger und bewegt sich nach wie vor nicht von der Stelle. Offenbar möchte er noch etwas loswerden.

Stopp!, sage ich mir, bevor sich mein Gedankenkarussell wieder losdreht. Es gibt keinerlei Anlass für die Annahme, an meinem anfänglichen Verdacht könnte etwas dran sein. Er ist nun mal ein aufmerksamer und verlässlicher Typ.

»Der Sessel.« Justus deutet zu der Sitzgruppe, und ich folge seiner ausgestreckten Hand. »Bisher habe ich leider nur geschafft, einen neu zu beziehen. Meine Talente liegen definitiv nicht im handwerklichen Bereich.« Verlegenes Lachen.

»Ach, kein Problem!«, beschwichtige ich ihn hastig. *Siehst du? Falscher Alarm!*

Wie könnte ich mich darüber beschweren, Hilfe von meinen Freunden zu erhalten? Selbst Tracey, die bis vor Kurzem gar keine Verbindung zur Buchhandlung hatte, hängt sich ja mächtig rein. Die Ablenkung von Charlie kommt ihr wahrscheinlich gelegen. Die neuen Bezüge für die Sessel hat sie auf dem Portobello Road Market in Notting Hill gefunden. Der Stoff habe – ähnlich wie das Packpapier – nach ihr gerufen, weshalb sie schlichtweg nicht daran vorbeigehen konnte. Das Paisleymuster in gedeckten Ocker-, Gelb- und Orangetönen mit türkisen Akzenten passt einwandfrei zur restlichen Einrichtung. Obwohl ich jedem Einzelnen von ihnen so dankbar bin, ist es nach wie vor ein merkwürdiges Gefühl, mich auf jemanden verlassen und stützen zu können. Klar, ich hatte Dad und Kendra, aber war ansonsten auf mich allein gestellt. Nun ist Dad fort, und meine beste Freundin macht sich immer rarer.

»Klausurenphase«, entschuldigte sie sich letztens in einer Sprachnachricht. »Ich schaffe es noch nicht mal, Glen zu sehen, außer in den Kursen, die wir zusammen haben. Bitte nimm es mir nicht übel, ich habe einfach keine freie Minute!«

Ich versuche wirklich, Kendra zu verstehen, auch wenn ich mich an ihrer Stelle anders verhalten würde. Es ist schließlich nicht so, als hätte ich gerade die beste Zeit meines Lebens. Das führt mich zu einer neuen Befürchtung: Was, wenn irgendwas passiert ist und sie mir deshalb aus dem Weg geht, um mich damit nicht noch zusätzlich zu belasten?

In diesem Moment poltert Drew so schwungvoll in den Laden, dass uns das Glöckchen an der Tür nicht vorwarnt. Gleichzeitig zucken Justus und ich zusammen und fahren herum.

»Ich bin durch!« ruft Drew. Mit drohend erhobenem Zeigefinger nähert er sich mir und hat sofort meine volle Aufmerksamkeit, sodass ich Justus gänzlich ausblende. Die Wahrheit ist, um mich für sich einzunehmen, hätte er gar nichts tun müssen. Ich male mir aus, wie er auf mich zulaufen, mich hochheben und leidenschaftlich küssen würde.

»Wir müssen ein ernstes Wörtchen miteinander reden. Was sollte das mit Zazu?« Erst da bemerkt Drew Justus. »Oh, hi! Hast du *True Love* schon beendet?«

Justus nickt und rückt die runde Brille zurecht, wie um Drew genauestens im Auge zu behalten. Die beiden bemühen sich trotz gewisser Startschwierigkeiten – mir zuliebe? –, miteinander auszukommen.

»Was sagst du zu Zazu?«

Justus muss sich seine Antwort erst zurechtlegen. »Dass man Haustiere nicht umbringen sollte«, lautet sein Fazit.

»Ich habe Zazu nicht umgebracht«, stelle ich richtig und verschränke die Arme vor der Brust. »Das waren …«

»Doch, hast du«, fällt Drew in Justus' indirekten Vorwurf mit ein. »Du bist die Autorin.«

Das kann ich nicht abstreiten. »Zazu musste sterben.«

Zugegebenermaßen hatte ich das von Anfang an so geplant und die Katze ursprünglich nur um der Dramatik willen entworfen.

»Du bist grausam«, behauptet Drew, und ich muss einfach lachen, weil er dabei so übermäßig qualvoll das Gesicht verzieht.

»Ich habe während des Schreibens der Szene geweint«, ergänze ich in der Hoffnung, dies würde ihn milder stimmen. Dass sich meine Mundwinkel dabei erneut heben, vermasselt die gewünschte Wirkung blöderweise.

»Jaja«, tut Drew meine Behauptung als Lüge ab. Dabei ist es wahr! »Justus, was sagst du dazu?«

Der seufzt. »Auch wenn ich Zazus Tod nicht gutheißen kann, so war dieser Schachzug doch raffiniert. Eine gute Geschichte ist eine, die erschüttert.«

»Genau meine Rede«, stimme ich Justus zu. »Wie hat es dir denn sonst gefallen?«, frage ich an Drew gewandt.

»Oh, frag besser nicht! Nach dieser krassen Achterbahnfahrt der Gefühle hätte ich mir schon ein richtiges Happy End gewünscht.«

Als sei ihm, erst nachdem die Worte seinen Mund verlassen haben, klar geworden, was er da von sich gegeben hat, schiebt Andrew Carter die Hände in die Taschen seiner zerschlissenen Jeans und fördert eine Zigarettenschachtel zutage. Er steckt sich eine zwischen die Lippen und nuschelt: »Bin gleich wieder da.«

Bevor Justus oder ich etwas erwidern können, ist er im Mitarbeiterbereich verschwunden und zur Hintertür hinaus, welche auf einen kleinen Hof führt.

»Ich musste ehrlich gesagt auch eine Träne verdrücken«, sagt Justus unvermittelt.

Ich wende mich ihm zu und bewundere ihn im Stillen für seinen Mut, sich nicht im Geringsten zu genieren. »Bin ich froh, dass ich nicht die Einzige bin.«

Mit solch einem Geständnis von Justus habe ich wahrlich nicht gerechnet, insbesondere nicht nach Drews Abgang. Zwar hat dieser nichts von Tränen erwähnt, doch für seinen Geschmack hat er sich wohl schon zu emotional präsentiert. Mein Magen beginnt sich zu winden. Was hat ihn auf einmal so aufgewühlt? Dass ihn eine fiktive Geschichte mitgerissen hat, kann nicht der einzige Grund dafür sein.

Es steht außer Frage, dass Drew aus hartem Holz geschnitzt ist, schließt aber natürlich keinesfalls aus, über den Tod einer erfundenen Katze zu weinen oder auf Happy Ends zu stehen. Etwas stimmt nicht.

Es verstreichen mehrere Sekunden, in denen ich mir das Gehirn um Drews seelisches Gleichgewicht zermartere, bis mir einfällt, dass Justus Feierabend hat. Er steht immer noch wie bestellt und nicht abgeholt in der Buchhandlung – zum Aufbruch bereit.

»Das mit dem Sessel ist wirklich okay!«, entsinne ich mich dunkel unseres Gesprächs, bevor wir unterbrochen wurden. »Ich kann Drew fragen, ob er sich darum kümmert.«

Statt zu gehen, nickt Justus jedoch in die Richtung, in die eben jener verschwunden ist. »Sieh ruhig nach ihm. Ich halte hier die Stellung.« Wie immer äußerst zuvorkommend. Doch …

»Du hast Schluss«, setze ich zu protestieren an.

Er hält ein Taschenbuch hoch und schlägt es auf. »Ich habe was zu lesen dabei.«

»Ja schon, aber …«

»Erkennst du es nicht?«

Ich gucke noch mal genauer hin, überfliege den Anfang der aufgeschlagenen Seite. Das ist … *Wild Love*? Ja. Ahhh! Er ist genau an der Stelle, an der Anton und Serafina gleich übereinander herfallen werden. Wie unangenehm. Justus wirkt jedoch keinesfalls peinlich berührt, in der Fortsetzung meines Romandebüts zu schmökern. Ich dagegen schon, kenne ich doch den wenig jugendfreien Inhalt zu genau. Ich erröte bis zum Haaransatz.

Justus stellt seine Tasche ab und nimmt wieder hinter der Ladentheke Platz. »Sieh ruhig nach Drew.«

Ein weiteres Mal lasse ich mir das nicht sagen. Wenn ich dadurch nicht miterleben muss, wie einer meiner Freunde eine von mir geschriebene Sexszene liest, sollte ich mich schleunigst in den Hinterhof aufmachen. Geschmäcker schön und gut, aber das …

Drew sitzt neben den Mülltonnen mit dem Rücken an der Ziegelsteinwand und bläst Rauchwolken in den gräulichen Himmel.

»Hey«, mache ich mich bemerkbar und deute auf ihn. »Ist das nicht viel zu kalt?«

Zu spät fällt mir auf, dass ich meine Jacke drinnen vergessen habe. Bibbernd wünschte ich, ich hätte mich heute Morgen gegen das altrosa Kleid entschieden und darunter mehr als nur das weiße Leinenoberteil und die Feinstrumpfhose an.

Keine Antwort.

»Wolltest du nicht wieder reinkommen?«, unternehme ich einen zweiten Anlauf.

»Gleich«, gibt Drew kurz angebunden zurück. Er würdigt mich keines Blickes (autsch!), sondern fixiert das Graffiti an der gegenüberliegenden Fassade: ein menschliches Herz, wie es aus einem Biologiebuch stammen könnte. Die Details sind erstaunlich.

Na schön. Das ist kein Grund, seine Griesgrämigkeit persönlich zu nehmen oder mich davon anstecken zu lassen. Letzteres fällt mir wie gewohnt nicht so leicht.

»Ich wusste gar nicht, dass du rauchst«, versuche ich, das Gespräch wieder aufzunehmen.

»Es gibt einiges, das du nicht über mich weißt.«

Ich schnaube. »Es wäre interessant zu erfahren, wie viele männliche Protagonisten aus Buch und Film du damit unwissentlich zitiert hast. Wenn du mich loswerden willst, solltest du etwas anderes versuchen.

Der Spruch führt normalerweise dazu, dass sich die Protagonistin erst recht reinhängt, das Geheimnis des Love Interest zu lüften.«

Moment. Habe ich ihn gerade als Love Interest bezeichnet? Oh, mein Gott, hoffentlich hat er es nicht mitbekommen!

Drew schneidet eine Grimasse. »Ach, echt? Ich fand ihn gar nicht schlecht.« Die Falte auf seiner Stirn vertieft sich, bevor er wieder an der Zigarette zieht. »Ist ein dämliches Laster in Stresssituationen. Würde Tristan mich nicht so unter Druck setzen …«

Er hat es nicht gemerkt. *Puh*. Doch die Sache mit Tristan lässt mich aufhorchen. »Was will er denn von dir?«

Von da, wo ich stehe, sind die Schatten unter Drews Augen unverkennbar. Als er sie schließt und nichts weiter geschieht, frage ich mich, ob er eingenickt sein könnte. Doch auf einmal schaut er zu mir und sieht dabei so verloren aus, dass ich ihn am liebsten in den Arm genommen hätte. »Er hätte lieber, ich wäre mehr wie er.«

»Mir musst du nichts beweisen«, betone ich behutsam. »Du solltest niemandem etwas beweisen müssen. Du bist doch gut, so wie du bist.«

Schweigen. Dann: »Schön wär's.«

Ich werde den Gedanken nicht los, etwas Wichtiges verpasst zu haben. Das möchte ich nicht auf sich beruhen lassen. Ich bezweifle jedoch, dass ich heute noch etwas aus Drew herausgekitzelt kriege. Ein andermal vielleicht. Wieso sollte ich zur Abwechslung nicht etwas für ihn tun können? Ich strecke ihm eine Hand entgegen. »Ich weiß, dass du allein zurechtkommst. Aber kommst du trotzdem mit rein? Justus baut auf deinen Beistand mit den Sesselbezügen. Genau wie ich.«

Nach merklichem Zögern schlägt Drew ein und erlaubt es, dass ich ihm hochhelfe. Das werte ich als einen Punkt für mich.

KAPITEL 18

DREW

Nackte Panik.

Ich kann das nicht.

Ich habe jede Kontrolle über das Motorrad verloren.

Unabwendbar schlingere ich auf den Abgrund zu.

Bitte, es muss mich jemand erlösen.

Ich stürze über die Klippe, schnappe nach Luft.

Falle.

Doch das Schlimme, das wirklich Schlimme, kommt erst danach.

Jeden Morgen wache ich umgeben von Dunkelheit auf und stelle fest, dass mein Leben der Albtraum ist und nicht etwas, das mich im Schlaf heimsucht. Der Albtraum ist real, und er endet nicht, und ich kann absolut nichts dagegen unternehmen. Ich bin beinahe unten angekommen. Auch jetzt liege ich keuchend und schweißgebadet auf meiner Matratze und sehe zu, wie die Minuten bis zum Weckerklingeln verstreichen. Als es so weit ist, möchte ich schreien. Stattdessen reiße ich mich zusammen und schalte den Handyalarm aus.

Nicht denken. Einfach machen!

Mit bebenden Fingern kämme ich mir durch die Haare und schlüpfe mechanisch in ein sauberes T-Shirt und meinen Overall, den ich gestern extra nach der Werkstatt mit nach Hause genommen habe, um die Ölflecken zu beseitigen. Zumindest meine Klamotten sind makellos. Meine Zeit im Bad halte ich aus Angst vor meinem eigenen Spiegelbild so kurz wie möglich und vermeide es selbst beim Zähneputzen, mir in die Augen zu sehen. Heute Mittag fahre ich mit Lia und Justus zusammen nach Greenwich, um einen Weihnachtsbaum für die Buchhandlung zu besorgen. Doch vorher steht etwas anderes an, denn zuerst geht es für mich nach Holland Park, im Royal Borough of Kensington and Chelsea, wo ich für Tristan auf Erkundungstour gehen soll. Kundenkontakt werde ich dabei sowieso keinen haben. Es sollte mir eher gelegen kommen, die Leute auf Abstand zu halten, denn ich darf auf keinen Fall Misstrauen erregen. Es soll schließlich niemand merken, dass ich einen Autodiebstahl vorbereite.

Falls er mit meiner Arbeit nicht zufrieden ist, soll Tristan sich gefälligst einen anderen Trottel suchen, der auscheckt, ob wir die gefragten Modelle in Holland Park finden. Wenn das denn so einfach wäre.

»Aufwachen, Schlafmütze«, necke ich Nico, der mich einfach ignoriert und so tut, als hätte er den Wecker nicht gehört. »Na los!«

Ich schalte die Stehlampe neben dem Schreibtisch ein und kneife geblendet die Augen zusammen. Lia hätte mir meine Anspannung sicherlich angemerkt, auch wenn sie nie erraten würde, was ich vorhabe. Sie mag eine gute Menschenkenntnis besitzen und doch hat sie sich die Fähigkeit bewahrt, ein bisschen naiv durchs Leben zu gehen und erst mal immer das Gute zu sehen. Was natürlich auch Vorteile hat. Mich fasziniert zum Beispiel, dass sie sich im Laden selbst von schwierigen Kunden nicht unterbuttern lässt. Ich hätte ja spätestens zu viel gekriegt, als neulich so ein Typ ankam und meinte, er suche »diesen Roman, der als Drittes in dieser einen Literatursendung besprochen wurde. Sie wissen schon«. Nur hatte der Mann weder von dem Titel noch dem Datum der Sendung eine Ahnung. Nicht mal Google könnte so eine Frage beantworten, aber Lia ist ruhig und verständnisvoll für seine Ungeduld geblieben. Ich hoffe für sie, dass die Einnahmen reichen. So sehr. Wenn ich könnte, würde ich weit mehr als ein paar Comics beisteuern.

Nico dreht mir demonstrativ den Rücken zu.

Womöglich werde ich einfach krank. Bei der Jahreszeit kann man sich schon mal beschissen fühlen. Die erste Erkältung diesen Winter, yeah! Eine andere Erklärung kommt gar nicht infrage. Jedenfalls, wenn man Tristan fragt. Unwohlsein, Nervosität? Bloß weg mit diesen lästigen Gefühlen.

Auch wenn es schon halb acht ist, gönne ich meinem kleinen Bruder in meiner Großzügigkeit ein paar weitere Minuten Schlaf und beobachte ihn. Er wirkt so friedlich und so still wie immer. Manchmal frage ich mich, wie Nicos Stimme heute wohl klingen würde. Schließlich duldet das Aufstehen keinen weiteren Aufschub.

»Du hast es nicht anders gewollt.« Das ist meine letzte Warnung, bevor der Ringkampf um die Decke entbrennt. Ich gehe als Sieger aus der Rangelei hervor, doch meine Laune hebt sich dadurch nur minimal. Geschlagen zieht Nico sich ins Badezimmer zurück, während ich in der Küche ein schnelles Frühstück aus Müsli und Knäckebrot vorbereite. Schweigend mampfen wir vor uns hin. Anschließend schlüpfen wir in Jacken und Schuhe. Nico schultert seinen Schulranzen und so wie jeden Morgen brechen wir auf. Nur ist dies kein Morgen wie jeder Morgen. Nicht für mich. Wir fahren mit dem Motorrad, wodurch wir im Gegensatz zur Fahrt mit dem Bus etwas Zeit einsparen. Trotzdem gebe ich Gas, damit Nico nicht kurz vor knapp in seiner Klasse aufschlägt.

»Viel Erfolg bei deinem Mathetest«, entlasse ich ihn vor der Schule, wobei ich die anderen Schülerinnen und Schüler in ihren Uniformen automatisch von oben bis unten mustere. Wer von ihnen hat es auf Nico abgesehen? Er nickt etwas abwesend zum Abschied, als wäre er in Gedanken bereits dabei, irgendwelche mathematischen Formeln anzuwenden. Selbst wenn Shannon es mir gestern, als wir uns zufällig im Supermarkt begegneten, nicht bestätigt hätte, wäre ich davon ausgegangen, dass er sich top vorbereitet hat.

Ich warte noch, bis Nico im Gebäude verschwunden ist. Immerhin hat er vor dem Unterricht noch nichts abgekriegt. Abgesehen davon ist mir klar, dass mein Eingreifen ihm auf Dauer auch nichts bringen, sondern die anderen Schüler eher noch mehr anstacheln würde. Er fehlt mir. Obwohl wir uns nach wie vor jeden Tag sehen, machen sich die Stunden, die er mit Shannon verbringt, bemerkbar. In der letzten Zeit hat sie ihn sogar öfter abgeholt als ich, um mir neben meinen zwei Jobs mehr Zeit für Lia und die Buchhandlung freizuräumen. Für meinen »Auftrag«, wegen dem Tristan mir 24/7 im Nacken sitzt.

Ich stelle das Motorrad in der Nähe der Schule ab, da man es nicht mit mir in Verbindung bringen soll, und hole die kleine Werkzeugkiste aus dem Fach unterhalb des Beifahrersitzes, die ich bereits gestern dort verstaut habe. Dann mache ich mich auf zur Stoke Newington Overground Station. Auf dem Stück dorthin rufe ich bei meiner Arbeit an und entschuldige mich mit einer fetten Erkältung, die mich so lahmgelegt hätte, dass ich selbst den Wecker überhört habe. Von der Stoke Newington Overground Station fahre ich zur Liverpool Street, wo ich die Central Line bis zur Notting Hill Gate Underground Station nehme. Den Rest laufe ich. Es ist ausnahmsweise herrliches Wetter. Eiskalt, aber mit blauem Himmel und Sonnenschein. Ich habe es zudem nicht eilig, weil ich schließlich sowieso nicht zu meiner Schicht erscheinen werde. Aktuell ist das Bauunternehmen tagein tagaus damit beschäftigt, einen weiteren Sozialbaukomplex im Süden hochzuziehen, direkt neben den von der South Eastern Railway befahrenen Gleisen, zwischen Gravesend und Victoria auf der Höhe von Peckham Rye. Nicht mehr lang, und der Zug wird sich durch eine Hochhausschlucht schlängeln.

Ein ziemlicher Gegensatz zu der gehobenen Gegend der Holland Park Avenue, die ich jetzt entlanglaufe. Todschicke Einkaufsmöglichkeiten und hochgepriesene Restaurants säumen die Allee. Gleich vor mir hat sich eine kleine Menschentraube versammelt. Worauf warten die Leute? Ich zähle eins und eins zusammen, als ich den Kameramann auf der anderen Straßenseite erspähe. Da wird irgendetwas gedreht und das Team hat wohl Schwierigkeiten, vorbeilaufende Menschen aus dem Bild herauszuhalten. Deswegen ist mein Weg erst mal versperrt. Ich habe keine Lust, in der Kälte zu warten, sondern verstehe das als Wink des Schicksals, um bei Daunt Books reinzugehen. Wenn ich schon mal hier bin und den Laden gerade sehe …

Irgendwie brauche ich das gerade, um mir zu beweisen, dass ich noch so etwas wie einen freien Willen besitze. Wie untypisch dieses Verhalten dennoch für mich ist, wird mir erst klar, als ich im Eingangsbereich der Buchhandlung stehe und nicht recht weiß, was ich mit mir anfangen soll. Ein Kaffee im Starbucks nebenan? Why not? Was will ich dagegen in einem Buchladen? Das *A New Chapter* einmal ausgenommen. Das ist etwas anderes. Erstaunlicherweise ist es für mich zum einzigen Ort geworden, an dem ich ein bisschen entspannen und chillen kann. Vermutlich weil der Laden so gar keinen Bezug zu meiner alltäglichen Welt hat.

Bei Daunt Books herrscht geschäftiger Betrieb, wobei der im *ANC* schon auch etwas zugenommen hat. Hier hat man jedoch deutlich mehr Platz und es ist viel moderner eingerichtet. Nichtsdestotrotz oder gerade deshalb scheint mir diese Buchhandlung nicht weniger ein Paradies für Bücherwürmer wie Lia zu sein. Ansonsten wären kaum so viele Menschen hier! Unzählige Regale bedecken die Wände und unterteilen den Raum mit Auslagetischen, auf denen Bestseller oder reduzierte Exemplare angeboten werden. Und es wurde natürlich längst weihnachtlich geschmückt. Tannengrün blitzt hier und dort auf, ebenso funkelnde Christbaumkugeln und Lichterketten. So ein Auslagetisch wäre doch auch etwas fürs *A New Chapter*. Wenn er denn reinpasst.

»Kann ich dir helfen?«

Ich fahre zu der jungen Buchhändlerin herum.

»Nein, danke«, antworte ich schnell und bewege mich vom Eingangsbereich weg, den ich immer noch nicht verlassen habe. Mir stechen die Plakate an den Säulen ins Auge. Sie werben für so was wie literarische Events – nehme ich an. Ich habe zwar noch nie etwas von Poetry Slams gehört, aber Lia kann damit bestimmt etwas anfangen.

Unter einem Schreibworkshop und Lesungen kann dagegen auch ich mir etwas vorstellen. Gleich daneben stoße ich auf die Flyer von mehreren Leseclubs, die alle zwei Wochen in irgendwelchen Pubs stattfinden. Die Überlegung, einen in Lias Worten »Lesezirkel« zu veranstalten, kam ihr nach Justus' und meiner Unterhaltung über *True Love*. Eine Gruppe von Menschen liest parallel dasselbe Buch und trifft sich dann, um es zu besprechen. Na ja, wer's mag. Bevor die Planung eines solchen Events weiter fortschreitet, könnte man ja vielleicht schauen, wie es andere machen. Ich schieße ein Foto von der Säule.

Bald können wir außerdem damit beginnen, ebenfalls solche Flyer zu verteilen. Es fehlt nur noch die Genehmigung. Abgesehen von Mund-zu-Mund-Propaganda beschränkt sich unser Marketing bisher auf Social Media und bezahlte Anzeigen im Internet. Von den Magazinen und Kultur-Zeitschriften, die Tracey für einen Artikel kontaktiert hat, kam noch keine Rückmeldung.

Ich vertrödele eine nicht unbeträchtliche Zeit bei Daunt Books, bevor ich den Laden wieder verlasse. Gelangweilt habe ich mich zu meinem eigenen Erstaunen nicht und ich hatte sogar das ein oder andere Buch in der Hand. Leider muss ich mich jetzt wieder auf den eigentlichen Grund konzentrieren, aus dem es mich hierher verschlagen hat.

»Fahr zur Hölle, Tristan«, murmele ich vor mich hin, als ich auf die Straße trete. Diesmal ist der Weg frei, die Szene der Filmcrew scheint im Kasten zu sein. Die nächsten anderthalb Stunden durchstreife ich das edle Pflaster des Viertels rund um den Park und sondiere die Lage. Luxuriöse weiße Häuser, wohin man auch sieht. Hätten diese nicht schon alles über ihre Bewohner verraten, so täten es spätestens die teuren Schlitten am Straßenrand. Meine Zielobjekte. Jede Straße ähnelt einer Kopie der vorherigen. Da kann man sich schon mal verlaufen. Ich versuche, mir die Modelle und die Positionen der Videoüberwachungs-Anlagen so genau wie möglich einzuprägen, während ich vorgebe, auf dem Weg zu einem Kunden zu sein. Deswegen der Overall und der Werkzeugkasten. In Gedanken hake ich ab, welche der Wagen wir gebrauchen können. Tristan hat mich gezwungen, die Bedarfslisten, die er von »oben« erhalten hat, auswendig zu lernen.

Im Vorbeigehen grüßt mich ein Anwohner. Ich lächele und erwidere den Gruß, während ich in Gedanken ständig wiederhole: *Nein, nein, ich klaue keine Autos, auf die Idee würde ich nie kommen, ich bin auf dem Weg zu einem Kunden* … Einer reichen Hausfrau vielleicht, deren Spüle leckt und die dankbar ein ordentliches Trinkgeld springen lässt. Je detaillierter ich mir die Situation ausmale, desto leichter fällt es mir, selbst daran zu glauben.

Obwohl nichts Nennenswertes geschieht und alles glattläuft, fühle ich mich wie gerädert, nachdem ich das gesamte Viertel abgelaufen bin. Die Konzentration, die es braucht, um im Kopf die gewünschten Autos mit den vorhandenen abzugleichen. Die Angst, gerechtfertigten Verdacht zu erregen und es abstreiten zu müssen. Die fiesen Gewissensbisse. Das alles macht mich fix und fertig.

Dennoch: Ich habe es geschafft! Auch wenn sich alles in mir dagegen gesträubt hat. Ich habe Tristan nicht schon wieder enttäuscht, und jetzt wartet der schöne Teil des Tages auf mich. Erst die Arbeit, dann das Vergnügen. So macht man das doch, nicht wahr?

Für den Rückweg nehme ich in der Orangerie im Holland Park eine Handvoll weihnachtlicher Scones mit Cranberries mit. Ein geringer Trost, obwohl Justus und Lia sich bestimmt darüber freuen werden. Als Treffpunkt haben wir die Docklands Light Railway Station Bank ausgemacht, die direkt im Herzen der Stadt liegt und von wo wir gemeinsam weiter nach Greenwich fahren wollen. Als ich dort um die Mittagszeit ankomme, ist es so voll, dass ich Lia und Justus erst gar nicht finde. Ich suche die Bürgersteige vor den noblen Bank- und Verwaltungsgebäuden ab. Wenn man mich fragt, sind das nichts weiter als prahlerische Monstrositäten, die Macht ausstrahlen wollen. Alleine vor dem Mansion House zwischen den antiken Säulen zähle ich drei Weihnachtsbäume.

Wo seid ihr? Ich schicke die Nachricht ab und werde bei der Überquerung der Straße prompt von einem schwarzen Taxi angehupt. Lia hat mir vor zehn Minuten geschrieben, sie und Justus seien da. Es ist zwecklos, sie in dem Trubel hier anzurufen. Ich würde kein Wort verstehen, und sie das Klingeln ihres Handys wahrscheinlich nicht mal hören.

Unter der Reiterstatue auf dem Platz.

Ich laufe in die Richtung, und als eine Gruppe Weihnachtsmänner vorübergezogen ist, entdecke ich die zwei schließlich.

»Hi!« Ich begrüße Justus mit einem Handschlag und Lia mit einer lockeren Umarmung, versichere mich gleich bei ihr: »Und du bist sicher, dass sich der Schrecken hier lohnt?« Mit einer Handbewegung umfasse ich die zahlreichen Menschen, die unser Vorhaben weniger angenehm machen werden. Nicht, um ihr die Laune zu verderben, sondern weil ich mich um sie sorge. Das wird mir selbst erst bewusst, als die Worte meinen Mund verlassen. »Wir könnten auch einfach zu einem Tannenbaumverkauf um die Eck-«

Lia fährt mir dazwischen, sobald sie erkennt, worauf ich hinauswill. »Ich fürchte, da müssen wir durch. An der Grenze zwischen Greenwich und Blackheath gibt es nun mal die besten Tannen in ganz London! Wenn schon, denn schon.«

Eigentlich sind wir schon fast zu spät dran, um einen Baum im *A New Chapter* aufzustellen. Der halbe November ist schon um! Leider haben Lia, Justus und ich es nicht geschafft, unsere Kalender früher aufeinander abzustimmen.

»Die nächste Bahn kommt in sieben Minuten«, merkt Justus an, wie um Lia zu unterstützen, und hält die goldene Taschenuhr hoch, die er aus seinem Anorak hervorgezaubert hat. Natürlich hat er so ein Ding dabei. Er blickt mich abwartend an.

»Na schön. Gehen wir«, gebe ich mich geschlagen und folge den beiden in die Station und durch die Ticketkontrolle zum Bahnsteig. Auf der Fahrt von Holland Park hierher habe ich mich Gott sei Dank so weit von meiner vormittäglichen Aktion erholt, dass Lia mir hoffentlich nichts anmerken wird. Wenn man es genau nimmt, täusche ich sie unentwegt. Meine Schauspielkünste scheinen besser zu sein, als ich dachte. Wie wir so zu dritt nebeneinanderher durch die Tunnel der U-Bahn-Station schlendern, kommt mir noch ein anderer Gedanke: Abgesehen davon, dass ich mittlerweile alle Stellen, an denen der Stick in der Buchhandlung abgeblieben sein könnte, gibt es nichts mehr, was ich tun kann. Außer bei Lia – ohne ihr Wissen – zu Hause einzusteigen. Das kriege ich allerdings nicht gebacken, weil es quasi die höchste Stufe von Vertrauensmissbrauch wäre. Also verhalte ich mich weiterhin ruhig und warte, ob der Stick nicht von allein wiederauftaucht oder auf einen passenden Moment, um doch mal so was in der Richtung zur Sprache zu bringen. Frei nach dem Motto, dass mittlerweile schon etwas Gras über die Sache gewachsen sein wird. Und bis dahin mache ich Tristan weis, alles im Griff zu haben. Wäre Lia zur Polizei gegangen, hätten wir eh längst davon erfahren.

Als wir das Gleis erreichen, wandert meine Hand wie automatisch zu meiner Hosentasche und ertastet die Zigarettenschachtel. Bis es mir wieder einfällt: Rauchverbot! Fuck!

Ich muss damit aufhören, mir über das Stick-Dilemma den Kopf zu zerbrechen und völlig abwesend zu sein. Jetzt gerade kann ich nichts daran ändern. Ich werde den Teufel tun und mir die Zeit mit Lia kaputtmachen lassen. Die gehört mir, wenn schon sonst nichts. In der Bahn schiebt uns die Menge an Menschen, die sich in das Abteil gequetscht hat, aufeinander zu. Mir wird flau im Magen, als ich Lias Nähe spüre, und leicht im Kopf, und mein Herz pumpt so schnell, dass ich genauso gut in eine Verfolgungsjagd verwickelt sein könnte. Ich habe keine Lust, mich gegen das Offensichtliche zu stemmen, denn ich scheine mich nun einmal zu ihr hingezogen zu fühlen. *Du kannst mich mal, Tris!*

»Du darfst dich ruhig an mir festhalten«, biete ich Lia an, als sie beim nächsten Halt gegen mich stolpert. Bei ihrer Position und Körpergröße ist es unmöglich, eine Haltestange oder Schlaufe zu erreichen.

Sie beißt sich auf die Unterlippe, und es durchläuft mich heiß und kalt. »Das hättest du wohl gerne.«

Ich kontere mit einem frechen Grinsen. »Ja.«

Sie bleibt standhaft.

Ich nehme die Herausforderung an. »Na gut, die Fahrt dauert ja nur noch mehr als fünfzehn Minuten.«

Als auch an der nächsten Station kaum jemand aussteigt, macht

Lia Anstalten, ihre Hände auf meinen Armen zu platzieren. Dabei stellt sie sich jedoch so unbeholfen an, dass ich den Werkzeugkoffer kurzerhand auf den Boden zwischen meinen Füßen abstelle und einen Arm um sie schlinge. Ist ja nicht mit anzusehen! Mit meiner freien Hand halte ich mich an der Deckenschlaufe fest. Wir stehen einander jetzt direkt gegenüber.

»Besser?«

»Kein Kommentar«, stichelt sie zurück.

Ich möchte nichts beschwören, aber zwei Stopps später legt sie auch einen Arm um mich und kurz vor Island Gardens bin ich der Überzeugung, dass sie sich sogar an mich schmiegt. Nicht nur aus Versehen. Lias Kokosshampoo-Duft umnebelt mich und macht mich high.

Wieder einmal ist es an Justus, uns zu erden. Er räuspert sich vielsagend. »Äh, Leute? An der nächsten Haltestelle müssen wir aussteigen!«

Lia ist es wohl wie mir ergangen und sie hat die Bahnansage auch nicht gehört. Sie läuft puterrot an und löst sich von mir. Gleich darauf ist sie jedoch damit beschäftigt, uns nach draußen zu delegieren, denn weder Justus, der in einem winzigen Appartement in Stratford lebt, noch ich kennen uns großartig in diesem Stadtteil aus. Sie legt sich richtig ins Zeug, uns viele Dinge zu zeigen und plappert wie eine Fremdenführerin vor sich hin, als mache das die Situation in der Bahn ungeschehen. Ich hätte Lia vermutlich nicht an mich ziehen dürfen, sondern mich damit zufriedengeben müssen, ihr überhaupt so nahe gekommen zu sein. *Selbstbeherrschung, Mann!*

Nachdem wir die University of Greenwich hinter uns gelassen und eine Abkürzung über das Gelände des National Maritime Museums genommen haben, erklimmen wir den Hügel im Greenwich Park, auf dessen Kuppe das Royal Observatory aufragt. Ich teile meinen Einfall mit Lia und Justus, sich mal in einen fremden Leseclub einzuladen. Überraschenderweise sind sie von meiner Idee begeistert und wir wählen gleich einen aus, der diesen Freitag in einem Pub in Islington stattfindet. Da Justus Besuch von seiner Cousine bekommt, und Lia – wie mir nicht entgeht – bei der Vorstellung, alleine hinzugehen, beinahe in Ohnmacht fällt, biete ich an, sie zu begleiten. Inzwischen haben wir die Sternwarte erreicht, und von nun an geht es gemächlich bergab.

»Du hast an einem Freitagabend sicher Besseres zu tun.« Lia blickt auf ihre Schuhspitzen.

Einen Augenblick ziehe ich es in Erwägung, sie anzulügen. Andererseits habe ich genug davon, ihr ständig etwas vorzumachen. »Nicht ich und nicht das, was du denkst. Ich weiß nicht, ob meine Nachbarin schon verplant ist, weil jemand auf Nico aufpassen muss. Er ist … sehr besonders. Ich lasse ihn ungern länger allein, und er kann auch nicht gut alleine sein.« Nicht, seit er mit Mom alleine war, als sie …

Sowohl Lia als auch Justus nicken verständnisvoll. Plötzlich habe ich ein schlechtes Gewissen, weil ich beide zu Beginn unseres Kennenlernens als komisch und uncool abgestempelt habe. Dabei möchte ich genauso wenig, dass man Nico so sieht. Und wieso sollte mir das Eingeständnis, dass Nico nun mal Gesellschaft braucht, peinlich sein? Er ist stark.

Da ich mich für meine Gedanken nicht entschuldigen kann, ohne sie zu offenbaren, gebe ich noch etwas mehr aus meinem Leben preis: »Und Tristan muss arbeiten. Er hat Nachtschicht in der Galerie. Aber wenn ich es einrichten kann, bin ich auf alle Fälle dabei«, schiebe ich noch hinterher, um Lia nicht von vornherein abzusagen.

Kurz darauf kommt auch schon der Weihnachtsbaumverkauf in Sicht. Ein abgezäunter Bereich, übersät mit Tannen. Wir haben den Rand vom Greenwich Park erreicht, und dahinter öffnet sich das Grünland Blackheaths, wie Lia uns erklärt. Den Eingang des Verkaufs bildet ein hölzerner Überstand, unter dem die Bäume verpackt und bezahlt werden. Sämtliche Mitarbeiter tragen Rentiergeweihe aus Stoff auf dem Kopf.

»Ist das nicht cool?«, unternehme ich einen halbherzigen Versuch, Lia doch noch von einer Verkleidung für uns im *A New Chapter* zu überzeugen, doch sie seufzt nur.

»Nein, auch keine Rentiergeweihe. Und jetzt Konzentration, wenn ich bitten darf. Es gilt, den perfekten Baum zu finden!«

Im Folgenden widmen wir uns also ganz der Wahl eines Tannenbaums. Das Angebot sieht wirklich ordentlich aus. Der Geruch nach Harz, Holz, Nadeln und Wald hängt in der Luft. Ich kann mich schon gar nicht mehr daran erinnern, wann ich den letzten richtigen Weihnachtsbaum gekauft habe. Das künstliche, uralte Ding in unserem Keller zählt nicht. Allgemein würde ich mich niemals als Weihnachtsfanatiker bezeichnen. Bis auf die Geschenke für meine Brüder, Shannon und letztes Jahr auch Seb habe ich das Fest seit dem Tod unserer Eltern im Grunde überhaupt nicht mehr gefeiert. Schon bei den ersten Anzeichen von geheuchelter Nächstenliebe kriege ich eigentlich das Kotzen. Weihnachten – das Zelebrieren von Frieden und Harmonie in einer Welt, die alles andere als friedlich und harmonisch ist. Was für eine gequirlte Scheiße. Nope, nicht mit mir. Was also habe ich ausgerechnet hier verloren?

Aus den Lautsprechern, die ringsum aufgestellt sind, dringt *You Make It Feel Like Christmas* von Gwen Stefanie und Blake Shelton. Als Lia mich belustigt anfunkelt, fällt mir auf, dass ich mich im Takt dazu wiege. Wäre das nicht ein gängiger Weihnachtssong, könnte man fast meinen, das Schicksal wolle mir etwas mitteilen.

Nach mehrmaligem Hin und Her fällt Lia die endgültige Entscheidung und sucht ein ordentliches Exemplar aus, das sowohl hochgewachsen als auch nach unten hin ausladend ist. Wir lassen einen Verkäufer kommen, und Justus und ich warten, bis der Baum eingetütet ist. Der Typ nennt uns die genaue Bezeichnung der Tanne, die ich gleich wieder vergesse, und betont, was für eine großartige Wahl wir getroffen haben. Lia bezahlt unterdessen an einem Tisch mit roter Picknickdecke, auf dem eine große Geldkassette steht. Als sie ihr Portemonnaie verstaut hat und sich wieder zu uns dreht, weicht plötzlich die Farbe aus ihrem Gesicht. Bevor ich die Gelegenheit habe, zu fragen, was sie hat, erhebt sich die kühle Stimme einer Frau in meinem Rücken.

»Lianne, was für ein Zufall, dich hier zu treffen!«

KAPITEL 19

DREW

Ich schaue über die Schulter und finde mich einer älteren Version von Lia gegenüber, in Trenchcoat und High Heels und in Begleitung eines bestimmt zwei Meter großen, breit gebauten Mannes, der einen Stockschirm unter dem Arm und eine Damenhandtasche in der Hand trägt.

»Mom«, purzelt lediglich ein einziges Wort aus Lias Mund. Ein Wort, das im Nu alles erklärt.

»Was tust du denn hier?« Lias Mutter blickt sich in übertriebener Ratlosigkeit um, als sei dies der letzte Ort, an dem sie ihre Tochter erwartet hätte.

Ich kann Lias rasende Gedanken förmlich hören, so laut sind sie.

»Ich, äh, kaufe einen Weihnachtsbaum.«

»Wie schön!«, lobt sie der Mann, als sei sie sechs und habe gerade ihr erstes fehlerfreies Diktat geschrieben. Wahrscheinlich handelt es sich bei ihm um den Freund ihrer Mutter. Wobei er eher wie ihr Schoßhündchen wirkt, Größe hin oder her. »Für die WG?«

Die darauf entstehende Pause ist so geladen, dass ich mir einbilde, ein Knistern in der Luft wahrzunehmen. Justus und ich tauschen einen Blick.

Lia reckt das Kinn. »Nein, für die Buchhandlung.«

Ihre Mom hebt eine Braue. »Entschuldige, ich muss mich verhört haben.«

»Du hast dich nicht verhört.«

»Carla.« Ihr Freund senkt beschwichtigend die Stimme, als sähe er die unschöne Szene bereits vor sich. Er muss schon diverse ähnliche Auseinandersetzungen zwischen Mutter und Tochter miterlebt haben. Rechtzeitig einzugreifen scheint sein Fazit aus diesen Erlebnissen zu sein – oder sich schnellstmöglich zu verziehen, denn ich erahne den Fluchtinstinkt in seinen Augen.

Es ist Carla (ehemals?) Jones nicht anzumerken, ob sie seine Mahnung gehört hat oder nicht. Sie ist gänzlich auf Lia konzentriert. »Wie gedenkst du denn, den Baum bis nach Shoreditch zu transportieren?«

»Mit der Tube?«, schlägt Lia keck vor.

In Mrs Jones' Augen blitzt es auf. »War das eine Frage?«

»Rein rhetorisch.«

Eins muss man Lia lassen, sie weiß sich zu wehren. Insgeheim feuere ich sie an.

Es entsteht eine kurze Pause.

»Allein?«

Lia richtet sich nun zu ihrer vollen Größe auf. »Selbstverständlich nicht.«

Da ich zu gebannt von der Unterhaltung gewesen bin, ist Justus in die Bresche gesprungen und hat unseren Baum bereits entgegengenommen. Ich bin verwirrt darüber, wie abwegig es für Lias Mutter zu sein scheint, dass ihre Tochter Freunde haben könnte. Das hängt sie zwar weder an die große Glocke noch sagt sie es ihr ins Gesicht, aber offensichtlich ist sie zweifelsfrei davon ausgegangen, dass Lia allein unterwegs ist. Da wäre es tatsächlich schwierig, einen Baum von dieser Größe in die Buchhandlung zu bringen.

»Justus Gão«, durchbricht Justus galant und zuvorkommend die erneute Stille, indem er neben Lia tritt und sich ihrer Mutter und deren Freund mit seinem BBC-Akzent vorstellt.

Ich halte mich weiter im Hintergrund.

»Benedetti« – aha! – und »Walsh« kommt es genauso höflich zurück. Erwähnte ich, dass ich nicht der größte Fan von heuchlerischem Gehabe bin?

»Sie sind ein Freund von Lia?«, springt Mr Walsh etwas zu enthusiastisch auf den Themenwechsel an.

»Ein Kommilitone. Angehender Astrophysiker.«

Und was bin ich?

Der Autodieb aus der Sozialbausiedlung, auf dem besten Weg, Ihre Tochter zu verführen. Guten Tag, Miss Benedetti!

Automatisch drehe ich mich halb um und gebe vor, gar nicht dazuzugehören, sondern auf jemand anderen zu warten. In jedem Fall bin diesmal ich es, der hier irgendwie hervorsticht. Ich in meinem Handwerker-Dress würde Lia wohl nur noch mehr in Bedrängnis bringen. Zum Glück scheint mein Aufzug auch der Grund zu sein, aus dem Miss Benedetti und Mr Walsh mich keines einzigen Blickes würdigen. Vermutlich denken sie, ich würde hier die Tannen fällen.

Als nächstes trumpft Justus mit seinem Botschafter-Vater auf. Wie hat sich das Gespräch so schnell in diese Richtung entwickelt? Ach ja, ich vergaß. Leute in solchen Kreisen tauschen sich immer zu allererst über Herkunft, Bildung, Job und Gehalt aus, weil es darauf für sie ankommt. Wie so eine heilige Vierfaltigkeit.

Ich weiß, Lia, das Wort gibt es nicht.

Auf einmal spüre ich ihren Blick auf mir. *Was ist los?*

Ich schaue zurück. *Bist du okay?*

Sie wendet sich wieder dem Geschehen zu, was ich als Ja werte. Es hätte mir ganz und gar nicht gefallen, wenn sie wegen dieser fürchterlichen Frau eingeknickt wäre. Sähen sie sich nicht so ähnlich und hätte Lia sie nicht zweifelsfrei als ihre Mom bezeichnet, hätte ich nicht geglaubt, dass sie es ist. Denn das, was Miss Benedetti ausstrahlt, könnte sich kaum stärker von Lia unterscheiden, selbst wenn diese sich manchmal verschließt. Nie könnte Lia so kalt sein. Seitdem die Besucherzahlen der Buchhandlung wachsen, ist sie total aufgeblüht. Frühlingsgefühle inklusive. Jedenfalls bei mir.

»Es freut mich, Sie kennengelernt zu haben«, gibt Lias Mutter soeben vor, »und zu sehen, dass meine Tochter sich einfindet.«

Justus bestätigt das. »Die Freude war ganz meinerseits.«

Ich könnte im Strahl kotzen. Welch ein Geplänkel.

»Wir wollen euch dann nicht länger aufhalten«, leitet Mr Walsh die endgültige Verabschiedung ein. Eine langwierige Diskussion wäre damit umschifft und auf einen unbestimmten Tag in der Zukunft verschoben.

»Dito«, bestätigt Lia. »Mom. Mike.«

Die beiden ziehen ihrer Wege.

Lia nimmt mir den Werkzeugkoffer ab, damit Justus und ich den

Baum tragen können. Ihre Fassade kriegt einen Riss. Wut und Frustration machen sich nun bemerkbar, und sie atmet einmal tief durch. »Danke, Justus.«

Dass ich mich nicht bemerkbar gemacht habe, kommentiert sie nicht weiter.

Versteht sich von selbst, meldet sich eine gehässige Stimme in meinem Oberstübchen. *Vergiss nicht, wo dein Platz ist.*

Auch wenn Lia keinen Verbrecher in mir sieht, so bin ich nicht gerade der Vorzeigefreund, wie sie ihn in dieser Situation gebraucht hat, von Traumschwiegersöhnchen gar nicht erst anzufangen.

Zu zweit ist es trotz seiner Größe ein Leichtes, den Tannenbaum zu schultern. In der Tube verursachen wir mit dem Ding jedoch ein Heidenchaos, was Lia immerhin von der Begegnung mit ihrer Mutter ablenkt und auf andere Gedanken bringt. Auf jeden Fall wirkt sie schon weniger bedrückt, nachdem sie sich tausendmal bei umstehenden Passanten entschuldigt und uns beim Manövrieren dirigiert hat. Nachdem wir unsere Beute bis zur Buchhandlung geschleppt und im Tannenbaumständer fixiert haben, belohnen wir uns mit den Scones, die ich aus der Orangerie im Holland Park mitgebracht habe. Eben lasse ich mir schon den zweiten auf der Zunge zergehen, als mein Handy klingelt. Der Name auf dem Display sorgt dafür, dass er mir fast im Hals stecken bleibt. Ich kann nicht nicht drangehen. Bereit, ihn so schnell es geht abzuwimmeln, nehme ich Tristans Anruf im Beisein von Lia und Justus entgegen. Die beiden sind sowieso gerade in ein Gespräch über irgendein Buch vertieft. Oh, Wunder!

»Was gibt's?«

»Wie läuft es, Bro?«

»Ich bin beschäftigt. Was willst du?«, antworte ich knapp.

Ich kann es nicht ausstehen, wenn Tristan einen auf umgänglich macht. Meist ist der Stimmungsumschwung danach umso heftiger. Ich rechne jede Sekunde damit, dass er ausrastet.

»Aber, aber. Ich wollte nur hören, wie es dir geht. Ist das verboten?«, tut er verwundert.

»Alles gut. Wir reden nachher, okay?«

»Hey, hey. Ganz langsam, kleiner Bruder. Was macht Lia?«

Mein Magen verwandelt sich in einen eisigen Klumpen. Ich bin davon ausgegangen, dass Tristan meinen Lageberichten kaum Beachtung geschenkt, geschweige denn Lias Namen überhaupt behalten hat. Meine moralischen Bedenken kümmern ihn auch nie, was für ständigen Zündstoff zwischen uns sorgt.

Plötzlich schleicht sich ein zweiter Tristan in meine Gedanken: *»Glaubst du im Ernst, ich tue das, weil ich so viel Bock darauf habe? Es ist wohl das Mindeste, dass du mir ab und an hilfst, wenn schon Nico zu nichts zu gebrauchen ist.«*

Ich umklammere mein Handy so fest, dass das Gehäuse knirscht. Lias Name aus Tristans Mund klingt in meinen Ohren wie eine Drohung. Ich hätte doch aus dem Raum gehen sollen. Unter größter Anstrengung lockere ich meinen Griff um das Smartphone. »Ihr geht es auch gut«, murre ich unbestimmt.

Ich darf nicht vergessen, dass mein älterer Bruder ein Meister der Manipulation ist, wenn er ausnahmsweise mal keinen Wutanfall hat. In einer Sache hat er recht. Ich lasse mich viel zu leicht weichkochen. Nämlich von ihm. Ich checke ja, dass er seinen Vorgesetzten den Verlust des Sticks nicht ewig verschweigen kann. Stattdessen hat er ihnen eine Notlüge aufgetischt und vorgegeben, dass wir ihn sicher verwahren. Aber Tristan wird seitdem nicht müde, mir immer wieder reinzuwürgen, was ich mir bisher einfach nicht eingestehen wollte: *»Seb war ein Undercover-Cop. Er hat Informationen über den Autoschieberring gesammelt und auf dem Stick rausschleusen wollen. Sieh das endlich ein! Es gibt kein Missverständnis.«*

»Schön, schön«, säuselt er nun am Telefon. »Wann lerne ich die Kleine kennen?«

»Wie kommst du denn *darauf*?«, entfährt es mir so laut, dass Lia und Justus interessiert zu mir herübergucken. Was wird das für eine neue Teufelei? Habe ich irgendwie durchscheinen lassen, dass Lia mir etwas bedeutet? Was immer dahintersteckt, dass Tristan sie kennenlernen will, es kann nichts Gutes sein.

»Möchtest du mir dein Herzblatt nicht mal vorstellen?«

Mit Daumen und Zeigefinger presse ich meine Nasenwurzel zusammen. *Ruhig bleiben!* »Sie ist nicht … nichts dergleichen.«

»Herrgott, Drew, was treibst du dann die ganze Zeit? Leg sie flach und sie wird dir aus der Hand fressen. Oder hast du nicht mal dafür die Eier in der Hose?«

Meine Schultern sacken vor Erleichterung ein Stück herab. Darum ging es! Ich schicke einen kurzen Lobgesang gen Himmel, ehe mein Ärger über Tristan sich wieder bemerkbar macht. Zische: »Bin dabei«, und drücke den roten Hörer. Dieser widerliche …

Mir ist der Appetit vergangen. Ich will nur noch zu Nico und nach Hause. Bleibt nur zu hoffen, dass ich Tristan dort nicht über den Weg laufe, denn nach diesem Gespräch könnte ich für nichts mehr garantieren.

»Mein Bruder«, entschuldige ich mich bei Lia und Justus. »Ich muss leider los. Die restlichen Scones überlasse ich euch. Und viel Spaß beim Tannenbaumschmücken!«

Lia sieht aus, als wollte sie protestieren oder zumindest nachhaken, aber ich gebe ihr keine Möglichkeit dazu und lasse sie einfach stehen. Justus hebt nur kurz die Hand.

Mein Autopilot lenkt mich zu Nicos Schule, wo ich mich auf das Bike schwinge und Shannon Bescheid sage, dass ich Nico aufsammeln werde und sie sich heute nicht kümmern muss. Sie gibt mir die Adresse von einer seiner Mitschülerinnen durch. Ich weiß gar nicht genau, ob es immer noch um dieses Sachunterricht-Projekt geht, aber es ist dasselbe Mädchen, bei dem ich Nico schon mal abgeholt habe. Sollte er vielleicht Freunde gefunden haben?

Nicos Antwort darauf, kaum dass er sich hinter mich auf das Motorrad gesetzt hat, ist nicht leicht zu deuten. Er zuckt bloß mit den Schultern. Auf der Fahrt muss ich mich voll und ganz darauf konzentrieren, uns an einem Stück heimzukutschieren, so unruhig wie meine Gedanken gerade sind. Tristan läuft uns glücklicherweise weder im Treppenhaus noch in der Wohnung über den Weg. Meine aufgestauten Aggressionen lasse ich deswegen beim Schnibbeln der Zucchini aus. Für Nico sind scharfe Gegenstände schwierig, sodass er lieber die Gemüsewürfel in der Pfanne vermischt und erhitzt. Obwohl ich meine Sorgen für mich behalten muss und »wir« (das wäre ja hauptsächlich mein Part) kaum reden, kann ich doch etwas runterfahren.

Nach dem Essen macht mein kleiner Bruder sich an seine Schulaufgaben. Ich wasche ab, schmeiße im Waschkeller eine Maschine an und setze mich dort mit *Wild Love* auf einen Klappstuhl. Leider taucht Shannon nicht zufällig auf, also texte ich ihr erneut. Scheint, als hätte sie sich problemlos eine andere Feierabendbeschäftigung gesucht. Als die Maschine fertig ist, wird das Buch gerade richtig spannend.

Wird Serafina etwa …? Ich verändere meine Position, sodass ich rittlings auf dem Stuhl sitzen und die Ellbogen auf der Rücklehne abstützen kann. Sie tut es wirklich. Serafina öffnet Antons Gürtel und … *Uh la, la, Lia!*

Ein paar Minuten nach Mitternacht lässt Shannon für mich die Strickleiter herunter. Sie war den ganzen Tag unterwegs, und ich sitze auf glühenden Kohlen. Mittlerweile ist mir nämlich klar geworden, dass ich nicht nur mit ihr reden möchte, sondern vor allem mit ihr reden *muss* – über uns. Weil wir so, wie es ist, nicht weitermachen können. Es fühlt sich falsch an, jetzt wo ich mich gar nicht mehr nach ihr, sondern nach einer anderen sehne. Wie in Trance bewege ich mich auf die Balkontür zu. So wollte ich das nicht. Ich hatte viel zu viel Vorlauf, um mir viel zu viele katastrophale Szenarien auszumalen, deswegen fühle ich mich alles andere als bereit.

Wir müssen reden. Es liegt mir auf der Zunge, nur bringe ich keinen Ton hervor, als Shannon mich begrüßt. Und sie versteht mich auch nicht. Im Näherkommen zwinkert sie mir zu, verführerisch und elegant. »Na, hast du mich vermisst?«

Wie soll sie mich auch ohne Worte verstehen? Sie ist nicht Lia.

Das Oversize-Shirt, das Shannon zum Schlafen trägt, ist ihr über die linke Schulter gerutscht. Aus einem Reflex heraus schiebe ich es hoch, sobald sie nah genug ist. Dabei streife ich ihre Haut. Die Berührung verpasst mir einen leichten elektrischen Schlag. Wie ein Mahnmal. Erneut setze ich zu sprechen an, doch sie erkennt wieder nicht, dass ich etwas sagen will – oder tut sie nur so?

Shannons Lippen pressen sich auf meine und versiegeln meinen Mund. Meinen Kopf aber kann sie nicht ausschalten. Ich bin steif wie ein Brett, meine Hände hängen schlaff herab, dabei sollte ich sie auch berühren und mitmachen. Das muss sie doch merken?

»Gott, tut das gut«, keucht Shannon zwischen zwei Küssen.

»Shan–«

Sie legt mir einen Finger auf die Lippen.

»War… Warte.«

»Was?« Da tritt sie abrupt von mir zurück und blinzelt mich an. »Was ist? Ist es wegen deines Auftrags für Tristan?«

Sie betont das auf eine Art, die mir Übelkeit verursacht. Ich darf mich nicht mit ihr streiten. Ich will es auch gar nicht. Ich brauche Shannon, meine Sandkastenfreundin. Als meine *Freundin*, meine beste. Einen Wimpernschlag lang sehe ich uns vor dem Haus, wie wir die Bürgersteige mit Kreide bemalen, Fußball spielen, um die Wette laufen. Hätte es nicht immer so bleiben können?

Wenn ich sie jetzt verliere … Erst Dad, dann Mom, Nico, der sich gänzlich in sich zurückgezogen hat, Tris, der rein gar nichts von mir hält, Seb, von dem ich verraten wurde. Sie alle sind gegangen.

Hilflos gestikuliere ich in der Luft herum und kralle mir die Hände letztlich in die Haare. Vielleicht gibt mir das Halt. »Ich kann nicht, Shannon. Es tut mir leid. Ich kann das nicht mehr.«

Ausgesprochen klingt es noch armseliger als in meinen Gedanken. Gleichzeitig ist es so erleichternd, das losgeworden zu sein. Doch Shannons Miene verdunkelt sich. Logisch, sie ist verletzt. »Ich bin doch nicht blöd. Es geht um dieses Büchermädchen, nicht wahr? Ich habe Tris mit Benjamin Summers darüber reden hören.«

Was? Ausgerechnet mit Benjamin, diesem kranken Vogel. Eigentlich sollte es mich nicht wundern, dass Tristan und er sich gut verstehen. Ben würde über Leichen gehen. Da gebe ich mich keinen

Illusionen hin. Wenn Tristan ihn auf Lia und den Stick ansetzt … Ich darf das nicht zu Ende denken.

»Drew. Ist es so?«

Ich blinzele, als ich die Tränen in Shannons Augen bemerke. Nicht das noch. Ein Beben läuft durch ihren Köper.

»Hey. Shannon.« Ich nähere mich ihr vorsichtig, wie einem verschreckten Tier. »Hey, es tut mir leid, okay?«

Ich strecke eine Hand nach ihr aus, und sie lässt sich von mir in eine Umarmung ziehen. Langsam und sachte wiege ich uns hin und her. »Es tut mir leid.«

Auch auf die Gefahr hin, dass ich wie eine gesprungene Schallplatte klinge, sage ich das lieber einmal zu oft. Wenn ich schon mich selbst nicht trösten kann, gelingt es mir vielleicht wenigstens bei ihr. Ich darf sie einfach nicht verlieren.

Nach einer Weile hebt Shannon den Kopf. »Hast du dich in sie verliebt?«

Mir fällt der Song wieder ein, der beim Weihnachtsbaumverkauf lief. Ich bin völlig aufgeschmissen, denn ob ich will oder nicht und entgegen jeder Wahrscheinlichkeitsrechnung lautet die Antwort: ja.

»Nein. Ich bin nur sehr gestresst deswegen.«

KAPITEL 20
LIA

»Ist das Liebe?«

Ich merke erst, wie sehr ich mich in Rage geredet habe, als von dem Flyer in meiner Hand nicht mehr als eine zerknüllte Papierkugel übrig ist. *Oh, nein!* Abrupt bleibe ich mitten auf dem Bürgersteig stehen. Gott sei Dank ist das der erste und hoffentlich einzige Flyer, der dran glauben musste. Zum Glück haben wir noch genug von ihnen übrig. Drew macht neben mir halt, zeigt allerdings keinerlei Reaktion, weder auf meinen Monolog noch auf meine Zerstörungswut. Selbst ein »Mhm«, mit dem er mir bis dahin seine Aufmerksamkeit geschenkt hat, bleibt aus. Wie lange hat er schon nichts mehr gesagt?

Wir sind seit Stunden unterwegs, um möglichst flächendeckend Geschäfte, Restaurants, Cafés und Pubs abzugrasen und Werbung für das *A New Chapter* zu machen. Tracey und Justus haben den Westen Londons übernommen, während Drew und ich uns von Osten her zum Zentrum hin vorarbeiten. Da wir unter der Woche in die Uni müssen, kam für diese Aktion nur der Sonntag infrage, um die Verluste für das *A New Chapter* so gering wie möglich zu halten. Leider ist uns nicht erlaubt, überall Flyer auszulegen oder aufzuhängen. Besser als gar nichts ist jeder verteilte Flyer allemal. Während Justus und ich gestern die Drucker in der Unibibliothek zum Glühen gebracht haben, musste ich erneut daran denken, wie herablassend meine Mutter mich mal wieder behandelt hatte. Unsere unerwartete Begegnung beim Weihnachtsbaumverkauf werde ich genauso wenig vergessen wie das triumphierende Gefühl, ihr die Stirn geboten zu haben.

»Entschuldige! Ich begreife nur immer noch nicht, was meine Mutter mit ihrer Starrköpfigkeit bezweckt. Glaubt sie ehrlich, es wäre das Beste für mich, die Buchhandlung aufzugeben?«

Das bringt Drew zum Blinzeln. Mit beiden Händen reibt er sich über das Gesicht, als könnte er so den abwesenden Ausdruck darin beseitigen. »Sorry, ich bin heute keine angenehme Gesellschaft. Was hast du gesagt?«

Wie gerne hätte *ich* sein Gesicht in meine Hände genommen und sie an seine Wangen gelegt. Ein leichter Bartschatten steht um sein Kinn, was ihn jedoch nur noch unwiderstehlicher macht. Wie kann und soll ich die Signale weiter ignorieren? Es ist um mich geschehen. Ich will, dass er mir noch näher kommt, so viel näher. Er soll den Abstand zwischen uns schließen, damit ich seinen Geruch tief aufsaugen und mich in ihm verlieren kann. Und finden. Kylie hätte ihn einfach an den Aufschlägen seiner Jeansjacke gepackt, zu sich herangezogen und ihn leidenschaftlich geküsst. Aber ich bin nicht wie die Protagonistin meines aktuellen Buchprojekts, auch wenn ich beim Schreiben stets in ihre Rolle schlüpfe. Ich wäre in diesem Fall Brad. Kylies

Schwarm, der schweigsame Buchhändler, der sich nur langsam von ihr aus der Reserve locken lässt.

Moment, hat Drew gerade etwas gesagt? Ich bin sicher, ich starre ihn wie der totale Volltrottel an, denn plötzlich lacht er ein wenig rau. Gänsehaut pur. »Wir sind schon zwei, nicht wahr?«

Nur im Gegensatz zu mir hat er bestimmt einen guten Grund dafür, mit den Gedanken woanders zu sein. Warum redet er nicht endlich mit mir? Es muss etwas Ernstes sein. Auch am Freitag war er wieder so bedrückt. Ich habe vorher mehrmals betont, er müsse nicht mitkommen, wenn er Nico nicht alleine lassen könne oder wolle. Dennoch hat Drew mich vorgestern zu dem Leseclub in einem Pub in Islington begleitet und mich sogar auf eine heiße Schokolade eingeladen. Die komplette Tasse war in dunkle Schokolade gebadet, welche eher puddingähnlich als flüssig war und mit einer Note Pfefferminz verfeinert wurde. Weil das Getränk so »irre gut« zu meinen Augen passte (hust), bestand Drew allen Ernstes darauf, ein Foto von mir und der Schokolade zu machen. Ich hielt mich an der Tasse fest, während er uns in der Gruppe aus buchbegeisterten und wirklich netten Menschen integrierte. Beste Voraussetzungen also. Trotzdem schaffte ich es nicht so richtig, aus mir herauszukommen, obwohl ich *Jane Eyre* schon vor Jahren gelesen habe. Drew sorgte jedoch dafür, dass ich mich nicht unter Druck gesetzt fühlte, sondern in Ordnung, so wie ich bin. Statt mich dazu aufzufordern, nicht so schüchtern zu sein, hat er mich oft von selbst angesprochen und mir Fragen gestellt. Dadurch kam ich mir nicht so überflüssig oder gar ausgeschlossen vor, wofür ich ihm sehr, sehr dankbar bin. Oh Gott, ich sollte schleunigst meine Verknalltheit unter Kontrolle bringen. Wieso musste mir das doch passieren?

Grundsätzlich hat mir der Ablauf des Lesezirkels gefallen. Am Ende werden jedes Mal Abschnitte festgelegt, die bis zum nächsten Treffen gelesen und dann besprochen werden. Alle dürfen frei heraus ihre Meinung kundtun, woraus spannende, lustige und aufreibende Diskussionen entstehen und die Literatur aus vielen verschiedenen Blickwinkeln betrachtet wird. Bibliophile Schwärmereien sind darüber hinaus ausdrücklich erwünscht! Ja doch, so könnte ich mir das auch im *A New Chapter* vorstellen.

»Vielleicht machen wir eine kurze Pause«, schlägt Drew vor und legt um Bestätigung heischend den Kopf schief. Eine Strähne seines Espressoschaum-Haares fällt ihm über die Augen. Augen, die eindeutig Geheimnisse bergen. Wie habe ich ihn mal für uninteressant halten können? »Danach können wir ja noch ein paar Flyer verteilen.«

»Okay, ist mir ganz recht«, stimme ich zu.

»Kennst du St Dunstan-in-the-East?«, erkundigt sich Drew.

»Nein.«

Ein Lächeln, das sich in letzter Zeit etwas rar gemacht hat, kräuselt sich um seine Lippen. »Fantastisch! Ist gleich um die Ecke. Du wirst es lieben.«

Auf einmal scheint er voller Eifer zu sein, denn er legt einen Zahn zu, sodass ich Mühe habe, mit ihm Schritt zu halten. Wie immer, wenn ich mit Drew unterwegs bin, fällt es mir deutlich leichter, andere Menschen und Reize auszublenden, beziehungsweise schaffe ich es dann, sie gar nicht erst so nah an mich heranzulassen. Schließlich bin ich voll auf ihn und unsere gemeinsame Zeit konzentriert, was zur Abwechslung sehr angenehm ist.

»Was … werde ich … lieben?« Leicht außer Atem hole ich ihn auf der Lower Thames Street ein.

»Geduld, Geduld!«

Freudige Erwartung regt sich in mir. Im Nu steckt er mich mit seinem Tatendrang an. Ein paar Minuten später wendet er sich scharf nach links und ich sehe, was er meint.

Inmitten des mittelalterlichen Gassengewirrs in diesem Teil der Stadt erhebt sich ein einzelner gotischer weißer Kirchturm, der mich an die St Giles' Cathedral in Edinburgh erinnert, nur viel kleiner. Diese altehrwürdige Kirche hatte Kendra mir während einer meiner Besuche in Schottland gezeigt. Hier versperren mir die Bäume in dem schnuckeligen Garten vor dem Turm die Sicht auf das Kirchenschiff, doch sobald wir ihn weiter umrundet haben, erkenne ich, dass es gar keines gibt. St Dunstan-in-the-East ist eine Ruine. Eine traurig schöne Ruine, von Schling- und Kletterpflanzen überwachsen. Drew kennt mich so gut! Auf Anhieb verliebe ich mich in diesen Ort. Diese Mischung aus »sich ans Leben klammern« und Vergänglichkeit und Zerfall fasziniert mich.

Wir betreten den schmiedeeisern umzäunten Park durch ein Törchen in der Mauer und dann die ehemalige Kirche, welche laut einer Infotafel neben dem Eingang im Zweiten Weltkrieg zerbombt worden ist. Ein spitz zulaufender Torbogen führt auf einen Platz mit Bänken, die um einen Brunnen angeordnet sind. Obwohl der Wind nicht ganz so schneidend durch die moosbedeckten, grauen Überreste der Gemäuer zieht, ist es ziemlich kalt. Wir sind die einzigen Besucher.

Drew lässt sich auf eine Bank fallen, legt einen Arm über die Lehne und nickt neben sich. Ich nehme Platz, auf einmal weniger beeindruckt als vielmehr verkrampft. Mein Herz rast und meine Handinnenflächen werden feucht. Ich achte peinlich genau darauf, weder seinen Arm mit meinem Rücken noch sein Knie mit meinem Bein zu streifen. Sofort springt mein Kopfkino an. Dabei habe ich inzwischen oft genug irgendwo mit ihm gesessen und nie ist etwas passiert. Es wird auch nichts passieren.

»Was machst du da?«, wundere ich mich, als Drew einen rechteckigen Gegenstand aus einer Innentasche seiner Jacke zutage fördert und mir vor die Nase hält. Es ist tatsächlich ein Buch. Und nicht irgendeins. Es ist *Wild Love*! Ein Kassenbon lugt bei etwa einem Drittel zwischen den Seiten hervor.

Bevor ich meiner Entrüstung darüber Ausdruck verleihen kann, dass er es nicht im *ANC* gekauft hat, kommt Drew mir zuvor und erwischt mich damit völlig unvorbereitet: »Wie wär's mit einer kleinen Privatvorstellung? Ich dachte, die Autorin höchstpersönlich könnte etwas aus ihrem Roman präsentieren.«

»Ich habe noch nie eine Lesung gegeben«, schlage ich ihm diesen Plan übereilt aus dem Kopf. Zu spät merke ich, dass das etwas ist, was die »alte« Lia getan hätte, sich gleich der Panik hinzugeben. Die Lia, die mit solchen Gefühlen nicht gut umgehen konnte. Manchmal ist es so schwer, nicht in ungeliebte Verhaltensmuster zurückzufallen, doch letztendlich braucht alles seine Zeit. Einige Veränderungen geschehen eben nicht über Nacht, andere dagegen schon. Wie kommt Drew nur auf diese Idee? Ich habe noch nicht ein Mal jemandem etwas vorgelesen. Dad war immer der Vorleser von uns beiden. Klar, manchmal lese ich einige Szenen laut, nachdem ich sie geschrieben habe, um zu überprüfen, ob sie funktionieren oder ich über eine Stelle stolpere. Aber das ist nur für mich.

Drew macht keinen Hehl aus seinem Unglauben. »Dann wird es Zeit. Jeder fängt mal klein an.«

Das nennt er klein anfangen? Ihm meine Texte vorzulesen, wäre wie ein getarnter Seelenstriptease. Eins zu eins seine Reaktion auf jeden einzelnen Satz, den ich zu Papier gebracht habe, mitzuerleben, stelle ich mir nicht gerade angenehm vor. Auch wenn die Story zu *Wild Love* keine Autobiografie ist (mitnichten!), so steckt doch manches von mir in dem Roman. Er wird vermutlich die Stirn runzeln, die Augen verdrehen, womöglich sogar lachen, etwas nicht nachvollziehen können und ich muss das alles aushalten, nicht nur seine, sondern auch meine Emotionen, die durch das Buch hervorgerufen werden.

»Ich würde mich jedenfalls sehr drüber freuen.«

»Wie soll ich da noch Nein sagen?«, beschwere ich mich halbherzig.

»Dann sag nicht Nein.«

Sag Ja! Nicht nur zum Vorlesen. Zu Drew.

Ich will ihn so sehr, dass es mich fast wahnsinnig macht. In Büchern sieht immer alles viel leichter aus. Es ist mir ein Rätsel, wie so ein Kuss in der Realität jemals zustande kommen soll. Die alles entscheidende Frage ist: Will Drew es auch?

Denn immer, wenn ich es zu wissen glaube, macht etwas in ihm dicht und es ist unmöglich, an ihn heranzukommen. Außerdem hat er sicher schon Hunderte von Mädchen geküsst, wogegen ich leider ziemlich unerfahren bin. Zumindest das Vorlesen sollte ich hinkriegen.

Seufzend gebe ich mich geschlagen. »Na gut, solange es jugendfrei bleibt …«

Habe *ich* das gerade wirklich zu ihm gesagt?

Wie nicht anders zu erwarten, nutzt Drew die Vorlage, um mit einer Spitze zu parieren. Verführerisch hebt er einen Mundwinkel an. »Du meinst im Buch oder in echt?«

»Im Buch!« In meinem Aufschrei schwingen mindestens drei Ausrufezeichen mit. »Ich meine, beides. Ich …«

Verdammt, verdammt, verdammt!

»Okay, verstehe. Du bist noch nicht bereit dazu, mit mir über diese Stellen zu sprechen. Ich war ehrlich gesagt ziemlich von den Socken.«

Zwischen schmalen Lippen presse ich hervor: »Im positiven oder negativen Sinne?«

Mir wird heiß.

»Positiv. Wobei ich mich gefragt habe …«

»Nun gib schon her!« Ich reiße Drew mein Buch aus der Hand, schlage es an der Stelle des Lesezeichens auf und bin nach kurzem Überfliegen des ersten Absatzes mehr als erleichtert, dass in diesem Kapitel ausnahmsweise nichts zwischen Serafina und Anton läuft.

Ich beginne zu lesen, ohne auf Drews begonnene Anmerkung einzugehen. Zum Glück lehnt er sich zurück, ohne weiter nachzuhaken, und lauscht meiner Stimme. Erst zittert sie noch, aber ich werde nach und nach sicherer. Ich tauche ein in meine kreierte Welt, in der ich damals so viele Stunden verbracht habe. Zum Glück verspreche ich mich kaum, weil ich die Geschichte während der Überarbeitung des Manuskripts so häufig gelesen habe, dass ich sie fast auswendig kann. Jedes Wort ist mir so vertraut und hüllt mich in einen warmen Mantel. Am Ende des Kapitels klappe ich das Buch zu und streiche einmal versonnen über den Einband. Meine Designerin hat sich selbst übertroffen und die Energie zwischen den Protagonisten grandios eingefangen: Serafina und Anton, die einander vor einem weißen Hintergrund gegenüberstehen und sich herausfordernd anblitzen. Die Models sehen den Menschen in meiner Vorstellung so ähnlich! Die Funken zwischen ihnen sind unverkennbar und werden durch die Schriftart unterstützt. Es ist mein bisher liebstes Cover.

»Wie war's?«

Ich blicke auf.

Drews Brauen ziehen sich fragend zusammen und mein Mund wird trocken.

Perfekt. Das wäre die Antwort auf seine Frage. Perfekt – wie sein Anblick. Wie in Trance strecke ich die Hand aus, um die Falten auf seiner Stirn zu glätten. Als meine Fingerkuppen sein Gesicht berühren, wird mir klar, wie sehr ich mich davor gefürchtet habe, dass er mich aufhalten könnte. Aber das tut Drew nicht, sondern er senkt die Lider. Dunkle Wimpern auf weißer Haut. Er entspannt sich sichtlich, während ich über seine Schläfe bis zu seinem Kinn hinabfahre, was ein bisschen kratzt, und darüber hinaus. Ich schiebe die Hand in seinen Nacken, unter die Wirbel seines widerspenstigen Haares. Mir war gar nicht bewusst, dass auch ich die Augen geschlossen habe, bis ich sie wieder öffne und direkt in seine sehe. Ich scheine immer näher zu ihm gerutscht zu sein. Wie ein Magnet zieht er mich an, unausweichlich. Unsere Nasenspitzen stupsen aneinander.

Drews Pupillen sind geweitet, sie zucken zu meinen Lippen. Trotz des Rauschens in meinen Ohren, untermalt von meinem klopfenden Herzen, kann ich seine flachen Atemzüge hören und spüren. Er scheint beinahe aufgeregter zu sein als ich!

»Bist du okay?« Ich mache Anstalten, zurückzuweichen. »Ich wollte … Das war …«

»Nicht!«

Ich halte inne.

Da beugt Drew sich vor, und ich küsse ihn.

Nein, er küsst mich.

Nicht forschend oder zärtlich, sondern ungestüm und absolut.

Mit allem, was er hat.

Das ist Drew, wie ich ihn kenne.

Er kommt über mich wie ein Orkan und lässt nichts an Ort und Stelle.

KAPITEL 21
DREW

Lia zu küssen ist wie ein Befreiungsschlag. Sie schmeckt nach Hoffnung, Glück und einem anderen Leben, für das es sich zu kämpfen lohnt. Es ist noch tausendmal besser, als ich es mir vorgestellt hatte. Ich umfasse ihr Gesicht mit beiden Händen. Ihre Lippen sind so weich und entfachen eine Sehnsucht in mir nach mehr, immer mehr. Gott, lass diesen Kuss bitte niemals enden.

Wie war das noch? Nichts provozieren? Hat ja blendend funktioniert.

Einen Moment noch bin ich berauscht vor Glück, im nächsten stürze ich hinab, in eine Schwärze hinein, in der mir nichts bleibt. Nichts Gutes jedenfalls. Aus reinem Selbsterhaltungstrieb – oder ist es Verzweiflung? – klammere ich mich umso fester an Lia, statt sie von mir zu schieben, wie ich es von Anfang an hätte tun sollen. Ich bin zu schwach. Wie habe ich mir je etwas anderes vormachen können?

Als Lia schließlich zurückweicht, ist mir so schlecht, dass ich mich anstrengen muss, mich nicht auf der Stelle zu übergeben. Obwohl sich mein Brustkorb hebt und senkt, kriege ich kaum Luft. Selbst wenn der Stick und die Lügerei nicht wären, wie könnte ich mit ihr zusammen sein, solange ich in Tristans kriminelle Aktivitäten verwickelt bin? Ich wäre ja längst abgehauen, wenn es Nico nicht gäbe. Nein, das stimmt nicht. Ich liebe meinen großen Bruder genau wie meinen kleinen, trotz allem, was gewesen ist. Alles, was wir heute haben, hat er bewahrt oder selbst aufgebaut. Das Leben hat es nicht gut mit ihm gemeint, aber er hat sein Bestes gegeben. Ich kann ihn nicht im Stich lassen.

»Drew?«

Ich versuche, Lia zu fokussieren, aber alles ist so undeutlich. Als schaute ich durch Brillengläser, die nach der Kälte in der Wärme beschlagen. Ich atme tief ein. Das ist zumindest, was ich vorhabe, denn es dringt nichts weiter als ein erstickter Laut aus meiner Kehle. Was muss ich für einen erbärmlichen Anblick bieten? Wir haben uns gerade geküsst!

Ich. Habe. Lia. Geküsst.

Ich presse mir eine Hand vor den Mund. In meinem Schädel wummert ein stechender Kopfschmerz. Ich merke gar nicht, wie ich vornübersinke, bis Lia mich aufhält. Sie stoppt meinen Fall. Im wahrsten Sinne des Wortes. Sie hält mich, und ich keuche, als läge ich im Sterben. Ich vergrabe mich an ihrer Schulter, während es mich vor Schluchzern schüttelt. Ich kann mich nicht daran erinnern, wann ich das letzte Mal geweint habe. Alle Empfindungen, die ich mir sonst immer verbiete, kommen mit einem Mal hoch. Der Zorn. Die Angst. Die Liebe. Der Schmerz. Wie kann man so viele Gefühle gleichzeitig haben und das so vielen verschiedenen Personen gegenüber? Und wie soll man sie ertragen?

»Drew«, haucht Lia an meinem Ohr.

Ich sollte mich schleunigst beruhigen, aber eigentlich ist das eh egal. Ich habe mich bereits bis auf die Knochen blamiert. Wenn ich schon mal dabei bin, kann ich ruhig alles rauslassen und den Wasserhahn weiter aufdrehen. Wer weiß, wann ich das nächste Mal Gelegenheit dazu habe? Der Sarkasmus hilft mir dabei, nicht komplett hysterisch zu werden. Doch so langsam kommen keine Tränen mehr, und als es endgültig vorüber ist, rücke ich zögernd von Lia ab. Sie unterzieht mich einer Musterung, reicht mir dann aber wortlos ein Taschentuch. Ich greife etwas zu ruckartig danach und fange ironischerweise unvermittelt an zu lachen. Das Papier ist mit Hundewelpen bedruckt.

»War der Kuss so schlimm?«

Ich starre Lia vollkommen entsetzt an und vergesse sogar, dass ich mir gerade die Nase putzen wollte. »Nein! Nein. Natürlich nicht.«

Erst als sie Mühe hat, ein Grinsen zu unterdrücken, checke ich, dass sie einen Scherz gemacht hat. Meine Ohren glühen vor Scham. Hastig wische ich mit dem Taschentuch über mein Gesicht. Ich hasse jede Sekunde, die sie mich so … *so* sieht.

»Möchtest du mir erzählen, was los ist?«, fragt sie und wird wieder ernster.

In dem Moment betritt eine Reisegruppe die Ruine, und es ist vorbei mit unserer Zweisamkeit. So wie die glotzen, muss ich trotz Taschentuch völlig verheult aussehen. Ich stecke es weg. Meine Haut spannt dort, wo die Tränen ihre Spuren hinterlassen haben. Was die Touris wohl über uns denken, was wir sind? Ein Pärchen, das sich gerade trennt?

Ich kann Lia nicht erzählen, was mich bedrückt. Sie würde sich von mir abwenden, schlimmstenfalls die Polizei einschalten. Sie wäre schockiert und verletzt, und ich könnte es ihr nicht einmal verdenken. Wie bin ich eigentlich auf die Idee gekommen, es könnte leichter sein, Lia auf den Stick anzusprechen, sobald ich ihr näher wäre?

»Du musst dich für nichts schämen«, sagt sie so leise, dass nur ich es verstehe.

»Doch.« Ich könnte eine ganze Liste mit Gründen dafür erstellen.

»Ist da jemand dickköpfig?«, neckt sie mich.

Ein neuer Kloß wächst in meinem Hals heran, und ich versuche, ihn herunterzuschlucken. »Manchmal wünsche ich mir einfach, dass die Dinge anders wären. Ich frage mich, wie ich hier gelandet bin und wo ich eigentlich hin will und vor allem, ob es einen Ausweg aus dieser Scheißabwärtsspirale gibt.«

»Ich fänd's schade, wenn du jetzt nicht hier wärst.«

Ich rolle mit den Augen. »Lia.«

Das würdest du nicht mehr sagen, wenn du Bescheid wüsstest.

Die Touristen haben sich inzwischen über die Ruine verteilt, womit der Platz vorerst wieder uns gehört.

»Es ist wahr.«

»Dass du Romantikerin bist?«

»Ich schreibe Liebesromane«, erinnert sie mich, als sei das Erklärung genug.

»Die sind nicht unbedingt nur romantisch.«

»Findest du?«

»Ja. Sie sind echt. Wie du.«

Anders als ich.

Sie stockt überrascht. »Das hat noch nie jemand zu mir gesagt. Normalerweise bin ich diejenige, die in ihrer Märchenwelt lebt.«

»Aber du verstellst dich nicht. Du schützt dich zwar vor anderen, aber nicht vor dir selbst. Mit dir bist du ehrlich. Du weißt, wer du bist und kannst dir trotzdem in die Augen sehen.«

»Nicht immer«, wiegelt sie meine Bewunderung ab. »Vorhin habe ich mich zum Beispiel darüber geärgert, dass ich erst Angst davor hatte, dir vorzulesen.«

Ich lehne mich in stummer Empörung zurück. »Dabei hast du eine tolle Vorlesestimme. Du solltest wirklich einmal eine Lesung geben.«

»Ach, Drew. Glaubst du, ich merke nicht, was du vorhast?« Lia senkt den Kopf und knetet ihre Hände.

»Hey!« Ich hebe einen Zeigefinger, damit sie mich wieder ansieht. »Schleimen ist es nur, wenn man aus den falschen Beweggründen Komplimente verteilt.«

Da wandern ihre Augenbrauen in die Höhe. »Eigentlich meinte ich, dass du das Thema gewechselt hast, um abzulenken. Von dir.«

Ich dachte, das hätte ich geschickt eingefädelt und verstumme ertappt. Doch anstatt ungehalten zu werden, wartet Lia einfach ab. Mit einer Engelsgeduld und so verständnisvoll. Ich könnte sie einmal mehr abweisen oder einfach wegrennen, aber sie hat mehr verdient als das. Ich atme noch einmal tief durch und fasse nach ihrer Hand. Sie entzieht sie mir nicht, sondern drückt sie sanft und ermutigend. Tristan hätte sicher seine Freude an diesem Anblick. Ich, wie ich mir wie ein Kleinkind beim Arzt aus Angst vor einer Spritze das Händchen halten lasse.

»Du weißt ja, dass meine Eltern früh gestorben sind«, beginne ich zu erzählen. »Davor ging es uns eigentlich gut. Wir hatten nie viel Geld oder so was, aber das brauchten wir auch nicht. Mom und Dad haben sich über alles geliebt und uns mit dieser Liebe erzogen. Auch wenn es nicht immer einfach war, wir hielten zusammen.« Ich stocke kurz. »Als ich zehn war, wurde mein Vater dann bei einem Tunneleinsturz in einem U-Bahn-Schacht verschüttet. Er war Gleisarbeiter und konnte nur noch tot geborgen werden.«

Lia nickt, und in diesem Nicken liegt so viel mehr als Worte, die sich nicht zu sagen lohnen, weil ein *Tut mir leid* es nicht ungeschehen macht.

»Meine Mutter war am Boden zerstört. Nichtsdestotrotz riss sie sich wegen uns Kindern jeden Tag aufs Neue zusammen und wollte uns Normalität vorgaukeln, Trauer und Geldsorgen hin oder her. Sie war sehr überzeugend.« Länger als unbedingt nötig möchte ich nicht an diese Zeit zurückdenken, deswegen rede ich schnell weiter.

»Tristan jobbte neben der Schule am Kiosk, um unsere finanzielle Situation aufzubessern, und kümmerte sich auch um Nico und mich, wenn Mom arbeiten musste. Zusätzlich zu ihrer Arbeit als Kellnerin musste sie noch einen Putzjob annehmen. Weil Tris kaum noch Zeit zum Lernen hatte, sind seine Noten immer schlechter geworden. Mom hat wohl mal so was zu ihm gesagt wie *Du bist jetzt der Mann im Haus* und dass sie ihn als Stütze bräuchte.«

Lia beißt sich auf die Unterlippe. »Wie viele Jahre trennen Tristan und dich noch mal?«

»Er ist sechs Jahre älter. Damals war er sechzehn.«

Sie nickt nachdenklich. »Was war dann?«

Ich seufze schwer. »Tristan freundete sich mit den falschen Leuten an.« Unter anderem mit Benjamin Summers, der bestimmt schon mit fünfzehn Dreck am Stecken hatte. Die beiden haben sich über unsere Mütter kennengelernt, die zusammen geputzt haben. »Er vernachlässigte die Schule immer mehr und gab Nico und mir die Schuld dafür. Wie Mom machte er jedoch gute Miene zum bösen Spiel. Eines Tages, etwa zwei Jahre später, nahm er mich zur Abwechslung mal mit zum Basketballplatz, was er ewig nicht getan hatte. Dort hingen wir zwar mit seinen Freunden ab, Summers, Stewart und so weiter, doch ich freute mich total, einmal nicht ausgeschlossen zu werden. Ich hatte damals nicht wirklich Freunde.« Abgesehen von Shannon, aber sie erwähne ich bewusst nicht.

Lia nimmt die kurze Pause mit der Andeutung eines Stirnrunzelns zur Kenntnis. Sie bohrt nicht nach.

Bevor sie es sich anders überlegen kann, fahre ich fort. »Als Tristan und ich abends an diesem Tag nach Hause kamen, hatte ich schon so ein komisches Gefühl, weil die Wohnungstür nur angelehnt war. Tris hat das anscheinend überhaupt nicht mitbekommen oder er hat nicht weiter darüber nachgedacht. Als er nach Mom gerufen hat, war ich schon in der Küche. Seine Stimme schreckte Nico auf, der unter dem Küchentisch hockte, zusammengekauert zu einem Knäuel aus Ellenbogen und Knien und totenbleich im Gesicht. Er war damals drei, das muss man sich mal vorstellen. Seine Bewegung war das Erste, was ich gesehen habe. Ein paar Meter weiter lag sie.«

»Deine Mutter«, schlussfolgert Lia.

»Ja. Sie lag in einer Blutlache, die sich immer weiter ausgebreitet hat.«

Lia winkelt die Beine an und schlingt sich ihre Arme um die Knie. »Hat sie etwa …?«

»Nein. Sie hat keinen Selbstmord begangen«, schneide ich ihr das Wort ab. Dabei ist mir klar, dass sie es nicht besser wissen kann. Ich habe nur schon zu oft gehört, wie jemand die falschen Schlüsse zieht.

Fast alle, die ich kenne, haben sie gezogen. Nur ich nicht. »So war es nicht. Moms Mörder muss die Tatwaffe mitgenommen haben. Sie hatte mehrere Stichwunden in Brust- und Bauchbereich und an den Unterarmen. Das kann sie sich nicht selbst angetan haben.«

»Oh Gott, Drew.« Lia schüttelt voller Unglauben den Kopf und blinzelt schnell. Sind das Tränen in ihren Augen? »Ich kann mir das gar nicht vorstellen.«

»Ich kann mich an manche Dinge auch nicht mehr erinnern.« Wofür ich ziemlich dankbar bin. »Der Mörder wurde aber nie gefasst, weil Nico keine Aussage abgeben konnte. Er muss dabei gewesen sein, als es passierte. Seitdem spricht er nicht mehr.«

Ich kann Lia nicht ansehen, als ich das sage. Stattdessen klammere ich mich an die Kante der steinernen Bank und starre die flechtenüberzogene Wand der Kirchenruine an. »Die Polizei geht davon aus, dass Mom jemandem Geld geschuldet oder gestohlen hat und es ihren Gläubigern nicht zurückzahlen konnte. Oft sterben Leute für weniger, wie das halt so läuft«, ich gucke sie kurz von der Seite an und male Anführungszeichen in die Luft, »in unseren Kreisen. Das hat man uns zumindest auf dem Revier so erklärt. Es wurde nicht weiter ermittelt und der Fall zu den Akten gelegt, da es keine Anzeichen für einen Unterweltmogul oder so gab. Insofern war Moms Tod zu uninteressant.«

»Drew …«

»Nach und nach vermehrten sich die Gerüchte. Meine Mutter sei insgeheim sehr unglücklich gewesen und hätte es ohne Dad nicht mehr ausgehalten. Dabei war sie einer der optimistischsten und stärksten Menschen, die ich je gekannt habe. Tristan brach die Schule ab, suchte sich einen Vollzeitjob und bekam nach einigem Hin und

Her das Sorgerecht für Nico und mich. Andernfalls hätte man uns in ein Kinderheim gesteckt oder zu Pflegeeltern gegeben.«

Kurz darauf verlor Benjamin Summers seinen besten Freund, Tristan und er bauten sich gegenseitig auf und so gerieten die Dinge ins Laufen. Wann genau Tristan begann, mit Ben Autos zu klauen, weiß ich gar nicht genau. Mich hat er erst später eingebunden.

»Er kam allerdings nicht wirklich klar. Mit Moms Tod, mit sich, mit Nico, mit mir«, beschreibe ich diese Wendung für Lia. »Also übernahm ich in unserer Konstellation die Mutterrolle und zog Nico ab da quasi allein groß.« Es dauerte nicht lange, bis Tristan mich außerdem mit Vorwürfen zu überhäufen begann: *Für euch habe ich meine Zukunft hingeschmissen. Sieh nur, wo ich nun gelandet bin!*

»Spricht Nico wirklich nie?«

Kurz vergesse ich, dass ich den letzten Teil nur gedacht und somit das Entscheidende verschwiegen habe. Schon wieder. Ich muss mich einen Augenblick sortieren, um in die Gegenwart zurückzukehren. Es ist beängstigend, wie real sich die Vergangenheit selbst nach so langer Zeit noch anfühlen kann.

Unschlüssig hebe ich die Hände. »Ab und zu habe ich ihn mal sprechen hören. Wenige Sätze. Aber das ist Jahre her.« So lange, dass ich rückblickend manchmal glaube, es mir eingebildet zu haben. Es wäre bestimmt leichter zu sagen und sich damit abzufinden, er sei stumm, als dass er »nur« nicht sprechen kann. Ihm ist etwas zugestoßen, vor dem ich ihn nicht bewahren konnte, genauso wenig kann ich ihn heilen.

Ich sauge Lias halb von mir abgewandtes Profil in mich auf. Nachdenklich streicht sie sich eine Strähne ihres Haares hinters Ohr. So schön, so ernst. Komischerweise bin ich nicht mehr nervös oder habe

Angst vor ihrer Reaktion, denn plötzlich weiß ich mit absoluter Gewissheit, dass meine Geschichte bei ihr in sicheren Händen ist. Ich bin eher erleichtert, dass ich ihr endlich das Vertrauen, das sie in mich gesetzt hat, zumindest minimal zurückgeben kann. Das hier war überfällig.

Doch das, was jetzt kommt, haut mich völlig um. »Was hältst du davon, wenn wir mal was zu dritt machen? Nico, du und ich. Was meinst du?«

Ich schaue sie an. Und könnte sie erneut küssen.

KAPITEL 22

LIA

Es hat wieder geschneit. Passend zum ersten Dezember. Lange wurden wir verschont, aber diesmal gesteht sogar Tracey ein, dass es sich bei den aktuellen Wetterverhältnissen um Schnee handelt.

Wir sitzen beim Frühstück und bewundern die weiße Winterlandschaft vor dem Fenster, welche über Nacht entstanden ist. Bis eben haben Ina und Penelope uns noch Gesellschaft geleistet, was für mich eine völlig neue Erfahrung des bisherigen WG-Lebens war. Zu viert am gedeckten Küchentisch sitzen – nicht verkrampft, mürrisch oder schweigend, sondern tatsächlich redend! Okay, die anderen haben den Großteil der Konversation bestritten, während ich leicht nervös an dem Anhänger meines Armbands herumspielte, wenn ich nicht gerade beide Hände zum Essen gebraucht habe. Das Wichtigste ist jedenfalls, dass ich mich dazugehörig gefühlt habe. Ohne den Druck, mich zu verstellen. Und die Stimmung war wirklich gut. Ich konnte mich darauf einlassen und genoss es sogar, die Eindrücke dank meiner Hochsensibilität besonders intensiv wahrzunehmen. Passend dazu war das Radio eingeschaltet, und *One Kiss* von Calvin Harris und Dua Lipa untermalte die Szenerie wie in einem Film. Überhaupt fühlt sich mein Leben plötzlich nicht mehr nur wie eine Romanhandlung an, es hat sich in eine verwandelt. Ich habe Tracey, Justus und Drew an meiner Seite, die Buchhandlung läuft und ich bewältige mein Studium besser, als ich es erwartet hätte. Jetzt fehlt eigentlich nur noch der Moment, in dem ich aus diesem *zu schön, um wahr zu sein*-Traum erwache.

»Also.« Tracey späht kurz über die Schulter, um zu überprüfen, ob unsere Mitbewohnerinnen die Küchentür richtig hinter sich geschlossen haben. Währenddessen veranstaltet sie eine kleine Sauerei mit ihrem Teebeutel, indem sie damit herumspielt, statt ihn einfach in den Müll zu werfen. »Klartext, Fräulein. Drew und du. Ihr seid jetzt ein Paar?«

»Ja, ich denke schon.«

»Du denkst es? Du hast wirklich wie eine Glühbirne gestrahlt, als du vom Flyerverteilen zurückgekommen bist! Und jedes Mal, wenn irgendwie die Sprache auf ihn kommt, läufst du knallrot an und kicherst rum wie ein kleines Mädchen.«

»Tue ich nicht«, protestiere ich, obwohl es natürlich stimmt. Irgendetwas in mir hat Angst, es laut auszusprechen, es eine Beziehung zu nennen, weil die Dinge bei Tageslicht betrachtet nur noch halb so schön aussehen könnten. Das zwischen Drew und mir ist einfach perfekt. Leider haben wir uns seit unserem Kuss in St Dunstan-in-the-East nur einmal am Donnerstag darauf bei einem weiteren Kriegsrat im *ANC* gesehen, weil er ansonsten dringend ein paar Stunden auf der Arbeit aufholen musste. Selbstverständlich wollte ich ihn nicht davon abhalten, zumal ein paar Tage ohne ihn wohl zu verschmerzen sein sollten (zumindest theoretisch). Meine kurzzeitige Befürchtung, er würde sich nach diesem sehr privaten Einblick in sein Leben zurückziehen, hat sich zum Glück nicht bewahrheitet. Drew hat mir keinen Grund zum Zweifeln geboten. Der Haufen romantisch-verknallter Nachrichten in meinem Messenger ist ein ziemlich hinreißender Beweis dafür. Trotzdem kann ich es kaum erwarten, ihn heute nach der Uni wieder in persona zu sehen. Ihn und Nico. Nun, da so viel Schnee gefallen ist, haben wir uns gleich heute früh zum Schlittenfahren in Hampstead Heath verabredet. Ein, zwei verstohlene Küsse sind hoffentlich auch vor seinem Bruder drin. Ich kann mir kaum vorstellen, dass sich dieser erste Kuss steigern lässt, aber bin gerne dazu bereit, von Drew eines Besseren belehrt zu werden.

»Erde an Lia?«

»Mh?« Ich leere meine Teetasse.

Tracey grinst. »Mädchen, du bist so was von total verliebt. Niedlichkeitsfaktor hundert! Wie habt ihr es nur geschafft, beim letzten Meeting die Finger voneinander zu lassen?«

Ich weiß es ehrlich gesagt nicht. Wahrscheinlich war es noch zu ungewohnt für uns beide, wobei wir davor und danach zumindest ein bisschen für uns gewesen sind. Ich freue mich jedoch irrsinnig darüber, dass Tracey mir dieses Glück gönnt. Genau wie bei Drew bewahrheitet sich meine Sorge nicht, sie könne sich womöglich von mir distanzieren, wo ihre eigene Beziehung erst vor Kurzem in die Brüche gegangen ist. Da haben wir gleich den doppelten Beweis, dass ich mir echt zu viele Gedanken mache. Uns auch vor Justus wie ein Paar zu verhalten, wird demnach ebenfalls nur halb so schlimm werden, wie ich es mir ausmale. Wahrscheinlich ist sein Interesse an mir ja ohnehin nur einem Hirngespinst entsprungen, denn er hat mir nach wie vor kein ernst zu nehmendes Anzeichen dafür geliefert. Und Kendra? Bisher hatte ich keine Gelegenheit, mit ihr zu sprechen. Zugegebenermaßen habe ich mich auch nicht darum bemüht. Genauso wenig wie sie.

Die Uni zieht sich heute wie ein Kaugummi. Es ist so langweilig, dass dieser noch langweiligere Vergleich so was von angemessen ist. Andererseits: lieber Berieselung als Gruppenarbeiten. Ich schaue ständig auf die Uhr an meinem Handgelenk und kritzele Entwürfe für kitschige Szenen auf die Rückseite meines Arbeitsblatts. Ein paar dieser Gedankenfetzen lassen sich sicher zu Gedichten ausformulieren. Ich könnte den Lyrik-to-go-Vorrat im Laden mal aufstocken. Die kleine Geste kam bei unseren Kunden bisher ausnahmslos positiv an. Manche Leute wie Justus' Uni-Freundin Amber teilten die Gedichtschnipsel sogar auf Instagram und verlinkten mich als die Autorin. Ja, eigentlich sollte ich mein Profil auch mal wieder checken. Seit achtundvierzig Stunden habe ich schon nicht mehr reingeguckt, und dafür gibt es einen bestimmten Grund. Genauso lange ist es nämlich her, dass ich all meinen Mut zusammengenommen und Nachrichten an diverse Autorenkolleginnen und -kollegen aus der Region verschickt habe. Im gleichen Atemzug habe ich eine bedeutsame Ankündigung auf meinem Account gepostet: Am achtzehnten Dezember wird es aller Voraussicht nach im *A New Chapter* eine Lesung geben, bei Tee und Gebäck, in bester weihnachtlicher Atmosphäre, mit mir und Special Guests. Sofern irgendeiner meiner Autorenfreunde derart spontan zusagen wird. Ich sollte mich nicht länger davor drücken, eventuelle Antworten und Kommentare zu sichten.

Die Zeit für die Planung wird schließlich schon knapp, und ich habe durch mein bisheriges Zögern noch mehr davon vertrödelt.

»Ein Schuss ins Blaue«, nannte Tracey diesen Vorstoß. »Manchmal muss man eben ins kalte Wasser springen.« Oder sich total lächerlich machen.

Wie bei Meeting Nummer eins hatten wir es uns an besagtem Donnerstag in der Buchhandlung um die Sitzgruppe herum gemütlich gemacht.

»Müssen wir denn nun wirklich auch noch Eintritt für die Lesung verlangen?«, versuchte ich kläglich, Tracey umzustimmen.

»Selbstverständlich!«, entrüstete diese sich. »Die Leute bekommen doch was geboten.«

Hilfe suchend blickte ich zu Justus und Drew.

»Du kennst meine Meinung zu deinen Vorlesekünsten«, war alles, was Letzterer dazu zu sagen hatte, und auch Justus' Statement untermauerte das: »Deine Bücher können sich sehen und hören lassen.«

Danke, Jungs. Für nichts!

Ich. Soll lesen. Laut. Vor einer Gruppe von Menschen, die ich nicht kenne, die aber meine Bücher gelesen haben und diese womöglich gar nicht mal so schlecht finden. Gar kein Druck oder so.

»Und wenn niemand kommt?«, startete ich einen letzten Versuch.

»Wenn die Leute schon Geld ausgegeben haben, ist die Wahrscheinlichkeit viel größer, dass sie wirklich erscheinen«, argumentierte Justus, nachdem er seine Mitschriften rasch noch einmal überflogen hatte. »Außerdem könnten sie, wenn sie vor Ort eine Eintrittskarte kaufen, noch etwas durch das Sortiment stöbern. Die Karten müssen ja nicht überteuert sein.«

»Exakt!« Tracey gab ihm ein High five, das er leicht überrumpelt erwiderte.

Ab da konnte ich dann nicht mehr viel ausrichten. Zumal in diesem Moment ein Kunde die Buchhandlung betrat, dem ich mich dann natürlich erst mal gewidmet habe. Es kommen nicht nur mehr Besucher ins *ANC*, der Umsatz ist ebenfalls angestiegen. Den Ausschlag für meine Zustimmung gab jedoch eine Mailbox-Nachricht meiner Mutter, in der sie mich wie selbstverständlich an Folgendes erinnerte: »*Stellina*, du kannst dich jederzeit melden, wenn wir dir beim Verkauf des *A New Chapter* unter die Arme greifen sollen.«

Allein auch nur an ihre Worte zu denken, hilft mir jetzt dabei, meinen Zweifeln die Stirn zu bieten und Instagram zu öffnen. Augenblicklich wird mein Handydisplay von zahlreichen neuen Benachrichtigungen geflutet. Einen Moment verharrt mein Daumen über dem Herzchensymbol am unteren Bildschirmrand, ehe ich draufklicke, um sie mir näher anzusehen.

Mir bleibt der Mund offen stehen. Es sind so viele Kommentare von interessierten Lesern eingegangen, dass ich ein Weilchen brauche, um sie alle zumindest einmal zu überfliegen. Die Reaktionen reichen von *Wie cool! Ich bin auf jeden Fall dabei!* bis zu *Wieso ist London so weit weg? Wäre so gerne gekommen.* Auch einige Neugierige haben sich gefunden, die am liebsten sofort wissen wollen, wer, abgesehen von mir, aus seinen Büchern im *A New Chapter* lesen wird. Ach ja, da war ja noch etwas …

Mein Herz schlägt wieder schneller, bevor ich in meine privaten Nachrichten gehe. Fünf Autoren haben sich bereits zurückgemeldet. Die ersten beiden Antworten enthalten – wenn auch traurige – Absagen. Die Idee sei toll, nur so spontan passe es zeitlich leider nicht. Beide bedanken sich dafür, dass ich an sie gedacht habe.

Mein Magen zieht sich enttäuscht zusammen, nur um sich kurz darauf wieder zu entspannen und von einem Kribbeln erfasst zu werden. Die dritte Nachricht ist eine Zusage! Genau wie die fünfte. Gott sei Dank! Cleo Watson und Bailey Sanderson sind »am Start«, um es mit Cleos Worten auszudrücken. Ich bewundere ihr Talent schon länger, und Bailey hat eine echt gigantische Fangemeinde im Rücken. Das ist einfach genial!

»Miss Jones?«

Ich schrecke auf, reiße den Blick von meinem Smartphone los und blinzele kurz irritiert vor mich hin. In der Uni. Ich sitze in der Uni. Langsam nimmt der Seminarraum um mich herum wieder Gestalt an.

»Sind Sie noch bei uns?«

Und das war mein Professor. Automatisch rutsche ich auf meinem Stuhl nach unten, und Hitze schießt mir in die Wangen. Um mich herum erhebt sich Getuschel, dass ausgerechnet ich – die stille, unauffällige, fast schon streberhafte Studentin – ermahnt worden bin. Gleich darauf regt sich aber auch Trotz in mir. Und wenn schon! Ich bin mehr als das. Und ich hatte einen mehr als guten Grund, abgelenkt zu sein. Die Freude über die positive Resonanz zu unserer Lesung kann mir das hier nicht vermiesen.

Ich halte mich dazu an, mich wieder aufrecht hinzusetzen und klar und deutlich zu sprechen, bevor ich mich räuspere und entgegne: »Entschuldigung. Ja, das bin ich.«

Ich wundere mich selbst, wie gut es mir gelingt, Professor Wilsons Blick zu erwidern und mich nicht einschüchtern zu lassen. Normalerweise hätte ich spätestens jetzt schon mit den Tränen gerungen, doch ich werde mich nicht wieder in die Rolle der Schwachen, Verletzlichen schieben lassen. Davon habe ich genug. Dass ich standhaft bleibe, sorgt schließlich dafür, dass mein Dozent nach einem knappen Nicken zur Tagesordnung übergeht und in seinem Monolog fortfährt. Der Rausch, diese Situation so gemeistert zu haben, hält bis zum Ende der Stunde an.

Als ich den Seminarraum verlasse, sehe ich, dass Drew mir eine Nachricht geschrieben hat. Ihr Schlitten hat wohl das Zeitliche gesegnet. Ich zoome das Bild mit der Unterschrift *Planänderung? :(* heran. Irgendwo in Traceys, Inas, Penelopes und meinem Gemeinschaftskeller muss sich Dads alter Schlitten befinden. Wir sind früher – abgesehen davon, dass es in England selten genug schneit – nicht allzu oft damit gefahren, weil ich ein ängstliches Kind gewesen bin. Dennoch habe ich ihn als Andenken behalten. Meine Mutter hat bei der Räumung von Dads und meiner Wohnung in Bermondsey ohnehin zu viel entsorgt. Zu dem Zeitpunkt war ich noch wie gelähmt vor Trauer und habe das gar nicht so genau mitbekommen. Offenbar hielt sie es nicht für nötig, an die Dachluke zu meinem Zimmer in ihrem Cottage zu klopfen und mich nach meiner Meinung zu fragen. Im Nachhinein wurmt es mich, das stillschweigend akzeptiert und kein einziges Wort darüber verloren zu haben. Denn letztendlich geht es weniger um die Gegenstände, als vielmehr um die Erinnerungen an Dad, die sie mir einfach so weggenommen hat.

Ich antworte Drew: *Ich habe noch einen Schlitten im Keller.*

Er schickt mir eine Konfettitüte. Eislaufen als Alternative zum Schlittenfahren wäre für uns alle wahrscheinlich zu teuer gewesen. Dabei gibt es in London so geniale Eislaufbahnen wie die im Hof des

Somerset House und vor dem Natural History Museum. Letztes Jahr haben Kendra und ich beide ausgekundschaftet und für gut befunden. Mit ihr hat das trotz der zahlreichen anderen Eisläufer richtig Spaß gemacht und das, obwohl ich sonst nicht mal sportbegeistert bin. Es ist seltsam, wie viel seitdem geschehen ist. Plötzlich haben wir beide einen Freund und nur noch sporadisch Kontakt. Ich habe einen *Freund*. In echt. Zum Anfassen und alles. Ich kann's noch immer nicht richtig glauben.

Drew schreibt: *Kann den Schlitten gerne vorher holen. Dann musst du ihn später nicht durch halb London schleppen. Bin eh in der Gegend. Könnte kurz vorbeikommen, und du gibst mir den Schlüssel?*

Die Freude darüber, dass ich Drew früher als erwartet wiedersehen könnte (seien es auch nur wenige Stunden), bricht in einem leisen Aufjauchzen aus mir hervor. Es ist mir egal, dass sich außer mir andere Menschen auf dem Gang befinden, die mich hören könnten. Damit ich beim Tippen in niemanden hineinlaufe, bleibe ich sicherheitshalber kurz stehen und lehne mich gegen eine Wand.

Klingt perfekt! Wann kannst du hier sein?

Praktischerweise habe ich als Nächstes etwas Leerlauf, bis ich wieder in eine Vorlesung muss. Wenn das kein Schicksal ist? Ich schlage einen Treffpunkt vor und renne fast los, um schnellstmöglich aus dem Gebäude zu gelangen. Ausnahmsweise bin ich nicht in Panik, um irgendeiner Situation zu entkommen, sondern weil ich mich am liebsten sofort in die Arme eines bestimmten Menschen werfen möchte. Ich bin total hibbelig. Meine Gedanken stehen nicht mehr still, genauso wenig wie meine Füße.

Ich muss keine fünf Minuten an der Bushaltestelle warten, da biegt ein kleiner roter Lieferwagen um die Ecke, in dem ich Drew sitzen sehe. Was für ein ungewohnter Anblick. Er findet eine Lücke zwischen zwei Autos, rangiert, parkt ein und steigt aus. Er trägt seine Arbeitshose und klobige Schuhe, die tiefe Abdrücke in den Schneeresten auf dem Bürgersteig hinterlassen. Leise knirscht es unter seinen Sohlen, während er mir lächelnd entgegenkommt. Ich lächele wie blöde zurück. Das letzte Stück gehe ich auf ihn zu, schlinge ihm die Arme um den Hals und lehne meine Stirn an seine, bereits völlig überwältigt von seiner Nähe, ohne dass wir uns überhaupt küssen. Haut an Haut. Drews Geruch, herb und maskulin. Seine Wimpern kitzeln an meiner Wange.

»Hallo du«, flüstert er.

»Selber hallo«, entgegne ich und versinke in seinen Augen.

Ein paar Minuten tun wir nichts, als eng umschlungen dazustehen, bevor wir uns voneinander lösen. Dennoch kommt mir der Moment viel zu kurz vor, und ich hätte ihn noch ewig ausdehnen können.

»Was treibst du in der Gegend?« Schließlich bringe ich genug Selbstbeherrschung auf, um einen Schritt nach hinten zu treten und Drews Gesicht scharf zu sehen. Unsere Handrücken berühren sich immer noch. Als er mit dem Daumen über meinen streicht, muss ich schlucken. Ein wohliger Schauder rieselt durch mich hindurch.

»Musste was für die Werkstatt besorgen. Deshalb habe ich leider nicht so viel Zeit«, sagt er nicht ohne Bedauern in der Stimme.

»Wir sehen uns ja nachher«, antworte ich locker und zucke mit den Schultern, als würde das unterstreichen, wie lässig ich drauf bin. Nicht.

Drews Augenbrauenwackeln bedeutet mir, dass er mich durchschaut. Ich durchsuche meine Tasche nach dem bunten Schlüsselanhänger, einem alten Freundschaftsband von Kendra, und erkläre ihm kurz, welcher Schlüssel wofür ist. Er nickt übertrieben ernsthaft, und ich kann nicht mehr anders, als ihn zu küssen. Erst auf die Wange, dann auf den Mund. Seine Lippen öffnen sich sofort. Er schmeckt nach schwarzem Kaffee und irgendetwas Süßem.

»Ich habe dich auch vermisst.«

»Pff.« Ich boxe ihm gegen die Schulter. »Mach bloß, dass du wegkommst.«

Er salutiert. »Zu Befehl.«

Ich schaue ihm nach, bis er wieder davongefahren ist. So fühlt es sich also an, verliebt zu sein.

KAPITEL 23

DREW

Mehrere Sekunden stehe ich im Flur von Lias Wohnhaus, ihren Schlüssel, den sie mir so arglos gegeben hat, in der Hand, und ringe mit meinem Gewissen. Mir ist schlecht. Es ist nicht so, als ob ich das hier geplant habe, aber jetzt, wo ich schon mal da bin, könnte ich mir eigentlich wirklich Lias Zimmer vornehmen. Nur mal kurz gucken. Vielleicht lächelt mich der Stick ja direkt von ihrem Schreibtisch aus an?

Mein Gewissen verliert, und ich mache mich auf den Weg nach oben statt nach unten in den Keller. So oft wie ich dem moralischen Teil meines Hirns befehle, die Klappe zu halten, ist es ein Wunder, dass er überhaupt noch den Mund aufmacht. Vor jedem Blick, jedem Lächeln, jedem Kuss, jeder Berührung … Dabei möchte ich nichts mehr, als mit Lia zusammen zu sein, ohne diese Dinge denken zu müssen. Ist das zu viel verlangt?

Ich schaffe es bis in den dritten Stock, ohne von irgendjemandem bemerkt zu werden. Dort finde ich Lias Nachnamen neben der Klingel und stecke den Schlüssel ins Schloss, als wäre es das Selbstverständlichste der Welt. Würden meine Hände nicht zittern, könnte man meinen, dass ich hier wohne. Und was ist schon dabei? Meine Freundin hat mir den Schlüssel zu ihrer Wohnung gegeben. Ich bin quasi mit ihrer Zustimmung hier.

Lias Zimmer zu finden, gestaltet sich ein wenig schwieriger. Beim dritten Mal habe ich Glück. Es ist das vorletzte von vieren auf der rechten Seite. Küche, Wohn- und Badezimmer nicht mitgezählt, welche linker Hand von der Diele abgehen. Meine Schritte werden von dem Regenbogenteppich gedämpft. Ansonsten ist es vollkommen still in der Wohnung. Ich halte mehrmals inne, um zu lauschen. Nichts. Bringen wir es hinter uns. Je schneller, desto besser. Dann kann ich damit beginnen, so zu tun, als wäre es hierzu nie gekommen.

Das Erste, was mir auffällt, als ich Lias Zimmer betrete, sind die zahlreichen Bücher, welche ohne jedes System über den Raum verteilt sind. Sie liegen auf dem Boden, der Fensterbank, der Kommode, dem Schreibtisch und sogar unter dem Bett. Ich habe sie immer für eine Ordnungsverfechterin gehalten und ihr so ein Chaos deswegen gar nicht zugetraut. Gerade das verleiht dem Zimmer jedoch sofort eine persönliche Note, wobei die meisten Möbel eher wie aus dem Katalog wirken. Trotzdem passt alles zusammen. Ich möchte fast wetten, dass Lias Mutter maßgeblich an der Einrichtung beteiligt ist. Sonst spiegelt nur der hölzerne Ständer vor dem Fenster, an dem Kleider, Oberteile und Jacken wie im Laden auf Bügeln an der Stange hängen, Lias Persönlichkeit wider. Ich erkenne auf Anhieb einige Teile, die ich besonders gerne an ihr mag, wie die Bluse mit den

Schleifen, und werde sogleich von einer erneuten Ladung tiefstem Elend überhäuft.

Hastig versuche ich, mich auf meine Aufgabe zu besinnen. Am besten ich gehe so strategisch wie möglich vor. Zuerst inspiziere ich alle frei zugänglichen Oberflächen, insbesondere den Schreibtisch, der von einem Sammelsurium aus Zetteln, Notizbüchern und Post-its übersät ist. Ich achte darauf, alle Dinge wieder zurück an Ort und Stelle zu legen, damit Lia ja nicht auffällt, dass jemand in ihrem Zimmer war. Hier ist schon mal nichts. Danach mache ich mich an die oberste der Kommodenschubladen. Keine Ahnung, wieso sie den Stick zwischen ihren Socken versteckt haben soll – ah, nein, oh mein Gott! Ich korrigiere: zwischen ihrer Unterwäsche. Mit spitzen Fingern und rasendem Herzen hebe ich einen roten BH an, so als hätte ich noch nie ein solches Kleidungsstück in der Hand gehabt (was natürlich nicht der Fall ist).

»Drew?«

Ich lasse den BH-Träger los, als hätte ich mich an ihm verbrannt, und fahre zu Lias Mitbewohnerin Tracey herum, die im Türrahmen lehnt und mich ungeniert beäugt. Nichts anderes hätte ich bei diesem Mädchen erwartet. Tracey ist die Definition von unbefangen und offen – aber jetzt ist sie eindeutig misstrauisch. Wo kommt die denn plötzlich her? Vom Sport, so wie es scheint. Sie trägt eine Tasche, an der ein Paar Turnschuhe baumelt, über der Schulter und eine Trinkflasche in der Hand. Ich muss überhört haben, wie sie die Wohnungstür aufgeschlossen und die Diele durchquert hat.

»Drew«, sagt Tracey erneut. »Was machst du da?«

Äh … »Ich suche was«, bringe ich in halbwegs normaler Stimmlage hervor, krächze nur minimal. *Gut so, sehr gut! Weiter so*, feuere ich mich an, während in meinem Schädel sämtliche Alarmglocken schrillen. Das erschwert es mir zusätzlich, einen klaren Gedanken zu fassen.

»Du suchst etwas. In Lias Unterwäsche?«

Ich werde puterrot und fuchtele unkoordiniert mit beiden Händen in der Luft herum. Sehr glaubwürdig. »Sie hat mich gebeten, ihr noch … Handcreme mitzubringen. Bei der Kälte und so kriegt man ja so schnell raue Hände, und wir treffen uns nachher zum Schlittenfahren. Um den Schlitten zu holen, bin ich eigentlich hier.«

Traceys Miene wird ausdruckslos.

»Ich habe sie kurz in der Uni getroffen, um mir den Schlüssel abzuholen. Also Lia.«

»Hat sie dir nicht gesagt, wo die Handcreme ist?«

Okay, Tracey riecht den Braten. Natürlich tut sie das.

»Sie wusste nicht genau, wo sie sie hingetan hat. Die Handcreme, meine ich.«

Kann ich nicht wenigstens aufhören zu stammeln und alles zu wiederholen? Vielleicht wäre jetzt die beste Gelegenheit, vor Tracey auf die Knie zu fallen, um der Situation die Schärfe zu nehmen. Ich lasse es aber lieber sein und tue stattdessen so, als würde ich beten, indem ich die Handflächen aneinanderlege. »Bitte sag Lia nicht, dass ich ausgerechnet in diese Schublade geschaut habe!«

»Wieso nicht? Das wäre sicherlich lustig«, entgegnet Tracey herausfordernd.

Zeit für ein bisschen Theatralik. Ist ja nicht so, als hinge bis zu einem gewissen Grad mein Leben hiervon ab! Wenn Tracey Lia davon berichtet, dass sie mich in ihrem Zimmer ertappt hat, ist alles aus. Sie wird mir nie wieder vertrauen und wissen wollen, was das sollte und … Ich halte die Luft an und lege beide Hände an meine Brust. »Hast du kein Herz?«

Tracey zwinkert mir zu. »Tut mir leid, dich enttäuschen zu müssen, Schätzchen.«

In letzter Sekunde, bevor ich irgendetwas richtig Dummes tun kann, wie den Verstand zu verlieren und zum Mörder zu mutieren, grinst Lias Mitbewohnerin mich zum Glück breit an. Diese Hexe! »Ich werde ihr nichts sagen.«

Mein Gesichtsausdruck muss zum Schreien sein, denn gleich darauf lacht Tracey richtig los. Ich entscheide mich dafür, mitzulachen. Kann nicht schaden. Auch wenn sie mich eindeutig *aus*lacht. Danach sehe ich mich noch mal kurz unter ihrer Beobachtung um, gebe vor, die Handcreme nicht zu finden, und kündige schulterzuckend an, mich dann wohl in den Keller zu begeben. Tracey und ich verabschieden uns voneinander, als wäre alles im grünen Bereich.

Nur ist es das ganz und gar nicht.

KAPITEL 24
LIA

Irgendwie schaffe ich es durch den restlichen Unitag. Obwohl ich mit der Bahn um die vierzig Minuten bis nach Hampstead brauche, bleibt mir fast keiner der Menschen, die meinen Weg kreuzen, bewusster im Gedächtnis. Mal abgesehen von dem kreischenden Baby vielleicht. Klar, ich registriere die Leute, lenke meine Konzentration dann aber bewusst darauf, ein paar Seiten in meinem current read zu lesen: *Was geschah mit Mara Dyer?* von Michelle Hodkin, einem romantisch-übernatürlichen Young-Adult-Thriller. Bisher sehr empfehlenswert. Das lässt mich hoffentlich auch meine extreme Nervosität ausblenden. Nico kennenzulernen ist eine große Nummer für alle Beteiligten. Etwa zehn Minuten, bevor ich ankomme, stecke ich mein Buch weg, um noch einmal in mich zu gehen und mich mit einer Atemübung zu beruhigen und eventuelle Spannungen zu lösen. Blöderweise packt genau dann jemand nur zwei Plätze weiter einen Döner aus, dessen Geruch sich ruckzuck im gesamten Waggon ausbreitet. Das Ergebnis ist trotz dieser Ablenkung zufriedenstellend: Meine Schultern haben sich etwas gelockert, und mein Herz schlägt langsamer als zuvor. Das macht mir Hoffnung, dass mir das auch vor der Lesung gelingt, falls diese überhaupt stattfinden wird. Noch kann ich mich mental auf sämtliche Eventualitäten einstellen … oder auch komplett durchdrehen. Passend dazu kehren besagte Spannungen in voller Intensität zurück, sobald ich Drew in Begleitung eines blonden Jungen, der für sein Alter eher schmächtig gebaut ist, vor dem Eingang der Station erblicke. Immerhin kann ich hier wieder frische Luft atmen, ohne von Unruhe durchdrungen zu werden.

Da dreht Drew sich auch schon um und strahlt mich an. »Hey!«

Das hilft mir, meine Zweifel ein Stück weit hinter mir zu lassen. Das ist *Drew*. Ich sollte mir keine Sorgen machen.

»Hi«, erwidere ich und bringe ein deutlich wackligeres Lächeln als das von vor ein paar Stunden zustande. Ich wende mich Nico zu, der mich seinerseits mit vorgeschobenem Desinteresse oder einfach nur sehr taktvoll, ohne mich schamlos anzugaffen, betrachtet. Ich nehme an, Drew hat ihm erzählt, dass wir zusammen sind. »Hallo. Ich bin Lia.«

Nico hebt die Hand zum Gruß.

Ich kann mich nicht entscheiden, ob er Drew ähnlich sieht oder nicht.

»Freut mich, dich kennenzulernen.«

Nico nickt.

»Wartet ihr schon lange?«

»Nein, nein, alles gut.« Drew gibt mir meinen Schlüsselbund zurück.

Aus einem Impuls heraus hake ich denjenigen aus, der zur Buchhandlung gehört, und halte ihn ihm hin. »Den kannst du behalten. Ich habe noch einen zu Hause. Ich wollte dir längst schon einen eigenen Schlüssel für das *ANC* geben.«

So sprachlos wie in diesem Moment habe ich Drew noch nicht erlebt. Er räuspert sich. »Wow. Das … Danke.«

War diese Geste zu viel des Guten? Nein, er soll wissen, was er mir bedeutet. Als er meinen Schlitten schultert, den er zuvor hochkant neben sich abgestellt hatte, räuspert er sich erneut. Zu niedlich. »Los?«

»Logo«, bestätige ich und mache dämlicherweise dazu eine Daumen-hoch-Geste. Dass mir gleich darauf die Röte ins Gesicht schießt, war wohl vorprogrammiert. Ist es normal, dass man sich der Familie des Freundes gegenüber beim Kennenlernen so blamabel verhält? Ich würde mich zumindest besser fühlen, wenn ich nicht die Einzige wäre, die sich so anstellt.

Zu dritt setzen wir uns in Bewegung und laufen das kurze Stück bis zum Eingang des »Parks«, der eigentlich mehr ein weitläufiges Wald- und Wiesenareal ist. Die Dächer und Zinnen der roten Backsteinhäuser, welche Hampstead prägen, sind wie mit Puderzucker bestäubt. Der malerische Anblick würde problemlos für das Kunstwerk eines winterlichen Dorfes taugen, Öl auf Leinwand und so weiter. Unser Ziel ist der Parliament Hill, der höchste Punkt von Hampstead Heath. Ich weiß nicht, wie nah ich Drew kommen soll, deshalb taumeln wir mehrmals halb ineinander hinein.

»Tollpatsch«, hickse ich beim zweiten Mal mehr, als dass ich spreche.

Er schmunzelt. »Aber ein süßer.«

Von Nico vernehme ich ein Hüsteln.

Es ist eine interessante Erfahrung, mal nicht das Gruppenmitglied zu sein, das am wenigsten spricht. Immer wieder ertappe ich mich dabei, wie ich verstohlen zu Nico linse und ihn dabei beobachte, wie er schweigend unsere Umgebung in sich aufnimmt. Dank der Weitläufigkeit des Parks ist fast nur Natur zu sehen. Es fühlt sich beinahe so an, als wären wir die Einzigen hier. Die kahlen Baumgerippe muten allerdings etwas deprimierend an, aber sobald wir den Hügel erreichen, sollte sich das ändern. Betrachten die Leute mich auch so wie ich Nico gerade? So ein Mist. Ich möchte gar nicht so sensationssüchtig sein. Ich weiß doch, wie lästig so was ist. Es scheint, als könnte ich von diesem Jungen noch was lernen. Er hält mir quasi den Spiegel vor. Wie es wohl ist, wirklich gar nicht zu reden? Ob er mit sich selber spricht? Meine Gedanken springen flummihaft hin und her. Eigentlich ist das ja auch egal, denn ich möchte ja auch nicht auf meine Hochsensibilität reduziert werden.

Die Steigung nimmt allmählich zu, und die ersten Verrückten brettern bereits in einem Affenzahn mit ihren Schlitten den Hügel hinab und haarscharf an uns vorbei. Ich schrecke instinktiv zusammen und falle fast hin, doch Drew packt mich am Oberarm und bewahrt mich davor. Das Herz schlägt mir bis zum Hals. Unzählige Kufenspuren bedecken die Rodelbahn, die durch den festgefahrenen Schnee entstanden ist. Der Aufstieg zu dem bekannten Aussichtspunkt gestaltet sich nicht nur aufgrund der anderen Fahrer etwas schwieriger. Meine Stiefel sinken entweder in den Schnee ein oder sie gleiten ab. Drew mit seinen längeren Beinen muss mehrmals stehen bleiben und auf Nico und mich warten. Er wird nicht müde, sich über uns zu amüsieren und demonstrativ auf seine imaginäre Armbanduhr zu schielen. »Wird das heute noch was?«

Angeber!, scheint Nicos Augenrollen zu bedeuten.

»Beim nächsten Mal«, schließe ich mich unserer Verteidigung an und fühle mich auf einmal überhaupt nicht mehr befangen, nun, da dieser das Eis gebrochen hat, »könntest du uns ja auf dem Schlitten den Berg hochziehen. Wir wollen doch mal sehen, wer dann schlapp macht.«

Möglicherweise sollte ich bis dahin trotzdem an meiner Kondition arbeiten.

Drew, der jetzt rückwärts vor uns hergeht, schürzt die Lippen. »Herausforderung angenommen. Aber ich ziehe euch einzeln hoch.«

»Das ist Schummeln.«

»Ich denke dabei nur an das Wohl des Schlittens.«

Nico schnaubt. *So ist er immer.*

Die Verbindung zwischen ihm und seinem großen Bruder ist deutlich spürbar. Bewegt sich Nico, bewegt sich Drew und umgekehrt. Die Blicke und Gesten, die zwischen ihnen hin- und herfliegen, sind wie eine eigene geheime Kommunikation. Es ist faszinierend. Da könnte man fast neidisch werden.

»Geteiltes Leid ist immerhin halbes Leid«, stimme ich Nico zu, bevor ich Drew informiere: »Wir haben dich trotzdem noch gern.«

»Du hast mich gern?«

»Du musst schon hinhören, wenn ich etwas sage«, foppe ich ihn. Ist der Aufstieg denn gar nicht anstrengend für ihn? Das kann doch nicht sein! Die Kuppe ist zum Greifen nahe. Ich gebe mir noch mal einen Ruck, um auf dem letzten Stück zu ihm aufzuschließen, ihn zu überholen und gnadenlos an ihm vorbeizustiefeln. Nicht stehen bleiben, einfach weitergehen, dem Brennen meiner Beine zum Trotz. Geschafft! Ich bin oben.

Die Silhouette der Stadt verblasst vor dem grauen Himmel dahinter und ist deshalb nicht halb so spektakulär, wie sie es bei besserem Wetter wäre. Im Gegensatz zu unten sind wir eindeutig nicht allein hier oben. Insbesondere die Kinder treiben die Geräuschkulisse mit ihrem Jauchzen, Lachen und Rufen in die Höhe. Ich halte mich dazu an, mich auf uns zu fokussieren.

Drew hat inzwischen zu mir aufgeschlossen. »Whoa, whoa, whoa! Was war denn das für ein Endspurt? Wirst du etwa frech?«

»Ich sage am besten, wo es langgeht«, kontere ich, nachdem sich mein Atem etwas beruhigt hat.

»Und wo geht es lang?« Zwei schnelle Schritte und Drew ist bei mir, blitzt mich an.

Adrenalin schießt durch meine Adern. »Finde es heraus.«

Was ist auf einmal mit der schüchternen Lia passiert? Wo ist sie hin?

Im nächsten Moment lässt Drew den Schlitten fallen und deutet darauf. »Aufsteigen. Du zuerst. Sorry, Nico.«

Der winkt nur ab. Ich fürchte, ich wirke genauso perplex wie ich mich fühle, denn ich hatte eigentlich mit etwas anderem gerechnet. In der unwahrscheinlichen Hoffnung, dass Drew mich jetzt nicht mit voller Absicht auflaufen lässt, steige ich widerstandslos auf den Schlitten. Wann bin ich das letzte Mal gefahren? An welcher Stelle des Hangs werde ich herunterfallen?

Sei nicht so. Du kannst auch mutig sein. Eben warst du es doch!

Als Drew hinter mich steigt, sind meine Zweifel zum Glück wie weggeblasen. Er lässt mich nicht allein fahren, sondern ist plötzlich überall – an meinem Rücken, den Armen, Beinen, sein Kinn auf meiner Schulter … Er greift um mich, um nach der Kordel des Schlittens zu fassen und manövriert uns dorthin, wo es bergab geht.

»Bereit?«

Diesmal schlucke ich jedes weitere Wort hinunter und nicke lediglich. Meine Nase juckt, aber ich denke nicht daran, jetzt die Hände von den Streben des Schlittens zu nehmen. Ich kralle mich an ihnen fest, obwohl das hier ja unmöglich mit einer Motorradfahrt vergleichbar sein kann. Oder?

Drew stößt uns vom Boden ab, und dann scheint es, als ob wir fliegen. Kein Fall. Im Gegenteil. *Mehr von diesem Gefühl. Bitte, mehr davon.* Mein Magen schlägt diverse Purzelbäume. Je mehr wir an Fahrt gewinnen, desto heftiger weht mir der Wind ins Gesicht. Er brennt ein bisschen auf den Wangen und in den Augen, aber das ist mir vollkommen egal. Dennoch bin ich froh, dass Drew das Steuern übernimmt. Links von uns sausen zwei Jungen auf Bobs vorbei, ein dritter hängt etwas hinterher.

Als er unvermittelt auf unsere Bahn gerät, zieht Drew scharf nach rechts und verhindert so in letzter Sekunde eine Kollision. Gerade als ich aufatmen will, geht ein Ruck durch unseren Schlitten. Ich überlege noch, woran wir wohl hängen geblieben sind, da dreht sich die Welt um mich herum und ich mich mit ihr. Die restliche Luft wird mir aus den Lungen gepresst und ich komme hart auf dem gefrorenen Boden auf. Nach mehreren weiteren Drehungen bleibe ich liegen und versuche stöhnend, mich zu orientieren.

»Lia!« Drew ist an meiner Seite, bevor ich ihn lokalisieren kann. »Geht's dir gut?«

Ich blinzele.

»Hast du dich verletzt?«

Vorsichtig bewege ich meine Glieder. Es scheint alles zu funktionieren.

»Lia ...«

Ich schüttele die letzte Benommenheit und den Schock ab. »Mir geht's gut. Wahrscheinlich habe ich nur ein paar blaue Flecken. Und dir?!« Panik steigt in mir auf und lässt meinen Blick erneut verschwimmen, obwohl ich Drew doch ansehen muss. Was ist mit ihm? Ist er ...?

»Alles okay.« Er macht eine beschwichtigende Geste mit den Händen, erhebt sich aus der Hocke und klopft sich den Schnee von Hose und Jacke. Ich folge seinem Blick. Ein kleiner Strauch ragt an jener Stelle aus dem Boden, an welcher unsere Fahrt so jäh geendet hat. Ich schätze, es hätte schlimmer kommen können.

Drew winkt Nico, um ihm zu signalisieren, dass wir in Ordnung sind. Erschrocken stelle ich fest, dass ich ihn fast vergessen hätte. Wie leicht es mir gefallen ist, seine Anwesenheit auszublenden, nur weil er sich so zurückhält. Ich reiße mich von dem Strauch los, ignoriere die pochenden Stellen an meinem Körper und folge Drew erneut den Hügel hinauf. Ich bin hingefallen und wieder aufgestanden. War doch gar nicht so schwer. Ich nehme mir vor, mich später daran zu erinnern und mir das hier sinnbildlich einzuprägen, sollte ich in Zukunft noch einmal am Boden sein. Und jetzt, jetzt werde ich mir einen schönen Nachmittag mit Drew und seinem kleinen Bruder machen.

Wie hieß es noch in *Das Schicksal ist ein mieser Verräter* über den Schmerz? Dass wir ihn unweigerlich und mit jeder Faser unseres Körpers spüren müssen? Nun, mit dem Glück verhält es sich genauso.

KAPITEL 25

DREW

Ich bin es so satt. Nicht mal das Bier bekomme ich runter. Ab und zu schließe ich die Hand um den Griff des Humpens und hebe ihn zum Mund, aber zum Schlucken kann ich mich nicht überwinden. Deshalb stelle ich das Glas jedes Mal unangerührt wieder ab, obwohl Tristan mich mittlerweile schon komisch ansieht. Die Essensgerüche verursachen mir Übelkeit, und mein Kopf dröhnt von der Geräuschkulisse, welche ein Pub zum Feierabend nun einmal mit sich bringt. Eigentlich wäre es die perfekte Atmosphäre, um abzuschalten und zu entspannen. Heute weiß ich jedoch nicht so recht, wohin mit mir. Mein Bruder wirft mir über den Tisch hinweg fragende Blicke zu, die von Mal zu Mal misstrauischer werden. Nein, das bilde ich mir nicht ein. Dann sagt er etwas zu Benjamin Summers.

Wahrscheinlich sollte ich einfach abhauen, unabhängig davon, was die Jungs dann denken werden. Meine Gedanken schweifen ohnehin immer wieder ab. Raus aus dem Pub. Zurück in Lias Wohnung. Meine

Hände sind zu Fäusten geballt. Ich würde gerne irgendwo reinschlagen. Vorzugsweise in Tristans Gesicht. Mir bricht der Schweiß aus. So kenne ich mich gar nicht.

Aber wer hätte schon sagen können, wann ich überhaupt je die Möglichkeit gehabt hätte, mich dort allein nach dem Stick umzusehen? Die Gelegenheit war da, und ich habe sie ergriffen, in der Hoffnung, die Sache wäre danach endlich vom Tisch. Ich wollte Lia nie hintergehen! Und dann die Krönung, als wäre das nicht schlimm genug, schenkt sie mir auch noch einen Schlüssel zum *ANC*. Die vier Nächte, die seitdem vergangen sind, habe ich davon geträumt, was passieren könnte, falls Tracey Lia doch noch auf unsere etwas merkwürdige Begegnung ansprechen wird. Wahrscheinlich – hoffentlich! – hat sie nicht weiter drüber nachgedacht oder hält mich für ein bisschen pervers. Damit könnte ich gerade so noch leben.

In einem Anflug von erneuter Panik greife ich schließlich zum hundertsten Mal nach meinem Bier. Und diesmal kippe ich es runter. So schnell, dass ich mich verschlucke und die Hälfte wieder ausspucke. Die Jungs um mich herum johlen.

Ted klopft mir beherzt, aber wenig hilfreich auf den Rücken. »Alles fit, Bud?«

Ich kann nur den Kopf schütteln, weil mein Hals brennt und meine Augen tränen. Ja klar, alles fit. As you can see. Es ist ja nicht so, als würde es diese Runde von Kerlen tatsächlich interessieren, wie es mir geht. Übers gemeinsame Abhängen, Trinken und Spielen wird unser Verhältnis nie hinausgehen. Ich bin zwar dabei, doch lediglich als Tristans Anhängsel und keiner von ihnen. Und als solches habe ich mich ab und zu bei Kneipentreffen wie diesem hier blicken zu lassen. Nach außen sind Tris und ich eine Einheit.

Als ich mich von meinem Hustenanfall erholt habe und wieder klarer sehe, begegnen mir seine durchdringenden Augen. Er und Benjamin lachen nicht. Ben erhebt sich in seinem langen schwarzen Mantel, was in Kombination mit den ebenso schwarzen Haaren fast schon unheimlich und Ehrfurcht gebietend wirkt. Man könnte meinen, er würde sich auf diese Weise zum Gespött machen, doch seine düstere Ausstrahlung – oder was es auch ist – sorgt dafür, dass jeder vor ihm kuscht. Tristan steht ebenfalls auf und bedeutet mir mit einer unmissverständlichen Handbewegung, dass ich ihnen zu folgen habe. Ich hätte Lust, das trotzige Kleinkind raushängen zu lassen und mich zu weigern, weiß es jedoch besser. Ich kann vernünftig sein. Auch wenn das etwas ist, das Lia garantiert bezweifeln würde. Ted lässt mich raus, und ich rutsche über die schäbige Holzbank, die schon von unzähligen Hintern glatt poliert wurde, und danke ihm mit einem Tipper an meine Schläfe. Auf dem Weg zum Ausgang taste ich nach dem Schnitzmesser in meiner Hosentasche, mit dem ich damals den Zauberstab für Nico angefertigt habe. Meine Intuition, es heute Morgen einzustecken, hat mich nicht getäuscht. Dass ich überhaupt auf mein Gefühl gehört habe, verdanke ich wohl Lia, die mir dahingehend die Augen geöffnet hat. Vor dem Pub bleiben wir stehen.

»Du hast gute Arbeit in Holland Park geleistet, Kleiner.« Benjamin Summers hält mir eine geöffnete Zigarettenschachtel hin. »Bist du nächste Woche Sonntag auch dabei?«

Langsam löse ich meinen Griff um das Schnitzmesser und bediene mich, rechne nach. Heute ist der fünfte. »Das wäre der dreizehnte Dezember, oder? Dann …?«

»… schlagen wir zu.«

Reicht es nicht, dass ich Spion gespielt und Holland Park nach passenden Autos abgecheckt habe? Es gibt sicher sehr viel fähigere Menschen, die man aktivieren könnte. Der Autoschieberring kann unmöglich auf mich angewiesen sein. Fahren fällt nicht in meinen Aufgabenbereich. Ich springe eher mal so ein, statt im eigentlichen Sinne Autos zu klauen. Bisher jedenfalls. Ich wette, das ist ein Trick, um mich zu testen. Weil die Bosse an meiner (und Tristans) Loyalität zweifeln? Wie lange können Tristan und Ben ihre Vorgesetzten noch vertrösten, ehe diese sich mit eigenen Augen davon überzeugen wollen, dass sich der Stick bei uns in guten Händen befindet? Wann werden sie merken, dass wir ihn gar nicht haben und sie die ganze Zeit angelogen wurden?

»Klar, wenn ihr mich braucht.«

»Du könntest es echt zu etwas bringen, wenn du dich bei diesem Coup ein bisschen hervortun würdest«, behauptet Benjamin. »Du und Tristan.«

Ja, danke. Aber nein.

Benjamin steht in der Hierarchie über meinem Bruder, so viel ist mir klar. Er ist so was wie der Kontaktmann zwischen unserer Bande und dem internationalen Autoschieberring, mit dem wir erst seit Kurzem zusammenarbeiten. Das Ganze ist eine Riesensache, eine richtige Ehre sozusagen, weshalb Tristan wegen Seb und dem Stick auch so durchdreht. Die Transaktionsdaten, die dieser gesammelt hat, waren lückenlos und beinhalteten auch die weniger sauberen Unter-der-Hand-Geschäfte, welche über die Werkstatt liefen. So viel hatten wir alle, als wir Seb bei den Spinden zur Rede stellten, auf einen Blick erkennen können. Wenn das durchsickert, würde es auf unseren Ring und Tristan im Besonderen zurückfallen, da er nun mal für mich verantwortlich ist. Als ob ich nach Moms Tod nicht wüsste, dass mit so was nicht zu spaßen ist.

Ich tue so, als wäre ich vollkommen mit dem Rauchen meiner Kippe beschäftigt. »Klingt verlockend.«

Jetzt versucht Tristan, mich mit reiner Willenskraft zu erdolchen. »Wie wär's mal mit etwas mehr Begeisterung?«

»Das war Sarkasmus.« Ich verdrehe die Augen, als gäbe ich es auf. Ich kann nicht anders, als ihn nun doch zu provozieren. Wenn mich nicht alles täuscht, scheint Benjamin sich über uns zu amüsieren. Wer hätte gedacht, dass er zu solchen Emotionen in der Lage ist oder verschmitzt sogar harmlos aussehen kann? Jedenfalls nicht wie ein Verbrecher, sondern wie einer von denen, denen man solche Taten nie zutrauen würde. Dazu ist er lang und schmal und wirkt, von der Kleidung mal abgesehen, wie das komplette Gegenteil von einem Schlägertyp, also eher wie der klischeehafte Außenseiter in der Schule. Er ist nur ziemlich gut darin, sich als vornehmer Ganove zu präsentieren. So wie vieles ist auch er mehr Schein als Sein.

Er nickt mir zu. »Wie dem auch sei. Dann plane ich dich in die Aktion mit ein.«

Damit steht es fest: Ich werde bald ein echtes Verbrechen begehen. Ich bin verzückt und sarkastisch begeistert.

Verzückt – das ist eines dieser Wörter, die Lia gerne verwendet. Gestern hatten wir ein Date am Trafalgar Square. Lias Vorschlag, nicht meiner. Dass sie sich freiwillig an einen Ort mit so vielen Menschen begeben wollte, verwunderte mich, wo sie eindeutig kein Fan von so was ist. Wir spielten Tourist in unserer eigenen Stadt, machten Fotos mit dem riesigen Weihnachtsbaum vor der National Gallery und den steinernen Löwen und lauschten Händchen haltend einem

Chor, der sich dort versammelt hatte und ein Weihnachtslied nach dem anderen zum Besten gab. Schließlich landeten wir im Waterstones. Wie könnte man als Buchliebhaber auch an einer Buchhandlung vorbeilaufen, ohne reingegangen zu sein? Wir streunten durch die Reihen, und irgendwann zog Lia ein Buch aus einem Regal, das sie anscheinend bereits gelesen hatte, blätterte darin herum, bis sie fand, wonach sie suchte. Dann las sie mir – völlig überraschend für mich – ein paar Sätze daraus vor. Es ging darum, an sich selber zu glauben und dass alles besser werden könne und es nie zu spät sei, um etwas zu verändern.

Ich wusste, das war ihre Art, um noch mal auf meinen Zusammenbruch in St Dunstan-in-the-East zurückzukommen und ein behutsamer Versuch, mir Mut zu machen. Dafür küsste ich sie so unvermittelt und heftig, dass wir gegen eines der Regale stießen. Als ich mich entschuldigen wollte, presste sie ihren Mund jedoch erneut auf meinen. Ihre Zungenspitze tastete sich vor, und ich kam ihr entgegen. Sie seufzte ohne jede Scham in unseren Kuss hinein, was mir einen wohligen Schauder den Rücken hinabjagte. Dabei waren wir alles andere als allein. Der Laden war nicht gerade leer, auch wenn in dieser Sekunde niemand in unseren Gang platzte. Als Lia die Finger in meinen Haaren vergrub, brachte sie nicht nur diese völlig durcheinander. Danach ließen wir schwer atmend und mit geröteten Gesichtern voneinander ab.

Lia klaute meine Kappe, setzte sie auf und zog sie sich tiefer ins Gesicht, als man sie gewöhnlich tragen würde. »Um mich zu maskieren«, erläuterte sie todernst.

Erst dann kamen wir wieder zwischen den Regalreihen hervor und steuerten den Ausgang an.

»Also wirklich, junge Dame«, zog ich sie mit ihrer Verwegenheit auf, genau als wir an einer Verkäuferin vorbeigingen, die so guckte, als hätte sie tatsächlich etwas aus unserer Ecke gehört. Die Stelle, an der mich Lias Ellenbogen traf, spüre ich noch immer und muss dabei grinsen.

»Drew.« Tristans Stimme erreicht mich nur undeutlich. »Hast du gehört?«

»Was?« Ich bin so in der Erinnerung versunken, dass ich erst darauf klarkommen muss, wo ich bin.

Ich stehe vor unserem Stammlokal in Hackney. Mit Tris und Benjamin. Es ist dunkel und kalt, und die Straße ist nass. Der Schnee ist vorerst wieder geschmolzen, und meine Zigarette ist mittlerweile fast heruntergebrannt. Diese Träumerei gerade war fast noch schlimmer als heute früh, als ich mir, in Gedanken nur bei Lia, meine Cornflakes statt in ein Schälchen in meine Kaffeetasse geschüttet habe. Es war sogar schon Kaffee drin. Nico, vor dem ich meine Gefühle nach unserem gemeinsamen Nachmittag mit Lia etwas heruntergespielt hatte, hob vielsagend eine Augenbraue. Tristan war da schon weniger amüsiert als vielmehr genervt.

»Hat er nicht«, bemerkt Benjamin. Anders als mein Bruder lächelt er. »Bring sie doch mal mit.«

»Wen?«

»Deine Freundin.«

»Ich habe keine Freundin!« Ich streite es so schnell ab, dass selbst Tristan meine Lüge gecheckt haben wird. Natürlich wird er sich bei Ben über mich ausgelassen und seine Vermutungen ausgeplaudert haben. Dabei war ich Shannon gegenüber noch so überzeugend.

»Deinen Freund?«, schlägt Benjamin wenig beeindruckt vor.

Ich schüttele den Kopf. Das kann doch nicht wirklich passieren. Ich dachte, diesen Katastrophenfall hätte ich abgewendet. Wie soll ich Lia mit hierhernehmen? Und was sage ich Shannon? Ich könnte mich theoretisch weigern. Niemand zwingt mich, sie meinen Freunden vorzustellen. Trotzdem würde ich Ben und Tris damit vor den Kopf stoßen, und jemandem wie Benjamin Summers sollte man nicht so leichtfertig widersprechen.

»Es ist noch ziemlich frisch«, gestehe ich schließlich zögernd ein. »Ich werde sie fragen.«

KAPITEL 26
LIA

Ich bin gerade in einem Kundengespräch, als Justus zum Schichtwechsel erscheint und diskret nach hinten verschwindet. Mittlerweile fällt es mir von Tag zu Tag leichter, mich auf die unterschiedlichen Menschen, welche es über die Schwelle des *A New Chapter* führt, einzustellen. Selbst wenn diese mich – ein echter Klassiker unter den Kundenanfragen – nach »diesem einen Buch mit dem großen Baum oder Messer oder so« auf dem Cover fragen und wollen, dass ich am besten sofort weiß, von welchem Titel sie da sprechen. Inzwischen freue ich mich sogar richtig darauf, alte und neue Gesichter zu sehen, und das nicht nur wegen des Geldes. Nein, ich betrachte es als meine persönliche Herausforderung, doch vielmehr Erfüllung, das passende Buch oder ein literarisches Weihnachtsgeschenk für alle Kunden zu finden. Wie auch für den Lebensgefährten von Phillip, der gerade vor mir steht. Ich habe eine Strategie entwickelt, nach der ich nun aufmerksam seiner Beschreibung folge, mich in Steve – so heißt sein Freund – einfühle und gedanklich ein Bild von diesem entwerfe.

»Wie wäre es mit einem historischen Kriminalroman?«, schlage ich abschließend vor und gehe ein paar Titel durch, die mir bisher in dieser Richtung gut gefallen haben. Nach allem, was ich gehört habe, hat Steve dafür bestimmt etwas übrig. »Das ist zwar mal was anderes, als er sonst so liest, sollte aber eigentlich ist alles, was er mag, enthalten.«

Phillip ist sofort begeistert. »Ja! Ja, das klingt nach Steve. Ich denke, ich werde es gleich mitnehmen.«

Ich muss unwillkürlich schmunzeln, packe das Buch in Geschenkpapier ein, versehe es mit einem Schleifenband und gebe Philipp nach dem Kassiervorgang einen der übrig gebliebenen Flyer und einen der neuesten Gedichtschnipsel mit. Er bedankt sich und verspricht, mir Bescheid zu geben, wie es Steve gefallen hat. Dann fällt mir ein: Ich habe noch gar kein Weihnachtsgeschenk für Kendra. Allerdings weiß ich nicht, ob wir uns dieses Jahr überhaupt etwas schenken. Unsere letzten Chats waren derart oberflächlich und Smalltalk-mäßig, dass ich mich dagegen entschieden habe, sie bezüglich Drew und mir auf den neuesten Stand zu bringen. Irgendwie fürchtete ich sogar einen negativen Kommentar und darauf kann ich getrost verzichten. Ich merke, dass sich möglicherweise ungerechtfertigter Groll in mir zusammengebraut hat, aber ich habe neben allem anderen aktuell keinen Nerv, mich damit auseinanderzusetzen.

»Kann es sein, dass Drew nicht mehr nur ein Stammkunde für dich ist?«, stellt Justus unvermittelt hinter mir fest.

Wie auf frischer Tat ertappt, fahre ich zu ihm herum. Er lehnt in der Tür zum Mitarbeiterbereich und sieht mich unverwandt an. Die

Ärmel seines weißen Hemds sind hochgeschoben, die Weste darüber sitzt wie angegossen. Wie immer sieht er aus wie ein wahrer Gentleman.

Ich fühle mich überfordert damit, so unverblümt zur Rede gestellt worden zu sein. Das hätte ich eher von Drew erwartet. Mein Magen zieht sich zusammen. Bedeutet das, dass Justus mich jetzt darauf anspricht, was ich befürchte? Hat er sich ursprünglich doch Hoffnungen gemacht und diese dann begraben, als er gemerkt hat, dass sich zwischen Drew und mir etwas anbahnt?

Ich habe Mühe, die richtigen Worte zu finden. »Äh, vielleicht.«

Irgendetwas in mir gerät in Panik, mich mit Justus zu streiten. Von Beginn an hat er mir bedingungslosen Rückhalt vermittelt, und zwar bei allem, was die Buchhandlung oder mich betraf. Fast schon wie der große Bruder, den ich nie hatte. Dass ich ausgerechnet ihm nicht als einem der Ersten von Drew und mir erzählt habe, hat bestimmt seine Gefühle verletzt. Wie habe ich das nicht sehen können?

»Lianne?«

Erst als Justus mich erneut anspricht, merke ich, dass ich den Kopf betreten zu Boden geneigt habe, und zwinge mich, meinen Blick wieder zu heben. Zu meiner Irritation lächelt er mich an. »Es ist alles gut. Ich freue mich für euch! Was hast du denn gedacht? Ich hatte nur das Bedürfnis, mal mit dir darüber zu reden, anstatt es kommentarlos hinzunehmen.«

»Dann steht die Sache nicht zwischen uns?«, verleihe ich meinem Unglauben Ausdruck, bevor ich meine aufsteigende Erleichterung zulassen kann. Oh, nein. Wieso habe ich das laut gesagt? Damit habe ich mich verraten, und Justus wird glauben, dass ich die ganze Zeit über geargwöhnt habe, er könnte auch auf mich stehen.

Ein Stirnrunzeln. »Nein. Überhaupt nicht.«

»Gut!«, beeile ich mich, das Thema abzuhaken. »Gut, dass wir das geklärt haben. Dann kann ich offen mit dir reden?« Wobei einfach drauflloszuplappern nun wirklich nicht zu meinen Stärken zählt!

»Immer«, versichert Justus mir jedoch. Er ist zu goldig. Gott sei Dank ist daraus keine verzwicktere Situation entstanden. Aber ja, ich *bin* froh, den anfänglichen Verdacht, er arbeite lediglich wegen mir im *A New Chapter*, ein für alle Mal ausschließen zu können. Hätte ich mich nur getraut, dieses Missverständnis früher aus dem Weg zu räumen. Ach ja, neuer Gesprächsstoff. Dann mal los! Etwas anderes fällt mir gerade nicht ein, also …

»Drew hat mich für Freitag zu sich eingeladen. In sein Viertel. Um nun auch Tristan und seine Freunde kennenzulernen. Wir wollen feiern gehen, und na ja, ich bin noch nie in einem Club oder so was gewesen.«

Justus hebt abwehrend die Hände, lässt sich aber auf diese neue Richtung ein. »Da fragst du definitiv den Falschen. Wende dich damit besser an Tracey, die ist in solchen Sachen die richtige Ansprechpartnerin. Die Hälfte der Zeit, die wir neulich die Flyer verteilt haben, hatte ich keine Ahnung, wovon sie da redet. So etwas wie ein Sozialleben zu haben, muss schon eine aufregende Sache sein, wenn man ihr so zuhört.«

Ich schneide eine verzweifelte Grimasse. »Na schön, wo du recht hast, hast du recht. Du verstehst mich immerhin. Ich befürchte nämlich, Tracey könnte es übertreiben und mich total umstylen wollen wie in einer dieser Klischeefilmszenen! À la das hässliche Entlein verwandelt sich in einen Schwan. Weißt du?«

»Ich erkenne, worauf du hinauswillst.«

»Aber?«

»Mach dir da mal keine Sorgen.« Justus hält meinen Blick mit seinem fest. »Du bist kein hässliches Entlein.«

Als ich nach Hause komme, beschließe ich, es gleich hinter mich zu bringen, klopfe an Traceys Zimmertür und strecke den Kopf herein.

»Hey, wen haben wir denn da?«, begrüßt sie mich freudig. »Komm rein, komm rein!« Sie watschelt von ihrem Schminktisch zum Bett und schnappt sich ein herzförmiges Kissen, mit dem sie es sich bequem macht. »Versteh mich nicht falsch, aber komm mir bloß nicht zu nah. Nicht dass du noch mein Werk ruinierst«, bemerkt sie mit einem Blick auf ihre frisch lackierten Zehennägel.

Aus den Lautsprechern dringt ein pop-rockiger Christmas-Mix von Traceys Laptop, und die Duftkerzen auf der Fensterbank verströmen einen dezenten Lebkuchen-Geruch. Da ist aber jemand schon in Weihnachtsstimmung.

»Was gibt's?«

Ich setze mich zu ihr ans Bettende, ziehe die Knie an die Brust und weihe sie in mein Dilemma ein. »Ich habe weder etwas zum Anziehen noch eine Ahnung davon, worauf ich mich einstellen muss. Ich bezweifle, dass ich mich in einem Club besonders wohlfühlen werde mit all den Menschen.«

»Drew kennt dich doch.«

»Aber seine Freunde nicht.«

»Mhm. Ich finde, er sollte Rücksicht auf dich nehmen«, sagt Tracey, während sie ihren Fußnägeln Luft zufächelt.

Das sind ja ganz neue Töne! Ich dachte, Drew und ich wären in ihren Augen das Traumpaar schlechthin. Sollte sie nicht aus dem Häuschen sein, dass unsere Welten sich nun nach und nach vermischen? Zugegebenermaßen bin ich schon ziemlich aufgeregt. Das mit Nico war erst der Anfang. Drew scheint es wirklich ernst zu meinen.

»Wir haben uns deswegen nicht gestritten. Keine Sorge. Ich bin nur ziemlich unsicher, aber will natürlich mal etwas Neues ausprobieren. Ich freue mich ja auch«, stelle ich klar.

Ein Stirnrunzeln huscht über Traceys Gesicht, ehe es sich wieder glättet. »Na gut.«

»Na gut?« Ich stutze. Irgendetwas dämpft ihre Stimmung und beschäftigt sie. Vielleicht geht es gar nicht um Drew und mich? Auch wenn sie ihn kritisiert und sich nicht wie sonst über den nächsten Schritt in unserer Beziehung gefreut hat. Ich rate, bevor ich unnötig lange spekuliere: »Hat Charlie sich noch mal gemeldet?«

»Hat er nicht«, gibt sie kurz angebunden zurück.

Ich zögere, nach ihrer Hand zu greifen. »Das tut mir leid.«

Tracey streicht sich eine Haarsträhne aus dem Gesicht und weicht meinem Blick aus. »Was soll's.«

»Geht es hier überhaupt um Charlie?«, frage ich mit klopfendem Herzen.

Sie seufzt. »Ach, Lia.«

Ich warte.

Jetzt blinzelt sie mich beinahe schüchtern an. »Vielleicht kann ich ja mitkommen?«

Meint sie … »Feiern?«, hake ich überrascht nach.

»Ja?«

»Oh. Ähm, ja. Wieso eigentlich nicht?«

Wäre diese Wendung nicht gewesen, hätte ich womöglich sogar angenommen, Tracey wäre in ihrer Einsamkeit nun doch eifersüchtig – oder sie habe plötzlich irgendetwas gegen Drew. Soweit ich es mitbekommen habe, ist jedoch nichts vorgefallen, was ihr einen Anlass dazu gegeben hätte. Oder hat Traceys Skepsis etwas mit Drews nicht unbedingt piekfeinem Hintergrund zu tun? So hätte ich sie aber auch nicht eingeschätzt. Das hätte ich noch eher von Kendra erwartet.

Kendra, verdammt. Ich kann nicht abstreiten, dass mir diese Baustelle im Magen liegt. Ich muss das in Ordnung bringen. Vor allem, weil diese Sache auf meine anderen Freundschaften übergreift und mich anscheinend auch Justus und Tracey gegenüber grundlos vorsichtiger und misstrauischer macht. Das habe ich ja gerade gesehen.

»Super!« Mit neuem Elan springt meine Mitbewohnerin auf. »Wann wollt ihr gehen?«

»Übermorgen.« Wahrscheinlich habe ich Traceys Schmerz über die Trennung von Charlie wirklich fälschlicherweise auf mich bezogen und sollte dem merkwürdigen Kribbeln in meinem Bauch keine weitere Beachtung schenken.

»Da hast du mir ja gerade noch rechtzeitig Bescheid gesagt, um mich für ein Outfit zu entscheiden!«, ruft Tracey aus. »Kommt Justus eigentlich auch?«

Damit hat sie mich endgültig wieder. Es ist alles okay.

»Eigentlich nicht«, erwidere ich nun noch überraschter und muss gleichzeitig schmunzeln.

»Schade. Er hat mich echt neugierig gemacht.« Neugierig worauf? Auf sich? Hat das zu bedeuten, was ich glaube, das es bedeuten könnte? Wenn ich genauer darüber nachdenke, haben Tracey und Justus sich eigentlich bei jedem Treffen in der Buchhandlung gut verstanden und sogar einen kompletten Tag lang zusammen Flyer verteilt. Jenen Tag, an dem Drew und ich uns zum ersten Mal geküsst haben. Naheliegenderweise hatte ich danach anderes im Kopf, als auf die Idee zu kommen, dass sich auch zwischen den beiden etwas anbahnen könnte.

»Hey.« Tracey schnippt direkt vor meiner Nase mit den Fingern. Ich zucke so zusammen, dass ich fast vom Bett falle. »Für dich finden wir auch was Passendes zum Anziehen.«

Oh nein. Ich wusste es!

KAPITEL 27
DREW

Ich kann nicht glauben, dass das wirklich passiert. Tristan, Ben und ich stehen an einem Bahnsteig im Bahnhof Hackney Central und warten auf den Zug, der Lia und Tracey zu uns bringen wird. Nur noch wenige Minuten, und alles könnte auf einen Schlag zu Staub zerfallen, wenn meine beiden Wahrheiten aufeinanderprallen. Wie viele Verletzte wird es geben?

Ich bin furchtbar flatterig, als könnte ich jede Sekunde umkippen und bete, dass ich auf der Stelle aufwachen möge, weil dieser Albtraum unmöglich die Realität sein kann. Ist er aber. Mir ist klar, dass weder Tris noch Ben unsere illegalen Umtriebe ausplaudern werden, das versteht sich von selbst. Die Grenzen zwischen unseren Welten, die vorher gründlich abgesteckt waren und jetzt nach und nach verwischen, versetzen mich dennoch in Panik. Wie wahrscheinlich ist es, dass doch irgendwo etwas durchsickert? Was wird Lia über mich denken, wenn sie mich in meinem alltäglichen Umfeld erlebt? Es ist fast so, als führte ich ein Doppelleben. Fuck.

Benjamin und Tristan stecken die Köpfe zusammen, um sich über den wohl ziemlich ansehnlichen Hintern eines vorbeigehenden Mädchens auszutauschen. Noch eine Minute. Der Zug fährt ein und wirbelt ein paar herumfliegende Tageszeitungen auf. Mein letztes Stündlein hat hiermit geschlagen. Immerhin habe ich daran gedacht, noch mal ordentlich Deo aufzutragen, bevor wir aus dem Haus gegangen sind. Wobei mir das als Leiche im Grunde egal sein kann. Noch bevor die Waggons komplett zum Stillstand kommen, suche ich die Fenster bereits nach Lia und Tracey ab – und dann die Menschen, die aus den Wagen strömen. Gedeckte Jacken und Mäntel, tief in die Stirn gezogene Kapuzen und Hüte, jede Menge klassischer schwarzer Regenschirme. Selbst die bunten Londoner zeigen sich im Winter von ihrer düsteren Seite. Ich hätte Benjamins scheinbar so harmloser Aufforderung, Lia mal mitzubringen, nicht nachgeben sollen, doch jetzt ist es eindeutig zu spät. Ich suche und suche. Und finde sie schließlich. Lia erkenne ich gleich an der Teddyjacke, die sie heute offen trägt. Drunter hat sie einen engen schwarzen Rock aus Cord und ein weinrotes Oberteil. Die Haare fallen ihr ungebändigt über eine Schulter. Abgerundet wird das Bild durch ihre glänzenden Lack-Schnürschuhe.

Wow!, durchzuckt es mich überwältigt, voller Unglaube, dass da tatsächlich meine Freundin auf mich zukommt. Gäbe es so etwas wie Liebe auf den ersten Blick, muss es sich so anfühlen. Mit Funken und allem. Anfänglich bin ich ihr nach und nach verfallen, doch jetzt gehöre ich ihr mit Haut und Haar. Als sie mich entdeckt und mir ein schüchternes Lächeln schenkt, vergesse ich Tristans und Benjamins

Anwesenheit für einen Moment komplett. Bedauerlicherweise rempelt mein Bruder mich in diesem Augenblick in die Seite. »Welche von beiden ist es?«

Erst da wandert mein Blick weiter zu Tracey, die auf schwindelerregend hohen Stöckelschuhen neben Lia her tänzelt und über ihrem körperbetonten Kleid nur ein Strickjäckchen anhat. Wie kann sie so nicht frieren?

»Die Linke«, sage ich abwesend.

Gleich darauf höre ich förmlich das Klicken des unsichtbaren Schalters in Tristans Kopf, mit dem er in den Jagdmodus wechselt und Lias Mitbewohnerin ins Visier nimmt. Das werde ich zu verhindern wissen.

»Benimm dich«, raune ich, was ich so oft gedacht, aber bis eben nie laut ausgesprochen habe. Irgendwie hat sich da etwas zwischen Tristan und mir verschoben. Ich fühle mich ihm nicht mehr so ausgeliefert, sondern als könnte ich, wenn es darauf ankommt, zurückschlagen und mich ihm gegenüber behaupten. Tristan ist zu abgelenkt, um meine Bemerkung zu hören, und ich zu erstaunt über die Erkenntnis, um dem weiter nachzugehen.

Kaum sind Lia und Tracey in Hörweite, wirft mein Bruder ein »Hallo, Ladies!« in die Runde. Ich würde mich nicht als Frauenversteher betrachten, aber dass diese Begrüßung alles andere als charmant ist, hätte ich ihm garantieren können. Es ist mir schleierhaft, wie er es fertigbringt, überhaupt jemanden ins Bett zu kriegen. Dass er es schafft, beweist allerdings die eindeutige Geräuschkulisse, welche manchmal aus seinem Zimmer zu Nico und mir herüberdringt.

Während ich Lia zur Begrüßung auf die Wange küsse und ihren Geruch nach Kokos tief einatme, zieht Tris eine kleine Show ab, indem er einen Kuss auf Traceys Handrücken haucht. Diese quittiert das mit einem ähnlich verspielten Augenbrauenheben. Auch meine Augenbrauen wandern in die Höhe. Na schön, meinetwegen. Solange Tracey sich bewusst ist, worauf sie sich da einlässt. Benjamin schüttelt beiden die Hände. Als Lia ihre Hand aus Tristans löst, hake ich Challenge Nummer eins unter *bestanden* ab.

»Da entlang«, übernimmt Tristan die Führung.

Während Ben und ich uns im Hintergrund halten, setzen die Mädchen ihr Gespräch fort, das sie vermutlich in der Bahn begonnen haben. Gott, ich klebe an Lias Lippen. Leider nur im übertragenen Sinne, denn sie hält sich eher zurück und lässt ihre Mitbewohnerin den Hauptteil des Gesprächs übernehmen. Sie wählt ihre Worte mit Bedacht, und ich merke richtig, wie nervös sie ist und wie sehr sie sich bemüht, einen guten Eindruck auf Tristan zu machen. Dabei ist es mir ziemlich egal, was Tristan von ihr denkt. Viel wichtiger ist dagegen: Was hält Lia von Tristan? Die Unterhaltung dreht sich nun um Horoskope.

»Was denkt ihr?«, wendet sie sich an Tristan, Ben und mich, sobald wir den Bahnsteig verlassen haben und umgeben von einer kleinen Menschentraube den Weg zur High Street einschlagen. Dort befindet sich unser Ziel, eine Bar mit dem Namen *Found Paradise*. Hoffentlich wollen die Leute nicht auch alle dorthin. Der Laden ist zwar relativ neu, aber ausgehend von dem, was man so hört, jetzt schon ziemlich angesagt. Von dort aus werden wir später zum Club weiterziehen.

»Ist an Horoskopen etwas dran?«, präzisiert Tracey ihre Frage und schlingt ihr Strickjäckchen enger um ihren Körper.

»Auf jeden Fall«, behauptet Tristan sofort und lässt sich etwas zu ihr zurückfallen. »Ich bin davon überzeugt, dass bestimmte Charaktereigenschaften vorgeprägt sind, es halt solche und solche Menschen gibt, und dadurch auf gewisse Weise auch unser Schicksal vorgezeichnet ist.«

»Schon, aber doch nicht aufgrund des Monats, in dem jemand geboren wurde«, widerspricht Lia, wie ich verwundert zur Kenntnis nehme. Sie selbst wirkt ebenfalls überrascht und fügt leicht stammelnd hinzu: »Es gibt so viel Unsinn, der meinem Sternzeichen zugeschrieben wird und überhaupt nicht auf mich zutrifft.«

Folgt nun einer ihrer berüchtigten Vorträge? Hat Tristan einen Nerv getroffen? Das würde ihm ganz recht geschehen. Dann weiß er direkt, dass man Lia nicht unterschätzen sollte. Ich halte gespannt die Luft an.

»Wenn durch die Sternzeichen alles vorgegeben wäre, könnte man ja gleich sämtliche Fehler in unserem Verhalten darauf schieben. Als ob wir keinen freien Willen hätten oder uns nicht jederzeit anders entscheiden könnten. Klar, wir können den ausgetretenen Pfaden folgen, genauso gut aber auch einen anderen Weg einschlagen.«

»Weise Worte«, nickt Benjamin Lias Rede ab.

Erwähnte ich bereits, wie bizarr die Gesamtsituation für mich ist? Ich sehe Tristan an, dass es ihm nicht gefällt, so abgefertigt worden zu sein. Er nutzt die Gelegenheit, sich abermals hervorzutun (diesmal mit größerem Erfolg), indem er Tracey die Tür zum Paradies aufhält. Wir haben uns bewusst gegen unser traditionelles Stammlokal entschieden. Aus naheliegenden Gründen. Manchmal ist es von Vorteil, in der Menge unterzugehen, und an anderen Tagen rentiert es sich, wenn dir dein Ruf vorauseilt. Uns empfängt ein schmaler Gang, an dessen unverputzten Wänden Bilder im Retro- und Vintage-Look hängen. Am Ende geht er in ein Gewächshaus über, das mit bunten Lichterketten dekoriert ist. Die gläserne Decke reflektiert die Beleuchtung und erzeugt eine Art Teleskop-Effekt. Darunter besiedeln Palmen und andere exotisch anmutende Pflanzen den Raum, in dem runde Stehtische und Barhocker verteilt wurden.

»Wow«, bewundert Tracey die Location.

Tristan tritt hinter sie, umfasst ihre Schultern und deutet auf etwas, das ich von meiner Position aus nicht sehen kann. Tracey dagegen legt den Kopf in den Nacken und nickt voller Begeisterung. Puh. Da lässt jemand nichts anbrennen.

Ben kämpft ebenfalls mit einem Lacher, den er in letzter Sekunde als Hustenanfall tarnt. Man fällt einem Bruder ja nicht in den Rücken. Wieder einmal könnte ich fast vergessen, dass es sich bei Benjamin Summers um einen irren eiskalten Verbrecher handelt oder auch um einen verbrecherischen eiskalten Irren. Aber solche Leute sind ja auch bekanntlich Meister der Tarnung.

»*Found Paradise* erinnert mich irgendwie an John Miltons verlorenes Paradies«, sinniert Lia. Obwohl ich weder John Milton noch sein verlorenes Paradies kenne, bin ich mir beinahe sicher, dass sie damit auf irgendetwas Literarisches anspielt. Da ich als Einziger nah genug neben ihr gehe, um sie zu verstehen, muss ich etwas sagen.

»Vielleicht gibt es da ja einen Zusammenhang«, versuche ich mich also an einer halbwegs schlauen Erwiderung. Oh, Boy. Ich sollte unbedingt mal mit Justus Rücksprache halten, um in solchen Augenblicken nicht wie ein absoluter Volltrottel dazustehen.

Tristan hat Tracey bereits einen freien Tisch aussuchen lassen. Wir weichen einem anderen Pärchen aus und schieben uns hinter den beiden her, Benjamin in unserem Schatten. Eher zufällig schweift mein Blick zur gut bevölkerten Bar und pures Entsetzen erfasst mich. Shannon. Einen Arm auf die Theke, den anderen in die Hüfte gestützt steht sie einem Mahnmal gleich mitten in der Bar. Mit Sicherheit wird hier gleich eine Bombe hochgehen. Ich ziehe es in Erwägung, auf dem Absatz kehrtzumachen und irgendeinen fadenscheinigen Grund vorzuschieben. Einen Schwächeanfall? Lias Finger schieben sich zwischen meine und elektrisieren mich zusätzlich. Sie neigt den Kopf leicht zur Seite, als wartete sie auf eine Erklärung für meine Anspannung, die zumindest für sie unübersehbar sein sollte. Ich hätte Shannon für heute Nico aufdrängen sollen, dann hätte so was nicht passieren können! Der wurde jedoch von Katie, dem Mädchen, mit dem er im Sachunterricht zusammengearbeitet hat, zu einer Pyjamaparty samt Übernachtung eingeladen. Shannon hat mir diese Neuigkeit, einer stolzen Mutter nicht unähnlich, sofort erzählt, nachdem sie davon erfahren hatte. Und auch ich war mächtig froh zu hören, dass sich meine vorsichtige Hoffnung, es möge eine Freundschaft zwischen den beiden entstehen, zu bewahrheiten scheint. Apropos, ich sollte trotzdem mal wieder auf mein Smartphone linsen, um sicherzugehen, dass bei Nico alles in Ordnung ist und er den Rettungsdienst noch nicht angefordert hat. Wenn wir chatten, vergesse ich sogar manchmal, dass er sonst nicht spricht. Trotzdem lehnt er meine Vorschläge, es im Alltag mal mit Block und Stift zu probieren, meistens ab.

Ich möchte Lia beruhigen und drücke ihre Hand. Nimmt sie es mir ab? In dem Moment, in dem wir den Tisch erreichen, dreht Shannon, die zuvor noch mit dem Barkeeper geplaudert hat, sich in unsere Richtung. Selbstredend erkennt sie Tristan, Benjamin und mich sofort. Nicht so Lia und Tracey. Ihre Augen verengen sich zu Schlitzen, als hätte sie in dieser Sekunde alles kapiert und sich nun dafür entschieden, grausame Rache zu üben. Mir fallen Lias und meine verschränkten Hände wieder ein, und ich lasse sie aus einem Reflex heraus los. Ich widerstehe dem Drang, in Deckung zu springen, ziehe stattdessen einen der Barhocker zurück und gebe vor, Shannon nicht bemerkt zu haben. Dennoch verfolge ich aus dem Augenwinkel, wie sie sich mit einer lässigen Handbewegung bei ihrem Gesprächspartner entschuldigt und trotz ihrer Absätze geradewegs auf uns zuschießt.

»Was macht ihr denn hier?«, scheut sie sich nicht, sofort auf den Punkt zu kommen, sobald sie bei uns angelangt ist.

Das sollte ich dich fragen, Shannon.

Das ausgewaschene Männer-T-Shirt ist etwas verrutscht und gibt ihr rechtes Schlüsselbein frei. Ihre Jeans sind an den Knien zerrissen. Sie schnappt sich den Barhocker rechts neben meinem. Lia sitzt links von mir.

»Ein Tapetenwechsel«, antwortet Benjamin glücklicherweise von gegenüber, bevor ich es mit einer Lüge noch schlimmer machen kann. Ich muss unbedingt ruhig bleiben und einen kühlen Kopf bewahren.

Was denkt Lia, nun da ich ihre Hand so plötzlich losgelassen habe? Ich traue mich nicht, zu meiner linken Seite zu gucken und wünsche mir sehnlichst etwas zu trinken.

»Cool.« Wahrscheinlich hakt Shannon nur deshalb nicht nach, weil Tristans und Bens Frauengeschichten ein offenes Geheimnis sind. Ich glaube, ich habe begriffen, weshalb die Mädels den beiden sonst die Bude einrennen. Wegen ihres Ansehens. Dass Lia und Tracey zu mir gehören könnten, kommt Shannon daher gar nicht in den Sinn. Ich drücke beide Daumen, dass das so bleibt.

»Und du?«, schiebt Tristan hinterher, der sich den Platz zwischen Benjamin und Tracey gesichert hat. »Scheint, als wärst du öfter hier.« Ein Nicken zur Bar.

Shannon zuckt mit der entblößten Schulter und schenkt mir einen vielsagenden Augenaufschlag. »Dominik ist ein Freund von mir.«

Will sie mich damit eifersüchtig machen? Am liebsten würde ich ihr sagen, dass sie sich die Mühe sparen soll. Mir ist klar, dass sie nicht auf mich angewiesen ist. Ehrlich gesagt verstehe ich immer weniger, wie das mit Shannon und mir jemals passieren konnte. Wir passen gar nicht zusammen. Nicht auf dieser Ebene. Trost, Nähe, Halt. Das ist es, was ich so verzweifelt gebraucht und gesucht habe. Das weiß ich jetzt. Nur konnte Shannon mir allenfalls einen Vorgeschmack darauf geben.

Meine Sandkastenfreundin wendet sich nun auch Lia und Tracey zu. »Ich fürchte, wir kennen uns noch nicht. Ich bin Shannon. Ihr seid …?«

Schon wieder kriege ich fast einen Herzstillstand, dabei stellen sich die beiden nur vor. *Sei nicht so paranoid!*

Doch Shannon legt gleich noch einen drauf: »Was dagegen, wenn ich mich euch anschließe? Dom muss noch bis elf Uhr arbeiten.«

»Klar«, freut Tristan sich. Dass er es nie geschafft hat, Shannon um den Finger zu wickeln, kratzt bis heute an seinem Ego. Eine Runde Mitleid für Tris.

Der Tisch, an dem wir Platz genommen haben, ist für sechs Leute wahrscheinlich nicht vorgesehen. Einerseits perfekt, weil Lia und ich dadurch so eng beieinandersitzen, dass wir uns zwangsläufig und schön unauffällig berühren. Andererseits könnte ich jederzeit versehentlich auch mit Shannon aneinandergeraten. Sowohl im übertragenen wie auch im wörtlichen Sinne. Tristan nimmt unsere Bestellungen auf und begibt sich zum Tresen, um die Getränke zu holen. Ich bin überrascht, dass Lia wie Tracey einen Mojito und keinen alkoholfreien Cocktail bestellt. Gleichzeitig ist es interessant, sie immer besser kennenzulernen. Wieso sollte sie keinen Alkohol trinken? Weil das scheinbar nicht zu ihrer zurückhaltenden Art passt?

»Woher kommt ihr?«, erkundigt Shannon sich bei den Mädels.

Noch nie hatte ich so große Angst vor einem Small Talk.

»New York City«, trumpft Tracey auf, woraufhin sie praktischerweise sowohl Shannons als auch Benjamins ganze Aufmerksamkeit besitzt. Was für ein Spießrutenlauf! Wird das den restlichen Abend so gehen?

Als Tristan mit einem Tablett zurückkommt, dreht sich die Unterhaltung am Tisch immer noch um Traceys Heimatstadt, ohne dass ich etwas von ihren Schilderungen mitgekriegt hätte. So leid es mir für Nico täte, ich hoffe, er meldet sich möglichst bald, damit ich mich aus dem Staub machen kann. Dann müsste ich wenigstens nicht dabei sein, wenn alles den Bach runtergeht und Shannon ausplaudert, was zwischen uns ist beziehungsweise war. Hat da jemand was zum Central Park gesagt? »Manhattan«, fange ich einen weiteren Stichpunkt auf. Man merkt, ich bin voll bei der Sache. Ich nuckle an der Flaschenöffnung meines Biers. Könnte ich mich zurücklehnen, an Lia kuscheln und die Augen schließen, wäre ich vollkommen zufrieden. Nur kann ich mir das nicht gönnen.

»Du bist so still.« Shannons Fuß trifft mich am Schienbein unter dem Tisch.

Autsch! Was zum …? Das ist ein Satz, den ich nicht oft zu hören bekomme, deswegen bin ich schlagartig in erneuter Alarmbereitschaft. Ich spüre, wie Lias Blick zu mir schnellt. So wie ich die vergangene halbe Stunde versucht habe, sie nicht zu auffällig anzusehen, muss sie sich regelrecht ignoriert vorkommen. Dabei spüre ich ihre Präsenz mit jeder Faser meines Körpers. Das Heben und Senken ihres Brustkorbs, unsere Oberschenkel, die nur durch wenige Kleiderschichten getrennt sind, unsere sich zufällig streifenden Schultern. Ich hätte wegrücken können, aber wenigstens darauf wollte ich nicht verzichten, wo ich eh schon fast erledigt bin.

»Ich denke nach«, weiche ich Shannon aus.

Diese hebt die Augenbrauen, als sei dies etwas völlig Neues. Dafür hätte ich sie gerne zurückgetreten. Wie in den guten alten Zeiten. Vielleicht kann es doch irgendwann wieder wie früher werden?

»Woher kennt ihr euch eigentlich?« Sie deutet vage zwischen Lia und mir hin und her.

»Woher wir uns kennen?« Ich stocke. So viel zu meiner Theorie, Shannon könnte glauben, dass die Mädchen zu Ben und Tristan gehören.

»Ihr wirkt so vertraut«, fügt sie hinzu.

Die Spannung, die sich plötzlich zwischen uns aufbaut, elektrisiert die Luft über dem Tisch, ach nein, was sage ich, in der ganzen Bar. Ich hätte doch wegrücken sollen.

Lia richtet sich unvermittelt gerader auf, als mache sie sich bereit, einem Angriff standzuhalten, statt lediglich unter Shannons Musterung nicht einzuknicken. »Vor einer Weile ist Drew zufällig in meine Buchhandlung geplatzt …« Sie sieht mich an, Hilfe suchend.

Das war's dann wohl. Ich kann sie das nicht allein ausbaden lassen, auch wenn ich noch so gerne den Kopf in den Sand stecken würde. Ich lege Lia einen Arm um die Schultern und ziehe sie etwas unbeholfen, doch unmissverständlich an mich, nuschle halb in ihr Haar: »Und ich bin froh, dass ich mich dorthin verirrt habe.«

Shannon nickt. Sehr langsam. »Ach, du bist das. Die Buchhändlerin. Ich habe schon viel von dir gehört.«

Das könnte alles oder nichts bedeuten. Lia löst sich stirnrunzelnd von mir. Klar hat sie gemerkt, wie erzwungen diese Umarmung gerade war. Ihre Miene verschließt sich, bevor sie sich an Shannon wendet. »Was denn, wenn ich fragen darf?«

Ach, du scheiße. Wie habe ich die Dinge nur so verbocken können?

Gerade als ich erneut den Mund öffne, grätscht Tristan dazwischen. »Mädels, entspannt euch!« Seine Mimik bedeutet mir *Habe ich dir denn gar nichts beigebracht?* Wenn selbst Tristan merkt, dass etwas faul ist … »Es lohnt sich nicht, einen Bitchfight um meinen Bruder auszutragen.«

Tracey lässt ihr Smartphone sinken, auf dem sie Ben zuvor noch ein Bild gezeigt hat. »Dein Ernst?«

Kurz schießt mir etwas anderes durch den Kopf. Haben Ben oder Tristan Shannon mehr über Lia und meinen Auftrag erzählt? Ich bin ihr gegenüber nie richtig ins Detail gegangen, obwohl ich es theoretisch hätte tun können, weil sie über den Autoschieberring im Bilde ist.

Der Einwurf meines Bruders bringt auch sie zum Schnauben. »Tristan Carter, tu doch nicht so, als ob es dich nicht anmachen würde, einen Bitchfight«, sie malt imaginäre Anführungszeichen in die Luft, »mitzubekommen. Jeder mit ein bisschen Verstand erkennt auf den ersten Blick, dass Drew derjenige von euch beiden mit Anstand ist.«

Ich schäme mich in Grund und Boden. Im Vergleich zu Tris mag das stimmen, aber sonst wohl kaum. Doch das Schlimmste ist, dass Shannon mich noch verteidigt, obwohl sie gerade realisiert haben muss, dass ich sie belogen und betrogen habe. Ich habe meine Chance, ehrlich zu ihr zu sein, ungenutzt verstreichen lassen. Ich bin ein echter Held.

Lias Schokoladen-Augen signalisieren mir ein stummes *Drew, was ist hier los?*

Das *Ich hatte eine Affäre mit meiner Nachbarin* liegt mir auf der Zunge. Ich schwör's. Verdammt, ich *habe* eine Affäre mit meiner Nachbarin, denn richtig beendet habe ich die ganze Sache immer noch nicht. Daran ändert auch nichts, dass wir seit unserem Streit nicht mehr miteinander geschlafen haben und ich mich vor Zärtlichkeiten jeglicher Art gedrückt habe. *Ekelhaft, einfach nur ekelhaft.* Es wundert mich, dass Shannon ihr Gingerale noch nicht über mir ausgekippt und meiner zukünftigen Ex-Freundin die gute Nachricht um die Ohren gehauen hat. Benjamins Züge tragen einen Ausdruck von Sensationsgier zur Schau, wogegen Tracey plötzlich ernüchtert wirkt. Das macht mir Angst. Gleich wird sie es übernehmen, Lia und Shannon den Rücken zu stärken, und sie täte recht daran.

Auf einmal lehnt Tristan sich auf seinem Stuhl zurück und verschränkt die Arme. »Also. War's das? Dann können wir ja wieder zur Tagesordnung übergehen. Möchte noch jemand was trinken?«

Tatsächlich hat er sein Bier bereits geleert. Ich wage nicht nachzuhaken, was genau es mit der Tagesordnung auf sich hat. Die anderen bleiben ebenfalls still. Wie auch immer es meinem Bruder gelungen ist, die Bombe zu entschärfen, irgendwie hat er es geschafft.

Ich hebe meine Flasche und registriere, dass sie genauso leer ist wie Tristans Glas. Mit einem Klirren stelle ich sie wieder ab. Heilfroh, dem Galgen noch einmal entronnen zu sein, verkünde ich: »Ja, hier. Die nächste Runde geht auf mich.«

KAPITEL 28

LIA

Ohne Zweifel neige ich dazu, mir unnötige Sorgen zu machen. Deshalb bin ich umso irritierter, dass ich mir offensichtlich einmal nicht genug den Kopf über etwas zerbrochen habe. Mit einem alarmierenden Rumoren im Magen blicke ich Drew hinterher, wie er von dem lärmenden, übervollen Palmengarten verschluckt wird. Dabei hatte ich unbedingt noch einen Blick in sein Gesicht erhaschen wollen, bevor er mir den Rücken zukehrte. So kann ich nur weiterraten, was das eben mit Shannon gewesen sein soll. Das Herz schlägt mir bis zum Hals, und meine Schläfen pulsieren. Alles ist so grell und blinkt in diesen Neonfarben, sodass die Reizüberflutung keine fünf Minuten auf sich warten ließ, kaum dass wir das *Found Paradise* betreten hatten. Am liebsten wäre ich gleich wieder gegangen. Da ich mir jedoch vorgenommen hatte, heute mal etwas Neues auszuprobieren, wie ich es Tracey gegenüber noch großspurig betonte, kam das nicht infrage. Hätte ich nur auf mein Gefühl gehört.

Was ich im ersten Augenblick befürchtet habe, kann nicht sein, oder?

Ich versuche, die rothaarige Schönheit zwei Plätze neben mir nicht zu offensichtlich anzugaffen. Obwohl ich sie noch keine Stunde kenne, ist nicht zu übersehen, dass Shannon Drew in ihrem ungezügelten Temperament, an Stärke und Selbstbewusstsein in nichts nachsteht – und dass die zwei irgendetwas verbindet. Wie soll ich ihn darauf ansprechen, ohne wie eine eifersüchtige Zicke zu wirken? Diese Art von Minderwertigkeitskomplex, noch dazu in dieser Intensität, ist mir neu. Ich habe ja auch noch nie jemanden so gemocht wie Drew. Ich will mich nicht mit Shannon vergleichen müssen.

Übertreibe ich?, würde ich Tracey gerne fragen, wäre sie nicht in ihr Smartphone vertieft. *Ich übertreibe*, antworte ich mir an ihrer Stelle. *Shannon ist nicht Drews zickige Barbie-Girl-Ex-Freundin. Du bist betrunken. Merkst du das denn nicht?*

Seit Drews Aufbruch hat sich Schweigen über unseren Tisch gesenkt, und doch steht so viel Ungesagtes im Raum, dass ich mit jeder Sekunde kribbeliger werde. Als er zurückkehrt, bin ich nicht die Einzige, die sofort die Hand nach ihrem Getränk ausstreckt. Wieder habe ich mich an Tracey orientiert und dasselbe wie sie bestellt. Das filigrane Glas mit der roten durchsichtigen Flüssigkeit, dem Schirmchen und der Zitronenscheibe macht auf jeden Fall optisch schon mal etwas her.

Bilde ich es mir ein oder ist Drew darum bemüht, meinen Blicken auszuweichen? Zwar setzt er sich wieder neben mich, doch er achtet genau darauf, mich nicht mehr zu berühren. Auf einmal stürze ich in das Loch, aus dem ich glaubte, es nach Dads Tod endlich wieder hinausgeschafft zu haben. Mir ist plötzlich so schwindelig, dass ich mich am Tisch festklammern muss. Sind das die Auswirkungen des Mojitos?

»Lia?« Ich spüre Traceys Hand auf meinem Arm.

Da ist so was wie ein Schleier, der mich von meiner Umgebung trennt. Dieses Gefühl ist mir durchaus vertraut, aber dadurch nicht weniger beunruhigend. Obwohl ich um nichts in der Welt noch mal diesen Raum durchqueren will – erst recht nicht ohne Begleitung, auf die ich mich konzentrieren könnte –, stehe ich taumelnd auf. »Entschuldigt mich.«

Schwanke ich wirklich oder kommt mir das nur so vor? Zumindest bezweifle ich, dass ich je erfahren werde, wie mein zweiter Cocktail schmeckt.

Tracey ist sofort zur Stelle. Dafür könnte ich sie knuddeln. »Soll ich mitkommen?«

Gleichzeitig ist mir ihre Besorgnis vor den Jungs und Shannon irgendwie peinlich. »Nein, danke. Ich brauche nicht lange.«

Wieso fragt Drew mich nicht, ob ich in Ordnung bin?

»Na gut.« Tracey streicht über ihre glitzernde Handyhülle, als wollte sie mir damit vermitteln, dass ich ihr jederzeit schreiben kann, falls ich es mir anders überlege. Oder ich interpretiere schon wieder zu viel in diese Geste hinein. Dass das unter akutem Stress mit größerer Wahrscheinlichkeit geschehen kann, ist mir bewusst. Wie durch ein Wunder finde ich den Wegweiser zu den Toiletten – ein blechernes Schild mit der Aufschrift *Ladies & Gents*, das perfekt zur restlichen Einrichtung passt – und ziehe mich wie an einem Anker darauf zu, ohne nach links und rechts zu gucken. Tränen verschleiern bereits meine Sicht. Zweimal streife ich jemanden im Vorbeigehen, bin jedoch zu benebelt, um die Reaktion meiner Gegenüber zu registrieren, geschweige denn stehen zu bleiben. Wie oft habe ich mich danach gesehnt, meine Sensoren mal abzustellen? In diesem Augenblick fühle ich mich jedoch einfach nur blind und hilflos.

Ich öffne die Tür zur Damentoilette. Noch bevor ich einen Blick auf mein garantiert miserabel aussehendes Spiegelbild erhaschen kann, steigt mir ein Brennen in die Kehle. Ich stürze auf die nächste Toilettenkabine zu, schaffe es nicht mehr, hinter mir abzuschließen und finde mich würgend und zitternd über der Kloschüssel wieder. Es kommt nichts. Durch das rauschende Blut in meinen Ohren vernehme ich, wie eine weitere Person den Vorraum mit den Waschbecken betritt.

»Lia?«

Auch wenn ich kopfüber dastehe und mir ein paar meiner braunen Strähnen ins Gesicht gefallen sind, erkenne ich Shannon augenblicklich. Mein Blick klart schlagartig auf und ich schnelle in die Höhe, wobei ich erst recht das Gleichgewicht verliere. Das ist das Adrenalin.

Da ist Drews ... was auch immer schon an meiner Seite und stützt mich. »Brauchst du jemanden, der dir beim Kotzen die Haare hält?«

»Ich kotze nicht«, möchte ich widersprechen. Heraus kommt eher ein Nuscheln. Kotzen – irgendwie klingt dieses Wort aus meinem Mund regelrecht vulgär, obwohl Shannon es wie selbstverständlich verwendet hat. Weil Shannon locker und cool ist und sich nicht nach nur einem Cocktail fast übergeben muss.

»Gut siehst du aber auch nicht aus.«

Ich muss lachen. Einfach so. Weil das alles so verrückt ist. Wie konnte ich in diese Lage geraten?

Shannon grinst. »Hey, das gefällt mir schon viel besser.«

»Was? Dass ich lache?« Ich dachte, wir stünden auf entgegengesetzten Seiten.

»Ich wollte mal nach dir sehen«, sagt sie schulterzuckend.

Ich lehne mich an die mit Sprüchen beschmierten Fliesen der Toilettenkabine, weil ich sonst umkippen würde und außerdem nicht will, dass sie mich länger festhält. In meinem Magen brodelt es noch immer bedenklich. *Nicht. Kotzen. Nicht.*

»Wieso?« Ich wünschte, ich wäre klarer und könnte erkennen, was sie gerade empfindet.

Shannons Haltung wirkt entspannt, obwohl ich sicher bin, dass sie nur vorgibt, es zu sein. »Drew und du. Ihr seid ein Paar?«, fragt sie beiläufig.

Ich nicke nur, weil ich meiner Stimme nicht traue. Was, wenn sie doch eine hysterisch-eifersüchtige Ex-Freundin ist oder schlimmer noch …? Nein, nein, nein. Ich will das nicht zu Ende denken. Zu Ende. Ob es hier mit mir auf dieser Toilette enden wird? Denn so fühle ich mich gerade. Ich werde nie wieder Alkohol trinken, dabei wollte ich doch nur lockerer sein als sonst und etwas Spaß haben.

»Worauf wartest du dann noch?« Ich blinzele Shannon ratlos an. »Sieh zu, dass das so bleibt. Er ist echt total verrückt nach dir.«

»Wirklich?«, rutscht es mir heraus, noch dabei, ihre Freundlichkeit zu verarbeiten. Ich dachte, sie würde die Gelegenheit nutzen, um mich richtig fertigzumachen.

»Willst du mich verarschen? Er kann kaum die Augen von dir lassen.« Die Eifersucht in ihrer Stimme ist nicht zu überhören.

»Er hat mich den Abend über fast nicht angesehen.« Das »sondern dich« verschlucke ich knapp, bevor meine gelöste Zunge mich weiter blamieren kann. Vorsichtig nehme ich die Hand von meinem Bauch. Es wird besser. Glaube ich. Das Skript für diese Szene wäre eher was für Brad, den Protagonisten meines aktuellen Buchprojekts. Eigentlich könnte Kylie ihn auch mal zu einer Party mitschleppen. *Sorry, Kumpel, da musst du durch. Gleiches Recht für alle.*

Shannon verschränkt die Arme vor der Brust. »Drew ist dir ausgewichen, weil ich ihn nervös gemacht habe. Du hast doch sicher schon seinen weichen Kern entdeckt.«

Erneut denke ich nicht lange nach, bevor ich spreche. Vor allem diese Frage brennt mir unter den Nägeln. »Woher kennt ihr euch?«

»Wir sind Nachbarn. Schon seit Jahren. Wir sind zusammen groß geworden, könnte man sagen.«

»Oh, okay.«

Damit nimmt sie mir endgültig allen Wind aus den Segeln. Das war's? Mehr nicht?

»Ich weiß nicht, was ich sagen …«

»Dann spar dir die Puste. Mach dich frisch und schnapp ihn dir!«

»Wieso sagst du das?«, frage ich verwirrt.

»Weil er mir wichtig ist«, entgegnet Shannon, sieht mir dabei jedoch nicht in die Augen.

Ich beschließe, das erst mal so im Raum stehen zu lassen. Mehr schlecht als recht hangele ich mich aus der Toilettenkabine zu einem Waschbecken und spritze mir das kalte Wasser ins Gesicht, bevor ich etwas zittrig mein Make-up nachbessere. Aber es geht schon wieder. Schweigend und ein bisschen lauernd beobachtet Shannon mich dabei. Wie schon am Tisch widerstehe ich dem Instinkt, mich unter ihrer Musterung kleinzumachen. Ich darf selbstbewusst sein. Ich bin es. Und ja, vielleicht geben mir die Nachwehen des Cocktails auch einen kleinen Schubs in die richtige Richtung. Was ja wiederum positiv ist. Sollte ich mich bei Shannon für ihre Hilfe und dieses Gespräch bedanken? Doch der Moment fühlt sich nicht passend an, deswegen gehe ich ohne einen weiteren Blick zurück zur Tür hinaus.

Obwohl es Tristan ist, der zuerst wieder auf mich aufmerksam wird und mir aus unerfindlichen Gründen zuwinkt, habe ich nur Augen für Drew. Als er sich halb auf seinem Hocker umdreht, beschleunige ich meine Schritte. Ehe wir beide uns versehen, halte ich sein Gesicht in meinen Händen und küsse ihn mitten auf den Mund. Nicht weil ich betrunken bin oder Angst vor Shannon habe, sondern weil ich es will. Ich will ihn. Kein Zögern. Nie wieder.

KAPITEL 29

DREW

Wenn ich mit einem nicht gerechnet hätte, dann damit, dass Lia sich mir nach ihrer Rückkehr regelrecht an den Hals schmeißen würde. Ich hatte eine Ohrfeige oder Ähnliches erwartet, aber nicht diesen Kuss, der mir komplett den Atem raubt. Ihre Finger zerwühlen mein Haar, ihre Zunge stiehlt sich in meinen Mund und befördert mich in andere Sphären. Dabei hatte ich mich längst darauf eingestellt, dass Shannon Lia alles sagen würde. Nur wusste ich beim besten Willen nicht, wie ich sie davon abhalten sollte. Bevor sie aufstand und ihr zu den Toiletten folgte, hatte sie mich noch so seltsam angelächelt. Scheinbar kenne ich meine beste Freundin nicht so gut, wie ich dachte. Was auch immer Shannon Lia auf dem Klo erzählt hat, es spricht einhundertprozentig für sie.

Ich bringe lediglich die erste Silbe von Lias Namen hervor, als diese mir eine Pause von unserem Kuss gibt und mich bereits unterbricht. »Lass uns von hier verschwinden.«

Dass sie damit nur uns beide meint, versteht sich von selbst. Die Intensität ihres Blickes spricht eine eigene Sprache und flüstert mir Fantasien ein, an die nicht zu denken mir plötzlich unmöglich erscheint. Hier steht definitiv wieder eine andere Version von Lia vor mir. Eine, die verdammt sexy ist. Ich nicke wie ferngesteuert und schaue mich nicht mal mehr nach Shannon um, die mittlerweile auch wieder an unseren Tisch zurückgekommen ist. Tausende Fragen liegen mir auf der Seele, aber ich wage es nicht, eine einzige davon zu stellen und diesen Moment zu zerstören. Kriege ich noch eine Gnadenfrist? Oder ist das eine Falle?

Lia sagt noch etwas zu Tracey, was ich wegen der Umgebungsgeräusche nicht verstehe, dann zieht sie mich hinter sich her zum Ausgang. Mich wundert, dass sie mich nicht loslässt, denn meine Hände sind schweißnass. Vielleicht habe ich mehr getrunken, als ich sollte. Unsinn. Ich weiß genau, was ich vertrage.

Frische Luft umgibt uns, sobald wir das *Found Paradise* verlassen haben, und hilft mir dabei, einen klaren Gedanken zu fassen. Ironischerweise kommt es mir vor, als wären wir der Hölle nur knapp entronnen. Lia setzt dazu an, mich erneut zu küssen, doch diesmal halte ich sie an den Schultern zurück, wobei ich sie unabsichtlich mit dem Rücken gegen die Hauswand dränge. Mit leicht geöffneten Lippen blinzelt sie zu mir hoch und –

»Verdammt!« Ich wende mich abrupt von ihr ab und hole tief Luft.

»Drew?« Anders als zuvor klingt Lia auf einmal gar nicht mehr selbstbewusst und verführerisch, sondern verunsichert und den Tränen nahe.

»Es tut mir leid«, flüstere ich. »Es tut mir so leid.«

Ich kann sie nicht ansehen.

»Was meinst du?«, bohrt sie nach.

Wie kann ich es auch nur eine Sekunde lang in Erwägung ziehen, den nächsten Schritt zu tun, solange ich so viele Geheimnisse vor ihr habe? Alles, was ich tue, ist ihr Vertrauen regelmäßig durch den Dreck zu ziehen.

»Das mit Shannon und mir ist vorbei, okay?«, platze ich heraus. »Ich wollte nicht, dass du es so erfährst. Mit ihr war es mir nie ernst. Aber mit dir … ist es ganz anders.«

Ich balle die Hände zu Fäusten und presse sie mir gegen die pochende Stirn. *Weiter! Du bist noch nicht fertig.* Wie soll ich es Lia nur sagen? Ich kann ihr doch nicht wirklich hier und jetzt erzählen, dass ich ein Autodieb bin und verraten, was mich in Wirklichkeit in ihre Buchhandlung geführt hat! Nämlich kein Geburtstagsgeschenk für Nico. Damit würde ich ihr den Boden unter den Füßen wegziehen, wo es doch im Laden, mit ihren Lesern, dem Buchprojekt und allem anderen gerade so gut läuft. Ich will sie nie wieder so aufgelöst, so kalt, so in sich zurückgezogen erleben wie bei unserer ersten Begegnung und erst recht will ich nicht der Grund dafür sein. Ich bin so froh, zu sehen, wie viel besser es ihr stetig geht. Nein, ich kann das nicht tun. Nicht jetzt. Nicht, wo das Event ansteht, das Tracey geplant hat. Wenn Lia wegen mir in einer Woche nicht lesen kann, würde ich mir das nie verzeihen.

»Atmen.« Ihre Stimme ist ganz sanft. Plötzlich spüre ich ihre Hände auf meinen Armen und dann ihren Oberkörper, als sie sich der Länge nach an mich schmiegt. Ihre Nase pikt mir in den Rücken, während sie das Gesicht darin vergräbt und mit mir zusammen atmet. Erst da merke ich, wie unregelmäßig und hektisch meine Atemzüge sind.

»Ich weiß nicht, wie ich damit umgehen soll. Mit alldem«, gestehe ich. Und ich verstehe Lia nicht. »Bist du nicht sauer?«

»Wer sagt, dass ich es nicht bin?«

»Du umarmst mich gerade.«

»Weil ich dich liebe.« Das letzte Wort ist halb genuschelt, trotzdem setzt mein Herz kurz aus und ich fröstele. Ich glaube zwar nicht, dass sie das nur wegen des Alkohols sagt, aber dass sie es so beiläufig erwähnt, zeigt mir, dass sie mindestens angetrunken sein muss.

Ich versuche, Lias Arme zu lösen. »Ich sollte dich nach Hause bringen.«

»Ich kann doch mit zu dir kommen.«

»Vielleicht nicht unbedingt heute.«

»Nicht heute.« Sie stößt ein undefinierbares Schnauben aus, halb empört, halb verletzt, und lässt mich los. »Wir sind hier nicht bei *Game of Thrones*!«

»Was?«

»Wie lange brauchen wir von hier zu dir?«

»Mit dem Bus circa eine halbe Stunde.«

»Und zu Fuß?«

»'ne Stunde. Keine Ahnung. Hör zu …«

»Großartig. Genug Zeit, um nüchtern zu werden. Falls es das ist, was dich beunruhigt«, sagt sie trotzig.

Ich schüttele ungläubig den Kopf. Lia hatte doch nur einen Mojito! Das bisschen Rum … »Gott, du bist wirklich betrunken! Auch wenn du schon wieder *Game of Thrones* zitieren kannst. Willst du ernsthaft bei dieser Kälte eine Stunde durch die Gegend laufen?«

Demonstrativ zieht sie den Reißverschluss ihrer Teddyjacke bis zum Hals zu. »Mir ist nicht kalt.«

Irgendwie ist diese Sturheit ja auch niedlich. »Weil du betrunken bist.«

»Du solltest dich dicker anziehen«, entgegnet sie, ohne auf meine Feststellung einzugehen. Da hat sie recht. Zu dieser Jahreszeit kriecht die Nacht viel früher heran und bringt die Kälte mit sich. Ich würde lügen, wenn ich behaupten würde, nicht zu frieren.

»Ich habe aber keine so dicke Jacke wie du …«

Lia zieht den Reißverschluss wieder auf, schlüpft erstaunlich geschmeidig aus beiden Ärmeln und hält sie mir hin. »Bitte schön! Du kannst sie haben. Tauschen wir.«

Meine Mundwinkel heben sich. »Ich bezweifle, dass ich in deine Jacke passe.«

»Die ist oversized. Probier's.«

Allein um ihre beschwipste Reaktion zu erleben, wenn sich dieser Einfall als wahnwitzig herausstellt, gehorche ich. Womöglich ist der Abend doch noch nicht gelaufen, und *ich* habe mich geirrt. Verrückterweise ist mir die Jacke gar nicht so viel zu eng, wie ich erwartet hatte. Ich kriege den Reißverschluss zwar nicht komplett zugezogen und an den Schultern spannt sie ziemlich, trotzdem hält sie so warm, dass ich endlich checke, wieso Lia sie andauernd trägt.

»Siehst du«, triumphiert sie. Meine Jeansjacke steht ihr unheimlich gut. »Wo geht's lang?«

Ich gebe mich geschlagen und mache eine Handbewegung in die ungefähre Richtung. Es muss ja nichts passieren. Wobei Nico heute nicht da wäre. Wann ist das schon mal der Fall? Die befremdeten Blicke, die wir von einigen anderen Pub- und Partygängern angesichts unseres Aufzugs ernten, nehme ich nicht mehr wahr, sobald Lia sich bei mir unterhakt und kurz den Kopf an meine Schulter legt.

Ihr Haar riecht wie immer himmlisch. Wie ich heute am eigenen Leib erfahren habe, liegen Paradies und Hölle scheinbar näher beieinander, als allgemein vermutet wird.

Als wir etwa die Hälfte des Weges geschafft haben, bricht Lia das Schweigen. Ich dachte, sie wäre vielleicht müde und bemühte mich deshalb gar nicht erst um Small Talk. Zumal ich weiß, wie unsinnig sie so was findet und wie sehr sie die Stille genießt. Selbst in London können nächtliche Straßen in einem Wohngebiet wie diesem einem vorgaukeln, die Welt sei eigentlich ein friedliebendes Dorf.

»Wieso bin ich eigentlich nicht wirklich auf Toilette gegangen?«

Ich runzele die Stirn. Hat sie etwa die ganze Zeit darüber nachgedacht?

»Du warst doch auf Toilette?«

»Aber nicht um zu …« Lia stoppt mitten in der Bewegung. »Ich muss mal. Dringend.«

»Oh«, entfährt es mir.

»Lach mich ja nicht aus!« Überdramatisch macht sie sich von mir los und dreht sich einmal suchend im Kreis.

»Ich grinse bloß«, stelle ich klar. Nur vereinzelt brennen Lichter in den Fenstern der Einfamilienhäuser.

»Wie weit ist es noch?«

»In zwanzig bis fünfundzwanzig Minuten sind wir da. Das hältst du noch durch«, versichere ich ihr.

Wenn ich mich nicht täusche, weicht ihr sichtbar die Farbe aus dem Gesicht. »Ich glaube nicht.«

»Unsinn. Komm.« Ich strecke ihr meine Hand entgegen.

Lia ignoriert sie und stampft einmal mit dem Fuß auf. Es ist zum Schreien komisch. »So ein Mist! Wäre das hier ein Roman, müsste sicher niemand so dringend aufs Klo, dass ihm schon die Tränen kommen. Ich platze gleich. Was mache ich denn jetzt?«

Ich kann mich nicht mehr zusammenreißen und muss nun doch ein wenig lachen. »Wir kommen gleich an einem Park vorbei«, gebe ich mir alle Mühe, Lia zu beschwichtigen. Wäre es nicht ihre Idee gewesen, diese Wanderung anzutreten, könnte sie mir fast leidtun. Vielleicht. Vielleicht auch nicht.

»Und dann?«

Ich kann nicht mehr. »Hockst du dich hinter ein Gebüsch. Noch nie gemacht?«

Ihr entsetzter Blick ist unbezahlbar. »Dafür muss man doch ’ne Strafe zahlen! Oder? Was, wenn uns jemand erwischt?«

»Während du ins Gebüsch pinkelst?«

»Drew!« Lias unnatürliche Blässe schlägt in Röte um. »Ich glaub das alles nicht!«

Doch letztlich muss sie dran glauben. Nacheinander klettern wir über den Zaun des Abney Parks. Bis wir ein geeignetes Gebüsch, weit genug von den Grabsteinen entfernt, gefunden haben, kann Lia kaum noch gerade gehen. »Ein Park ist nicht dasselbe wie ein Friedhof!«, beschwert sie sich, von einem auf das andere Bein hin und her tänzelnd.

Eine weitere Diskussion erübrigt sich jedoch, sobald wir etwas abseits der ausgewiesenen Pfade landen. Ich drehe mich um und nehme meinen Wachtposten ein. Nachdem Lia sich erleichtert hat, stakst sie das Stück durchs Unterholz zu mir auf den Weg zurück, streicht ihren Rock glatt und wendet sich mir mit einem Räuspern zu.

»Abney Park *Cemetery*«, belehrt sie mich, nun da sie wieder die

Ruhe dafür hat, »gehört zu den Magnificent Seven. Die sieben privaten Friedhöfe, die im neunzehnten Jahrhundert außerhalb der damaligen Stadt angelegt wurden, weil die der Kirchen überfüllt waren.«

Einen Augenblick lächele ich sie nur an. »Ich bin froh, dass wir diesen intimen Moment miteinander teilen durften.«

Sie verzieht leicht das Gesicht, pariert dann aber ebenso sarkastisch. »Und ich erst. Ich bin sicher, wir werden noch Jahre später hieran zurückdenken.«

In Woodberry Down angekommen macht Lia wirklich schon einen viel nüchterneren Eindruck. In bin froh, dass es dunkel ist, weil unser Wohnkomplex im Schein der Laternen nicht ganz so heruntergekommen wirkt. Die Sekunden, in denen sie an dem klotzartigen Gebäude hinaufstarrt, behagen mir nicht. Sie soll sich nicht verpflichtet fühlen, irgendetwas Mitfühlendes zu sagen oder zu denken. Ich hätte mir schließlich auch etwas anderes gewünscht. Trotz regt sich in mir, doch Lia nickt nur nachdenklich vor sich hin und murmelt: »Man kann hier ja die Sterne sehen.«

»Ja«, bestätige ich etwas überrascht, denn das habe ich so noch nie bemerkt. Etwas außerhalb der City ist das tatsächlich wieder möglich. Vermutlich ist es Lia deswegen aufgefallen, weil sie diesen Anblick von ihrem Viertel aus nicht kennt.

»Können wir aufs Dach?«

»Klar. Schon.« Ich war zwar ewig nicht dort oben – wieso auch? –, aber der Schlüssel hängt bei uns im Flur. Mit Scheuklappen durch die Gegend zu laufen ist immer meine bewährte Methode gewesen, um das Leben hier besser ertragen zu können. Was ich nicht weiß, macht mich nicht heiß. Dass mir auf diese Weise auch die schönen Dinge entgehen, ist mir bisher nie wirklich bewusst geworden. Irgendwie traurig.

Wir schlüpfen also kurz bei Tristan, Nico und mir rein, um den Schlüssel, ein paar Decken, eine Tüte Salzbrezeln und eine Flasche Mineralwasser zu holen. Optimal ausgestattet steigen Lia und ich die schmale Leiter am höchsten Punkt des Treppenhauses hinauf. Wie auch schon der Flur ist das Dach verlassen und leer. Wir suchen uns einen Platz zwischen den Schornsteinen, um unser Lager aufzuschlagen, und mummeln uns ein. Lia rückt so dicht an mich heran, dass keine Briefmarke mehr zwischen uns passen würde. Plötzlich ist es mir schleierhaft, wie ich jemals frieren konnte. Hitze durchströmt mich und wärmt mich bis in die Zehenspitzen. Mein Herz ist ganz vorne mit dabei, dezent auszurasten.

Sie gähnt. »Siehst du? Ist doch schön.«

Ich nicke nur.

»Mehr Enthusiasmus, wenn ich bitten darf!«

Ich beuge mich nach vorn, um die Wasserflasche zu erreichen, und trinke ein paar hastige Schlucke. Als ich mich wieder zurücklehne, befinden sich unsere Gesichter nur noch Millimeter voneinander entfernt. »Lia.«

Sie begegnet meinem Blick ohne jedes Zögern. »Küss mich.«

Das lasse ich mir nicht zweimal sagen. Ich tue es viel zurückhaltender als ich eigentlich will, aber noch weniger möchte ich etwas falsch machen. Ich habe schon viel zu viel falsch gemacht. Die weiche Nachgiebigkeit ihrer Lippen, sie zu spüren, sie zu riechen, sie zu schmecken … Es ist unglaublich. Wie muss es erst sein …?

Zum allerersten Mal sind wir wirklich allein. Zu zweit. Unter dem Sternenhimmel. Je stärker ich mir das vergegenwärtige, desto sicherer werde ich, dass ich das alles träume. Aber egal, dann ist es immerhin mal ein guter Traum. Kurz gerate ich deswegen aus dem Tritt, aber Lia übernimmt die Führung, indem sie mich noch enger an sich zieht, und ich sinke dann doch ganz in unseren Kuss hinein. Ihre kühlen Finger wandern von meinem Nacken über meine Wirbelsäule hinab, unter Jacke, Hemd und T-Shirt. Eine Gänsehaut überzieht meinen Körper, doch die Flammen zwischen uns brennen weiter, lichterloh. Als Lia sich nach hinten lehnt, rolle ich mich über sie und liebkose ihre Stirn, ihre Wangen und ihre gesenkten Augenlider. Als sie sie wieder aufschlägt, strahlt sie mich an und ich spüre echtes Glück.

KAPITEL 30
LIA

Was ich vorhin vor der Bar zu Drew gesagt habe, ist wahr. Ich weiß, dass er nicht fehlerlos ist, aber das macht ihn umso menschlicher. Trotz Ecken und Kanten trägt er das Herz an der richtigen Stelle. Ja, ich liebe Andrew Carter. Ich weiß auch, dass er in diesem Moment genauso nervös ist wie ich und dass es das Richtige war, uns in sein Zimmer zurückzuziehen und dort weiterzumachen, wo wir auf dem Dach aufgehört haben. Die Matratze ist weich in meinem Rücken, aber viel mehr nehme ich von meiner Umgebung nicht wahr. Nur Drew, mit jedem meiner Sinne. Er riecht so gut. Herb und nach der sportlichen Frische seines Deos. Sein Herz veranstaltet unter meiner Hand ein Trommelsolo. Ich schiebe sein halb aufgeknöpftes Hemd auseinander und fahre seine Brustmuskeln durch den T-Shirt-Stoff nach. Die Bilder von vor wenigen Sekunden, in denen wir gleichzeitig versucht haben, seinen Hemdsknöpfen an den Kragen zu gehen, schieben sich gemeinsam mit unserem Lachen über den jetzigen

Moment der stillen Verbundenheit. Die Intensität all dieser Empfindungen zusammengenommen ist neu und überwältigend und doch so schön.

Drew streift sich das Hemd von den Schultern und das T-Shirt über den Kopf. *Bist du wirklich bereit dazu?* Sein fragender Blick ist Einladung und Herantasten zugleich. Seine Espressoschaum-Haare sind so zerwuschelt, dass sie ihm vom T-Shirt elektrisiert in alle Richtungen vom Kopf abstehen. Ich schmelze gnadenlos dahin. Verwegen? Vielleicht. Sexy? So was von. Ich mag es, dass er sie so ungebändigt statt ordentlich nach hinten gegelt trägt. Ich zupfe das Oberteil, das ich mir von Tracey geliehen habe, aus dem Bund meines Rocks. Weil meine Finger so zittern, brauche ich wie vorhin mit Drews Knöpfen viel länger als normal. Das war sicher weniger sexy. Was würde Kylie jetzt tun? Sexszenen in Buch und Film sind dann doch noch mal was anderes. Werden wir überhaupt Sex haben oder denke ich schon wieder viel zu weit voraus?

Erst nachdem ich mich des Oberteils entledigt habe und nur noch in BH vor ihm sitze, linse ich wieder zu Drew hinüber. Diesen Ausdruck habe ich noch nie an ihm gesehen. Er schluckt sichtbar und streckt eine Hand nach mir aus. »Sorry, Lia, dass mir nichts Besseres einfällt. Aber du bist einfach so schön. Ich kann nur sagen, wie es ist.«

Seine Stimme ist beschlagen und pulverisiert alle Ängste und Zweifel, die ich vor ein paar Sekunden noch hatte.

»Sch.« Ich öffne den Verschluss meines BHs und helfe Drew mit seiner Gürtelschnalle. Doch noch bevor er Hose und Boxershorts abstreifen kann, halte ich ihm das Kondom unter die Nase, welches Tracey mir trotz meines Protests ein paar Minuten vor unserem Aufbruch aus der WG noch meinte, in meine Rocktasche schieben zu müssen.

»Lianne Jones!« Drews Augenbrauen wandern in die Höhe, und ich bin froh um seinen scherzhaften Tonfall, den ich in Gegenwart der anderen vorhin vermisst habe. War das zu forsch, zu keck, zu *gar nicht ich*? »So langsam kapiere ich, woher die sagenhaften Schlafzimmerszenen in deinen Büchern kommen. Ich hoffe, ich enttäusche dich nicht.«

Ich bin nicht nur das überempfindliche, ruhige Mädchen und Drew ist kein hirnverbrannter Aufreißer, der sich für sagenhaft cool und unantastbar hält. Nur weil man uns einmal ein Schild mit dieser Aufschrift verpasst hat … Wir beide sind so viel mehr!

Ich zwinkere ihm zu. »Das könntest du gar nicht. Mich enttäuschen.«

Ich bin ihm längst verfallen.

KAPITEL 31
LIA

Geschafft!

Neuntausend Wörter und zwei Schreibtage später setze ich in der Nacht von Sonntag auf Montag ein *Ende* unter mein Manuskript. Bis Freitag sollte ich mit der Überarbeitung so weit vorangeschritten sein, dass ich exklusiv eine Szene aus Kylies und Brads Geschichte auf der Lesung vortragen kann. Als eine Art Appetizer.

»Damit müssen wir werben«, würde Tracey jubeln, wäre sie hier.

Aber ich bin allein. Auf eine gute Weise wach und allein, mit mir und meinen Gedanken, die immer noch um die Story kreisen und die ich nun ein Stück weit hinter mir lassen muss. Ich recke und strecke mich auf meinem Schreibtischstuhl und lächele, erschöpft und euphorisch und ein bisschen traurig zugleich. Draußen ist es dunkel und still. Genauso wie das eifrige Treiben der Menschen am Tag, sind auch die Stimmen meiner Figuren verstummt. In der Luft liegt noch ein letzter Hauch vom Keksebacken, weil Penelope heute in der Weihnachtsvorfreude gleich mehrere Bleche Plätzchen gezaubert und mit uns geteilt hat. Meine gedimmte Schreibtischlampe taucht das Zimmer in einen gelblichen Schein. Es ist jedes Mal aufs Neue beflügelnd, ein Projekt abzuschließen. Ich hebe meine Tasse mit dem Marzipantee und proste meinem Spiegelbild in der Fensterscheibe zu. Am liebsten würde ich gleich anfangen, die Geschichte von vorne bis hinten durchzulesen, doch ich sollte mindestens ein paar Stunden warten, bevor ich mir den Anfang vornehme. Ein gewisser zeitlicher Abstand ist notwendig, um möglichst unvoreingenommen und nicht ganz so textblind an das Geschriebene heranzugehen. Nie hätte ich damit gerechnet, auf den letzten Metern noch mal so einen Schreibsprint hinzulegen. Selbst in meinen besten Phasen schaffe ich selten so viele Wörter am Stück. Doch der Abend in Hackney und die Nacht mit Drew haben mir noch mal einen solchen Kick gegeben, für den wohl jeder Autor mit einer Deadline und Wortrückstand töten würde. Vielleicht habe ich das aber auch einfach gebraucht. In der letzten Zeit war so viel los, dass ich schließlich irgendein Ventil zum Verarbeiten brauchte, und wie ginge das besser, als die Erlebnisse und Empfindungen in meiner Geschichte aufzugreifen?

Ich hebe ein paar Unihefter an, um meinen USB-Stick zu finden und die letzte Sicherheitskopie des Manuskripts zu aktualisieren. Wo ist er denn? Ich könnte hier ja auch mal aufräumen. Nur fällt es mir leichter, in einem kreativen Chaos zu arbeiten, obwohl ich Unordnung sonst nicht gut abhaben kann. Ich ertaste einen Stick, stutze jedoch, als ich erkenne, dass das nicht meiner ist, sondern der, den ich vor einer Weile in der Buchhandlung gefunden habe. Nachdem ihn niemand abgeholt hat, ist er irgendwann in meiner Handtasche und unter Bergen an Uni-Zeug gelandet, wo ich ihn offenbar vergessen habe. Eigentlich hatte ich ihn mal in einem der städtischen Fundbüros abgeben wollen. Wo ist denn bloß *mein* Stick? Ich schichte einen weiteren Stapel Papiere um und finde ihn endlich. Hastig kopiere ich mein Buchprojekt darauf, schalte das Notebook danach aus und reibe mir die Augen. Ich sollte ins Bett.

Als ich vom Zähneputzen zurück bin, fühle ich mich auf einmal wieder viel wacher. Ich spiele mit dem Gedanken, Drew anzurufen, aber er muss morgen früh auf den Bau. Und das, obwohl er heute, an einem Sonntag(!), schon den ganzen Tag in der Werkstatt stand. Den gestrigen Tag verbrachten wir bis mittags im Bett, nachdem wir einmal dort gelandet waren. An Drew geschmiegt einzuschlafen, ineinander verschlungen, Haut an Haut, als gäbe es gar kein *er* und *ich*, sondern nur noch ein *wir* … Es wunderte mich nicht, dass wir am Morgen danach ewig brauchten, um aus dem Bett zu kommen. Von nebenan drangen Tristans und die Stimme einer Frau zu uns herüber. Die Dusche sprang an, das Radio wurde eingeschaltet, etwas brutzelte in einer Pfanne vor sich hin. Mein Magen knurrte. Drew zog die Vorhänge auf, und ich konnte das Zimmer zum ersten Mal bei Tageslicht in Augenschein nehmen. Die Einrichtung des Raums war schlicht und auf das Notdürftigste beschränkt. Bis auf das Poster eines Cyborgs auf Nicos Zimmerseite waren die Wände leer. Bei der jungen Frau, mit der Tristan frühstückte, handelte es sich wohlgemerkt nicht um Tracey. Sie hatte mir irgendwann noch geschrieben, dass sie es sicher nach Hause geschafft und sich ein Taxi genommen habe. Auf meine Nachricht, dass ich bei Drew übernachten würde, reagierte sie mit *OH MEIN GOTT*, womit ich schon gerechnet hatte. Ehrlich gesagt bin ich froh, dass zwischen Tristan und Tracey nichts gelaufen ist. Nicht nur weil er Drews Bruder ist, sondern weil ich nicht glaube, dass er ihr gutgetan hätte. So wie ich ihn bisher erlebt habe, passt er zu Drews Erzählungen. Ich muss Tracey unbedingt noch mal auf Justus ansprechen.

Drew und ich warteten, bis sein Bruder samt Begleitung die Wohnung verlassen hatte, bevor wir aus dem Zimmer kamen. Ich folgte ihm, eine Decke um die Schultern geschlungen, auf den Balkon, wo er sich eine Zigarette anzündete, was meine verträumte Stimmung schlagartig zum Kippen brachte.

»Scheißzeug«, brummte er, drückte sie in dem überquellenden Aschenbecher wieder aus und stützte sich auf die Balkonbrüstung. Mit seiner Jogginghose und dem zerknitterten T-Shirt hatte er den I-woke-up-like-this-Look eindeutig für sich gepachtet. »Ich muss gleich Nico bei einer Freundin abholen.«

Damit nahm er mir noch im selben Atemzug die Chance, tiefer in ihn zu dringen. Drew ist wirklich geschickt darin. Bevor ich befürchten konnte, er würde nun dichtmachen, nachdem wir *miteinander geschlafen* hatten und mich so plump hinauskomplimentieren, ergänzte er jedoch: »Wir können zusammen dahin fahren und dann bringen wir dich noch zum Bus.« Er kämmte sich mit den Fingern durchs Haar, lächelte schief, kam auf mich zu und nahm meine Hand. »Ich wollte dir noch auf das antworten, was du gestern zu mir gesagt hast: Ich liebe dich auch.«

Die Worte hallen in meinen Ohren nach. In der Erinnerung versunken, habe ich mich am Fußende meines Betts auf die Matratze sinken lassen. Ehe ich mich versehe, wähle ich nicht Drews, sondern Kendras Nummer. Das Bedürfnis, mit ihr zu reden, ist auf einmal übermächtig. Falls sie schon schläft, soll es so sein. Möglicherweise habe ich aber auch Glück. Nachdem ich die Hoffnung schon fast aufgegeben habe, geht meine beste Freundin dran.

»Lia?«, klingt Kendras müde Stimme durch den Lautsprecher.

»Hey«, bringe ich erstickt hervor, bin plötzlich den Tränen nahe und heilfroh, dass ich auf die Videountermalung verzichtet habe. »Ich wollte dich nicht wecken. Habe ich dich geweckt? Ich … Wie geht es dir?«

Etwas raschelt, vermutlich Kendras Bettdecke.

»Ich habe noch nicht geschlafen. Müsste eigentlich noch was für die Uni machen. Stattdessen prokrastiniere ich wie ein Profi vor mich hin. Ich rereade gerade *Dracula*.«

»Oh.« Wahrscheinlich sollte ich Kendra deshalb in einem sarkastischen Tonfall tadeln, stattdessen bin ich ergriffen, dass sie unseren Lieblingsklassiker erneut liest. Das heißt doch, dass sie auch an mich gedacht hat, oder? Dabei klingt sie so normal, total gelassen, als wäre es nicht gefühlt ein halbes Jahr her, dass wir einander gesprochen haben. »Cool. Muss ich auch mal wieder machen.«

»Na ja, ich schätze mal, dass du zuletzt nicht so viel zum Lesen gekommen bist.«

Da! Sie ist auch nervös. Es ist nur eine Nuance in ihrem *Na ja*, doch ich kenne sie zu gut.

»Was meinst du?«, hake ich nach.

»Im *A New Chapter* steht doch einiges an und mit dem Schreiben scheint es auch zu laufen. Du bist ja wieder auf Instagram aktiv.«

Da kann ich es nicht länger für mich behalten. »Drew und ich sind jetzt zusammen.«

Eine Mischung aus Aufschrei und Quieken mit nicht zu überhörender Entrüstung dröhnt in meinem Trommelfell, sodass ich mein Smartphone vom Ohr weghalten muss. »Ach was! Ihr seid ein Paar? Das erzählst du mir jetzt erst? Ich will alles wissen!«

Und da geschieht es. Es ist wieder alles wie immer. Als wäre es nie anders gewesen. Trotz der längeren Funkstille, die vielleicht wirklich nur entstanden ist, weil Kendra und ich beide viel um die Ohren hatten und nicht, weil unsere Freundschaft plötzlich weniger wichtig für uns war. Es ist wahrscheinlich mehr die irrationale Angst davor gewesen, dass unser reduzierter Kontakt ein Zeichen dafür sein könnte. Das, was uns verbindet, ist jedenfalls genauso stark wie eh und je und unabhängig davon, wie oft genau wir nun voneinander hören. Ich wische durch meine Fotogalerie und suche nach dem Bild, das Nico von Drew und mir in Hampstead Heath beim Schlittenfahren gemacht hat. Wie als Bekräftigung dieser Erkenntnis schicke ich es an Kendra und bleibe, während ich ihrer Entzückung lausche, an einem weiteren Schnappschuss hängen, den ich gestern früh erst aufgenommen habe: ein schlafender Drew. Ich wünsche mir, dass wir noch ganz viele solcher Morgen gemeinsam erleben werden.

»Und dann hat er mir gesagt, dass er mich liebt«, schließe ich, nachdem ich Kendra auf den allerneuesten Stand gebracht habe. Dass Drew mir tatsächlich seine Liebe gestanden hat, habe ich, glaube ich, immer noch nicht vollständig begriffen.

Kendra ist fast noch mehr aus dem Häuschen als Tracey. »Ich freu mich so für dich, Lia!«

»Wie läuft es mit Glen?«, lenke ich schließlich von mir und meiner »Eroberung« ab. Kendras Worte, nicht meine.

Die beiden sind nach wie vor zusammen und …

»Glen wollte zur Vorweihnachtszeit unbedingt noch mal nach London. Wenn alles klappt, könnten wir es zu deiner Lesung schaffen.

Als ich auf Instagram davon erfahren habe, ist mir aufgefallen, dass ich noch nie gehört habe, wie du einen deiner Texte vorträgst. Das geht ja nicht! Und ich könnte Drew kennenlernen.«

»Um genau zu sein hat er mich erst dazu gebracht, mal etwas laut vorzulesen«, stelle ich klar. »Es ist nicht so, als hätte ich das davor schon mal getan.«

Kendra grinst so breit, dass ich sie, um das zu wissen, nicht mal sehen muss. »Guter Junge! Ich nehme alles zurück, was ich je Fieses über ihn gesagt haben mag.«

»Das wird ihn freuen.« Dabei merke ich erst, wie sehr ich mich auf die Lesung freue. Die Vorfreude überwiegt momentan sogar die Angst. »Ist das alles nicht total verrückt?«, frage ich Kendra.

Abgesehen von mir werden nun insgesamt vier andere Autorinnen vor Ort sein. Im Endeffekt musste ich die Special Guests sogar auslosen, weil mehr Kollegen gerne dabei gewesen wären, als ich geplant hatte. Neben Cleo Watson und Bailey Sanderson, die als Erste zugesagt haben, sind Eleonore Wolf und Irene Beaufort mit an Bord. Justus hat in Abstimmung mit Traceys Marketingkonzept ein »Bühnenprogramm« ausgearbeitet. Und tatsächlich. Einige Tickets wurden bereits im Vorfeld verkauft.

»Wieso verrückt?« Kendra schnalzt mit der Zunge. »Ist doch klasse! Ich bin sicher, du wirst die Bude rocken.«

»Ich weiß nicht, ob das in Zusammenhang mit einer Lesung der richtige Ausdruck ist.«

Könnte ich sie sehen, würde sie wohl abwinken. »Fang nicht wieder damit an!«

Ich muss lachen. »Oh, ich glaube, Drew und du, ihr werdet euch mögen.«

KAPITEL 32
DREW

Das könntest du gar nicht. Mich enttäuschen.

Lias Worte von Freitagabend lassen mich nicht los. Wenn sie wüsste, dass ich gerade im toten Winkel einer Überwachungskamera hocke und darauf warte, mir auf Benjamins Signal hin eine Sturmmaske überzuziehen und ein Auto aufzuknacken. Ich kann kaum noch an mich halten vor Freude. Was gibt es auch Schöneres an einem Sonntagabend? Von meiner Position aus kann ich Tristan nicht sehen. Genau wie ich und eine Handvoll weiterer Kollegen hält er sich bereit, um sich gleich den 3er BMW eine Straße weiter vorzunehmen, sobald die Luft rein ist. Wir sind wie die Figuren auf einem Schachbrett dem Willen einer höheren Macht unterworfen. Es ist wenig hilfreich, dass Lia mir von meinem Handy-Hintergrund aus entgegenlächelt, vor sich die schokoladenüberzogene Tasse und hinter ihr der weihnachtlich dekorierte Pub, in dem wir uns den Leseclub angesehen hatten. Viel lieber wäre ich jetzt dort.

Wie sehr wünschte ich, ich hätte Nein zu der Aktion heute gesagt. Bei allem, was mir heilig ist, ich hätte Nein sagen *sollen*! Nur, was wären die Folgen gewesen? Tristan glaubt wirklich, dass uns das hier weiterbringt. Im Grunde wünschen wir uns beide ein besseres Leben. Der Weg dorthin ist es, über den wir uns nicht einig werden. Benjamin wäre von dieser Tragik bestimmt angetan, doch leider ist es mein Bruder, mit dem ich mich auseinandersetzen muss. Es bringt ja doch nichts, sich vor einem Gespräch mit ihm zu drücken. Ich werde es beenden. Bald. Für Lia. Für Nico. Für mich. Scheiß auf den Stick. Hiernach soll nichts mehr zwischen uns stehen.

Erneut lasse ich den Bildschirm meines Smartphones aufleuchten. *Es ist nur ein Job*, bete ich mein übliches Mantra für solche Situationen herunter. So mache ich mir zumindest vor, mir meine seelische Gesundheit zu bewahren. *Lästig, aber was muss, das muss.* Tristan dagegen pflegt dazu zu sagen: »Es ist nicht so, als ob diese Leute den Verlust ihrer Karren nicht verschmerzen könnten. Wer solche Schlitten fährt, hat eh 'nen Arsch voll Geld. Was ist mit uns? Wir müssen doch auch irgendwie über die Runden kommen. Wir sind wie …«

»Hast du dich gerade ernsthaft mit Robin Hood verglichen?«, amüsierte Shannon sich darüber einmal.

An sie zu denken, hebt meine Laune auch nicht, obwohl ich ihr Verhalten voll verständlich finde. Seitdem sie von Lia und mir erfahren hat, beschränkt sich unsere Kommunikation auf das Nötigste. Sie brauche etwas Zeit, wie sie mir im Waschkeller mitgeteilt hat, als wir uns zufällig dort begegnet sind. Meist ging es in unseren kurzen WhatsApp-Nachrichten danach um nichts weiter als Absprachen bezüglich Nico. Ich hoffe, dass wir irgendwann wieder normal miteinander umgehen können.

Mein Chat mit Benjamin ploppt auf. Der vereinbarte Code. Ich lösche die Nachricht, streife mir die Maske über und gehe schnell zu dem SUV, meinem heutigen Ziel, der am Straßenrand abgestellt wurde. Der Werkzeugkoffer in meiner Hand scheint Tonnen zu wiegen. Von außen unterscheidet er sich nicht von jenen, die wir in der Werkstatt tatsächlich für Reparaturen verwenden. Ohne mich noch mal umzuschauen, gehe ich vor der Fahrertür in die Hocke, klappe den Koffer auf und rücke dem Schloss zu Leibe. Ben hätte den Startschuss nicht gegeben, wenn er sich nicht sicher gewesen wäre, dass die Luft rein ist. Keine Minute später öffne ich die Tür, beuge mich in den Fußraum unter dem Lenkrad und schließe den Laptop an den Diagnosestecker an. Die Auslese startet, welche das elektronische Innenleben des originalen Fahrzeugschlüssels auf einen Rohling überträgt.

Ich zupfe am Kragen meines grauen Rollkragenpullovers und behalte krampfhaft die zwei Fenster, in denen Licht brennt, im Auge. Ansonsten liegen die Häuserzeilen im Dunkeln. Unter der schwarzen Maske läuft mir ein Schweißtropfen über die Stirn den Nasenrücken hinunter. Ich hasse es. Botengänge, Spionagetätigkeiten, das ist noch okay, aber als Dieb tauge ich definitiv nicht. Wenn es für Tristan nicht wichtig und die Sache mit Lia nicht so kritisch wäre, hätte ich es schon irgendwie fertiggebracht, darum herumzukommen. *Mach dir nichts vor, Alter.* Ich habe schon immer vermieden, Skepsis zu erregen und Aufmerksamkeit auf mich zu ziehen, um bloß keinen Menschen gegen mich aufzubringen. Deshalb bin ich überhaupt erst in die Sache reingerutscht. Und mit jedem Mal sinke ich tiefer … Ich muss eine Lösung für den USB-Stick finden und dann einen Schlussstrich ziehen. Es kann doch niemand behaupten, ich hätte es nicht versucht, oder?

Der Auslesevorgang ist abgeschlossen. Ich packe den Laptop wieder weg, richte mich auf dem Fahrersitz ein und nehme den Wagen mithilfe des bespielten Schlüssels in Betrieb. Es funktioniert einwandfrei. Die Strecke hätte ich im Schlaf gefunden, so intensiv habe ich sie mir bei der Vorbereitung eingeprägt. Weil sie genauestens darauf abgestimmt ist, vom Radar der Überwachungsanlagen zu verschwinden, muss ich mehrere Umwege fahren. Nach der ersten Schleife reiße ich mir die Sturmmaske vom Kopf. Es ist ungewohnt, sich so durch die Stadt zu bewegen. Ich klammere mich an das Lenkrad, als hinge mein Leben davon ab. Als ich schließlich den Lkw erspähe, vorschriftsmäßig in einer Ladezone geparkt, bin ich völlig am Ende, sodass ich beim Ausscheren fast einen Hydranten umniete. Das war knapp! Ohne weitere Zwischenfälle fahre ich über eine Rampe in den geöffneten Lkw hinein und stelle den Wagen ab. Wie in so einem Gangsterfilm. Ein hysterischer Lachanfall bricht über mich herein. Ich bin durchgekommen. Eigentlich hatte ich darauf spekuliert, ein Anwohner würde einen nächtlichen Spaziergang unternehmen oder ich zufällig einer Polizeistreife über den Weg fahren, die meine Ausweis- und Fahrzeugpapiere prüfen wollte.

Ein Klopfen an der Scheibe. Es ist Benjamin. Was passiert, wenn ich jetzt aussteige und zur nächsten Wache gehe und alles ausplaudere? Ich reibe mir mit beiden Händen übers Gesicht und stoße dann so abrupt die Tür auf, dass Ben zurückspringen muss, um sie nicht volle Kanne abzukriegen.

»Was ist los mit dir?«, blafft er mich an.

Ich schüttele wortlos den Kopf, provoziere ihn, warte darauf, dass er auf mich losgeht, damit ich einen Grund habe, zurückzuschlagen, um später sagen zu können, er habe angefangen. Doch er schüttelt nur ebenfalls den Kopf und zeigt mir den Vogel. Mein Kiefer schmerzt, so fest beiße ich die Zähne zusammen. Seine beiden Gehilfen tauschen währenddessen in gespieltem Desinteresse an unserer Auseinandersetzung brav die Nummernschilder aus.

»Wo willst du hin?«, ruft Ben mir nach, als ich einfach an ihm vorbeimarschiere und am Ende der Ladefläche aus dem Lkw springe.

Eigentlich war der Plan, hier mit ihm auf Tristan zu warten, doch Benjamin Summers unternimmt keine Anstrengung, mir zu folgen. Noch im Gehen scrolle ich durch das Telefonbuch in meinem Smartphone, bis ich Seb in meinen Kontakten gefunden habe. Eine Stimme informiert mich darüber, die Nummer sei nicht vergeben. Das war zu erwarten. Schließlich hat Seb sich nur als mein Freund ausgegeben. Nicht Seb, Falco. Scheiß Cops.

Es beginnt zu schneien.

KAPITEL 33
LIA

Es fühlt sich total unwirklich an.

Noch sind wir lediglich zu fünft, die übliche Runde aus Drew, Justus, Tracey und mir plus Nico. Dieser scheint völlig zufrieden damit zu sein, sich im *A New Chapter* umzuschauen, während ich dezent durchdrehe und die anderen mich zu beruhigen versuchen. In nur wenigen Minuten sollten schon die anderen Autorinnen eintreffen, um die letzten Vorbereitungen für die Lesung abzuschließen, sich mit der Location vertraut zu machen und sich gegenseitig – aber vor allem mich – zu beschnuppern. Aufgrund der kurzfristigen Organisation haben wir es leider nicht geschafft, uns davor schon einmal persönlich zusammenzusetzen. Auch wenn ich gleich vor Lampenfieber sterbe, bemühe ich mich, mich möglichst professionell zu verhalten. Habe ich mich zwischenzeitlich tatsächlich mal hierauf gefreut? Außerdem bin ich traurig darüber, dass Kendra es nun doch nicht nach London schafft. Sie hatte sich tausendmal bei mir entschuldigt, als sie mir mitteilte, dass ihr etwas dazwischengekommen sei. Ich fummele an den Trägern meines Cord-Latzkleids herum, welches ich auch bei Drews und meinem ersten Date am fünften November getragen habe. Passend dazu sendet mein Körper die unterschiedlichsten Nervositätssignale, als würde in ihm ein Feuerwerk toben: grummelnder Magen, zittrige Hände, trockener Hals, Schweißausbrüche und Herzrasen.

»Entspann dich«, wiederholt Tracey nun zum wahrscheinlich zehnten Mal. Auch wenn sie selber nichts vorliest, so wird sie das Event moderieren. Wie kann sie derart gelassen sein?

Ich flitze von einer Ecke der Buchhandlung in die nächste, dabei weiß ich, dass wir alles picobello hergerichtet haben. Justus hat großartige Arbeit geleistet, indem er alle Bücher sortiert und katalogisiert hat, sodass der Bestand in geordneter Unordnung erstrahlt. Die hat schließlich einen gewissen Charme. Dort, wo sich sonst die Plastikwannen mit den neuen Büchern stapeln, haben wir ein kleines Buffet aufgebaut: Kaffee, Tee, Kakao, Küchlein, Muffins und Scones. Jeder von uns hat etwas beigesteuert, und bis auf Drews steinharte Lebkuchen sollte es sogar zum Verzehr geeignet sein. Dabei hatte er das Rezept schon vor Wochen einmal ausprobiert und war da genauso gescheitert. Da er uns Lebkuchen versprochen hatte, losten wir schließlich aus, wer in strömendem Regen zum Supermarkt laufen und Ersatz beschaffen musste. Fairerweise traf es ihn selbst.

Tracey zündet mit einem langen Streichholz die vielen Kerzen an, die wir überall verteilt haben. Zusammen mit den Lichterketten entlang der Fensterbänke und Regale und der am Tannenbaum verbreiten diese ein heimeliges Licht. Die andächtige Stimmung wird durch die weihnachtliche Hintergrundmusik unterstrichen. Justus hat Klaviermusik ausgesucht, nicht zu aufdringlich, um von unseren gelesenen Texten abzulenken, aber atmosphärisch perfekt. Als ich nach einem prüfenden Blick ins Hinterzimmer erneut im Begriff bin herumzuwirbeln, hält Drew mich plötzlich auf und umfasst meine Schultern. Ich habe so viel Schwung drauf, dass der Vorhang vor dem Durchgang in der nachfolgenden Brise hin und her pendelt.

»Lia, sieh mich an. Es wird alles gut.«

Normalerweise sähen ihm solche platten Parolen gar nicht ähnlich, deswegen sage ich nichts. Doch meine Augen schreien vermutlich: *Und wenn nicht? Was, wenn irgendetwas schiefgeht?*

»Na!« Seine Augenbrauen ziehen sich zusammen, als ich mich von ihm losmachen will, um … was zu tun? Weiter panisch im Kreis zu rennen? Der hinreißenden Falte auf seiner Stirn sei Dank weicht meine Anspannung minimal, weil mir innerlich ganz warm wird. »Erst musst du mich küssen.«

Als ob ich *dafür* jetzt die Ruhe hätte! Ich kann ja nicht mal stillstehen.

»Der Mistelzweig«, erinnert Drew mich und deutet zu dem traditionellen Gewächs über dem Türrahmen hinauf, auf das er bestanden hat. »Es soll Glück bringen, sich unter einem Mistelzweig zu küssen.«

Ich lache auf. »Sicher, dass du dir das nicht ausgedacht hast?«

»Eigentlich soll es dem Paar Glück bringen, nicht generell«, wirft Justus ein.

Ich stupse Drew gegen die Nase. »Siehst du.«

Er blinzelt, als könne er kein Wässerchen trüben. »Reine Interpretationssache.«

Aber eigentlich hatte er mich schon viel früher. Ich küsse ihm jede weitere Erklärung von den Lippen, werde von seinem herben Geruch umhüllt. Erst als die Türklingel ertönt – dieser elektrische Ton, der gar nicht zum übrigen Ambiente passt –, lasse ich von Drew ab und bin für wenige Augenblicke sogar verwirrt, bis ich die zwei Frauen durch das Schaufenster erspähe. Ich erinnere mich, dass wir die Buchhandlung abgeschlossen haben und erst für unsere Kunden öffnen werden, wenn der offizielle Einlass für die Lesung beginnt.

Frech behauptet Drew: »Ich würde sagen, die Ablenkung ist mir gelungen.«

»Bescheiden ist er auch noch«, murmele ich, und sein Grinsen wird noch breiter.

Bevor ich es schaffe, meine erstarrten Füße in Bewegung zu setzen, ist Justus bei der Tür und lässt die beiden Autorinnen rein. Einen Adrenalinschub hätte ich jetzt sehr begrüßt. Ich erkenne meine Kolleginnen von ihren Autorenfotos: Irene Beaufort mit ihrem aufgetürmten weißen Haar und dem bunten Kleid, das sie in Kombination mit den Armbändern und Ketten wie eine Wahrsagerin à la weise alte Dame aussehen lässt, und Cleo Watson in einem Anzug, mit dem sie Justus beinahe Konkurrenz machen könnte. Er hat sich mächtig in Schale geworfen, noch mehr als sonst, und wirkt mit seiner Weste und dem Einstecktuch original wie ein Edelmann aus der Zeit Queen Victorias. Nichts Geringeres hätte ich von ihm erwartet.

Ich kann mich nicht von der Stelle rühren, aber Irene und Cleo nehmen mir das netterweise ab, indem sie auf mich zukommen und mir die Hand schütteln. Ich hoffe, dass sie mich nicht unhöflich finden und suche nach Anzeichen, die mir dies bedeuten könnten. Meine Wahrnehmung ist jedoch vor lauter Aufregung ziemlich getrübt.

Leider Gottes oder Gott sei Dank startet mein Mund einen umso peinlicheren Rettungsversuch: »Irene, Cleo! So cool, euch kennenzulernen. Wie schön, dass ihr dabei seid! Ich bin so nervös. Tut mir leid, falls ich wirres Zeug reden sollte. Eigentlich bin ich nicht so … eine Plaudertasche.«

Da klopft Cleo mir allerdings schon beruhigend auf die Schulter und erspart es mir, mich noch mehr zu blamieren. Sie mag Mitte oder Ende zwanzig sein. »Wenn du erst mal vorne sitzt und zu lesen beginnst, blendest du das Publikum aus. Und dann bist du ganz in deiner Geschichte gefangen. Auf deinen Safe Space kannst du dich verlassen.«

Diesmal nicke ich vorsichtshalber nur. Und lächele. Irene bedankt sich überschwänglich für die Möglichkeit, bei dieser Aktion mitmachen zu dürfen, und Tracey springt sofort darauf an und verwickelt sie in ein Gespräch. Justus bietet unseren Special Guests galant etwas zu trinken an und geht dann zum Buffet, um sie zu bedienen. Ich wusste vom ersten Moment an, dass er ein klasse Kellner wäre. Trotzdem bin ich unsagbar froh, dass er bei mir und nicht in irgendeiner Restaurantkette gelandet ist. Habe ich ihm das je gesagt?

In der kommenden Viertelstunde treffen auch Bailey Sanderson und Eleonore Wolf ein, womit die Besatzung vollständig wäre. Ich zeige den vier Autorinnen, wo sie die mitgebrachten Printausgaben ihrer Bücher für die spätere Signierstunde aufbauen können. Während ich ihnen helfe, die Tische rasch hübsch herzurichten, fühle ich mich sogar fast in meinem Element als Buchhändlerin. Wenn Dad mich nur sehen könnte …

Danach nehmen wir kurz den Ablauf des Abends auseinander. Bailey ist ein alter Hase und veranstaltet regelmäßig irgendwelche Lesertreffen, von denen sie uns lang und breit vorzuschwärmen beginnt: »Es ist jedes Mal aufs Neue unglaublich, Menschen zu treffen, die deine Geschichten genauso sehr lieben wie du. Der Abend wird großartig!«

»Wenn du das sagst …«, murmelt Eleonore.

Sie ist fast so zurückhaltend, wie ich mich fühle. Unsere Blicke treffen sich. Wir verstehen einander. Für sie ist es auch die erste Lesung. Mit ihrer roten Mähne erinnert sie mich an Shannon.

Im Beisein der anderen vergehen die letzten dreißig Minuten bis zum offiziellen Einlass wie im Flug. Ich halte mich an Drew, der nicht von meiner Seite weicht, bis er seinen Posten an der Abendkasse einnehmen muss. Es sind lauter kleine Berührungen, mit denen er mir grenzenlosen Rückhalt signalisiert. Bevor er schließlich zum Tresen schlendert, schaut er kurz bei Nico vorbei, der es sich in der vordersten Sitzreihe von fünfen, die mit je acht Stühlen genug Platz für unsere Gäste bieten sollten, bequem gemacht und ein Buch auf den Knien liegen hat. Die beiden flüstern kurz miteinander, beziehungsweise Drew flüstert und Nico nickt.

Drew hinter dem Tresen, in seinem dunkelgrünen Wollpullover mit dem weißen Zickzackmuster und einem offenen Lächeln im Gesicht … Liebe, Liebe, Liebe. Ich kann mich gar nicht erinnern, wann genau er damit aufgehört hat, die Lippen beim Lächeln strikt geschlossen zu halten, um so seine leicht schiefen Zähne zu verbergen. Entgegen meines ersten Eindrucks von ihm, passt er nun ziemlich gut ins *A New Chapter* und ist dabei immer er selbst geblieben. Ich kann und will ihn mir nie wieder wegdenken. Weder aus der Buchhandlung noch aus meinem Leben.

Tracey winkt mir zwischen ihrer Unterhaltung mit Irene kurz zu und formt ein lautloses *Geht's los?* mit den Lippen. Der goldene Paillettenstern auf ihrem Shirt strahlt mit ihr um die Wette. Statt einer Antwort schließe ich die Ladentür auf und drehe das Schild auf *Geöffnet*. Los geht's. Jetzt gibt es kein Zurück mehr. Ich atme tief durch, sage im Geiste meine Affirmationen auf und gehe zu meinem Platz, einem von sechs Hockern, die etwas abseits neben der »Bühne« stehen. Auf das einzelne antike Pult, an dem wir lesen werden, ist Tracey bei einem ihrer Marktausflüge in Kew aufmerksam geworden. Es ist ein absolutes Schmuckstück.

Nicht lange, und die ersten Besucher beehren uns. Es sind zwei Mädchen, die ihre Eintrittskarten wohl während einer von Justus' Schichten bei ihm gekauft haben, denn sie grüßen ihn bewusst freundlich, und nicht nur das. Ich könnte schwören, sie tuscheln danach miteinander. Ob er ihr Interesse bemerkt? Sobald sie Cleo Watson entdecken, sind sie jedoch voll und ganz mit »fangirlen« beschäftigt. Cleos Mystery-Lovestorys sind aber auch wirklich genial!

Nach und nach wird es voller im Laden, und es gesellen sich sogar einige bekannte Gesichter dazu. Darunter sind Justus' Uni-Freunde Amber und Nathan, genau wie Ina und Penelope. Tracey wirkt nicht, als sei sie überrascht, unsere beiden Mitbewohnerinnen hier zu sehen. Wieso hat sie mich nicht vorgewarnt? Wahrscheinlich hat sie die beiden selbst eingeladen! Als sie auch noch auf mich zusteuern, erreicht mein Herzklopfen einen neuen Geschwindigkeitsrekord. Wieso eigentlich? Dass sie hier sind, heißt doch, dass sie sich für das interessieren, was ich mache. Oder …? Kann ich nicht stolz darauf sein? Tatsächlich grüßen Ina und Penelope mich lediglich und betonen, dass sie sehr gespannt wären. Ob sie sich bereits eines meiner Bücher zugelegt haben?

Da erklingt das Türglöckchen – schon wieder. Aus dem Augenwinkel sehe ich einen Schemen heranrasen. Und plötzlich liegen Kendra und ich einander in den Armen. Ich erkenne sie sofort an ihrem blumigen Geruch, noch bevor sie »Lia! Oh Mann, wie habe ich dich vermisst!« ausruft und mir komplett die Luft abschnürt.

»Du hast mich reingelegt!«, beschwere ich mich, statt zuerst ihre Liebeserklärung zu erwidern.

»Aber doch nur für das Überraschungsmoment«, verteidigt Kendra sich und ordnet ihren Pony, der im Überschwang durcheinandergeraten ist. Sie ist wirklich hier. In echt.

»Du hast mir auch gefehlt«, raune ich, letztlich vor allem doch ergriffen, sie tatsächlich bei mir in London zu haben. »Ich freue mich so, dass du gekommen bist.«

Ich hätte nie an Kendra zweifeln dürfen. Nicht umsonst habe ich sie jahrelang meine beste Freundin genannt. Unsere Freundschaft ist sehr viel stärker, als es jede Veränderung sein könnte. Veränderung muss ja gar nicht immer etwas Schlechtes sein. Im Gegenteil. Nur so kann es manchmal vorwärtsgehen. Und ich möchte um nichts in der Welt die Schritte, die ich in den letzten Monaten gehen musste, wieder zurück. *Verzeih mir, Dad*, entschuldige ich mich, halb entsetzt über diesen Gedanken, halb erleichtert, dass ich inzwischen so zurückblicken kann. Wäre es nicht das, was er sich für mich gewünscht hätte? Nach wie vor fällt es mir leicht, mir vorzustellen, wie er da drüben an einem der Regale lehnen würde, die Hände in den Hosentaschen seiner geliebten karierten Anzughose vergraben, und mir zuzwinkert. Ich hebe kaum merklich die Hand, wie um ihm zu bedeuten, dass ich ihn sehe, dass ich ihn nicht vergessen habe und dass das auch nie der Fall sein wird.

Kendra zieht einen jungen Mann an ihre Seite, welcher sich bisher im Hintergrund herumgedrückt hat. »Glen!«, sagt sie nur, als erklärte das alles. »Das ist Lia. Lia, Glen.«

Ich strecke die Hand aus, um Glens Händedruck zu erwidern und damit die Erinnerungen an meinen Vater abzuschütteln. *A New Chapter* hat begonnen. Was für ein Wortspiel. Als hätte Dad es damals geahnt. Wahrscheinlich ist das immer so im Leben. Auf ein Kapitel folgt das nächste.

In dieser Sekunde verschiebt sich etwas. Es bricht wie ein Schneesturm über die Buchhandlung herein und verleiht meiner gerührten und gelösten Stimmung einen Dämpfer. Ich brauche nicht lange, um die Ursache dafür zu finden. Ich spüre es, bevor ich sie sehe. Meine Mutter ist hier.

KAPITEL 34
LIA

Auf diese Situation war ich nicht vorbereitet. Mike hält Mom die Ladentür auf. Mein erster Impuls ist es, hinzuhechten und ihr sie wieder vor der Nase zuzuschlagen. *Sorry, kein Einlass mehr. Wir sind voll!*

Was will sie hier? Sie hasst das *A New Chapter* aus tiefstem Herzen! Sie darf mir das nicht kaputtmachen. Andererseits regt sich dieses lächerliche Fitzelchen Hoffnung in mir. Was wäre, wenn sie ein Einsehen hatte und mich nun doch unterstützen möchte? Es wäre fast zu schön, um wahr zu sein und eine absolut kitschige Versöhnungsszene wert. Ich sollte mich lieber in Acht nehmen und meiner Mutter zurückhaltend begegnen, bevor ich nicht weiß, was sie dieses Mal vorhat. Denn leider befinden wir uns immer noch in der Realität. Erst da fällt mir auf, dass ich Glens Hand immer noch nicht geschüttelt habe. Ich drücke sie hastig, wahrscheinlich zu fest, und lasse Kendra und ihn kurzerhand stehen. Scheint, als hätte Drews Fähigkeit, katastrophale erste Eindrücke zu hinterlassen, auf mich abgefärbt. Ich nehme mir fest vor, das später richtigzustellen.

Mom und Mike sind inzwischen bei Drew angelangt, um Eintrittskarten zu kaufen. Eigentlich ein positives Zeichen, dass sie sich nicht gleich auf mich stürzen.

»Hey, was macht *ihr* denn hier?« Ich gebe mir Mühe, nicht anklagend, sondern positiv überrascht zu klingen.

Meine Mutter dreht sich zu mir und mustert mich, als sähe sie mich zum ersten Mal. Das wäre wohl ein weniger gutes Zeichen. In ihrem schicken Kostüm ist sie definitiv overdressed. Nicht dass sie so etwas stören würde. »Wir wollten mal schauen, was du so treibst. Immerhin hast du es offenbar erneut für unnötig befunden, mich mal zurückzurufen oder ans Telefon zu gehen.«

Ich darf das nicht an mich ranlassen. Nicht jetzt.

»*Stellina*, dieses spätpubertäre Gehabe ist ja schön und gut, aber …«

Ich merke, wie ich dunkelrot anlaufe. »Mom, lass uns nachher reden, okay?«

Keine Ahnung, wie ich trotzdem so ruhig bleiben kann. Mich hier vor versammelter Kundschaft zu konfrontieren, in deren Anwesenheit ich mich selbstredend nicht mit ihr zoffen möchte, ist nur eine neue Stufe der … Perfidität? Weshalb das alles? Sie ist doch meine Mutter! Was habe ich ihr nur getan, dass sie mich in voller Absicht so bloßstellt?

Abgesehen von Drew scheint jedoch niemand gehört zu haben, was sie gesagt hat. Er schiebt Mike die Tickets rüber und lässt mich dabei keine Sekunde aus den Augen. Wie aus weiter Ferne bekomme ich mit, dass Tracey die Besucher zusammentrommelt und dazu anhält, sich einen Platz zu suchen. Mir wird abwechselnd heiß und kalt.

Konzentrier dich auf die Lesung.

Drew räuspert sich, wie zur Erinnerung, dass er jedes Wort mit angehört hat. »Ich würde vorschlagen, sich den anderen anzuschließen. Es geht gleich los.« Die Warnung in seinen höflichen Worten ist dennoch unverkennbar. Innerlich kocht er. *Passive Aggressivität* würde einer von Moms Ratgebern das wahrscheinlich nennen. Ob meine Mutter sich noch vom Tannenbaumverkauf an Drew erinnert? Was würde sie sagen, wenn sie wüsste, dass wir zusammen sind? Sie wirkt nicht, als würde sie ihn wiedererkennen, aber die beiden hatten sich einander auch nicht vorgestellt. Und sie guckt sowieso meistens so, als spräche sie mit Ungeziefer.

»Komm«, stimmt Mike zu und hält Mom den Arm hin.

Widerwillig hakt sie sich bei ihm unter, nicht ohne ein letztes Mal in meine Richtung zu zischen: »Wir reden später, Lianne.«

»Danke«, hauche ich an Drew gewandt, der den beiden mit hochgezogenen Schultern und verkniffenem Gesichtsausdruck hinterhersieht. Doch auf einmal scheint er eine Idee zu haben, denn mit einem verstohlenen Grinsen kommt er hinter dem Tresen hervor auf mich zu. Ich starre auf seinen ausgestreckten Arm, den er mir abwartend hinhält, muss jedoch unvermittelt lachen, als ich verstehe, worauf er hinauswill. Damit lockert er auch die Beklemmung, die Mom in mir ausgelöst hat. Ich mache einen leichten Knicks vor Drew und schiebe meine Hand in seine Armbeuge.

»Lass dich nicht von ihr verunsichern. Hörst du?«, raunt er mir ins Ohr, während wir meine Mutter und Mike parodieren und die Sitzreihen hinter ihnen entlangschreiten. Dass Mom uns bemerkt hat, merke ich daran, dass jemand kichert. Ich bin mir fast sicher, es ist Kendra. Statt verlegen zu sein, bin ich plötzlich wie berauscht. Ist das der Adrenalinschub, auf den ich gehofft habe? Über das Getuschel im Publikum ist es zwar unmöglich zu sagen, wie viel der Aufmerksamkeit *uns* gilt oder ob nicht einfach die allgemeine Spannung steigt. Für mich steht diese Geste jedoch nicht nur für sinnbildlichen Widerstand, einen stummen Protest Mom gegenüber, sondern genauso für meine Zugehörigkeit zu Drew.

Als wir die Bühne fast erreicht haben, gibt er mich mit einem Augenzwinkern frei und bringt mich damit zum Schmunzeln. Niemand sonst hätte das in dieser Situation geschafft. Ich setze mich neben Tracey an die Seite, er sich zu Justus und Nico ganz nach vorn. Gleich darauf steht meine Mitbewohnerin auf, ein Mikro in der Hand, und beginnt mit einer kurzen Willkommensrede und einer Übersicht des geplanten Programms. Ich höre nicht zu, denke weder an Mom noch an Drew, sondern bin plötzlich vollkommen auf den anstehenden Auftritt und meinen Part dabei fixiert. Gedanklich gehe ich meinen Text noch mal durch, mit dem ich mich vorstellen, *True Love* und mein neues Projekt pitchen und die Szenen einleiten werde. Ich weiß, was ich zu sagen habe, ich habe mich gut vorbereitet. Es ist erstaunlich, wie klar ich das alles vor mir sehe. Ohne die Angst vor Versprechern und sonstigen Pannen, die normalerweise meine Sichtweise verzerren würde. Doch meine positiven Affirmationen halten sie im Zaum.

Eleonore beginnt die Lesung mit einer humorvollen, witzigen Kennenlernszene an einem Flughafen, an dem ihre Protagonisten buchstäblich aufeinanderstoßen – und das an Heiligabend. Sie erntet nicht wenige Lacher für ihren spritzigen Dialog, den sie trotz ihrer vorherigen Nervosität so lebendig vorträgt, als spielte sich das Ganze vor unser aller Augen ab. Danach bannt Cleo das Publikum mit einem leicht schaurigen, emotional sehr aufwühlenden Monolog, der einen unbedingt ergründen lassen möchte, was dahintersteckt. Ihr Auszug wirkt spürbar nach, obwohl ich mich diesmal nicht recht auf den Text konzentrieren kann, denn ich bin als Nächste an der Reihe.

Als Tracey meinen Namen aufruft und der Applaus einsetzt, befürchte ich kurz, vielleicht doch einfach tot umzukippen. Natürlich schaffe ich es dennoch zum Pult, nehme Platz, verstelle das Mikrofon und blinzele zwei tiefe Atemzüge lang in die erwartungsvollen Gesichter, bis sie zu einer einzigen Masse verschwimmen. Fast meine ich, Dad würde immer noch auf der anderen Seite des Raumes stehen und mir aufmunternd zunicken. In Gedanken widme ich ihm allein meinen heutigen Auftritt.

Ich atme ein letztes Mal tief durch und setze zu sprechen an. Ab da fühlt es sich so an, als würde alles an Ort und Stelle rücken. Ich höre auf, eine Rolle zu spielen, und fange an, nur noch ich zu sein. Ich erzähle von meinen Geschichten, umreiße meine Figuren und gehe ganz darin auf, ihnen beim Lesen Leben einzuhauchen. Bis auf meine Stimme hört man nur die Klaviertöne, die sich daruntermischen, zwischen den Regalen umherwabern und ihren Zauber in der gesamten Buchhandlung entfalten. Alle lauschen gebannt meinen Worten. Es ist ein unbeschreibliches Gefühl. Ich ende mit einem fiesen Cliffhanger und kann mir ein Grinsen über das darauf eintretende Getuschel nicht verkneifen.

Nach dem Applaus folgt eine zehnminütige Pause, in der ich mich in den Mitarbeiterbereich zurückziehe, um eine kurze Auszeit zu nehmen. Ich gebe Drew ein Zeichen, dass es mir gut geht und er sich keine Sorgen zu machen braucht, was er mit einem Nicken quittiert. Wenn ich seine Handbewegung dazu richtig interpretiere, wird er mir eventuelle Verfolger vom Hals halten und sicherstellen, dass ich meine Ruhe haben werde. Hinten lehne ich mich gegen die Küchenzeile und schließe kurz die Augen. Eigentlich will ich die ehrfürchtige Stimmung, in die mich mein Auftritt versetzt hat und die noch immer in mir nachhallt, gar nicht abschütteln. Ich könnte ewig darin schwelgen. Ob Cleo das mit dem *Safe Space* meinte?

Als Traceys Stimme, die durch das Mikro verstärkt wird, zu mir dringt und verkündet, dass es in einer Minute weitergeht, schlüpfe ich dennoch schnell zurück in den Verkaufsraum und vorn auf meinen Platz. Baileys und Irenes Beiträge gehen etwas in meinem eigenen Hochgefühl unter. Spätestens bei der Signierstunde kriege ich die handfeste Bestätigung, dass ich das Publikum wirklich mitreißen konnte. Ich kann kaum glauben, wie viele Leserinnen und Leser ein signiertes Buch von mir haben möchten. Auch Ina und Penelope haben sich in die Schlange gestellt. Letztere betont noch mal, wie cool sie es allein schon findet, eine echte Autorin zu kennen und dass sie es kaum erwarten kann, mit dem Lesen zu beginnen. Manche nehmen mehrere Bücher als Geschenk für ihre Liebsten mit, und andere möchten sogar ein Foto mit mir machen. Ich bekomme so viele herzliche Worte gesagt, dass ich schon gar nicht mehr weiß, wo mir der Kopf steht. Und bereits zum zweiten Mal an diesem Tag wird mir klar: Hätte ich all die dunklen Momente in den letzten Monaten nicht durchgestanden, hätte ich diesen Abend nie erleben dürfen. Leider findet er trotzdem ein Ende.

Je mehr sich die Buchhandlung leert, desto stärker rücken Mom und Mike zurück in mein Bewusstsein. Während der Veranstaltung haben sie sich Gott sei Dank schön unauffällig verhalten und sind unter sich geblieben. Nachdem sich selbst meine Kolleginnen verabschiedet und mir erneut für den gelungenen Abend gedankt haben, kann ich mich nicht mehr verstecken. Bis auf das Team des *A New Chapter* sind sonst nur noch Kendra, Glen und Nico da.

Noch während sie in die Ärmel ihres Marken-Mantels schlüpft, durchbohrt Mom mich mit stechenden Blicken, die ich mit meinem sechsten Sinn natürlich nicht einfach ignorieren kann. Als wären wir die einzigen Anwesenden, wendet sie sich schließlich an mich: »Können wir dann reden?«

Mir bleibt keine andere Wahl, als meine Unterhaltung mit Justus zu unterbrechen. Muss sie mir echt den schönsten Abend seit Langem ruinieren? Mir brennt eine Sicherung durch.

»Nein!« Ich bin derart überrumpelt von der Lautstärke, die meine Stimme erreicht, dass ich mir fast die Hände vor den Mund schlage. »Können wir nicht«, füge ich etwas leiser, aber nicht weniger bestimmt hinzu. »Ich möchte dich bitten zu gehen.«

Mir ist nur allzu bewusst, dass uns diesmal wirklich alle anstarren. Was für eine Zugabe.

Meine Mutter schüttelt voll geheuchelten Bedauerns den Kopf. »Lianne, mach doch nicht so eine Nummer daraus. Können wir uns nicht wie zwei erwachsene Menschen zusammensetzen und das klären?«

»Es gibt nichts zu klären«, fauche ich. Immer muss sie mich als das Problem darstellen! Als wäre *ich* diejenige, die alles so verkompliziert. »Du kennst meinen Standpunkt, und ich kenne deinen. Wie du siehst, komme ich gut alleine zurecht.«

Es hat keinen Sinn, mit ihr zu streiten, wenn sie mir sowieso nur die Worte im Mund verdreht.

»Das war ein wirklich netter Abend, Schatz«, stimmt Mom mir

zu. »Aber hat er sich auch finanziell gelohnt? In Zukunft werden ohnehin immer weniger Menschen in Buchhandlungen gehen. Hast du nicht selber mal gesagt, wie viel sich mittlerweile online abspielt? Auch in eurer Buch-Bubble. Verkaufen sich nicht sogar deine eigenen Geschichten vor allem als E-Books? Ich war ehrlich überrascht, hier so viele junge Leute zu sehen.«

»Deswegen ziehen wir ja mit!«, halte ich dagegen und zähle unsere Online-Aktionen auf. »Außerdem werden echte Buchliebhaber das gedruckte Buch immer zu schätzen wissen. Das kannst du mir glauben.«

Skeptisch begutachtet Mom die Regale, eines nach dem anderen, bevor ihr Blick wieder bei mir landet. Wie kann etwas, das mir unendlich viel bedeutet, für sie nichts als wertloses Papier zwischen zwei Deckeln sein?

»Was weißt du schon davon, was ich nicht weiß?«, flehe ich sie förmlich an, mir nur einen richtigen Grund für unseren lächerlichen Kleinkrieg zu nennen. »Kannst du mir diese Welt hier nicht einfach lassen? Nur weil du etwas nicht verstehst oder es für dich eigenartig erscheinen mag, ist es nicht gleich schlecht, falsch oder vergeblich. Mische ich mich ständig in dein Leben ein?«

Es war längst überfällig, das mal zu sagen. Doch wie immer bleibt sie unbeeindruckt. Ich kann sie gar nicht überzeugen. Alles verschwendete Mühe. »Du bist meine Tochter.«

»Eben! Wie wäre es, wenn du zur Abwechslung mal hinter mir stehst, statt mir alles schlechtzureden oder mich zu sabotieren?«

Angesichts dieses Vorwurfs – eventuell auch wegen unserer Zuschauer – zuckt sie dann doch tatsächlich zusammen. Unfassbar, dass ich das noch erlebe.

Ich setze nach, weil ich mich schlichtweg nicht mehr zurückhalten will und weil mir meine Freunde allen Rückhalt geben, den ich brauche. Auf Moms Segen kann ich gut verzichten. »Ist es wegen Dad? Ich habe keine Ahnung, was er dir getan hat. Jedenfalls bin ich nicht er!«

Sie schweigt, die Lippen zu einem schmalen Strich verzogen. Mike schaut äußerst besorgt, greift jedoch nicht ein. Und das, wo er sonst so gerne für Mom in die Bresche springt. Scheint, als hätte ich einen Nerv getroffen. War das nun zu hart? Nein. Ich kann nicht auf ewig Stillschweigen bewahren und schlucken, schlucken und schlucken, bis ich irgendwann ersticke.

»Hast du noch etwas zu sagen? Ansonsten wäre es wirklich nett, wenn ihr uns nun verlasst.«

Nichts. Meine Mutter und ihr Freund ziehen sich zurück. Sie gehen. Ich habe weder klein beigegeben noch bin ich in Tränen ausgebrochen. Ich bin für mich, Dad und das *A New Chapter* eingetreten. Was für ein Tag! Völlig erschöpft drehe ich mich zu meinen Freunden um.

Kendra beginnt zu klatschen. »Das war der Wahnsinn, Lia!«

Die anderen fallen mit ein.

KAPITEL 35

DREW

Ich winke Lia und Tracey ein letztes Mal zu, bevor die U-Bahn an der Liverpool Street im Tunnel verschwindet. Erst danach mache ich mich gemeinsam mit Nico auf den Weg zur Moorgate Station, von wo aus wir den Bus nach Hause nehmen. Ich bin froh, dass Tristan das Motorrad heute hat, denn so kann ich Lia gleich schreiben, sobald wir uns zwei Plätze gesucht haben: *Das hätte ich echt filmen sollen!*

Ich zähle die Minuten, bis sie antwortet. *Hast du doch. Ich poste direkt morgen einen Ausschnitt der Lesung. Die Wichtigkeit von Social Media ist heutzutage schließlich nicht zu unterschätzen :)*

Ich tippe: *Deine Mutter muss es ja wissen. PS: Ich meinte eure Diskussion. Du hast es ihr echt gegeben!*

So direkt habe ich es ihr im Beisein der anderen nicht sagen wollen. Nico neben mir grinst blöd vor sich hin.

»Was denn? Spuck's schon aus!«, fordere ich ihn auf.

Er grinst noch breiter, versteckt sich aber hinter dem Buch, in dem er schon vor der Lesung herumgeblättert hat. Ich inspiziere das Cover. Etwas, woran ich, bevor ich Lia kennengelernt habe, keinen Gedanken verschwendet hätte. Es handelt sich um ein Sachbuch zu Botanik. Okaaay.

»Ich weiß, dass wir uns heute den ganzen Tag gesehen haben«, räume ich ein. »Das Event stand aber eindeutig im Vordergrund.«

Eine weitere Nachricht von Lia: *Überarbeitungsbedürftige Wortwahl.* Es folgt ein: *Sind jetzt zu Hause.*

Ich wünsche ihr eine *Gute Nacht!* mit *X*, versteht sich.

Gott, ich muss echt verrückt nach ihr sein. Ich erkenne mich selbst kaum wieder.

Eine neue Nachricht ploppt auf: *Langsam mache ich mir Sorgen um dich. Wie schlimm ist es?*

Ich boxe Nico gegen die Schulter. »Du verstehst das nicht.«

»Ich glaube schon.«

Ein Augenblick verstreicht, in dem ich realisiere, dass er laut gesprochen hat. Er hat gesprochen. Mit mir. In einem Bus, auch wenn dieser bis auf uns fast unbesetzt ist. Als ich bemerke, wie ich ihn anstarre, reiße ich mich schnell am Riemen und versuche so zu tun, als wäre es das normalste der Welt. Das ist wahrscheinlich am besten, oder?

»Ach was«, kontere ich nicht gerade schlagfertig, und doch breitet sich ein Lächeln auf meinem Gesicht aus. Nico hat gesprochen! Was auch immer ihn dazu gebracht hat, egal. Das ist gut. Nicht nur gut, es ist großartig! Ich weiß gar nicht, wohin mit meiner Freude. »Wenn ich dir bei irgendwas helfen kann, sag mir bitte immer Bescheid«, lege ich dann doch noch nach. »Das machst du doch, oder?«

Ich ernte ein plötzlich wieder ernstes Nicken. Ob er auch schon mit wem anders geredet hat? Die restliche Fahrt über sprechen wir beide nicht mehr. Das nächtliche London zieht draußen vorbei.

Als wir unseren Wohnblock erreichen, bin ich ausnahmsweise einmal froh, da zu sein. Ich fühle mich wie ein vollgefutterter Kater, der dringend einen Verdauungsschlaf braucht. Ich könnte im Stehen einnicken. Und das einmal nicht, weil ich so fertig vor lauter Sorgen bin, sondern auf eine gute Art und Weise, von jeder Menge positiver Eindrücke erschöpft. Keine Ahnung, wie ich es in den achten Stock schaffe. Wäre Nico nicht abrupt stehen geblieben und ich in ihn hineingelaufen, hätte ich wahrscheinlich nicht mal gemerkt, dass die Wohnungstür nicht verschlossen, sondern lediglich angelehnt ist. Ein Stromstoß hätte nicht wirkungsvoller sein können. Der Flashback trifft mich im vollen Lauf.

Ich keuche, blinzele, in Sekundenschnelle bin ich schweißgebadet. Vergangenheit und Realität scheinen sich zu vermischen. Das war damals, nicht heute. Damals, heute. Damals, heute. Mom, das Blut, das viele, viele Blut … Damals, heute. Damals, heute.

Zitternd lege ich eine Hand an die Tür und linse zum Schloss. Die Spuren sind unverkennbar. Es wurde aufgebrochen. Mir schnürt sich die Luft ab, während ich wie in Zeitlupe die Wohnungstür nach innen drücke. Das kann nicht sein, darf es nicht. Nicht noch mal.

Kaum habe ich die Tür einen Spaltbreit geöffnet, stolpere ich über das reinste Durcheinander. Unsere Jacken sind von der Garderobe gerissen, die Schuhe kreuz und quer in der Diele verteilt worden. Die Schubladen der kleinen Kommode stehen offen. Wer auch immer hier eingedrungen ist, hatte wohl keine Angst, offensichtliche Spuren zu hinterlassen.

Ich lausche. Nichts. Die Einbrecher scheinen nicht mehr hier zu sein. Vielleicht höre ich aber auch deshalb nichts, weil das Rauschen in meinen Ohren alles übertönt.

Die Küche ist nicht weniger verwüstet worden. Die Schränke sind geöffnet, ihr Inhalt achtlos herausgerissen. Nico schiebt sich an mir vorbei und hält auf unser Zimmer zu. Die verschütteten Nudeln knacken unter den Sohlen seiner Schuhe wie Knochen. Seine Augen sind geweitet und er ist leichenblass. Wie in Trance folge ich ihm in jenen Raum, der einmal nur uns beiden gehörte, es jetzt aber irgendwie nicht mehr tut. Ich fühle mich völlig losgelöst von meinem Körper, so als sei es gar nicht ich, der in den Trümmern von etwas steht, das ich bis eben für mein Leben hielt.

Ich weiche über die Schwelle zurück und stoße die Tür zu Tristans Zimmer auf. Sein Zeug wurde ebenso wenig verschont. Im Gegenteil. Tristans Kleiderschrank wurde vollständig zerlegt, nicht etwa auseinandergebaut, sondern als hätte jemand auf ihn eingetreten und sich daran abreagiert. Was ist hier geschehen? Und wieso?

Automatisch wähle ich Tristans Nummer. Er ist immer noch mein großer Bruder, nicht wahr? Er wird wissen, was zu tun ist.

»Geh schon ran!«, flehe ich. »Tris. Bitte.«

Ich werde zur Mailbox weitergeleitet.

»Scheiße!«

Ich versuche es noch einmal. Nichts.

Plötzlich fällt es mir wie Schuppen von den Augen. Wer auch immer das war, hat etwas gesucht und es nicht gefunden. Tristans Schrank ist Beweis genug dafür. Mir wird speiübel. Gerade noch rechtzeitig schaffe ich es ins Bad, wo ich mich in die Toilette übergebe. Ich betätige die Spülung und kämpfe gegen den erneuten Würgereflex an. Ich versuche, ganz ruhig zu atmen und reiße etwas Klopapier ab, um damit über mein Gesicht zu wischen, bevor ich die Kraft zum Aufstehen finde und mir am Waschbecken den Mund ausspüle.

Sie haben nach dem Stick gesucht. Sebs USB-Stick, den Tristan und ich ja angeblich verwahren. Mein Puls normalisiert sich langsam, aber sicher. Ich kann es mir nicht leisten, wie ein Schwächling über der Toilette zu hängen. Ich muss jetzt funktionieren.

»Nico«, rufe ich und trockne mir das Gesicht ab. »Nico! Pack deine Sachen.«

Ich brauche Tristan nicht. Wir brauchen ihn nicht. Ich fahre mir mehrmals durch die Haare und denke nach. Dann rufe ich Lia an.

KAPITEL 36
LIA

»Ich kann nicht fassen, dass ich das hier tue«, wiederhole ich, auf meinen kleinen quietschgrünen Rollkoffer gestützt, während wir in der Victoria Station auf den Gatwick Express warten. Diesmal friere ich mir echt den Hintern ab. Ich gehöre definitiv ins Bett und nicht an einen Bahnsteig. Anders als Drew, der in einem Radius von zwei Metern um Nico und mich herum auf und ab tigert, fehlt mir die Energie, um mich groß zu bewegen. Obwohl das sicher gegen die Kälte helfen würde. Ich tue es Nico gleich und schlinge die Arme um meinen Oberkörper und fröstele vor mich hin, bis Drew endlich einmal stehen bleibt und mich in seine Arme zieht.

Obwohl mir sofort wärmer wird, spüre ich dennoch, wie stark er zittert, und drücke ihn gleich noch etwas fester an mich. »So ist es besser, oder?«

Seine Bartstoppeln reiben über meine Wange, als er nickt. Er streckt eine Hand nach Nico aus, damit dieser sich unserer Umarmung anschließt, doch der schüttelt den Kopf und wippt weiter auf der Stelle. Laut Anzeige sollte der Zug nach Brighton in acht Minuten einfahren.

Nach Drews Anruf habe ich Tracey einen Zettel mit einer schnell gekritzelten Nachricht unter der Zimmertür durchgeschoben und mich bei Kendra per Messenger entschuldigt. Ich weiß, sie und Glen werden bis Dienstag bleiben und Tracey am selben Tag zu ihrer Familie in die USA fliegen, deswegen sollte ich sie alle vor Weihnachten trotzdem noch mal sehen. Ich wüsste nur zu gern, was in Drews Kopf vorging, als er mich mit seinem Vorschlag überrumpelte: »Lass uns ans Meer fahren! Es ist das Wochenende vor den Feiertagen. Was meinst du, in was für eine Hölle sich London verwandeln wird? Ich habe keinen Bock auf diesen Weihnachtstrubel.«

»Redest du von der Hölle, vor der ich mich tagtäglich zu verstecken versuche?«, erwiderte ich zunächst etwas ironisch. Ich war gerade erst in meinen Pyjama geschlüpft und mehr als bereit, mich nach der Aufregung nur noch in mein warmes Bett zu kuscheln und heilfroh, dass Justus den Samstag im Laden übernehmen würde.

Daraufhin kam allerdings Drews Geheimwaffe, sein Schmollmund, zum Einsatz. Deswegen hatte er den Videocall gewählt! »Ich bitte dich, Lia. *Bitte?*«

Da konnte ich unmöglich Nein sagen. War da außerdem nicht was mit offen sein für Neues und mich einfach mal darauf einzulassen? Letztlich steckte seine spontane Abenteuerlust mich in meiner Rest-Euphorie des Abends an. Mal abgesehen davon war die Aussicht, Drew schon so bald wiederzusehen, Motivation genug. Und wegzufahren hindert mich daran, die Diskussion mit meiner Mutter in ihre Einzelteile zu zerlegen und mich am Ende doch schlecht für etwas zu fühlen, das nicht meine Schuld ist.

Glücklicherweise ist unser Zug pünktlich und rettet uns vor den eisigen Temperaturen. Drinnen ist es zwar stickig, aber dafür schön mollig. Während der etwa fünfzigminütigen Fahrt kuschle ich mich mit angewinkelten Beinen an Drews Schulter und döse voller romantischer Erwartungen dem Ankunftsort unserer Reise entgegen. Da er sowieso zu aufgedreht ist, überlasse ich es ihm, sich um einen Schlafplatz zu kümmern. Sein rechtes Bein wippt in einem fort auf und ab und verrät seine Nervosität. Wie süß! Erst als ich eine Hand auf sein Knie lege, hört er auf, es zu bewegen. Unsere Auswahl an Unterkünften so spontan und mitten in der Nacht ist ohnehin eher gering. Umso überraschter bin ich, dass Drew ein Zimmer in einem Hostel gar nicht weit vom Royal Pavilion entfernt bekommt. Nach unserer Ankunft checken wir gleich ein und fallen erst einmal todmüde ins Bett, bevor wir am nächsten Morgen beginnen, uns die Stadt anzuschauen.

Da es in Brighton noch ein paar Grad kühler ist, und der Wind uns um die Ohren pfeift, bummeln wir letztlich vor allem von Geschäft zu Geschäft und arbeiten uns so durch die Innenstadt. Selbst Gegenden wie die North Lane, wo sich gewöhnlich Massen von shoppingwütigen Menschen tummeln, sind aus diesem Grund relativ leer. Mal abgesehen vom Churchill Square Shoppingcenter, um das wir in weiser Voraussicht einen großen Bogen machen. Die zickzackartig verlaufenden Gässchen versprühen ein Flair aus Bohème, Retro Chic und Kitsch mit zahllosen Indie-Shops und süßen Cafés. Genau mein Geschmack. Wo Brighton mich früher nie gereizt hat, belehren unser Google-Reiseführer und die Stadt selbst mich heute eines Besseren.

In einem Café, das ich mit seinen pinken Weihnachtsbäumen, metallicfarbenem Lametta und den Pompon-Christbaumkugeln nur als funky beschreiben kann, legen wir schließlich eine Pause ein. Während Nico in ein Notizbuch kritzelt, Drew sich in *Endless Love*, das Finale meiner Reihe, vertieft und ich eigentlich mein Manuskript überarbeiten könnte, ertappe ich mich dabei, die Gedanken schweifen und die letzten Wochen Revue passieren zu lassen.

Das hier ist wie ein Ausstieg bei Vollgas, der unbedingt notwendig gewesen ist, sonst hätte ich das Auto vermutlich bald gegen die Wand gefahren. Das wird mir erst jetzt richtig bewusst. Die angespannte Situation mit Mom, die Sorge um das *A New Chapter* und die anstehende Lesung, der Uni-Kram, den ich noch irgendwo unterschieben musste, und meine langen Schreibnächte haben ziemlich geschlaucht. Auch wenn ich alles wirklich gut gemeistert habe, hat es mir gefehlt, mal abschalten zu dürfen, ohne etwas erreichen oder mich um etwas kümmern zu müssen.

Zum Strand wagen wir uns erst, als sich die Windböen legen. Hand in Hand schlendern Drew und ich die Promenade entlang, dann runter ans Wasser, das wild und unzähmbar ans Ufer braust. Die Luft ist feucht vor Gischt, das Salz brennt in meinen Augen und meine Haare werden mir alle zwei Sekunden ins Gesicht gepeitscht. Trotzdem würde ich gerade nirgendwo lieber sein als genau hier.

»Danke«, flüstere ich, stelle mich auf die Zehenspitzen und küsse Drew auf die Wange. Mittlerweile wirkt er auch schon viel entspannter und weniger hibbelig als gestern Nacht.

Wir setzen uns auf die glatten, ovalen Steine mit Aussicht auf den Brighton Palace Pier. Es ist kein Sandstrand, aber das macht gar nichts. Nico stochert mit einem Zweig im Wasser herum und weicht sofort vor jeder Welle zurück, die ihn erwischen könnte. Er ist so in sich gekehrt, dass ich erst gar keinen Anlauf unternehme, ihn miteinzubeziehen, weil er das offensichtlich nicht will. Da Drew es diesmal auch nicht tut, gehe ich davon aus, die Zeichen richtig zu deuten. Nur manchmal schaut er zu uns, einen Ausdruck im Gesicht, den ich nicht zu deuten vermag. Nico scheint gerne für sich zu sein. Ich erkenne mich sehr in ihm wieder.

Auch wenn wir weitaus weniger zu tun haben als in London, verfliegen die Stunden im Nu. Drew und ich sind uns so nah, nur indem wir Blicke, Gesten und Berührungen tauschen. Zu viele Worte hätten die Magie zerstört. Er muss es genau wie ich spüren, denn er hält sich mit seinen üblichen neckischen Kommentaren zurück. Auf dem Rückweg zu unserer Unterkunft beginnt es zu schneien. Ganz langsam rieseln die Flocken vom Himmel und bedecken die Straßen mit einer feinen Zuckerschicht. Alles ist wie in eine Art märchenhaften Schleier gehüllt. Ich liebe diese Ruhe, wenn die Welt wie in Watte gepackt scheint und der Schnee alle überflüssigen Geräusche dämpft. Nicht weit von unserem Hostel steht ein Trompeter vor dem schmiedeeisernen Zaun einer viktorianischen Villa. Er spielt *Stille Nacht*. In Drews Armen und mit Nico an unserer Seite, den Klängen im verschneiten Brighton lauschend, habe ich das Gefühl, dass mir nie festlicher zumute war. So könnte es doch ewig sein.

Abends schlüpft Drew zu mir unter die Bettdecke, und ich kuschle mich an ihn. Ich bin rundum von Frieden erfüllt, schwebe noch im Nachhall dieses Samstags, bis mir auffällt, dass er heute so ruhig und zurückhaltend gewesen ist, wie ich ihn noch nie erlebt habe. Zu ruhig. Zu *gar nicht Drew*. Insbesondere nach seinem übertrieben gut gelaunten Anruf in der Nacht. War das nicht sogar für ihn eine ungewöhnliche Aktion? Bis zu diesem Augenblick habe ich geglaubt, er hätte das Wochenende ebenso gebraucht wie ich und es auch genossen, mal Abstand vom Alltag zu bekommen. Aber jetzt ... Ich merke, wie mir die Augen zufallen, meine Lider sind so schwer. Der Gedanke entgleitet mir, nachdem ich vergangene Nacht kaum Schlaf bekommen habe, und ich schwebe hinüber ins Reich der Träume.

Sonntagmorgen frühstücken wir Croissants von einer Bäckerei um die Ecke. Gleich nach dem ersten Bissen schwebe ich im siebten Himmel. »Das sind die besten Croissants, die ich je gegessen habe! Ich glaube nur nicht, dass sie freiwillig das Rezept herausrücken.«

Drew nickt nur, dabei wäre er normalerweise auch lautstark ins Schwärmen geraten oder hätte meine Herausforderung angenommen und alles drangesetzt, das Rezept in Erfahrung zu bringen. Seltsam. Das Frühstück auf der Hand stolpern wir wenig später über einen Hinterhof, in dem ein Bücherflohmarkt stattfindet. Meine Neugier ist größer, als dass mich die vielen anderen Besucher abschrecken würden, und Nico geht es wohl ähnlich. Für uns beide ist das hier ein Paradies. Während wir uns gemeinsam ins Getümmel stürzen, stiehlt Drew sich einen Moment davon, um zu telefonieren. Als er zurückkommt, ist er alles andere als abwesend, sondern total aufgekratzt.

»Schlechte Neuigkeiten?«, erkundige ich mich beunruhigt, als ich ihm ein Stück entgegenlaufe. Das ungute Gefühl von gestern Abend meldet sich wieder. Ein Vorbote? Mein Hals wird trocken. Nico ist in die Auslage vertieft und kann uns hier, ein bisschen abseits der Stände, bei der Geräuschkulisse drum herum hoffentlich nicht hören.

Drew seufzt, als wäre ich schwer von Begriff. »Lia.«

»Was?« Mir wird schlagartig klar, dass das nicht nur eine Laune ist und es auch in der Nacht von Freitag auf Samstag nicht war. Panik erfasst mich. Was soll denn das? Ich suche in seinen verhärteten Zügen nach dem Jungen, der mich letzte Nacht im Arm gehalten hat. Bestimmt wird er sich gleich wieder entspannen. Wie auf dem Balkon in seiner Wohnung neulich. Ich kenne diese Schwankungen. Doch ich kenne auch mich und weiß, dass ich mich auf mein Bauchgefühl verlassen kann. Und das sagt mir, dass es dieses Mal anders ist.

»Du kannst mit mir reden. Das weißt du, oder?« Ich komme mir vor wie eine kaputte Schallplatte.

Daraufhin bedenkt er mich mit einem Kopfschütteln. »Das brauche ich mir nicht auch noch antun.«

»Wovon bitte redest du?« Ich verstehe die Welt nicht mehr. Nur dass etwas gehörig schiefgelaufen ist.

»Ich habe gerade echt genug um die Ohren«, wehrt er mich ab. Schon wieder.

»Ich will dir doch nur helfen.«

»Das ist es ja.« Plötzlich funkelt Drew mich an. »Ich brauche deine Hilfe nicht.«

»Wow, okay.« Automatisch hebe ich die Hände in eine Abwehrhaltung, dabei ist das hier alles andere als *okay*. Auf einmal ist da ein Graben zwischen uns, wie er Freitag auf der Lesung noch undenkbar gewesen wäre. Da waren wir uns so nah. Wir sind uns doch so nah. Ich habe genug davon, ständig hingehalten und abgespeist zu werden. Wie sollen wir uns jemals richtig aufeinander einlassen, wenn Drew dazu schlichtweg nicht bereit ist?

Ein Kloß bildet sich in meiner Kehle. Nichtsdestotrotz presse ich die Worte, weil sie gesagt werden müssen, hervor: »Das bedeutet was …?«

»Das hier war ein Fehler.«

Mein Magen zieht sich schraubstockartig zusammen. Meine Hand zuckt, weil ich sie so dringend nach ihm ausstrecken will, dass es mich beinahe umbringt. »Nach Brighton zu fahren?«

Er starrt mich an. »Das alles.«

»Was alles?«

»Du und ich. Wir. Es war falsch.«

Ein Schlag ins Gesicht hätte mich weniger hart erwischt. Meine Gedanken hören auf zu rotieren. Ich dachte, wir hätten einen Streit. Aber das? »Drew. Was –«, meine Stimme setzt aus. »Was willst du damit sagen?«

Verzweifelt suche ich nach etwas, das ich verpasst habe. Etwas, das dem hier irgendeinen Sinn verleiht.

Drew holt tief Luft. »Es ist vorbei, Lia. In meinem Leben ist kein Platz für dich. Ich kann das nicht mehr ignorieren.«

Der Schock verwandelt sich in Wut. Ich kann das doch nicht ohne eine Erklärung so hinnehmen. Ich werde mir so etwas nicht mehr gefallen lassen, nicht nur bei Mom, auch nicht von Drew. »Was ist passiert?«, verlange ich zu erfahren. »Jetzt rede mit mir, verdammt noch mal! Mit wem hast du telefoniert? Was du da von dir gibst …«

Er unterbricht mich, und ich fühle, wie mein Herz in tausend Scherben zerspringt. Wie war das mit den sieben Jahren Pech? »Es tut mir leid. Es tut mir wirklich leid. Mach es nicht schwerer, als es ohnehin schon ist. Es ist vorbei.«

»Ich mache es dir schwer?«, hauche ich. Vollkommen fassungslos blicke ich mich um. Nicht dass ich viel wahrnehmen würde. Ich zittere unkontrolliert und erste Tränen benetzen meine Wangen.

»Bitte. Drew.« Ich weine. »Das kannst du doch nicht tun.«

Sein Kiefer zuckt. Immerhin bin ich ihm noch nicht völlig gleichgültig.

»Du solltest nach Hause fahren.« Er reicht mir die Chipkarte für unser Hostelzimmer und gibt mir mein Zugticket.

Mechanisch nehme ich beides entgegen.

»Ich weiß, das ist eine Scheißsituation …«

Ich sollte ihm die Sachen um die Ohren hauen. Das kann doch alles nicht wirklich passieren! Dass Drew sich von mir trennt.

Er hat sich von mir getrennt.

Mein Blickfeld verengt sich.

KAPITEL 37

LIA

Ich erinnere mich nicht wirklich, wie ich nach Hause gekommen bin. So ähnlich ist es mir bisher nur mit Dads Tod ergangen. Ich weiß zwar noch, dass er an diesem Abend über Schmerzen im Oberkörper klagte, die er dann als Verspannungen abtat. Er verzog sich früh ins Bett und ging davon aus, dass es am nächsten Tag besser sein würde. Später in der Nacht spitzte sich dann alles zu, und ab da verschwimmen die Dinge. Irgendwie schaffte ich es dennoch, den Notarzt zu rufen. Mein Vater wurde mit Blaulicht ins Krankenhaus gefahren, wo er operiert werden sollte. Mom, Mike und ich warteten gemeinsam in der Notaufnahme. Aber anscheinend hätten wir früher handeln sollen, denn der Schaden, den Dads Herz genommen hatte, war bereits zu groß.

Auch diesmal komme ich nicht mehr ganz mit. Ich glaube, ich habe Zimmerschlüssel und Zugticket von Drew bekommen, mich von ihm abgewandt und bin blindlings – noch nicht mal wegen der

Tränen, sondern weil ich so unter Schock gestanden habe – wie betrunken durch die fremden Straßen in Brighton getaumelt, bis die Dämme erneut brachen und ich gar nicht mehr aufhören konnte zu weinen. Ich sank inmitten der Victoria Gardens auf einer Bank zusammen, vollkommen orientierungslos und verzweifelt. Ein älterer Herr mit einem Hund sprach mich an, doch ich war zu weggetreten, um überhaupt auf ihn reagieren zu können. Da mein Gepäck mit nach Hause gekommen ist, muss ich es trotzdem zurück ins Hostel und schließlich zum Bahnhof geschafft haben. Dass ich Kendra oder Tracey hätte anrufen können, fiel mir erst ein, als ich schon so gut wie zurück in London war. Fast war es mir ein Trost, als sich die ersten Bauwerke der vertrauten Skyline vor den Zugfenstern abzeichneten. Seltsam, wo ich meine Heimatstadt eigentlich nie wirklich gemocht habe. Allerdings hätte ich auch nie damit gerechnet, dass Drew …

Als ich in die WG stolperte, war ich leer. Tracey, die gerade mit nassen Haaren und einem Handtuch um die Schultern aus dem Badezimmer kam, schaltete sofort und kümmerte sich um alles. Sie sagte Kendra Bescheid, die keine halbe Stunde später bei uns war. Ich wurde in Traceys Kingsize-Bett verfrachtet und mit Kuscheldecke und Eiscreme eingedeckt. Dann entlockten meine Freundinnen mir, was passiert war. Es laut auszusprechen, machte das Ganze jedoch so real, dass es mir den letzten Rest gab. Irgendwann muss ich schließlich eingeschlafen sein.

Als ich wieder aufwache, weiß ich weder, welchen Tag wir haben, noch, wie spät es gerade ist. Was ich weiß, ist, dass es wehtut. Es tut so unglaublich weh. Ich rolle mich zusammen und fange erneut an zu weinen.

»Hey«, flüstert Tracey. Sie liegt neben mir auf der Matratze, robbt an mich heran und streicht mir sanft übers Haar, so wie Mom es früher immer getan hat.

Ich blinzele Tracey benommen an, meine Augenlider völlig verklebt und geschwollen. Ich bin mehr als dankbar dafür, dass sie so leise spricht, weil ich außerdem höllische Kopfschmerzen habe.

»Wasser?«, fragt Kendra und richtet sich auf meiner anderen Seite auf.

Auch wenn mir nun wirklich nicht danach zumute ist, muss ich unwillkürlich lachen. »Du bist ja auch noch hier.«

»Na klar.« Sie schnaubt vor Entrüstung. »Glaubst du, ich mache mich einfach aus dem Staub, nachdem meiner besten Freundin das Herz gebrochen wurde?«

Ja, das wurde es in der Tat. Mein Magen zieht sich zusammen, trotzdem stürze ich das Wasser runter. Ich schließe die Augen. Bin zu erschöpft, um sie offen zu halten.

»Was mache ich denn jetzt?«, schluchze ich im nächsten Moment und löse mich erneut in Tränen auf.

»Vergiss ihn«, rät mir Tracey knallhart, wie sie manchmal ist.

Kendra zieht mich in eine Umarmung, die leider nur wenig Trost spendet. »Es tut mir so leid, Lia. Ihr habt Freitag so glücklich gewirkt. Ich hätte nicht gedacht, dass –«

»Ich kapiere es nicht. Ich kapiere es genauso wenig. Wie …« Ich muss mich unterbrechen, weil man sowieso kein Wort versteht, so aufgelöst wie ich bin. Das ist auch gar nicht notwendig. Ich rede eh mehr mit mir selbst. »Ich begreife einfach nicht, weshalb Drew es getan hat.«

»Weil er ein Arschloch ist?«, schlägt Tracey vor.

Kendra zupft an einem Ende der Bettdecke. Ihre Miene ist düster.

Plötzlich rede ich mich geradezu in Rage: »Ich kann nicht glauben, dass er mir die ganze Zeit nur etwas vorgemacht hat. Wieso sollte er das tun? Das ergibt doch keinen Sinn? Tracey?«

Ich sehe genau, dass etwas in ihr arbeitet. Dann: »Ich habe Drew neulich dabei erwischt, wie er dein Zimmer durchsucht hat.«

»Was?«

Fange ich schon zu halluzinieren an? So dringend benötige ich einen Grund, einen anderen Grund, außer dem, dass Drew mich nie wirklich geliebt hat. Es kann unmöglich sein, dass ich mir *das alles* eingebildet habe!

»Er hat behauptet, er solle dir, wo er eh den Schlitten holen würde, noch Handcreme mitbringen«, fährt meine Mitbewohnerin fort, sieht mich an. »Das war gelogen, oder?«

Keine Halluzination. Mein Blick wandert weiter zu Kendra. Sie hat es auch gehört. Jetzt verstehe ich sogar noch weniger als vorher.

Es gibt einiges, das du nicht über mich weißt, hallt es unvermittelt in meinen Ohren nach. Eine Gänsehaut überzieht meinen Rücken. Sagte Drew das nicht mal? Keine überdramatische, gar leere Worthülse. Er hat mein Zimmer durchsucht. Das würde Tracey sich niemals ausdenken. Durch den neuerlichen Tränenschleier bekomme ich nur verschwommen mit, wie Kendra und Tracey miteinander zu tuscheln beginnen. *Wer bist du, Drew?*

»Wollen wir irgendwas schauen?«, unternimmt Kendra den Versuch, mich aus meinem Trancezustand zu reißen. »Einen Disneyfilm vielleicht?«

Ich nicke zwar, bin aber eigentlich nicht wirklich anwesend.

Tracey geht telefonieren.

»Sie sagt nur Justus Bescheid und bittet ihn, im Laden die Stellung zu halten«, beruhigt Kendra mich augenblicklich. Die Panik muss mir ins Gesicht geschrieben stehen. Sie drückt mich fürsorglich, aber bestimmt zurück in das Kissen. »Auch falls Drew noch mal beim *A New Chapter* auftauchen sollte.«

Was im Raum stehen bleibt: Falls er noch nicht hat, was er wollte. Wahrscheinlich hat er es mittlerweile. Sonst hätte er mich nicht plötzlich abserviert.

Kendra geht mein Notebook holen. Ich bekomme von dem Film nicht viel mit, weil ich noch mehrmals zwischen Dämmern und dieser unerträglichen Klarheit hin und her schwanke. Jedes Mal, wenn ich wach werde, sind Kendra und Tracey an meiner Seite. Ich bin total gerädert, fühle mich, als hätte ich mir eine Grippe eingefangen, dabei ist es doch nur Liebeskummer. Ich müsste darüberstehen. Keine einzige Träne sollte Drew mir wert sein. Soll er seine Geheimnisse mit ins Grab nehmen. Ist mir scheißegal.

Als ich das nächste Mal aufwache, sind Traceys und Kendras Stimmen lauter, obwohl sie nicht mehr neben mir liegen. Ich setze mich vorsichtig auf und schwinge die Beine über die Bettkante. Schwindel erfasst mich, aber ich gebe dem nicht nach. Ich tapse aus der offen stehenden Tür, über den Regenbogenläufer in der Diele, bis ich in der Küche lande. Die Wintersonne scheint matt durch die Fenster. Tracey sitzt auf der Arbeitsplatte und Kendra am Tisch. Beide halten eine dampfende Tasse mit Tee in den Händen und wirken ziemlich gestresst. Sie unterbrechen ihre Diskussion, sobald sie mich bemerken.

»Was ist los?« Ich hangele mich das letzte Stück an der Küchenzeile entlang und falle kraftlos auf den anderen freien Stuhl. Ich kann mich nicht erinnern, wann ich das letzte Mal etwas gegessen habe. Kein Wunder, dass ich kaum einen Fuß vor den anderen gesetzt kriege.

»Wie geht es dir?«, erkundigt Kendra sich. Sie hat ihren Pony mit einer Spange fixiert und die übrigen Haare zu einem Pferdeschwanz gebunden, sodass ich freien Blick auf ihre sorgenvoll verzogene Stirn habe. Sofort geht es mir noch mieser als sowieso schon.

»Besser«, lüge ich.

Gott, wie unangenehm, dass ich ihr und Tracey so zur Last falle. Und Justus, der allein mit dem *A New Chapter* dasteht, den ich im Stich gelassen habe! Nach dem Wochenende wäre ich wieder dran gewesen. Tracey hat ihn aber angerufen, oder? Zumal bald …

»Was für einen Tag haben wir?«, platze ich panisch hervor.

Weihnachten! Bald ist Weihnachten. Traceys Flug. Kendras Bahn. Sie werden doch nicht bei mir geblieben sein, statt zu ihren Familien zu fliegen beziehungsweise zu fahren? Es hat immerhin nicht jeder so viel Pech und eine Mutter wie meine.

»Den zweiundzwanzigsten.«

Dienstag! Gerade mal zwei Tage. Ich hätte schwören können, es wäre sehr viel mehr Zeit vergangen. Gleichzeitig ist es so frisch. Trotzdem muss ich dringend duschen, wie mir auffällt. Ich zupfe an dem lockeren Statement-T-Shirt, in das die Mädels mich gesteckt haben müssen. Die Aufschrift lautet: *I WANT TO KI__ YOU*. Wie passend! So schnell ist aus *KISS* ein *KILL* geworden.

Heftig schüttele ich den Kopf, der offenbar noch längst nicht wieder auf der Höhe ist. »Was macht ihr dann noch hier?«

»Ich habe ihr gesagt, sie soll fliegen«, wirft Kendra ein und deutet auf meine Mitbewohnerin. »Ich bleibe.«

»Nichts da!«, widerspreche ich, bin nun hellwach. *Bleib bei der Sache. Das ist wichtig.* »Nimm den nächsten Zug. Und Tracey, hast du den Flieger etwa schon verpasst?«

»Noch nicht. Aber, Li–«

»Kein Aber! Ich wollte nicht … ihr … ihr habt schon genug für mich getan. Ich komme allein zurecht«, behaupte ich. »Ihr solltet zu Hause sein. Es ist fast Weihnachten!«

»Eben«, bestätigt Kendra und Tracey fällt mit ein: »Wie könnten wir dich da allein lassen?«

Eigentlich hatte ich mit Drew und Nico feiern wollen. Das wird selbstredend nichts mehr.

»Es ist nicht so, als wäre mir nach Feiern zumute«, stelle ich fest.

»Verständlich. Nichtsdestotrotz solltest du hier nicht einsam und verlassen vor dich hingammeln«, kontert Tracey.

»Ich muss ohnehin Justus ablösen.«

»Er kommt schon klar.«

Okay, auch eine nette Umschreibung, um mir mitzuteilen, dass ich in meinem Zustand bloß keinem Kunden unter die Augen treten sollte. Ist es so schlimm? Doch je mehr ich darüber nachdenke, desto stärker kann ich mich für das vor-mich-hinvegetieren erwärmen. Das wäre es doch! Ich habe gefühlte Ewigkeiten keinen reinen Lesetag mehr gemacht. Entweder fehlte mir die Zeit oder ich habe sie lieber mit den anderen verbracht.

»Wenn es dich nicht stört, dass Glen dabei ist, könntest du auch mit zu mir kommen«, überlegt Kendra.

Spätestens damit hat sie sich enttarnt. Ich kann nicht übersehen, wie sehr sie sich auf dieses erste gemeinsame Weihnachtsfest mit ihrem Freund gefreut hat. Der Zwiespalt dringt ihr aus jeder Pore.

»Geht«, beharre ich. »Im Ernst. Ihr seid nicht aus der Welt, und ich stelle schon keine Dummheiten an.«

Die größte Dummheit habe ich sowieso bereits begangen. Ich bin auf Drew hereingefallen. Ich bezweifle, dass das so leicht zu toppen ist.

Bevor Tracey oder Kendra noch etwas erwidern können, schlappt Ina in ihren Kork-Sandalen in die Küche. »Was ist?«, fährt sie uns an, weil wir sie unisono anstarren.

»Bist du über Weihnachten hier?«, frage ich sie rundheraus.

»Ich?« Diesmal wandern Inas Augenbrauen vor ehrlicher Überraschung, dass sie von *mir* angesprochen wurde, in die Höhe. Strähnen ihres eisblonden Haares umspielen ihr Gesicht, von dem exakt dieser Gedanke abzulesen ist.

Ich nicke und sage mir, dass es keinen Grund gibt, deshalb verlegen zu sein. Wenn ich etwas zu sagen habe, kann ich es auch sagen. Ob Ina verstanden hat, worum es mir geht? So hätte ich sie zwar nicht eingeschätzt, aber mittlerweile weiß ich, wie sehr selbst ich mich irren kann. Obwohl ich auf diese Lektion gerne verzichtet hätte.

Sie nickt bedächtig. »Ja. Ja, bin ich. Es wäre zu teuer gewesen, nach Hause zu fliegen.«

»Seht ihr?«, wende ich mich an Tracey und Kendra. Eher erleichtert als triumphierend. »Ich werde nicht alleine sein.«

Diesmal reagiert Ina nicht, sie hat den Kopf im Kühlschrank vergraben.

Tracey bleibt skeptisch, seufzt aber. »Lia. Sollte Drew mir noch mal über den Weg laufen, garantiere ich für nichts. Du bist zu gut für diese Welt.«

Kendra ist auch nicht glücklich über meinen Entschluss, fügt sich jedoch, nun da Tracey nachgegeben hat. Es reicht schließlich, dass Drew *mein* Weihnachtsfest versaut.

Um ein letztes »Bist du sicher?« zum Abschied komme ich trotzdem nicht herum. Meine beste Freundin erdrückt mich beinahe. Diese Fürsorge von ihr ist Balsam für meine Seele. Es macht mir ein bisschen Angst, nicht zu wissen, wann ich sie das nächste Mal in die Arme schließen darf. Andererseits kann ich nun mit absoluter Bestimmtheit sagen, dass sich nichts und niemand je zwischen Kendra und mich drängen wird. Sie ist und war immer für mich da. Tracey dagegen protestiert nicht mehr und schenkt mir nur noch einen prüfenden Blick, ehe sie mich kurz und herzlich umarmt. Sie wird erst nach Neujahr zurück sein. Es wird still werden ohne sie. Und ohne Drew.

Nachdem die beiden gegangen sind, dusche ich erst einmal ausgiebig. Während das Wasser auf mich niederprasselt, breche ich weder zusammen noch weine ich. Vermutlich ist mein Körper so ausgelaugt, dass er einfach keine Tränen mehr produzieren kann. Seltsam abgeklärt schlüpfe ich in einen frischen Pyjama, stecke mir die feuchten Haare hoch und begebe mich in mein Bett, um mit dem Readathon zu beginnen. Von dort bewege ich mich (bis auf unumgängliche Ausnahmen) die nächsten vierundzwanzig Stunden nicht weg. Sobald ich ein Buch beendet habe, schnappe ich mir das nächste. Auf *Call Me by Your Name* folgt *Obsidio*, der dritte Band der Illuminae-Akten. Der Weltraum scheint mir ein angemessen abstraktes Setting zu sein, um mich auf andere Gedanken zu bringen. Zwischendrin schlafe ich etwas. Abgesehen davon blättere ich mechanisch eine Seite nach der anderen um.

Ich bin mittendrin, da reißt mich ein schriller Ton, den ich zunächst nicht einordnen kann, aus meiner Fantasiewelt heraus. Ich erschrecke mich zu Tode und weiß kurzzeitig gar nicht, was los ist. Die Klingel. Jemand hat geklingelt! Mein Handy erweist sich als Hilfe, indem es mir mitteilt, wie viel Zeit verstrichen ist, seit ich das letzte Mal auf die Uhr geschaut habe. Inzwischen haben wir den dreiundzwanzigsten Dezember. Es ist schon nach sechs abends. Statt aufzustehen und zu öffnen, bewege ich mich jedoch keinen Millimeter von der Stelle, warte mucksmäuschenstill. Es klingelt erneut. Ich verspanne mich am ganzen Körper. Da poltern Schritte vor meiner Zimmertür entlang und der Summer wird betätigt.

»Hallo?« Das ist Ina, die ins Treppenhaus ruft. Anscheinend ist sie genauso irritiert über den unerwarteten Besuch wie ich.

Dann vernehme ich eine weitere, herrische Stimme. Das kann nicht wahr sein. Es ist Mom. »Ist meine Tochter hier?«, verlangt sie zu erfahren, als ob Ina vorhätte, ihr wie Gandalf dem Balrog den Weg zu versperren. Ich wünschte, sie täte es. Stattdessen bestätigt Ina, dass ich zu Hause bin.

Nur ein paar Sekunden später klopft es an meiner Tür. »Ist für dich!«

Ich ziehe es vor, nicht zu reagieren.

»Lianne?«, ruft Mom. »Ich weiß, dass du da drin bist.«

Ich vergrabe das Gesicht in den Händen. Das muss doch jetzt nicht auch noch sein. Ich will das nicht. Ich will nicht mit ihr reden. Als Mom die Klinke herunterdrückt, gibt es nichts mehr, das sie aufhalten könnte, denn ich habe nicht abgeschlossen. Damit kenne ich mich ja aus. Ich senke die Hände wieder und stelle fest, dass ich erneut angefangen habe zu weinen. Fast trotzig funkele ich meiner

Mutter entgegen. Wenn sie schon hier reinplatzen muss, bitte, soll sie damit klarkommen!

Ich hätte gewettet, dass sie mir mit Herablassung oder Ablehnung begegnet, aber es geschieht etwas sehr Unerwartetes. Moms Stirn legt sich bei meinem Anblick in Falten – und ihr Gesicht zerfließt. Im wahrsten Sinne des Wortes. Die Schminke hält den Emotionen nicht stand. Sie löst sich unter ihren Tränen auf und gibt etwas frei, das ich lange verloren geglaubt habe: echte Gefühle. Schmerz. Habe ich sie jemals weinen sehen?

»Oh, Lianne«, schluchzt sie.

Doch statt sich zu mir zu setzen, mich zu trösten, mich aufzufangen, bleibt sie an Ort und Stelle stehen. Mein Herz bekommt einen weiteren Riss. Scheinbar ist es doch noch nicht ganz zerbrochen.

»Mom.« Ich strecke eine Hand nach ihr aus. »Komm her.«

Ich glaube nicht, dass ich das noch einmal sagen kann. Wenn sie jetzt nicht zu mir kommt, werden uns diese drei Schritte für immer trennen. Wollte ich gerade noch, dass sie auf gar keinen Fall diesen Raum betritt, möchte ich sie plötzlich so nah wie möglich bei mir wissen. Egal, was war. Ich sehne mich so sehr danach, dass es mich umbringen würde, von ihr zurückgewiesen zu werden. Es würde mich umbringen.

Als Mom endlich neben mich aufs Bett sinkt, meinen Kopf in ihren Schoß bettet und beruhigend auf mich einredet, brechen alle Dämme. Ich weine mich bei ihr aus, als wäre ich wieder vier, und sie ist für mich da. Bedingungslos. So wie es sein sollte. Kann es nicht immer so sein? Ich klammere mich an sie, möchte diesen wertvollen Augenblick dringend in mir bewahren, damit meine Mom ihn nicht doch noch zerstört. Erneute Zweifel und Wut über die Male zuvor, wo genau das geschehen ist, regen sich in mir. Kann ich dem hier trauen? Was ist das hier?

»Es tut mir leid, Lianne, es tut mir so leid«, stammelt sie wiederholt an meinem Ohr. »Du musst mich für ein Monster halten. Ich wollte das nicht. Ich wollte nie, dass …«

Abrupt richte ich mich auf und rutsche eine Armeslänge von ihr weg. »Was? Was wolltest du nicht?«, brause ich unwillkürlich auf.

Mom zuckt zusammen.

Ein Tsunami wütet in meinem Inneren, der sich seinen Weg nach draußen bahnt. »Was machst du hier?« Anklagend umfasse ich mein WG-Zimmer mit einer Geste. »Ich meine, *jetzt*?«

»Morgen ist Heiligabend.« Sie klingt so kleinlaut, dass sie sich gar nicht mehr wie meine Mutter anhört. »Du solltest bei deiner Familie sein.«

Ich traue meinen Ohren nicht. Es wäre zu schön gewesen, um wahr zu sein, wenn sie tatsächlich hergekommen wäre, um nach mir zu sehen, weil sie sich um mich sorgt. Dabei geht es ihr nur darum, mir mein unmögliches Verhalten, an Weihnachten von zu Hause fernzubleiben, zum Vorwurf zu machen. So etwas kann sie mir schließlich nicht durchgehen lassen. Wie schafft sie es nur immer wieder, falsche Hoffnungen in mir zu wecken?

»Geh!« Mit ungeahnter Energie springe ich auf. »Ich bin so was von fertig damit, diese Spielchen zu spielen. Tut mir leid, dein Bild von einem perfekten Weihnachtsfest zu zerstören, aber dabei mache ich nicht mehr mit.«

»Lianne.« Ihre Stimme bricht.

»Ich sagte, geh!« Und wenn ich sie eigenhändig hinausschleifen muss.

»So … so meinte ich das nicht!« Moms Augen sind vor ehrlichem Entsetzen geweitet. »Ich wollte nur … Ich wollte doch nur sagen, dass …«

Mir platzt der Kragen. »Dann sag es doch einfach!«

Verkehrte Welt, durchzuckt es mich. Normalerweise wäre sie es, die mich anschreit. Meine Wut lässt etwas nach, als mir das bewusst wird.

»Dein Vater«, sie schluckt, »war nicht so tadellos, wie du vielleicht glaubst.«

Ich stutze, reibe mir automatisch die Arme. »Was meinst du?«

Ich bin es leid, dass sie immer Dad die Schuld gibt und ihn schlechtmachen muss. Als ob ich mir nicht im Klaren darüber wäre, wie sehr sie ihn verabscheut.

»Lia.« Damit hat sie meine Aufmerksamkeit. So nennt sie mich sonst nie. »Ich war damals nicht die einzige Frau in seinem Leben.«

»Warte. Was?« Meine Gedanken rasen. Das höre ich zum ersten Mal. Sie lässt sich echt immer was Neues einfallen. Aber was, wenn sie die Wahrheit sagt? »Dad hat dich betrogen?«

»Du weißt, dass wir die Heirat nicht geplant hatten?«

Ich nicke.

»Als du dich angekündigt hast, wollten wir es trotzdem versuchen. Dabei waren wir nicht mal ein richtiges Paar, kannten uns gerade mal wenige Monate. So oder so waren wir uns einig, dass wir dich behalten wollten und es ein Geschenk war, dass du in unser Leben getreten bist. Für mich war die Schwangerschaft ein Zeichen, dass mehr aus uns werden sollte. Ich dachte, Christopher sähe das ähnlich.«

Ich ziehe mir meinen Schreibtischstuhl heran. Wenn ich mich

nicht setze, halte ich dem, was ich sonst noch zu hören bekomme, garantiert nicht stand.

»Sie war Dichterin und genauso literaturvernarrt wie er. Schon im ersten Jahr, nachdem du da warst, verlor Christopher das Interesse an mir. Dich hat er vergöttert, doch ich wurde ihm schnell zu langweilig. Wir passten einfach nicht zusammen. Er war ein Träumer, sprunghaft, leidenschaftlich, von seinen Emotionen gelenkt. Ich dagegen hatte einen Plan, war so auf Sicherheit bedacht und habe deswegen nur meinem Verstand vertraut. Ich hätte nie damit gerechnet, dass ich all das mal für jemanden aufgeben könnte. Doch was uns verband, ging letztendlich nicht über eine kurzlebige Beziehung hinaus. Zumindest von seiner Seite. Bevor wir uns eingestanden haben, dass es nicht funktionierte, wo wir doch für dich eine Familie sein wollten, hat es allerdings noch mal seine Zeit gedauert.«

Ich habe mich schon öfter gefragt, wie meine Eltern je zueinanderfinden konnten. Ist es wahr, was sie erzählt? Kann das wirklich so passiert sein?

»Mom«, setze ich an, doch sie hebt eine Hand.

»Ich denke, es wäre am besten, wenn du mich zuerst alles erzählen lässt. Ist das okay? Ich hoffe, du verstehst mich dann ein bisschen besser.« Kein Vorwurf, eine Bitte. Sie ist gekommen, um sich mir zu öffnen, nicht um mir etwas vorzuschreiben! Das muss ich erst mal verdauen.

Ich nicke langsam, knete meine Hände. »Okay.« Schließe die Augen und besinne mich auf meinen Atem, ehe Mom sich gesammelt hat und weiterredet. Das hier kostet uns beide eine Menge Überwindung.

»Ich habe ihn geliebt, *Stellina*. Ich habe deinen Vater so sehr geliebt, dass ich sein Verhalten und seine Affäre viel länger tolerierte, als gut für mich war und mich sogar mit meinen Eltern überwarf. Sie hielten dich für eine Schande, die ich über die Familie gebracht hätte, und brachen den Kontakt zu mir ab. Ich bin nie wieder nach Italien zurückgekehrt. Meine Eltern machten ziemlich klar, dass ich dort nicht länger willkommen war.« Meine Mom pausiert kurz und wischt sich über das Gesicht. Man sieht ihr an, wie sehr die Erinnerung an ihre Eltern sie heute immer noch schmerzt und dass ihr ihre Heimat fehlt. »Da saß ich nun, in einem fremden Land, mit einem Mann, der mich nicht liebte, und einem Baby, das mich in meiner Einsamkeit heillos überforderte. *Mein* Traum war zerplatzt und Christopher scherte sich nicht darum. Er versicherte mir, es wäre vorbei mit seiner Affäre, es täte ihm leid und wir würden es schaffen, aber ich wusste, dass er sie weiterhin traf und mir die ganze Zeit etwas vormachte.«

Ich bin sprachlos. Es ist das erste Mal, dass ich die Geschichte aus Moms Perspektive betrachte. Dad hat sie oft als emotionslos und kalt beschrieben, und so habe ich sie auch zu sehen gelernt. Gerade ist sie nichts davon. Sie zeigt mir eine völlig unbekannte Seite von sich – die verunsicherte junge Frau, die sie einst gewesen ist, bevor die Umstände sie haben hart werden lassen. Ihre Verzweiflung und Enttäuschung legen sich schwer über uns.

»Glaub mir, Lia. Ich habe nie gewollt, dass du dich einmal genauso allein fühlen musst.«

Die Parallele trifft mich mitten ins Herz.

»Wieso hast du mich dann allein gelassen?«, flüstere ich.

»Ich hatte immer den Eindruck, dass ich dir nicht geben konnte, was du brauchst. Ich habe es versucht, doch es war nie genug. Manchmal wusste ich nicht, wie ich mit dir umgehen sollte. Du warst ihm so ähnlich in deinem sensiblen Wesen. Von Anfang an. Ich hatte das Gefühl, auf ganzer Linie versagt zu haben. Nicht nur bei deinem Vater, auch zu dir konnte ich keinen Zugang finden. Deswegen zog ich mich schließlich zurück. Ich fühlte mich so überflüssig und fehl am Platz.«

Ich frage mich ernsthaft, wie ich das nie habe bemerken können. Wie konnte ich so blind sein? »Du bist nicht überflüssig«, entfährt es mir, statt mich an ihre Bitte, ihr bis zum Ende zuzuhören, zu halten. Das kann ich nicht so stehen lassen. »Du bist meine Mutter. Nur ich dachte immer, du hasst mich. Dabei habe ich mir so oft gewünscht, dass ich dir wichtig wäre.«

Den Laut, den Mom daraufhin ausstößt, kann man nur als ein Wehklagen beschreiben. Ich rutsche an die Kante des Stuhls und umfasse ihre Hände, während ihre Tränen auf unsere verschränkten Finger fallen. »Ich hasse dich nicht. Ich könnte dich nie hassen, Lia! Genauso wenig habe ich Christopher oder seine Buchhandlung gehasst. Für mich war dieser Ort eine Art Sinnbild für all das, was uns trennt. Das *A New Chapter* war seine Welt und auch deine. Aber mir blieb sie immer verschlossen. Ich bereue es so sehr, dich kampflos aufgegeben zu haben und nicht für dich da gewesen zu sein, als du mich gebraucht hättest. Da war so eine Blockade, die ich nicht mehr überwinden konnte. Bis zu deiner Lesung. Was du danach zu mir gesagt hast … Ich wollte doch nur stolz auf dich sein. Ich *bin* stolz auf dich!«

»Siehst du, du hast mich nicht aufgegeben. Und jetzt bist du hier«, betone ich. Ich weiß nicht, ob ich es tue, um ihr oder mir klarzumachen, dass genau das wahrhaftig geschehen ist. Wahrscheinlich uns beiden gleichermaßen. »Sieh mich an.«

Meine Mutter schüttelt den Kopf, hält den Blick gesenkt.

»Ich liebe dich, Mom.«

Sie schlägt sich die Hände vors Gesicht. »Und ich dich, *Stellina*.«

Ich verliere jedes Zeitgefühl dafür, wie oft wir die Worte wiederholen, uns beieinander entschuldigen, wie lange wir uns weinend in den Armen liegen. Es ist unwirklich und gleichzeitig so real. Es ist schonungslos und echt und es tut weh, doch ich spüre, wie eine Wunde langsam in mir zu heilen beginnt. Es dauert, bis die Ereignisse sich gesetzt haben, bis mir die volle Bandbreite dessen, was ich gerade erfahren habe, bewusst wird. Meine Mutter ist kein schrecklicher Mensch. Sie hasst mich nicht. Sie liebt mich. Mein Vater hat sie verletzt und ihr Unrecht getan und dennoch war er immer für mich da. Manches ist anders, als es scheint, und muss es einem wert sein, richtig hinzusehen. Vielleicht kann das hier ein Neuanfang werden. Für sie. Für mich. Wenn wir von nun an aufeinander zugehen, statt uns abzuwenden.

Irgendwann fragt Mom mich nach Drew. Und ich erzähle ihr von ihm. Von allem. Genauso, wie ich es mir lange schon vorgestellt habe.

KAPITEL 38

DREW

Das hier ist kein Einbruch. Ich schwör's!

Solche Rechtfertigungen sind mir mittlerweile so in Fleisch und Blut übergegangen, dass ich die Worte in Gedanken unentwegt wiederhole, in der Hoffnung, möglichst unauffällig zu wirken. Doch egal, worum es geht, es funktioniert meistens nicht. Zum Glück ist hier gerade niemand, der mich beobachten und womöglich falsche Schlüsse ziehen kann, während ich mich damit abmühe, den Schlüssel in das alte Schloss der Ladentür zu bekommen und die Zugluft im Nacken hartnäckig ignoriere. Ich ruckle mehrmals am Griff, meine Finger dank der abgewetzten Handschuhe vor Kälte ungelenk und steif, und lehne mich mit meinem ganzen Gewicht gegen die Tür. Endlich klickt es – na bitte! –, und mit einem letzten verstohlenen Blick über die Schulter trete ich ein. Das laute Klingeln der Tür lässt mir das Herz in die Hose rutschen. Mist, an das Glöckchen hätte ich vorher denken müssen! Auffälliger geht es ja wohl kaum. Dafür werden meine Schritte vom Teppich gedämpft. Während sich mein Puls langsam wieder beruhigt, schaue ich mich in dem behaglichen Raum um.

Die Lichterketten, die sich entlang der überquellenden Regale schlängeln, sind ausgeschaltet, und die heruntergebrannten Kerzen auf der Ladentheke versprühen einen traurigen Eindruck. Trotzdem überkommt mich eine andächtige Ruhe.

Ein letztes Mal, nur noch dieses eine Mal.

Mit einem wehmütigen Lächeln streiche ich über eines der Regalbretter, das sich gefährlich unter den Wälzern biegt. Ich kann Lia förmlich vor mir sehen, sie dabei beobachten, wie sie durch die Buchhandlung streift. Eine Flut an Erinnerungen durchströmt mich. Ich denke daran zurück, wie uns dieses Monstrum von einem Weihnachtsbaum beim Transport in der Tube an den Rand des Wahnsinns getrieben hat. Nun steht der Baum geschmückt und herausgeputzt neben der von Justus und mir aufpolierten Sitzgruppe. Ich erinnere mich daran, wie wir uns an meinen missglückten Lebkuchen fast die Zähne ausgebissen hätten. Danach losten wir aus, wer im strömenden Regen zum Supermarkt laufen und Ersatz beschaffen würde. Ich erinnere mich an unseren Kuss unter dem Mistelzweig, den ich extra deswegen über der Tür zum Mitarbeiterbereich aufgehängt habe – obwohl Lia so niedlich protestierte. Täte es doch nicht so weh, ihren Namen auch nur zu denken. Mein Brustkorb zieht sich noch enger zusammen, als er ohnehin schon ist. Ich bezweifle, je wieder frei atmen zu können.

Wie gerne würde ich einen der Kugelschreiber nehmen, von denen Lia in einer nervösen Angewohnheit den Clip abgebrochen hat, und ihr eine Entschuldigung auf dem Notizblock neben der Kasse hinterlassen. Meine Hände würden zittern und kein einziges lesbares Wort zu Papier bringen. Sie zittern auch jetzt.

Gut, dass ich zu Fuß hergekommen und nicht gefahren bin. Tristan hätte mich umgebracht, wenn ich mir bei diesem Wetter sein Schätzchen ausgeborgt hätte. Sicher würde er mir auch aus anderen Gründen nur allzu gern den Hals umdrehen. Trotzdem ist er mein Bruder. Genau wie Nico, auf dessen Sicherheit ich mich nun konzentrieren sollte – nicht auf den Schmerz, Lia verloren zu haben. Die zwei sind die einzige Familie, die mir geblieben ist.

Als wäre der Blitz in mich gefahren, wende ich mich ab, gehe schnell zum Ausgang, bevor sich die Erinnerungen an ihre Berührungen in dieser Atmosphäre wieder viel zu real anfühlen. Fast kann ich sie über einen meiner Witze lachen hören, und der Geruch ihres Kokosshampoos hängt in der Luft. Wenn *ich* das schon kaum ertrage, wie muss Lia sich erst fühlen?

Kaum über der Schwelle, hat das Schneegestöber mich wieder. Es hält London seit gestern Mittag fest im Griff. Ich schließe ab und werfe den Schlüssel durch den Zeitungsschlitz nach drinnen. Jetzt gibt es kein Zurück mehr.

Ich sollte nicht hier draußen sein. Allein. An Heiligabend.

Ich blinzele gegen die Flocken an und ziehe die Schultern hoch. Okay, es ist nicht so, als hätte ich das nicht verdient, nach dem, was ich Lia angetan habe. Die Hände zu Fäusten geballt, stapfe ich durch den Schnee der nächsten Konfrontation entgegen. Was mich wohl erwartet? Irgendwie kommt es mir wie ein weiterer Abschied vor. Dabei habe ich früher genau das gewollt, bloß weg von hier.

Wenn ich Glück habe, bereitet Tristan all dem ein vorzeitiges Ende.

Merry Christmas to me!

KAPITEL 39

DREW

Kaum dass ich durch die Drehtür bin, scanne ich die Lobby nach bekannten Gesichtern ab. Zuvor habe ich das Hotel Filou, zu dem die Lobby gehört und in dem Tristan sich angeblich aufhalten soll, einen Tag lang aus sicherer Entfernung im Auge behalten. Zwei weitere Tage ist es her, dass Nico und ich aus Brighton nach London zurückgekehrt sind. Die habe ich gebraucht, um aus dem Loch wieder herauszukommen, in das ich unvermittelt nach meiner Trennung von Lia gefallen bin. Unsere Unterkunft liegt zwar nur einen Block von dem Hotel entfernt, doch ich wollte mich nicht direkt hineinwagen, ohne mir möglichst sicher zu sein, dass die Nachricht, die mich hergeführt hat, wirklich von Tristan stammt. Er könnte schließlich von Benjamin oder irgendwelchen Hintermännern des Autoschieberrings dazu gezwungen worden sein. Zwar habe ich keine zwielichtigen Gestalten vor dem Hotel sehen können, aber auch jetzt frage ich mich immer noch: Ist es eine Falle? Vielleicht warten ja oben ein paar zwei Meter große Schränke auf mich, die das Versteck des Sticks aus mir herausprügeln wollen.

Die Location ist typisch für jene Sorte Londoner Unterkünfte, welche den Touristen ein edles Ambiente vorgaukeln wollen, aber am Ende ist das alles Schall und Rauch. Ganz nach Tristans Geschmack also. Man muss schlicht mal genauer hinschauen, und der schöne Schein verblasst. Dann fallen einem die Flecken auf, die die dicken Läufer zieren, oder die Risse in der royal gemusterten Tapete.

So ungefähr fühle ich mich, seit ich Lia den Laufpass gegeben habe. Zwar renne ich nach außen hin – bis auf meine kurze Krise – auf Hochtouren, doch innerlich bin ich schon gar nicht mehr richtig anwesend. Es ist erst wenige Stunden her, dass ich ein letztes Mal im *A New Chapter* war, um den Ladenschlüssel zurückzubringen und mich endgültig aus ihrem Leben auszusperren. Was für eine Symbolik! Wer hätte gedacht, dass ich das Zeug für solch eine literarische Meisterleistung habe? Stattdessen habe ich jedoch einen Teil von mir in der Buchhandlung zurückgelassen.

Konzentriere dich! Für Nico. Ich straffe mich und knöpfe meine Jeansjacke auf, gehe bedächtig auf den Fahrstuhl zu. Jede Unaufmerksamkeit könnte uns das Leben kosten. Nico habe ich für den heutigen Vorstoß zunächst in einem Imbiss auf der anderen Straßenseite zurückgelassen mit dem Versprechen, sich nicht von der Stelle zu bewegen, bis ich zurück bin. Sekunde. Der da auf der Couch, der Typ mit der Zeitung, kommt mir vage bekannt vor. Oder habe ich schon Wahnvorstellungen? Ich vergrabe die Hände in den Hosentaschen.

Nachdem ich Lia in der Nacht von Freitag auf Samstag angerufen und ihr den Ausflug nach Brighton vorgeschlagen hatte, um erst mal

Abstand zum Brandherd zu gewinnen, schaltete ich mein Smartphone aus und versenkte es im Regent's Canal. Dasselbe tat ich mit Nicos Telefon. Man konnte ja nie wissen. Auf dem Weg zum Bahnhof trieb ich in einem der Kioske, die rund um die Uhr geöffnet haben, zwei Wegwerfhandys auf. Weil ich jedoch nicht so hartgesotten bin, wie ich gerne wäre, beließ ich es nicht dabei und ergriff in Brighton die erstbeste Gelegenheit, um meine E-Mails zu checken. Wir waren gerade an einem Internetcafé vorbeigegangen, als Lia und Nico auf den Bücherflohmarkt stießen. Um mich von ihnen abzuseilen, tat ich so, als hätte ich einen Anruf bekommen, während ich in Wirklichkeit in das Café ging. Vielleicht hatte ich überreagiert und Tristan hatte sich längst bei mir gemeldet, nachdem ich ihn erst nicht erreichen konnte. Er kann schließlich nicht immer an seinem Handy hängen. Woher hätte er ahnen sollen, was geschehen war, solange er es nicht mit eigenen Augen gesehen hatte? Unsere aufgebrochene und durchsuchte Wohnung wird für ihn genauso ein Schock gewesen sein wie für Nico und mich.

Ich suchte mir einen PC in der hintersten Ecke des Cafés und gab die Anmeldedaten für das Internetticket ein, rief mein E-Mail-Programm auf und tatsächlich: Tristan hatte mir geschrieben! Er nannte mir diese Adresse in Lambeth, London, und eine Zimmernummer. Und mir wurde klar, dass ich nicht abhauen und ihn im Stich lassen konnte. Genauso wenig, wie ich bleiben konnte. Was hatte ich mir nur dabei gedacht, Lia einer solchen Gefahr auszusetzen? Es blieb mir nichts anderes übrig, als mich von ihr zu trennen. Ich würde es nie schaffen, mich von Tristan und den Autoknackern loszusagen. Ich hätte es besser wissen müssen, wissen, dass ich nicht den Arsch dafür in der Hose habe.

Die Fahrstuhltüren gleiten hinter mir zu. Ich fahre in den sechsten Stock. Der mit Teppichboden ausgelegte Flur ist in beide Richtungen verwaist. Mein Puls rast, als wäre ich die Treppen hochgerannt. Sicher, dass ich gerade mitten in einen Hinterhalt laufe, schreite ich den Gang entlang, bis ich die Nummer 429 gefunden habe. Jetzt bin ich schon hier. Also ziehe ich es durch. Sollte mir wirklich Gefahr drohen, komme ich nun eh nicht mehr unbeschadet raus, oder? Trotz auflodernder Panik klopfe ich. Der Augenblick der Wahrheit ist gekommen. Von der anderen Seite vernehme ich ein Schlurfen, bevor jemand die Tür aufreißt.

Ich muss zweimal blinzeln, ehe ich meinen Bruder erkenne. Er ist sturzbesoffen und riecht nach Erbrochenem. Das fettige Haar hängt ihm in die von Schweißperlen überzogene Stirn. Rasiert hat er sich sicher seit Tagen nicht mehr. Ich dränge mich an Tristan vorbei in das Hotelzimmer, checke das Badezimmer, die Schränke, die Vorhänge und das Bett. Bis auf jede Menge leere Flaschen finde ich nichts. Sonst ist niemand hier.

»Was soll der Scheiß, Mann?«, gehe ich hoch angesichts dessen, was sich mir bietet. Da wäre es mir fast lieber gewesen, wenn er mich in eine Falle gelockt hätte, um seinen eigenen Arsch zu retten, statt ihn so gebrochen zu erleben. Dass Tristan hier in dieser Verfassung ist, heißt was …? Wieso dachte ich noch gleich, ich könnte auf ihn bauen? Es ist nicht so, als würde ich ihn nicht kennen. Womöglich war es doch einfach nur Mitleid, das mich dazu bewegt hat, ihn nicht endgültig abzuhaken.

»Das fragst du mich?« Mein älterer Bruder plumpst aufs Bett und lacht. Laut und schallend. »Lustig! Wirklich lustig, Drew.«

»Ich bin dran«, versichere ich Tristan wie schon hundertmal zuvor, da ich nicht weiß, wie ich ihn beruhigen oder was ich sonst sagen soll.

Tristan lallt beim Sprechen. »Wie oft möchtest du mir das eigentlich noch erzählen? Nicht nur mir hängen deine Ausreden langsam zu den Ohren raus.«

Er hat recht, ich habe ihn nicht zum ersten Mal angelogen. Schließlich habe ich den Stick aufgegeben. Und nicht nur den Stick. Ich will diese ganze illegale Scheiße abhaken. Wäre da nicht die Tatsache, dass schon Mom mit ihrem Leben bezahlen musste, weil sie irgendjemanden verärgert hatte, den sie nicht hätte verärgern sollen. Ihr Leichnam in dieser Pfütze aus Rot, die Polizisten und Ärzte und Psychologen, die meine Brüder und mich befragten, und der Moment, in dem man uns zu trennen versuchte. Unsanfter hätte ich mich nicht erneut daran erinnern können, wie sehr Lias und mein Leben sich letztlich unterscheiden, immer unterscheiden werden. Was soll ich nur tun? Lia oder Tristan. Tristan oder Lia. Wen verrate ich, wem bleibe ich treu? Und zu welchem Preis?

»Was soll das heißen? Nicht nur du hast meine Ausreden satt?«, wiederhole ich Tristans Offenbarung. Erweisen sich meine schlimmsten Befürchtungen hiermit als wahr?

Mein Herz hämmert so laut, dass ich meinen Bruder nur verstehe, weil er – wie es so seine Art ist – plötzlich losbrüllt: »Sie haben es rausgekriegt!«

Mir wird speiübel. Ich muss mich an einer Kommode abstützen. »Wer hat was rausgekriegt?«, hake ich flüsternd nach, obwohl ich die Antwort bereits kenne.

»Oben ist man der Überzeugung, dass wir den Stick nicht mehr haben oder auch nie hatten«, präsentiert Tristan mir in einem Showmaster-Tonfall die Fakten, als hätte er nun irrwitzigerweise Gefallen daran gefunden, die Bescherung vor mir auszubreiten. »Schließlich haben ihre Leute ihn bei ihrem Einbruch nicht gefunden. Sie glauben, dass wir Sebs Daten verhökert und eigene Geschäfte damit gemacht haben.«

»Was denn für Geschäfte? Wie hast du davon erfahren?«

Kann er nicht einfach Klartext reden? Ich strenge mich wirklich an, seinen von Alkohol benebelten, verworrenen Gedankengängen zu folgen.

»Nachdem du während des Coups einfach verschwunden bist, hat Ben mich zur Rede gestellt. Er wollte sich nicht mehr vertrösten lassen, er könne nicht, deutete schon an, dass er kapiert habe, dass wir da ein Problem hätten …«

Das Hotelzimmer beginnt sich zu drehen. Die stickige Luft, der säuerliche Gestank von Kotze und Urin und Alk.

»Sie wollen den Stick. Auf der Stelle«, bringt Tris es auf den Punkt, ohne etwas davon mitzukriegen, dass ich mich gleich in andere Sphären verabschiede. »Das hat Ben deutlich gemacht. Wenn wir nicht liefern, werden sie uns ihren Ärger richtig spüren lassen. Die verwüstete Wohnung war nur ein Vorgeschmack. Das wäre ja auch kein Problem, wenn wir den Stick irgendwo anders hätten. Was soll ich ihnen noch sagen? Dass wir ihn verloren haben?«

»Ich weiß es nicht«, gebe ich zu. Was für eine riesengroße Scheiße. Vor meinem inneren Auge stürzt alles zusammen. »Ich weiß es nicht!«, gehe ich hoch. »Hättest du uns nicht … Musstest du uns da mit reinziehen?«

Tristan wird rot vor Wut. »Ich sage es nur noch einmal. Auch wenn du es nicht hören willst, das haben wir unserer Mutter zu verdanken. Ich habe nichts weiter getan, als ihre Schulden zu begleichen, die sie zurückgelassen hat. Sie war keine Heilige, Drew! Kapier das endlich! Du kannst dir die Welt nicht malen, wie sie dir gefällt.«

Nein. Er lügt. Selbst wenn ich sonst nichts mehr weiß, das ist gewiss.

»Sie haben gedroht, sich als Nächstes Nico vorzunehmen.«

Mein Schädel platzt gleich. »Und daraufhin war das Beste, was dir einfallen konnte, dich hier zu verstecken und dir die Kante zu geben?«

»Daraufhin bin ich erst mal untergetaucht und habe dir trotz des Risikos geschrieben!« In einer Geschwindigkeit, die ich Tristan nicht zugetraut hätte, kommt er auf die Beine und baut sich vor mir auf. Ich weiche automatisch zurück und stoße gegen die Kommode. »Wie gesagt. Nachdem bei uns eingebrochen wurde, hat Ben mich immerhin noch gewarnt. Gleichzeitig gab er mir allerdings zu verstehen, dass es das letzte Mal gewesen ist. Er wird uns nicht länger decken. So viel also zu unserer Freundschaft. Und Nico und du ... Nachdem ihr einfach abgehauen seid. Ohne mich. Tagelang zu warten und nicht zu wissen, ob ihr kommt ... Da fragst du noch, wieso ich mich abgeschossen habe? Ich dachte, wir wären eine Familie.«

Damit trifft er einen wunden Punkt.

»Auf einmal interessiert dich das, interessieren wir dich?«, kann ich die Worte nicht eine Sekunde länger zurückhalten. »Ich habe versucht, dich zu erreichen. Du bist nicht ans Telefon gegangen. *Ich* musste Nico beschützen, deshalb haben wir uns aus dem Staub gemacht. Weil du es nicht getan hättest. Weil du nicht da warst.«

Ich muss Nico weiterhin beschützen. Wenn es sich um eine echte Drohung handelt ... Mom. Ihre Leiche. Die Stichverletzungen.

»Du bist schon lange nicht mehr für uns da, Tris«, ergänze ich, schwach, weil mich dieses Eingeständnis fertigmacht. »Du warst es mal. Ich verstehe, was du geben musstest. Aber mittlerweile? Ich weiß nicht, was ich mir von dir erhofft habe oder was mit dir geschehen ist, wieso ich noch immer zu dir halte. Was willst du von mir? Außer deinen Frust wie immer an mir auslassen.«

Genau das ist es doch, was er will. Nicht?

Tristans Augenbrauen ziehen sich zusammen, und der Augenblick, in dem ich ihn hätte erreichen können, vergeht. Er macht völlig dicht.

Ich kann mich dennoch nicht stoppen, rede weiter. »Du musst dir jetzt selbst helfen. Es ist mir scheißegal, was du denen sagst. Ich will nichts mehr damit zu tun haben.«

Diesmal zuckt ein Muskel an Tristans Kiefer. Zuerst denke ich, dass er gleich zu weinen anfängt und ich doch noch durchgekommen bin, aber dann werden seine Züge hässlich. Ich bin zu langsam. Seine Faust saust schon heran und trifft mich mit voller Wucht irgendwo zwischen Wange und Kinn. So genau kann ich das nicht sagen, weil der Schmerz im Grunde in meinem ganzen Körper explodiert. Ich taumele zurück, von der Kommode weg und gegen die Wand. Bevor ich mich orientiert habe und meine Hand zu meinem Mund wandern kann, ist Tristan jedoch erneut da, fasst mich an den Jackenaufschlägen und stößt mich zu Boden. Diesmal sind meine Instinkte schneller. Sie befehlen mir, die Hände hochzureißen. Benommen registriere ich die roten Spritzer an der Tapete und versuche, das Klingeln in meinem Schädel abzustellen. Der metallische Geschmack in meinem Mund breitet sich aus.

»Tris…«, blubbere ich mehr, als dass ich spreche.

Er hat mich geschlagen. Trotz allem, was war, er hat mich nie geschlagen. Egal, in welcher Stimmung er war. Der Schock sitzt so tief, dass ich nicht weiß, wie mir geschieht, als sich etwas wie ein Rammbock in meinen Magen bohrt. Ich krümme mich zusammen und schnappe nach Luft, keuche, als weitere Tritte auf mich niedergehen.

Aufstehen, ich muss aufstehen. Ich versuche es, trotz der Schmerzen, wodurch ich mich natürlich noch angreifbarer mache. Tristans Schuhsohle erwischt mich am Kopf und reißt mir gefühlt das halbe Ohr ab.

Etwas verwischt mir die Sicht. Es ist warm und klebrig und … rot. Ich setze kurz aus. Komme sofort wieder zu mir, als Tristan mir eine schallende Ohrfeige verpasst. Er sitzt nun rittlings auf mir und schreit mich an, ohne Sinn und Verstand. Jedenfalls ergibt sein Gebrüll für mich keinen Sinn.

Fuck, das sieht nicht gut für mich aus. Das ist der letzte Gedanke, der mir durch den Kopf schießt, bevor ich mich erneut verabschiede.

Diesmal endgültig.

KAPITEL 40

LIA

Die Situation ist so unwirklich und wäre mir bis vor Kurzem derart abwegig vorgekommen, dass ich einen Augenblick rekapitulieren muss, was hier gerade geschieht: Ich werde Weihnachten feiern. Mit meiner Mutter und Mike. In ihrem Cottage in Greenwich. Das erste Weihnachten ohne Dad.

Nachdem Mom mir gestern ihr Herz ausgeschüttet hat, beschloss ich, sie zu sich nach Hause zu begleiten, wo wir den Abend zu dritt noch gemütlich mit Brettspielen ausklingen ließen. Das konnte ich schon nicht wirklich fassen. Und es war tatsächlich auch noch schön!

Nach einer erstaunlich erholsamen Nacht verharre ich nun also auf der Schwelle zum festlich geschmückten Wohnzimmer, um mir das noch einmal vorzusagen. Erst dann betrete ich es und nehme neben Mike auf der Couch vor dem prasselnden Kamin Platz. Wir bemühen uns, und für den Anfang klappt es echt gut. Ich bin wirklich erleichtert, so erleichtert zu wissen, dass ich doch noch eine Familie habe, auf die ich bauen kann. Was nicht heißt, dass ich vergesse, was ich allein schaffen kann und schon geschafft habe. Viel mehr, als ich mir jemals zugetraut hätte.

Über dem Kamin hängen dicke rot-grün gemusterte Socken, aus denen Zuckerstangen herauslugen, die Sternschnuppe auf der Spitze des Weihnachtsbaums leuchtet in einem warmen gelben Licht, und auf dem Wohnzimmertisch steht eine hölzerne Krippe mit den dazu passenden Figuren. Im Hintergrund läuft eine Weihnachts-CD. Mir stechen die kleinen, hübsch verpackten Päckchen am Fuße des Baums ins Auge. Da hat meine Mutter sich mächtig ins Zeug gelegt! Nur von ihr entdecke ich keine Spur. Sie scheint noch nicht runtergekommen zu sein.

Gerade erst habe ich mich in die Polster sinken lassen, als mein Handy in der Schlafanzughosentasche vibriert. Gleich darauf fängt es an zu bimmeln und reißt mich aus meiner rührseligen Stimmung. Wer kann das sein? Kendra, Tracey und Justus haben mir bereits Weihnachtsgrüße geschickt und waren sehr froh zu hören, dass ich aus dem »Drew-Delirium« zurückgekehrt bin. Den Begriff hatte natürlich Tracey in den Raum geworfen. Wer hätte am Anfang gedacht, dass ich mich jetzt schon darauf freue, sie im neuen Jahr wiederzusehen? Unwillkürlich zupft ein Lächeln an meinen Mundwinkeln. Mike hat das Klingeln meines Handys ebenfalls gehört und hebt eine Braue. Ich zucke entschuldigend mit den Schultern, zögere jedoch, den Anruf entgegenzunehmen, als ich die unbekannte Nummer auf dem Display registriere: ein Festnetzanschluss, Londoner Vorwahl.

»Wo ist Mom?«, frage ich Mike aus einem unguten Gefühl heraus.

»Oben im Bad. Sie sollte jeden Moment fertig sein.« Er streicht sich über den Bart. »Willst du nicht rangehen?«

»Doch, doch.« Irgendetwas ist nicht in Ordnung, das spüre ich genau. Ich lege mir eine Hand auf den rumorenden Bauch. Andererseits: Wer, den ich nicht kenne, würde mich an Heiligabend anrufen? Genervt von mir selbst angesichts dieses wenig zielführenden Haderns nehme ich ab. »Jones. Hallo?«

Die Stimme einer Frau erklingt. »Guten Tag, hier ist Catherine Davies, ich bin Assistenzärztin im St Gilbert Hospital. Spreche ich mit Lianne Jones?«

»Ja«, antworte ich zögerlich. Was zum …? »Worum geht es?«

Als Drews Name fällt, überblendet das erst einmal alles. Er ist im Krankenhaus. Anscheinend ist er zusammengeschlagen worden. Meine Nummer hätte neben der Festnetznummer des *A New Chapter* auf einem Flyer in seiner Hosentasche gestanden. Abgesehen davon habe er nichts bei sich getragen, das irgendeinen Aufschluss über die Familie oder sonstige Kontaktpersonen gegeben hätte. Mal abgesehen von seinem Handy, welches jedoch ausschließlich Nicos Nummer enthalte. Dieser sei wohl auch vor Ort und bestätigte sowohl seine Identität als auch meine als eine Freundin von Drew. Die Ärztin bittet mich, ins Krankenhaus zu kommen, da Nico noch minderjährig ist.

Das ist in etwa der Moment, in dem Mike mir das Smartphone aus der Hand nimmt und das Gespräch fortsetzt. Vermutlich sehe ich genauso überfordert aus, wie ich mich fühle. Tatsächlich bin ich dankbar, dass er es tut, denn ich löse mich vollständig in Panik und Sorge auf. Vergessen ist meine Wut oder dass Drew mit mir Schluss gemacht hat. Ich muss sofort zu ihm und sehen, wie es ihm geht. Sonst ist niemand da, er braucht mich! Was, wenn er …? Und Nico … Ich mag mir gar nicht ausmalen, wie es ihm gerade gehen muss. Was ist nur geschehen? Nach außen dagegen bin ich wie erstarrt.

Irgendetwas von meinen Gedanken scheine ich jedoch laut geäußert zu haben, denn ich spüre Mikes Hand auf meiner Schulter. »Lia, ich weiß nicht, ob das eine gute Idee ist. Hat dieser Drew nicht …«

Wundersamerweise tragen mich meine zitternden Beine. Denn plötzlich stehe ich. Mom ist mittlerweile im Eingang zum Wohnzimmer aufgetaucht.

»Drew ist verletzt«, teile ich ihr unumwunden mit, weil ich nicht sicher bin, wie viel sie mitbekommen hat. »Er wurde ins Krankenhaus gebracht.« Viel mehr weiß ich schließlich selber nicht. »Könntet ihr mich zu ihm fahren?« Ich sehe bittend zwischen ihr und Mike hin und her, mache keinen Hehl daraus, wie wichtig das für mich ist. Als keiner reagiert, werde ich lauter. »Ja? Oder nein? Ich habe keine Zeit zu verlieren!«

War das gestern doch nur eine der Weihnachtsnostalgie geschuldete Ausnahme? Meine Mutter löst die verschränkten Arme vor der Brust und dreht sich auf dem Absatz um. Ich verstehe erst, was sie tut, als sie zur Garderobe in die Diele geht und eine Jacke über den Morgenmantel zieht. Sie nimmt den Autoschlüssel vom Bord und schlüpft in ein Paar flache Schuhe. »Ich fahre dich. Komm.«

Gerührt von dieser Unterstützung, reiße ich die Teddyjacke vom Haken, folge ihr ins Auto und umklammere mich auf meinem Sitz selbst so fest, dass ich bestimmt blaue Flecken auf meinen Oberarmen hinterlasse. Mom stellt keine Fragen, tätschelt zwischendrin nur immer wieder mein Bein. Gott sei Dank sind die Straßen so leer, dass wir nur eine halbe Stunde zum St Gilbert Hospital brauchen. Länger hätte ich die Ungewissheit auch nicht ausgehalten. Vom Weg dorthin bekomme ich sonst nicht viel mit.

Drew wurde verprügelt. Ist er in eine Schlägerei geraten? Wie hängt das mit dem Rest zusammen? Seine ständige Heimlichtuerei, die Stimmungsschwankungen, der Anruf in Brighton, die Trennung, dass er mein WG-Zimmer durchsucht hat … Ich komme der Lösung nicht näher. Wieso ist das alles so schrecklich undurchsichtig?

Auf dem Klinikparkplatz wird mir klar, dass ich ohne Mom da reinmuss. Zweifelsohne würde sie mich hineinbegleiten, und ich weiß das unglaublich zu schätzen, aber das ist eine Sache zwischen mir und Drew. Ich erkläre es ihr genauso. »Vertraust du mir?«

Unsere Blicke finden sich.

Sie drückt meine Hand. »Ich vertraue dir. Dass ich das kann, hast du oft genug bewiesen.« Diese Worte aus ihrem Mund geben mir die nötige Kraft, mich dem, was immer mich dort drinnen erwarten mag, zu stellen.

Am Empfang nenne ich meinen und Drews Namen und werde angewiesen, kurz zu warten. Ich bin erleichtert, dass die Frau mich nicht ins Wartezimmer verweist, wo sicher jede Menge traurige Gesichter zusammengepfercht hocken. Es dauert keine fünf Minuten, da nähert sich mir eine Frau Ende zwanzig in einem weißen Kittel mit einem freundlichen Lächeln und schulterlangen braunen Haaren. Meinem Aufzug schenkt sie keinerlei Beachtung, sodass ich erst gar nicht in Verlegenheit kommen kann. »Lia?«

Ich nicke und schüttele ihre Hand.

»Catherine Davies. Wir haben vorhin telefoniert. Ich betreue deinen Freund und seinen – wie ich annehme? – kleinen Bruder.«

Da bemerke ich Nico, der nun hinter ihrem Rücken hervorlugt. Er wirkt so verschreckt und verstört, dass ich aus einem Impuls heraus auf ihn zutrete und ihn umarme. Ich denke nicht darüber nach, ob das nun passt oder unsere Beziehung es hergibt, der Wunsch, ihm Beistand zu leisten, überwältigt mich. Seine Schultern beben. Dennoch kommt kein Ton über seine Lippen.

»Er redet nicht«, sagt die Ärztin.

»Ich weiß«, entgegne ich.

»Er ist wie aus dem Nichts hier aufgetaucht, kurz nachdem Drew eingeliefert wurde, und hat nach ihm gefragt. Mit Zettel und Stift. Und er konnte sein Handy entsperren. Es stimmt also, was Nico behauptet. Er ist Drews Bruder?«

»Ja, das ist er.« Ich nicke und mustere ihn. Im Gegensatz zu Drew scheint er unversehrt zu sein. Zumindest physisch.

»Kannst du uns sagen, was passiert ist, Lia?«

Mir sinkt das Herz in die Hose. Ich lasse Nico los. Er weicht jedoch nicht von meiner Seite, sondern bleibt dicht bei mir stehen. Ich räuspere mich, mir schwant Böses. »Ist Drew nicht ansprechbar?«

»Noch nicht. Aber bald sollte er es wieder sein«, beruhigt Catherine Davies mich. »Gibt es noch jemanden, den wir benachrichtigen müssen?«

Ach ja, das kam mir eben schon so merkwürdig vor. Drew hatte nur eine einzige Nummer in seinem Handy gespeichert. Keine Ahnung, wieso er die anderen gelöscht oder sich ein neues Smartphone zugelegt haben sollte, außer vielleicht … er wusste, dass er in Gefahr schwebt. Tristan. Wieso ist er nicht hier?

Ich schüttele den Kopf. Irgendetwas sagt mir, dass das richtig so ist. Ich kläre Miss Davies über den Tod von Drews Eltern auf und sie schenkt mir ein weiteres Lächeln, diesmal ernst und verständnisvoll. »Dann werde ich euch nun zu ihm bringen.«

Dass ich nicht mit Drew verwandt bin, scheint sie nicht zu stören, jedoch entgeht mir nicht, dass sie mich aufmerksam beobachtet. Wir folgen ihr durch die Krankenhauskorridore, und meine Hände ballen sich zu Fäusten. Es kommt mir vor wie ein Déjà-vu, aber das hier ist etwas völlig anderes als mit Dad. Das, was ihm geschehen ist, wird sich heute nicht wiederholen. Hätte ich wenigstens einen Schimmer, was hier vor sich geht. Was, wenn Drew mich gar nicht sehen will, sondern mich wegschickt, sobald er wieder bei sich ist? Immerhin hat er sich von mir getrennt. Wäre es nicht sehr viel einfacher, wenn Miss Davies mich gar nicht zu ihm ließe?

Bevor ich mich doch noch in meine Angst hineinsteigern und womöglich kneifen kann, haben wir unser Ziel schon erreicht. Die Ärztin geht voran. Das Krankenzimmer um uns herum verblasst, kaum dass ich Drews blasse Gestalt in den weißen Laken erkenne. Mir treten Tränen in die Augen. Er ist so nah und doch so fern. Am liebsten wäre ich gleich zu ihm gestürzt, doch ich reiße mich zusammen und zwinge mich zu einer Bestandsaufnahme, auch wenn mir sein Anblick im Herzen wehtut. Ein Verband wurde ihm um den Kopf gewickelt, sein Gesicht ist vor Blutergüssen geschwollen und verfärbt, die Decke ist bis zum Kinn hochgezogen. Die Gerätschaften, die mit seinem Körper verbunden sind, piepen ruhig vor sich hin. Er schläft. Brust und Schultern heben und senken sich gleichmäßig. Wer hat ihm das angetan?

»Könnten wir vielleicht …?«, setze ich an.

Miss Davies nickt. »Einfach klingeln, falls irgendetwas sein sollte.«

»Danke.«

Ich warte, bis sie gegangen ist, bevor ich mir einen Stuhl heranziehe und mich neben Drews Bett platziere. Nico setzt sich dazu und beobachtet seinen Bruder mit erstarrter Miene. Ich greife nach Drews Hand. Sein Körper reagiert automatisch auf die Berührung. Seine Stirn legt sich in Falten.

»Hey, Drew«, raune ich, halb erstickt vor Kummer, der sich nun, da wir unter uns sind, Bahn bricht. Er lebt und wird wieder gesund werden. Läge er auch hier, wenn wir zusammengeblieben wären?

Seine Lider flattern. Mein Herz schlägt schneller.

Dann: »Lia?«

»Ja.«

Finger schließen sich um mein Handgelenk, sein Griff verstärkt sich. »Du bist wirklich hier.«

»Ziemlich blöd von mir, was?«, murmele ich, minimal hysterisch. Ich weiß einfach nicht, wie ich mich ihm gegenüber verhalten soll, lasse meine Hand trotzdem an Ort und Stelle. Er wird es mich wohl wissen lassen, wenn er mich loswerden will. Das hat er schließlich schon mal getan. Es tut immer noch weh, aber darum soll es jetzt nicht gehen.

Drew sieht nicht aus, als könnte er mir folgen. Kein Wunder. Wahrscheinlich ist er vollgepumpt mit Schmerzmitteln. Seine Augen irren etwas ziellos umher, bis sie Nico finden. »Hey. Geht es dir gut?«

Sein Bruder nickt heftig.

Als er sich mir wieder zuwendet, legt sich seine Stirn in Falten. »Wieso sollte es blöd von dir sein, dass du hergekommen bist? Das musst du mir erklären.«

Ich lache auf. Das ist fast wieder komisch. »Du erinnerst dich aber schon, dass du mit mir Schluss gemacht hast, oder?«

Dass die Erinnerung langsam zurückkehrt, erkenne ich an den Schatten, die von ihm ausgehend heraufziehen. »Scheiße.«

»Du sagst es.«

»Lia, du solltest –«

»Nicht hier sein?«, errate ich. »Sag es nicht. Deine Ärztin hat mich angerufen.«

»Was? Wie?« Drew wirkt geschockt. »Ich hatte deine Nummer doch gar nicht mehr.«

»Du hattest noch einen Flyer des *A New Chapter* bei dir«, kläre ich ihn auf.

»Oh, fuck«, entfährt es ihm. »Fuck! Lia.«

Diesmal bin ich es, die ihm nicht folgen kann.

»Wo ist Tristan?«, frage ich ihn schärfer als eigentlich beabsichtigt. Es sind schlichtweg zu viele Emotionen, die in meinem Inneren um die Oberhand kämpfen. Ich kann sie weder in Schach halten noch herauslassen, kriege ja nicht mal selbst sortiert, was da eigentlich los ist, geschweige denn, dass ich es adäquat transportiert bekäme. Einerseits möchte ich Drew unbedingt nahe sein und dass zwischen uns wieder alles in Ordnung kommt. Es ist mir egal, was geschehen ist. Andererseits steht genau das zwischen uns und ragt wie ein unüberwindbares Hindernis zwischen uns auf. Es frustriert mich und es macht mich wütend, so von ihm auf Abstand gehalten zu werden.

Auch in Drew arbeitet es. Er schließt die Augen. Ob er Schmerzen hat? Natürlich hat er das. Um das zu verstehen, müsste ich nicht mal hochsensibel sein. Er krallt sich in die Bettdecke. Wann hat er meine Hand losgelassen? Seine Atmung beschleunigt sich.

»Soll ich jemanden rufen? Hey. Drew?«

Er winkt ab. Dann: »Die Polizei. Wahrscheinlich solltest du die Polizei verständigen.«

»Du weißt, wer …?«

»Tristan.«

»Was ist mit Tristan?«

»Er war es.«

Würde er nicht plötzlich deutlich klarer klingen, hätte ich vermutet, dass Drew aktuell schlicht nicht zurechnungsfähig ist. So jedoch … »Du sagst, Tristan hat das«, ich wedele hilflos vor seinem Gesicht herum, »getan?«

Nico neben mir versteift sich noch mehr. Drews Erzählungen haben Tristan zwar nie in den schillerndsten Farben gemalt, doch für einen Schlägertyp, der sich seinen eigenen Bruder vornimmt, hätte ich ihn nie und nimmer gehalten. Arrogant, ja, egoistisch, herzlos und kalt, mag alles auf ihn zutreffen, doch niemals *das*.

»Ich verstehe es nicht«, gebe ich zu.

»Das kannst du auch nicht.« Drews Blick ist auf einmal hart.

Es geht wieder los. Dieselbe Leier wie jedes Mal. Wie soll ich es denn verstehen, wenn er mir immer wieder die Tür vor der Nase zuschlägt? Es ist nicht so, als scheue ich davor zurück, der Wahrheit ins Auge zu sehen. Ich muss mich zwingen, in meiner Ungeduld nicht aufzubrausen. »Bitte versuch doch, es mir zu erklären. Oder soll ich lieber gehen?«

Ich kann Drews Gedanken in seinem Kopf förmlich rattern hören. »So habe ich das nicht gemeint!«

»Okay.« Ich breite die Arme aus. »Wie dann? Ich bin hier, oder nicht?«

»Gott. Ich bin so ein Idiot.« Seine Verzweiflung ist kaum auszuhalten. »Bitte, Lia. Ruf die Polizei, bevor ich es mir anders überlege.«

Mir wird übel. Zieht er ernsthaft in Erwägung, seinen Bruder zu decken? »Drew, Tristan hat dich krankenhausreif geschlagen. Du hättest sterben können. Dafür gibt es keine Entschuldigung.«

Er beachtet mich gar nicht, scheint meine Worte nicht einmal gehört zu haben. Gehetzt blickt er zwischen seinem jüngeren Bruder und mir hin und her. »Ich rede nicht von Tris. Der ist wahrscheinlich über alle Berge. Es tut mir leid, Lia, Nico. Es tut mir so leid, glaubt ihr mir das?«

»Wovon redest du?« Ich warte, innerlich flehe ich ihn an, endlich Klartext zu reden. Wie soll ich ihm sonst helfen? »Drew?«

»Es wird Zeit, meine Verbrechen zu gestehen.«

KAPITEL 41
DREW

Ich bin zwar noch total benebelt von dem Zeug, das sie mir gegen die Schmerzen gegeben haben, doch ich darf diese letzte Chance nicht vermasseln. Unter keinen Umständen. Wenn ich es jetzt nicht ausspreche, werde ich es nie tun. Es ist alles andere als leicht, die Worte hintereinander in die richtige Reihenfolge zu bringen. Womöglich hätte ich weniger beduselt jedoch gar keinen Ton herausgebracht. Ich habe schließlich schon so viele Anläufe gestartet und bin jedes Mal gescheitert. Das also ist er, der Moment. Ich habe nichts mehr zu verlieren.

Noch einmal schließe ich die Augen und gehe in mich, spüre Lias Besorgnis. Und Nicos. Ich weiß nicht, wie viel er weiß, nur dass er nicht blöd ist. Wahrscheinlich hat er sich alles zusammengereimt. Vor allem ihm bin ich es schuldig, ihm ein lebenswertes Leben zu ermöglichen. Selbst wenn das bedeutet, dass ich ihn dafür loslassen muss. Ein Krimineller ist wohl kaum ein geeigneter Erziehungsberechtigter, und wenn ich reinen Tisch mache, wird man mir Nico wegnehmen. *Damit er irgendwo neu anfangen kann und es ihm besser geht.* Ich dachte die ganze Zeit, ich würde ihn beschützen, aber es scheint, als hätte ich da was verwechselt.

Das war gleich mein erster Gedanke nach dem Aufwachen aus der Bewusstlosigkeit, und mit ihm kam der Schmerz über einen weiteren Abschied und Tristans Vertrauensbruch. Ich hatte ja nicht mal eine Ahnung, wo Nico steckte, ob er noch in dem Imbiss wartete oder wie ich ihn wiederfinden sollte. Mein Handy war verschwunden. Ich lag in einem Krankenhausbett, in das mich mein eigener Bruder befördert hatte und fühlte mich mehr tot als lebendig, völlig hilflos und überfordert. Eine einzelne Träne schlüpfte unter meinem linken Augenlid hervor und lief über meine Wange in das Kissen, das zu weich und zu weiß und zu fremdartig war. Ich war der einsamste Mensch auf der Welt und der festen Überzeugung, dass ich es für immer sein würde. Ich hätte mich richtig in meinem Elend gesuhlt, verzweifelter Lachanfall inklusive – weil wenn schon, muss man es ja mit Humor nehmen und das Beste draus machen –, wäre nicht wenige Minuten später eine Ärztin ins Zimmer gekommen. Mit Lia und Nico im Schlepptau. Er ist wohlauf und sie. Ist. Hier.

Ich wappne mich gegen ihren Anblick, bevor ich die Augen wieder öffne und sie ansehe. Ihre Wangen sind gerötet, ihre Haare hängen ihr ungekämmt und wild über die Schulter. Unter der Teddyjacke trägt sie ein zu großes Shirt und dazu karierte Sweatpants. Ganz im Gegensatz zu ihren sonstigen Outfits passt das alles nicht so richtig zusammen, und trotzdem könnte sie in meinen Augen nicht perfekter sein. Sie ist so perfekt für mich und sie war mein, doch ich habe sie weggestoßen und sie so verletzt. Und trotzdem ist sie hier. Ihre Lippen sind zu einem Strich zusammengekniffen. Nico wirkt nicht weniger enttäuscht.

Ich atme zittrig ein und setze mich auf, so gut das trotz meiner Blessuren geht. »Tristan stiehlt Autos und ich helfe ihm dabei.«

Es ist raus.

Lia öffnet den Mund, doch ich rede schnell weiter. »Ich schaffe jetzt nur die Kurzversion, okay?« Ich erzähle von dem Ring, dem Tristan angehört, und den neuen Verbündeten unseres Bosses. Von der Verpflichtung Tris gegenüber, die mir seit Moms Tod wie eine Pistole im Nacken sitzt. Seb, dem Undercover-Cop, der bei uns eingeschleust wurde. Unserer Freundschaft und dem Tag seines Auffliegens. Dem USB-Stick. Und der Buchhandlung.

Lias Augen werden groß. Nicos Miene ist schwer zu deuten.

Ich lasse den Kopf hängen. »Eigentlich wollte ich ihn, also den Stick, nur zurückholen, doch er war nicht mehr dort, wo ich ihn versteckt hatte. Und dann habe ich dich mit ihm gesehen.«

»Und konntest mich nicht mehr darauf ansprechen.«

Diesmal ist es an mir, Lia anzustarren. Sie schaltet schnell.

»Genau.«

Mehr kommt von ihr nicht.

Sag was!, will ich sie anfahren. Ist sie in Schockstarre?

Ich suche Nicos Blick, aber er weicht mir aus. Wenn nicht mal er mehr hinter mir steht … »Hey Kumpel, ich wollte nicht … Ich …« Ich lasse den Satz unbeendet im Raum stehen. Alles, was ich sagen könnte, würde jetzt nicht ausreichen. Er muss doch wissen, dass ich ihn immer nur beschützen wollte.

»Also bist du nur mit mir zusammen gewesen, um an den Stick zu kommen?« Lia klingt reserviert. Unterkühlt. Als würden wir uns gar nicht kennen. Wahrscheinlich habe ich ihr genau diesen Eindruck vermittelt, also sollte ich mich nicht wundern. Genauso wenig darüber, wie sie auf diesen furchtbaren Gedanken kommt. Ihre Abwehrhaltung trifft mich dennoch, denn darunter brodelt so viel Schmerz. Schmerz, den ich verursacht habe. »Willst du den Stick wiederhaben?«

»Nein!«, bricht es aus mir hervor und ich merke, dass ich anfange zu schluchzen. »Dieser Scheißstick ist mir so was von egal. Ich will ihn nicht. Ich will nur … Ich will *mein* Leben leben. Ich will keine Angst mehr haben. Ich will meine Fehler wiedergutmachen und morgens in den Spiegel sehen können. Ich will, dass du gesund wirst, Nico. Lia, ich will uns. Das mit uns war echt! Ich habe mich von dir getrennt, damit du in Sicherheit bist. Nachdem der Autoschieberring dahinterkam, dass Tristan und ich den Stick verloren haben … Meine Gefühle für dich *sind* echt. Aber wie soll das funktionieren?«

»Es wird funktionieren.«

Ich schnaube: »Ha! Sicher«, bevor ich richtig registriere, was sie da gesagt hat.

»Du kannst die Kontrolle über dein Leben zurückbekommen und hast eine Chance, neu anzufangen«, beharrt Lia.

Wieso sagt sie das, baut mich auf?

»Ich wünschte, ich wäre nur halb so mutig wie du oder ein noch größerer Arsch, dann …«

»Hätten wir uns nie kennengelernt.«

Ich wische mir über die Augen, nuschle: »Wäre wahrscheinlich besser für alle Beteiligten gewesen.«

»Drew!«

Ich zwinge mich, Lias Vorwurf standzuhalten. »Was?«

»Ich bin froh, dass wir uns kennengelernt haben.«

Jetzt erst fällt bei mir der Groschen. »Was willst du damit sagen?«

Ihr Gesicht ist seltsam verkniffen, als ob sie in etwas Saures gebissen hätte – oder Tränen zurückhalten würde. Nico nickt nun, vehement, wie um ihre Worte zu untermauern. Meine Selbstbeherrschung dagegen ist komplett im Eimer. Ich heule noch mal richtig los, und es kümmert mich nicht das Geringste. Eine Songzeile von Oasis stiehlt sich in meinen Kopf. Oder war es der Titel eines solchen? *Stop Crying Your Heart Out*. In jedem Fall zu spät. Ich kann es nicht glauben, dass …

»Ihr seid nicht wütend?«, krächze ich.

Lia schüttelt den Kopf. Nun kullern die Tränen doch aus ihren Schokoladen-Augen. »Ich verstehe ja, dass du mir am Anfang nicht vertraut hast. Aber dann, irgendwann … Versprich mir einfach, dass du von nun an ehrlich zu mir bist.« Sie blickt zu Nico, korrigiert sich: »Zu uns bist. Versprichst du es?«

»Ihr vergebt mir?« Das kann nicht wahr sein.

Lia schiebt ihre Finger zwischen meine. Doch statt sich zu beruhigen, galoppiert mein Herz da erst richtig los. Sie drückt meine Hand. »Wir können es versuchen.«

EPILOG
LIA

DREI MONATE SPÄTER

»Ich bin gleich bei Ihnen«, sage ich im Vorbeigehen zu dem Mann, der sich vor dem Verkaufstresen im *A New Chapter* platziert hat und mir mittlerweile bekannt ist, weil er schon so oft hier war. Ich werfe einen Blick über die Schulter, um sicherzustellen, dass meine andere Kundin mithält. Ich zeige ihr meine Favoriten unter den Neuerscheinungen des Monats und höre mir an, was sie vom letzten Roman der Bestsellerautorin Tamara Martins gehalten hat. Gerne hätte ich noch weiter mit ihr geplaudert, aber mittlerweile sind wir echt gefragt. Wir – das *A New Chapter*. Ich sollte wohl zusehen, weitere Mitarbeiter einzustellen. Justus ist ebenfalls noch in ein Kundengespräch mit der Corgi-Dame, meiner allerersten Kundin damals, vertieft.

Kylies und Brads Story hat der Buchhandlung einen wahren Schub gegeben, nachdem diese es nach ihrer Veröffentlichung für mehrere

Wochen in die Top 100 der E-Book-Charts geschafft hat. Es ist natürlich bloßer Zufall, dass der Buchladen, in dem Brad arbeitet, sich ebenfalls in London befindet und den Namen *A New Chapter* trägt. Tracey nannte das einen raffinierten Marketing-Streich. Aber ganz ehrlich? Ich hätte nie damit gerechnet, dass sich die beiden so gut verkaufen würden!

Ich kassiere die junge Frau ab, schlage ihre Auswahl in Packpapier ein und wende mich danach mit einem Lächeln an meinen Stammkunden. »Und wie fanden Sie Blake Wallis?«

Natürlich ist Mr Farden schon durch! Deshalb holt er sich heute Nachschub. Ich habe es stets zu sagen gepflegt: Bücherliebe siegt immer. Von wegen Buchhandlungen wären out. Das ist der Beweis. Obwohl ich mir manchmal wie ein komischer Kauz vorgekommen bin, habe ich eine Leidenschaft gefunden, für die ich brenne und die mich antreibt. Und darum geht es doch letztendlich. Weil sich alles so gut entwickelt hat, habe ich beschlossen, mein Studium vorerst zu pausieren, um mein ganzes Herzblut in die Buchhandlung und meine Schreiberei zu stecken.

»Du hast gleich schon Feierabend, oder?«, empört Justus sich, als wir eine kurze Verschnaufpause haben. Er nutzt den Augenblick, um die Ärmel seines Hemds hochzukrempeln und seinen Earl Grey in einem Schluck hinunterzukippen.

»Ja.« Ich muss unwillkürlich lächeln. »Drew holt mich ab.«

Justus verdreht die Augen. »Natürlich.«

Ich sehe mich nach etwas auf dem Verkaufstresen um, das ich nach ihm werfen kann, finde jedoch auf die Schnelle nichts außer einem Kugelschreiber, den er eher reflexartig als gekonnt abblockt. »Was soll das denn heißen?«, schiebe ich hinterher.

Justus' Arme senken sich nur langsam. »Kein Grund für solche Umgangsformen! Euch zu beobachten ist purer Zucker. Manchmal ist es fast schon zu viel für mich, wie ihr umeinander herumtänzelt.«

Zugegeben, die letzten Monate waren nicht leicht. Mich daran zu erinnern, wie wir uns das hier erkämpfen mussten, macht mich jedes Mal aufs Neue unendlich dankbar und gleichzeitig traurig. Es ist nicht wie vorher, noch lange nicht, aber es ist sehr viel mehr, als ich mir nach Brighton erhofft habe.

Drew hat gestanden. Nicht nur mir gegenüber, sondern auch bei der Polizei. Ich habe ihn damals, nachdem er aus dem Krankenhaus entlassen wurde, zur Wache begleitet und Nico vorher zu Shannon gebracht. Obwohl seine Offenbarung erst mal richtig in mir gearbeitet hat und ich ihn wohl nie ganz verstehen können werde. Es wäre gelogen zu behaupten, dass ich nicht schockiert und verletzt war, auch wenn Drew es nicht aus bösem Willen getan hat. Ihn im Stich zu lassen, kam trotz allem nicht infrage. Als Drew in das Vernehmungszimmer ging, hielt er den USB-Stick fest umklammert, und als er rauskam, ließ er sich von mir umarmen. Minutenlang. Danach trennten sich unsere Wege vorerst und wir hielten nur sporadisch Kontakt. Wahrscheinlich mussten wir beide erst mal rausfinden, was das mit uns war oder noch sein könnte. Nicht jederzeit zu wissen, wie es ihm ging und wo er war, machte mich trotzdem schier wahnsinnig. Es folgten schließlich weitere Vorladungen und ein Gerichtsprozess, an dessen Ende Drew nach allem Bibbern Sozialstunden in einem Altenheim aufgebrummt bekam. Mithilfe seiner Informationen und jenen, die Seb beziehungsweise Falco gesammelt hatte, konnte der Autoschieberring schließlich hochgenommen werden. Außerdem legte Falco ein gutes Wort für Drew ein, weshalb man ihn lediglich als unfreiwilligen Komplizen verurteilte. Tristan jedoch blieb verschollen.

Nur um meinen Händen etwas zu tun zu geben, schichte ich die Bücher auf der Ladentheke einmal von links nach rechts. Ich kann es kaum erwarten, Drew wiederzusehen. Justus' Zuspruch bezüglich unserer Beziehung zu hören, bedeutet mir viel.

Ich schenke ihm ein Lächeln. »Danke.«

»Ich feuere euch an, Lianne. Wirklich.«

Ich schnaube, weil auch das ein Kommentar ist, den ich eher von jemand anderem erwartet hätte. »Ist es möglich, dass du zuletzt ziemlich viel Zeit mit Tracey verbracht hast?«

Meine Neckerei verschlägt Justus die Sprache. Scheinbar habe ich ins Schwarze getroffen.

Mom und Mike reagierten übrigens nicht sonderlich begeistert auf Drews kriminelle Umtriebe. Sie akzeptieren meine Entscheidung, ihn weiterhin zu treffen, gutheißen tun sie sie noch lange nicht. Keine neue Familienkrise, aber die Lage ist und bleibt etwas angespannt. Na schön. Welche Eltern wären schon begeistert, wenn ihre Tochter sich mit einem ehemaligen Autodieb einlässt?

Ich kriege einen Hustenanfall, nutze das als Vorwand, um mich bei Justus zu entschuldigen und meine Klamotten aus dem Mitarbeiterbereich zu holen. Eigentlich bin ich sogar froh darüber, dass zwischen meiner Mutter und mir nicht plötzlich eitel Sonnenschein herrscht. Ein bisschen Normalität nach so viel Durcheinander muss auch sein.

In der kleinen Küche holen mich schnappschussartige Erinnerungen ein, wie Drew und ich hier zum ersten Mal Tee getrunken und uns länger unterhalten haben. Wie er plötzlich hinter mir stand und ich mir wünschte, er würde noch näherkommen, mich auf einmal zu ihm hingezogen fühlte, obwohl er quasi fremd für mich war. Der Geruch von Motoröl und darunter diese herbe Note stiegen mir in die Nase. Unser Schlagabtausch hatte mich elektrisiert, auf eine mir unbekannte Weise, wie ich es mir bisher nur vorgestellt hatte.

Ich schlüpfe in die Ärmel der Jeansjacke. Drews Jeansjacke. Er hat sie mir letztens auf dem Friedhof geliehen. Die Zeit an Dads Grab war schneller verstrichen als gedacht, und es hatte sich im März nach einem eigentlich warmen Tag gegen Abend dann doch ziemlich abgekühlt. Nicht nur deshalb tat es gut, ihn an meiner Seite zu wissen. Letztendlich habe ich mich wohl nie von ihm abgewendet.

Zurück im Verkaufsraum, verabschiede ich mich von Justus, um vor dem *A New Chapter* auf Drew zu warten. Noch bevor ich ihn sehe, vernehme ich das Knattern seines Motorrads. Er hat es gebraucht erstanden und etwas aufgemöbelt. Es ist nicht so protzig wie Tristans und silbern, aber ich habe mich sofort darin verliebt. Ich mich verlieben, in ein Motorrad! Wer hätte das gedacht? Wahrscheinlich werde ich nur schon wieder nostalgisch oder ich liebe einfach alles, was mit Drew zu tun hat. Ich muss den Tatsachen ins Auge sehen.

Ich bin mir fast sicher, dass er mit Absicht die Straße runterbrettert, nur um umso galanter direkt vor mir zu halten. Nicht dass ich dafür etwas übrighätte. Mal abgesehen von den Kylie-und-Brad-Vibes.

Drew nimmt den Helm ab, fährt sich durch die zerzausten Espressoschaum-Haare und bedenkt meinen Aufzug (ich in seiner Jacke) mit einem Heben seiner Augenbrauen. »Ja, so nehme ich dich.«

Hitze schießt mir in die Wangen. »Mit. Das meinst du doch, oder? So nimmst du mich mit.«

Er macht mich schon wieder wahnsinnig. Mit voller Absicht. »Was hast du denn gedacht?«

»Gott!« Ich verdrehe die Augen. »Ab sofort treffe ich mich nur noch mit dir, wenn Nico dabei ist.«

Das war zuletzt sogar recht häufig der Fall. Seit Nico in einer Pflegefamilie lebt, nutzt Drew die freie Zeit verständlicherweise, um seinen Bruder so oft wie möglich zu sehen und sicherzugehen, dass er sich bei den Hayes wohlfühlt. Diesen Eindruck kann ich zum Glück nur bestätigen. Das Ehepaar scheint in Ordnung und geduldig und verständnisvoll mit Nico zu sein, obwohl er immer noch nicht spricht. Ein weiterer Pluspunkt ist, dass sie nicht mal so weit von Drews neuer Bleibe, einem WG-Zimmer in Camden, entfernt wohnen und sie scheinen die beiden garantiert nicht trennen zu wollen. Dennoch spüre ich auch jetzt, wie sehr es ihn zerreißt, Nico nicht dauerhaft sehen zu können und keinen Schimmer über Tristans Verbleib zu haben. Die Stimmung trübt sich augenblicklich. Abgesehen von mir ist ihm Gott sei Dank Shannon eine Stütze. Ihre Freundschaft ist ebenfalls dabei, sich zu erholen.

Ich trete an Drew heran und lege ihm eine Hand auf die Schulter. »Hey, Nico ist doch okay. Oder nicht?«

Ein Nicken. Und Schlucken.

»Hast du was von Tristan gehört?«

Kopfschütteln.

Ich bereue es, die beiden erwähnt zu haben.

Da gibt Drew ein undefinierbares Geräusch von sich. »Was, wenn *ich* nicht okay bin?«

»Aber das bist du«, erwidere ich sofort, weil ich davon überzeugt bin. »Was sollte nicht okay an dir sein?«

Ein vielsagender Blick. »So habe ich das nicht gemeint.«

»Ich aber.« Ich kann mir wirklich nicht erklären, woher ich den

Mut nehme, ihm das zu sagen. Auf offener Straße, als ob wir die einzigen Menschen auf der Welt wären. Vielleicht weil ich schon Monate darauf gewartet habe. Ich will und werde keine Angst mehr vor meinen Gefühlen haben. »Du bist okay, Drew. Du wirst okay sein. Schau doch mal, wo wir heute stehen. Hättest du das vorher gedacht?«

Seine Kiefer mahlen. »Und wo?«

Ich hole tief Luft. Eigentlich ist es ganz leicht. Die Antwort ist immer dieselbe. »Genau dort, wo wir stehen sollen.« Ich lächele, woraufhin sich auch Drews Mundwinkel heben. »In unserem Fall bedeutet das: am Anfang eines neuen Kapitels.«

DANKSAGUNG

A New Chapter war auch für mich in vielerlei Hinsicht ein neues Kapitel in meinem Schriftstellerleben. Zuerst einmal kann ich noch immer nicht ganz glauben, dass ich überhaupt die Chance erhalten habe, Lias und Drews Geschichte zu erzählen.

Liebe Nadja, ich werde nie vergessen, wie ich deine E-Mail in meinem Postfach entdeckt habe. Mein erster Gedanke war tatsächlich: *Ist das echt?! Kann nicht sein.* Gott sei Dank war es das. Danke, dass ich bei Ravensburger so lieb aufgenommen wurde und nun zu euren Autor*innen gehören darf! Es hat so viel Spaß gemacht, dieses Projekt gemeinsam mit euch zu verwirklichen.

Liebe Paula, auch bei dir möchte ich mich hier noch mal von Herzen bedanken. Es hat mir total viel gegeben, mit deiner Hilfe erneut in den Text einzutauchen und ihn Stück für Stück zurechtzuschleifen. Was wäre nur ohne dich aus dem *A New Chapter* geworden?

Ich freue mich schon auf unser nächstes Abenteuer!

Was ich nicht unerwähnt lassen möchte, sind die Momente der Verzweiflung, die auch bei diesem Buch nicht ausgeblieben sind – bleiben sie das je? Weil ich außerdem ein ziemlich turbulentes letztes Jahr hatte, dachte ich nicht selten, ich würde das doch alles gar nicht schaffen. Umso dankbarer bin ich meinen Lieblingsmenschen, die immer an mich glauben und mich aufbauen.

Nicht nur, aber auch, weil ihr besonderen Einfluss auf diese Geschichte hattet, sei es wissentlich oder unwissentlich:

Danke, Mama, dass du mich immer unterstützt, egal worum es geht, und dich mit genauso viel Elan wie ich in meine Buchprojekte stürzt. Danke, Elias, für unsere Schreibsessions, die endlosen Motivationsreden und den Buchhandlungs-Content. Danke, Viviane, weil Bookstagram und England-Liebe verbindet und du mich einfach verstehst. Danke, Anika, dass du mir St Dunstan-in-the-East gezeigt hast. Danke, Sabrina, weil ich unendlich froh bin, dass du damals über das Internet in mein Leben getreten bist und ich dich heute eine meiner besten Freundinnen nennen darf. Danke, Felix, weil du bist, wie du bist. Und vielen Dank an D.U., durch den ich meine Hochsensibilität erkannt habe. (Auch wenn er das hier vielleicht gar nicht liest.)

Zum Schluss danke ich dir, liebe*r Leser*in, weil du dich mit Lia und Drew nach London begeben hast. Ich hoffe, du hast die Stunden im *A New Chapter* genauso genossen wie ich.

Euer *Marius* alias Marnie Schaefers, Februar 2020

DIE NÄCHSTE
BERÜHRENDE ROMANCE
VON MARNIE SCHAEFERS
ERSCHEINT
IM FRÜHJAHR 2021.

MARNIE SCHAEFERS
A NEW
SEASON
MY LONDON
YEARS
Ravensburger

LESEPROBE

aus »LIPS DON'T LIE«
von Ginger Scott
ISBN 978-3-473-58579-3

RILEY

Der einzige Stuhl, den ich mit nach draußen nehmen kann, ist der Schreibtischstuhl meines Dads. Ich schiebe ihn durch die Hintertür und drücke die Räder tief in die lockere Erde, damit ich draufklettern und über die Gartenmauer spähen kann.

»Und du sagst immer, ich sei derjenige mit den dummen Ideen.«

Ich lache in mich hinein, wende mich um und winke meinem Dad zu. »Ich bin gerade von der Schule zurück. Und ich muss unbedingt sehen, was für einen Hund die nebenan haben.« Ich stelle mich auf die Zehenspitzen, um einen Blick auf den Kläffer auf der anderen Seite der Mauer zu werfen. Das Vieh bellt so gut wie ununterbrochen, seit unser Umzugswagen vor vier Tagen hier ankam. »Hilf mir doch mal und mach 'ne Räuberleiter.«

Ich drücke mich vom Stuhl ab, bevor mein Dad mir das Ganze ausreden kann, und schiebe meine Ellbogen vor, bis mein Gewicht von meinen Schultermuskeln gehalten wird.

»Wer ist hier der Sturkopf?«, sagt mein Dad, als ich seine verschränkten Hände unter meinem rechten Fuß spüre.

»Danke«, ächze ich und hieve mich weit genug über die Mauerkante, um nach unten schauen zu können, wo ich einen ziemlich verwahrlosten Pudel sehe.

»Nich' wahr«, sage ich mit einem leichten Zittern in der Brust.

»Cujo?«, fragt mein Dad.

Ich drehe den Kopf und bedeute ihm mit einem Nicken, dass er mich runterlassen kann. Dann drücke ich mich von der Wand ab, während er mich seitlich festhält, um mich beim Landen abzustützen.

»Kaum. Aber dieser Hund braucht echt mal einen Salonbesuch. Ist ein Pudel«, sage ich mit hochgezogenen Brauen.

»Ernsthaft?« Mein Dad blinzelt überrascht, dann ruckelt er an der Rückenlehne seines Drehstuhls, um ihn aus der Erde zu befreien. Er schiebt ihn über den Kies und die betonierte Terrasse, und ich helfe ihm, den Stuhl über die Türleiste zu heben, bis er zurück in der Küche ist, nicht weit vom Schreibtisch entfernt.

Ich halte ein Küchenpapier unter den Hahn an der Spüle und wische die Dreckspuren weg, die ich hinterlassen habe; mein Dad nimmt sich ein sauberes Hemd vom Stapel im Wäschekorb.

»Du musst nicht immer alles zusammenlegen«, sagt er mit einem nachdrücklichen Blick.

Dad hat es noch nie gestört, wie ein Junggeselle zu leben. Meine Mom hat den Haushalt geführt, wie es Erwachsene normalerweise tun – saubere Wäsche zusammenlegen, Rechnungen rechtzeitig bezahlen, gleich nach dem Essen abwaschen und morgens Betten machen. Ich versuche, diese Lücke zu füllen, seit sie gegangen ist, denn *ich* vermisse das. Aber mein Dad hasst diese kleinen Erinnerungen an die früheren Zeiten fast genauso sehr, wie er Mom hasst, seit sie unsere Familie vor mehr als zwei Jahren verlassen hat.

»Wie lief es letzte Nacht?« Ich schnappe mir die Schachtel Cornflakes vom Küchenschrank, setze mich auf den Schreibtischstuhl, den ich gerade sauber gemacht habe, und ziehe die Knie hoch, sodass ich mich im Halbkreis hin- und herdrehen kann.

»Ist ein Job. War so ziemlich wie die Nacht davor«, erwidert er und beugt sich zu mir, damit ich seinen Hemdkragen richten kann. Er nimmt sich eine Handvoll aus der Schachtel auf meinem Schoß und zieht die Falte an seiner Brusttasche glatt, damit sein Name gut zu lesen ist: MICHAEL ROJAS.

»Wie war die Schule?«, nuschelt er mit den trockenen Getreidehappen im Mund.

Ich zucke mit den Schultern. »Ich habe die meiste Zeit im Sekretariat verbracht und war bei der Studienberaterin. Sie wollte mich für ein paar Kurse woanders hinschicken, aber dann könnte ich nicht Basketball spielen. Ich wäre nicht rechtzeitig zurück.«

Mein Dad starrt mich ausdruckslos an. Er würde nie an mir zweifeln, aber ich spüre seine stille Belehrung, dass Noten wichtiger sind als Basketball. Doch bevor er etwas sagen kann, lenke ich ihn ab.

»Hast du das Abendessen eingepackt, dass ich dir in den Kühlschrank gestellt habe?«

Seine Miene hellt sich auf, sein Grinsen hebt den hauchdünnen Oberlippenbart. Das ist vielleicht die einzige Hausarbeit, die er immer noch mag, obwohl ich sie von Mom übernommen habe – kochen. Ich experimentiere gern herum, wenn ich nachts nicht schlafen kann. Keine Gourmetgerichte und natürlich alles im preislichen Rahmen, aber die Portionen sind groß und sie drehen sich immer um seine Lieblingszutaten. Gestern Abend habe ich Fleischbällchen gemacht.

»O mein Gott, Riles.« Er nuschelt wieder, nachdem er in ein

kaltes Bällchen gebissen hat. Er wedelt mit der Gabel über der halb offenen Tupperdose und kaut auf. »Das sind deine besten. Die kannst du jeden Tag machen.«

»Das sagst du über jedes Abendessen, das ich koche.« Ich lache und er lässt sich anstecken, während er den Deckel zudrückt und die Gabel in das Spülbecken fallen lässt. Nach einem kurzen Blick auf die Uhr am Herd kommt er noch einmal zu mir und gibt mir einen Kuss ins Haar.

»Ich versuche, leise zu sein, wenn ich nach Hause komme«, sagt er augenzwinkernd.

Er hastet zur Tür und ich nicke, aber ich hoffe, dass er laut ist, wenn er nach Hause kommt. Mein Dad arbeitet als Wachmann im Hauptgebäude des Schulamts und hat noch einen Teilzeitjob als Pförtner in irgendeinem Apartmenthaus auf der anderen Seite der Stadt. Im Grunde sehen wir uns nur in den kurzen Überschneidungen, wenn ich von der Schule nach Hause komme und er aufwacht, nachdem er tagsüber geschlafen hat. Manchmal passe ich ihn ab, wenn er früh am Morgen nach Hause kommt, oder wir verbringen etwas Zeit zusammen, wenn er an einem dieser einhornseltenen Tage frei hat. An den meisten Abenden stelle ich den Handywecker so ein, dass ich Dad nicht verpassen kann, aber das sage ich ihm nicht.

Viele unserer Sachen sind noch in Kartons verpackt, inklusive der Hälfte meiner Klamotten. Unser altes Haus war größer als dieses, und als die Bank es uns weggenommen hat, haben wir versucht, unseren ganzen Kram zu behalten, weil wir die Illusion hatten, dass wir es uns eines Tages zurückholen und dann alles wieder genau dorthin stellen könnten, wo es war. Das ist jetzt zwei Jahre und vier Apartments her. Wir haben immer noch die meisten unserer Sachen – außer einige größere Möbelstücke, die wir verkauft haben, damit alles in einen kleinen Umzugswagen und den Pick-up passt.

Ich brauche ein paar Versuche, bevor ich richtig rate und den Karton finde, in dem meine Basketballklamotten stecken. Ich krame nach meiner schwarzen Lieblingsshorts, dann schlüpfe ich aus der Jeans und wechsele mein T-Shirt. Ich teste die Stelle an meinem Schuh, wo Dad die Sohle an der Ferse kleben musste, und als sie nach ein Dutzend Laufschritten und ein paar Sprungwechseln von einer Seite auf die andere noch immer hält, bin ich zufrieden. Ich stecke den Haustürschlüssel in meine Handyhülle und hole meinen Ball aus der Garage – wo ich die Gewichte immer noch nicht richtig aufgestapelt habe. Auf dem Weg nach draußen drücke ich auf die Schließtaste für das Garagentor, ziehe den Kopf ein und steige über den Sensor.

Meine Dribbelgeräusche am Ende unserer Einfahrt wirken ganz einsam. Ich bleibe ein paar Minuten dort stehen und schaue zum anderen Ende der Straße hinunter. Von dort ist Tristan gekommen. Ich hoffe, dass er meinen Ball hört. Vielleicht funktioniert es so wie früher, als ich noch jünger war und die anderen gleich mitbekamen, wenn jemand draußen spielte. Immer mehr Kids kamen dazu und sofort entstanden neue Freundschaften. Aber seit unser Haus zwangsgeräumt wurde, ist alles anders. Die Jungs, mit denen ich aufgewachsen bin, kannten mich. Es gab keine seltsamen Situationen zwischen uns. Ich bin kein Kind mehr und Jungs, die mich nicht kennen, sehen etwas anderes in mir als eine Basketballspielerin. Sie wollen kein Mädchen, das nur mit ihnen abhängt, und sie wollen keine Mädchen auf ihrem Basketballplatz.

Aber ich glaube, dass Tristan erkannt hat, wer ich wirklich bin. Er war … nett. Er hat mir verraten, wo man hier spielen kann, mich sozusagen eingeladen. Ich hoffe, dass er auf dem Platz ist. Es ist leichter, wenn man jemanden kennt, egal, ob man ein Junge oder ein Mädchen ist. Obwohl ich glaube, dass es für uns Chicks vielleicht etwas schwerer ist, akzeptiert zu werden. Ich habe noch nicht viele Mädchen in meinem Alter hier in der Nachbarschaft gesehen. Eigentlich habe ich überhaupt noch nicht viele Jugendliche gesehen. Vielleicht sind sie alle auf dem Basketballplatz.

Ich atme tief ein, hole mein Handy heraus und öffne meine Playlist. Ich drehe die Lautstärke auf, sodass ich die Musik auch aus meiner Tasche hören kann. Meine Kopfhörer habe ich vor dem Umzug versehentlich mitgewaschen, sodass sie sich in mehr oder weniger winzige Plastik- und Metallstückchen aufgelöst haben. Aber ich mag es sowieso lieber, wenn ich trotz der Musik noch etwas hören kann. Mein Dad lässt mich überallhin, er vertraut auf mein Urteilsvermögen. Was bedeutet, dass ich Ärger kommen sehen muss. Das Viertel hier ist etwas härter als das letzte. Das erkenne ich an den Graffiti. Es macht einen Unterschied, was die Leute schreiben. Man sieht, wenn ein schlimmes Wort nur als Mutprobe an die Wand gekritzelt wurde. Das hier sind Initialen und Zahlen. Damit wird ein Revier markiert. Aber ich wohne jetzt auch hier – also scheiß drauf.

An der ersten Kreuzung schiele ich um die Ecke und sehe die Straße hinunter. Häuser verblassen zu Fassaden, die wie Kettenglieder aneinandergereiht sind. Ich laufe an ein paar Einfahrten vorbei, um einen besseren Überblick zu bekommen. Ich lande aber nur an einem schmutzigen leeren Platz, also gehe ich zurück und laufe weiter meine Straße hinunter, bis ich zur nächsten Ecke komme. In dieser Querstraße enden die Häuser auf derselben Höhe, aber diesmal sehe ich ein paar Flecken Rasen und einen Basketballkorb in einem eingezäunten Bereich. Instinktiv beschleunige ich meine Schritte, und je näher ich komme, desto weniger einsam klingt das Dribbelgeräusch meines Balls. Die üblichen blöden Sprüche dringen an mein Ohr und ich muss lächeln, als jemand seine Gegner anbrüllt, nachdem er – da bin ich ziemlich sicher – einen Dreier versenkt hat. Ich kann die Linien auf dem Spielfeld noch nicht gut erkennen, aber der Wurf war ziemlich weit. Mit jedem Schritt kann ich den Platz besser sehen, bis mir nur noch ein paar vorbeifahrende Autos und eine zweispurige Straße im Weg sind.

Ich ziehe mein Handy aus der Tasche, stelle die Musik aus und werde etwas langsamer, als Tristans Blick zufällig in meine Richtung wandert. Ich hebe lächelnd die Hand und winke, aber er dreht sich einfach weg und klatscht mit einem Typen hinter sich ab, bevor er sich das T-Shirt über den Kopf zieht.

Im Zaun ist eine kleine Öffnung, durch die ich schlüpfe. Ich suche mir einen Platz an der Tribüne, wo ich mein Handy und meinen Ball verstauen kann, dann stelle ich den rechten Fuß auf die Bank, um mir die Schnürsenkel zuzubinden. Mein Herz klopft stärker als sonst, was verschiedene Gründe hat: Ich bin neu hier; Tristan hat mich nicht zur Kenntnis genommen; Tristan hat sein Shirt ausgezogen; dabei sah er ziemlich heiß aus; ein paar Mädchen sitzen nur wenige Schritte von mir entfernt auf den Bänken und starren mich an.

»Hey«, sage ich, ohne mit der Wimper zu zucken, als ich aufblicke und meinen Fuß wieder auf den Boden stelle. Ihre Augen, alle drei Paar, sehen mich lauernd an, auch ihre zusammengepressten Lippen wirken voreingenommen und sind an den Mundwinkeln so festgezogen, als müssten sie die Gedanken zurückhalten, die sie insgeheim teilen.

»Wer zur Hölle ist die Tussi?«

Dieser Gedanke kommt etwas zu laut von dem Mädchen ganz außen. Die Bemerkung versetzt mir einen Stich, aber was soll's.

»Riley. Ich bin neu an der South. Gerade hergezogen«, sage ich, klettere nach oben und setze mich in die zweite Bankreihe neben ihnen.

Alle Augen blitzen auf.

Das ist der Grund, warum ich mich wieder und wieder aus meiner Komfortzone schubse. Die Leute wollen andere immer in eine Schublade stecken, egal, wer man ist, aber wenn man sich ihren Stempel nicht aufdrücken lässt und ihre Erwartungen nicht erfüllt, bekommen sie höllisch Angst. Und das ist … witzig.

Ich strecke die Hand an den beiden vorbei, die näher bei mir sitzen, und halte sie dem Mädchen am Ende hin, das sich jetzt wahrscheinlich wünscht, die Frage nicht laut geäußert zu haben. Sie ist gekleidet wie die jungen Verkäuferinnen in der Mall, ihr karamellfarbenes Haar fällt in glänzenden, perfekt gestylten Spiralen auf ihre Schultern. Ihr Blick landet auf meiner Hand und sie prustet los. Dann beißt sie sich schnell auf die Innenseite ihrer Wange und schüttelt den Kopf.

»Lauren«, sagt sie blinzelnd. Sie amüsiert sich über mich. Ich passe nicht in ihre Schublade.

»Gehst du auch an die South?« Ich konzentriere mich auf Lauren, aber aus dem Augenwinkel sehe ich, wie sich die beiden anderen einen Blick zuwerfen. Sie hatten ihre Chance, aber Lauren hat den entscheidenden Schritt gemacht. Lauren wird meine Freundin.